DUO À TROIS

1

J'étais en sixième lorsque je réfléchis sérieusement pour la première fois à mes trente ans. Ma meilleure amie Darcy et moi étions tombées sur un calendrier perpétuel au dos de l'annuaire qui permettait de déterminer le jour auquel tombait n'importe quelle date à venir. Nous commençâmes par notre treizième anniversaire – je suis née en mai, elle en septembre. Pour moi, c'était un mardi, un jour d'école. Elle eut droit à un samedi. Une victoire minime, mais typique : Darcy était toujours la plus chanceuse. Sa peau bronzait plus vite, ses cheveux se lissaient plus facilement, et elle n'avait pas besoin d'appareil dentaire. Elle me surpassait en *moonwalk* et exécutait à la perfection roues et sauts de mains (moi, j'étais incapable du moindre saut de mains). Elle avait une plus belle collection d'autocollants et davantage de pin's Michael Jackson que moi. Sa mère lui offrait des pull-overs Forenza turquoise, rouge et pêche (la mienne se refusait à m'en acheter – selon elle, ils étaient trop voyants et trop chers). Et elle possédait aussi un jean Guess à cinquante dollars avec des fermetures Éclair aux chevilles (même veto maternel de mon côté). Darcy avait les oreilles doublement percées et, en prime, un frère – même si ce n'était qu'un garçon, c'était toujours mieux qu'être fille unique comme moi.

Je me consolais en me disant que j'aurais treize ans la première. J'étais de quelques mois son aînée et là, au moins, elle ne pourrait jamais me rattraper. C'est alors que j'eus l'idée de chercher le jour de mon trentième anniversaire, une date si éloignée que j'avais l'impression de me projeter en pleine science-fiction. Il tombait un dimanche – ce qui signifiait que le samedi soir, mon merveilleux mari et moi ferions garder nos deux (si possible trois) enfants par une baby-sitter de confiance, irions dîner dans un restaurant français raffiné et prolongerions la soirée après minuit afin de fêter mon anniversaire à la date adéquate. Je viendrais de gagner une grosse affaire, en prouvant par exemple devant la cour l'innocence de mon client. Et mon mari porterait un toast en mon honneur – « à Rachel, ma sublime épouse, la mère de mes charmants enfants et la plus brillante avocate de tout l'Indiana ». Je faisais part de mes espoirs à Darcy lorsque nous constatâmes que son trentième anniversaire tombait un mercredi. En pleine semaine, pas de chance pour elle. Je la vis pincer les lèvres.

— Tu sais, Rachel, on se fiche pas mal de savoir quel jour on aura trente ans, fit-elle remarquer sèchement en haussant une épaule lisse et bronzée. D'ici là, on sera vieilles. À cet âge-là, les anniversaires n'ont plus beaucoup d'importance.

Je songeai à mes parents – qui avaient la trentaine – et à leur manque flagrant d'enthousiasme pour leurs propres anniversaires. Mon père venait justement d'offrir un grille-pain à ma mère pour son anniversaire, l'autre étant tombé en panne la semaine précédente. Le nouveau permettait de griller quatre tranches de pain au lieu de deux. N'empêche, pas terrible comme cadeau. Mais maman paraissait se réjouir de son nouvel appareil électroménager. À aucun moment je n'avais décelé chez elle la déception que je ressentais lorsque mes cadeaux de Noël ne remplissaient pas tout à fait mes attentes. Darcy semblait donc avoir raison. Des trucs excitants comme les anniversaires auraient sûrement perdu de leur attrait quand nous aurions trente ans.

La deuxième fois où la question de mes trente ans me préoccupa sérieusement, ce fut en terminale, lorsque Darcy et moi commençâmes à regarder ensemble *La Trentaine et quelque*. Ce n'était pas notre série favorite – nous préférions les sitcoms de notre âge –, mais la curiosité nous poussait toujours à la suivre. Ce qui m'agaçait franchement dans *La Trentaine et quelque*, c'étaient les lamentations perpétuelles des personnages et les problèmes déprimants qu'ils semblaient attirer eux-mêmes sur leurs têtes. « Grandissez un peu, me souviens-je avoir pensé, et encaissez les coups. Au lieu de disserter à longueur de temps sur le sens de la vie, faites donc des listes de courses, voilà qui vous sera plus utile. » C'était l'époque où je me plaignais que l'adolescence traîne en longueur et où je redoutais que cela ne s'arrange pas avec la décennie suivante.

Puis je passai le cap des vingt ans. Les premières années semblèrent en effet s'éterniser. Quand j'entendais des amies à peine plus âgées que moi se lamenter sur leur jeunesse qui finissait, j'en éprouvais une supériorité inébranlable. Je me sentais encore à l'abri, bien loin de la zone à risque. J'avais toute la vie devant moi. J'en fus en tout cas persuadée jusqu'à vingt-sept ans, âge auquel je commençai à m'étonner de la brutale accélération du temps. À vingt-neuf ans, une sourde angoisse m'envahit, et je me rendis compte qu'en bien des points je pourrais tout aussi bien en avoir trente. Mais pas tout à fait quand même. Mathématiquement, je n'avais pas encore franchi la frontière.

J'ai conscience que trente n'est qu'un nombre ; que l'âge, c'est dans la tête. Je sais aussi qu'à l'aune d'une existence entière trente ans, c'est encore jeune. Mais pas si jeune que cela non plus. À trente ans, finies les années de fécondité maximale. On réalise que certaines choses ne reviendront jamais. Il est trop tard pour commencer à s'entraîner pour les jeux Olympiques, par exemple. Même dans le scénario optimiste – celui où l'on meurt à un âge avancé –, on a déjà un tiers du parcours derrière soi avant la ligne d'arrivée fatidique. Voilà pourquoi je ne peux m'empêcher de me sentir mal à l'aise, assise sur cette banquette en Skaï marron trop rembourrée d'un bar branché de l'Upper West Side, où Darcy, toujours ma meilleure amie, a organisé cette fête surprise pour mon anniversaire.

À l'image du nouvel an, cette soirée est à la fois une fin et un commencement. Or, je n'aime ni les fins ni les commencements. Je préfère de loin barboter entre les deux. Le pire avec cette fin (de ma jeunesse) et ce commencement (de l'âge mûr), c'est que je me rends soudain compte que je ne sais pas où va ma vie. Mes désirs sont simples : un travail qui me plaît et un homme que j'aime. Et à la veille de mes trente ans, force m'est de constater que je n'ai ni l'un ni l'autre.

Pour commencer, je suis avocate dans un grand cabinet new-yorkais. En d'autres termes, je mène une triste vie. La réputation du barreau est très largement surfaite – rien à voir avec *L.A. Law*, la série qui a fait grimper en flèche les inscriptions en fac de droit au début des années 1990. Je passe la majeure partie de mon temps de travail à effectuer des tâches rébarbatives pour un supérieur mesquin, vulgaire et colérique. J'en éprouve pour mon métier une haine qui me ronge peu à peu. Je me répète donc à loisir le mantra du jeune associé : « Je déteste mon boulot, et à la première occasion, je démissionne. » Juste le temps de rembourser mes prêts. De toucher la prime de fin d'année. De trouver un autre moyen de payer mon loyer. Ou quelqu'un qui le paiera à ma place.

Ce qui m'amène au point numéro deux : je suis seule dans une ville de plusieurs millions d'habitants. J'ai une foule d'amis – comme le prouve la nombreuse assistance ce soir. Des amis pour faire du roller. Des amis pour passer les week-ends d'été au bord de la mer dans les Hamptons. Des amis pour aller boire un verre, ou deux ou trois, le jeudi soir après le travail. Et j'ai Darcy, ma meilleure amie d'enfance, qui remplit tous ces rôles à la fois. Mais chacun sait que les amis ne suffisent pas, même si je l'affirme souvent pour sauver la face devant mes copines mariées ou fiancées. Je n'avais pas prévu d'être encore célibataire à la trentaine, pas même à trente ans tout rond. Dans mon idée, j'aurais dû avoir un mari – je m'imaginais convoler vers les vingt-cinq ans. Mais j'ai appris qu'on ne peut pas forcer le destin. Et me voilà donc à l'aube d'une nouvelle décennie, consciente que ma solitude n'est pas de bon augure pour les années qui s'annoncent.

Ma situation me semble encore plus sombre comparée à celle de mon amie de toujours qui, elle, a un poste prestigieux dans les relations publiques et est fiancée de fraîche date. Eh oui, Darcy est toujours la plus chanceuse de nous deux. En cet instant même, je l'écoute raconter une anecdote de son cru au groupe d'amis parmi lequel je me trouve, ainsi que son fiancé, Dexter. Dex et Darcy forment un couple superbe. Tous deux sont minces et élancés, avec des cheveux bruns et des yeux verts assortis. La beauté new-yorkaise incarnée, le genre de couple élégant que vous rencontrez au septième étage de Bloomingdale, en train de choisir un service Wedgwood complet et des verres en cristal de Baccarat. Leur suffisance vous agace, mais vous ne pouvez vous empêcher de les observer avec envie, tout en cherchant un cadeau pas trop coûteux pour le énième mariage auquel vous êtes conviée sans cavalier. Vous tendez le cou pour apercevoir la bague de fiançailles de la fille et le regrettez aussitôt, car elle surprend votre regard et vous toise d'un œil dédaigneux. Quelle idée, aussi, d'aller à Bloomingdale en baskets. Pas étonnant qu'elle soit seule si elle se fagote aussi mal, pense-t-elle sans doute. Résultat : vous vous hâtez de payer votre vase Waterford et filez comme si vous aviez le diable à vos trousses.

— Donc, les filles, si vous demandez une épilation du maillot à la brésilienne, précisez surtout de laisser une mince piste d'atterrissage, sinon vous risquez de vous retrouver aussi imberbes qu'une gamine de dix ans !

Tous ceux qui nous entourent éclatent de rire, sauf Dex, qui secoue la tête comme pour dire « quel numéro, ma fiancée ».

— Je reviens tout de suite, dit soudain Darcy. Tequila frappée pour tout le monde !

Tandis qu'elle s'éloigne en direction du bar, je repense à tous ces anniversaires que nous avons fêtés ensemble, toutes ces étapes que nous avons franchies l'une après l'autre, moi la première. J'ai décroché mon permis de conduire avant elle, j'ai eu le droit de boire de l'alcool avant elle. Être l'aînée, même de quelques mois, c'était agréable. Mais aujourd'hui, ça ne l'est plus vraiment. Darcy a droit à un été supplémentaire avant le changement de dizaine – l'avantage d'être née en automne. Non que cela ait de l'importance à ses yeux. Quand on est fiancée ou mariée, passer le cap des trente ans n'a plus le même sens.

Accoudée au bar, Darcy flirte avec le barman d'une vingtaine d'années qu'elle « se ferait » volontiers, m'a-t-elle avoué, si elle était encore célibataire. Comme si Darcy pouvait être célibataire ! « Je ne plaque pas, je troque », m'a-t-elle dit un jour au lycée. Depuis, elle est restée fidèle à sa parole : c'est toujours elle qui rompt. Tout au long de l'adolescence jusqu'à aujourd'hui, elle a toujours eu un copain attitré – sans parler des autres soupirants qui lui tournent autour, pleins d'espoir.

Il me vient à l'esprit que je pourrais draguer le barman. Après tout, je suis, moi, célibataire et sans attaches – je n'ai même pas eu de rendez-vous galant depuis bientôt deux mois. Mais cela ne semble pas la chose à faire pour son trentième anniversaire. Les aventures d'une nuit, c'est bon pour les jeunettes qui ont la vingtaine. Non que je parle d'expérience. J'ai suivi un parcours des plus sages, sans jamais m'écarter du droit chemin. Une vraie sainte nitouche. Que des A en terminale, puis cursus exemplaire en fac de droit, mention très bien au diplôme, admission à l'examen du barreau et entrée immédiate dans un grand cabinet. Pas d'année sabbatique passée à sillonner l'Europe, sac au dos, pas l'ombre d'une histoire farfelue, d'une aventure tourmentée ou torride. J'avais l'impression – complètement erronée, j'en ai conscience aujourd'hui – que cela retarderait mes projets de mariage, lequel devait m'amener à fonder une famille heureuse dans une jolie maison avec jardin, double garage et grille-pain quatre tranches.

Arrête de broyer du noir, me dis-je. Tu auras tout le temps d'y réfléchir demain. Ce soir, tu t'amuses. C'est le genre de décision que ne peut s'imposer qu'une personne disciplinée comme moi – le genre qui, élève, s'appliquait à faire ses devoirs dès le vendredi après-midi juste après l'école et qui, aujourd'hui, se nettoie consciencieusement les dents au fil dentaire tous les soirs et ne part jamais au travail sans avoir méticuleusement tiré les draps de son lit.

Darcy revient avec les tequilas. Comme Dex refuse la sienne, elle insiste pour que j'en prenne deux. Avant que j'aie eu le temps de dire ouf, tout devient flou et cotonneux autour de moi – de pompette, me voilà franchement éméchée, et je commence à perdre toute notion du temps et tout ordre précis des événements. Apparemment, Darcy a atteint ce stade avant moi : en ce moment même, elle danse sur le comptoir dans sa petite robe rouge à dos nu et ses talons hauts.

— Elle est quand même gonflée de te voler la vedette à ta propre fête, me souffle Hillary, ma meilleure amie au cabinet.

— C'était couru d'avance, réponds-je en pouffant de rire.

Avec un glapissement aigu, Darcy claque des mains au-dessus de sa tête et me fait signe de la rejoindre avec une expression des plus aguichantes.

— Rachel ! Allez, Rachel ! Viens !

Bien sûr, elle sait que je ne vais pas obtempérer. Jamais de ma vie je n'ai dansé sur le comptoir d'un bar. D'ailleurs, pour l'heure, tout ce que je pourrais faire, c'est en tomber. Je secoue la tête avec un sourire poli. Nous attendons tous la suite du spectacle. Darcy se met à onduler des hanches en rythme avec la musique, puis se penche lentement en avant, redresse le buste d'un seul coup en projetant ses cheveux dans tous les sens. Ce mouvement agile me rappelle son imitation parfaite de Tawny Kitaen dans *Here I Go Again*, lorsqu'elle faisait le grand écart sur le capot de la BMW de son père, pour le plus grand plaisir des garçons du quartier. Je jette un coup d'œil à Dex. Il semble osciller entre amusement et agacement. Dire que cet homme possède une patience d'ange est un euphémisme. De la patience, il faut en avoir avec Darcy. J'en sais quelque chose.

— Bon anniversaire, Rachel ! hurle-t-elle. Portons tous un toast à Rachel ! Hip, hip, hip, hourra !

Tout le monde s'exécute – sans la quitter des yeux.

Un instant plus tard, Dex cueille Darcy sur le comptoir, la cale sur son épaule et la dépose en douceur à côté de moi. De toute évidence, il n'en est pas à son coup d'essai.

— Bon, je ramène notre petite organisatrice de soirée à la maison, annonce-t-il.

Darcy s'empare de son verre sur le bar et martèle le sol du pied.

— Tu n'as pas à me donner d'ordres ! Pas vrai, Rachel ?

Dans son indignation, elle trébuche et renverse son martini sur les chaussures de Dex, qui fait la grimace.

— Tu es complètement ivre, Darcy. Ton petit numéro n'est amusant que pour toi.

— D'accord, d'accord, je viens... De toute façon, je ne me sens pas très bien, répond-elle, l'air soudain barbouillé.

— Ça va aller ? je m'inquiète.

— Oui, ne t'en fais pas, m'assure-t-elle, jouant le rôle de la courageuse petite malade.

Je la remercie pour cette magnifique fête en mon honneur et lui garantis que je suis tombée des nues – un pieux mensonge (je savais pertinemment que Darcy profiterait de mon trentième anniversaire pour s'acheter une nouvelle tenue, organiser une grande fête et inviter tous ses amis avec les miens). Elle m'étreint avec fougue en me disant qu'elle ferait n'importe quoi pour moi, sa demoiselle d'honneur, la sœur qu'elle n'a jamais eue. On ne peut plus l'arrêter, comme bien souvent lorsqu'elle a trop bu.

Dex la coupe dans son élan.

— Encore bon anniversaire, Rachel. On s'appelle demain, d'accord ?

Il m'embrasse sur la joue.

— D'accord. Bonne nuit.

Je le regarde guider Darcy dehors, puis la prendre par le bras après qu'elle a manqué s'affaler sur le trottoir. Quel bonheur ce doit être d'avoir un ange gardien qui vous ramène en sécurité à la maison ! me dis-je avec une pointe d'envie.

Un peu plus tard, Dex fait une réapparition surprise.

— Darcy a perdu son sac, m'explique-t-il. Elle pense l'avoir oublié ici. Il est petit, couleur argent. Tu ne l'aurais pas vu, par hasard ?

— Ne me dis pas qu'elle a perdu son sac Chanel tout neuf !

Je secoue la tête en riant. C'est tout Darcy, d'égarer ainsi ses affaires. En général, je garde un œil dessus, mais aujourd'hui, j'ai fait relâche pour cause d'anniversaire. J'aide toutefois Dex dans ses recherches et finis par localiser le sac sous un tabouret du bar.

Alors qu'il s'apprête à repartir, son ami Marcus le convainc de rester. Dex téléphone à Darcy, qui donne son approbation d'une voix pâteuse et lui souhaite de bien s'amuser sans elle – chose qu'elle pense sans doute impossible.

Peu à peu, mes amis prennent congé en me souhaitant une dernière fois un bon anniversaire. Je finis par me retrouver seule avec Dex. Même Marcus est parti. Assis au bar, nous bavardons avec le barman, qui a un tatouage « Amy » sur le bras et pas la moindre parcelle d'intérêt pour une juriste trentenaire. À 2 heures passées, nous décidons qu'il est temps de rentrer. La tiédeur de la nuit évoque davantage le milieu de l'été que le printemps, et un brusque espoir m'envahit – cet été, je rencontrerai l'homme de ma vie.

Dex hèle un taxi, mais tandis que celui-ci se gare le long du trottoir, il me propose d'aller boire un dernier verre quelque part.

— Pourquoi pas ? réponds-je.

Nous montons dans le taxi, et Dex demande au chauffeur de rouler au hasard, le temps qu'il réfléchisse à notre destination. Nous atterrissons à Alphabet City, dans un bar situé à l'angle de la Septième Rue et de l'Avenue B, logiquement baptisé le *7B*.

Le *7B* n'a rien d'un endroit branché. C'est un café miteux et enfumé. Mais la simplicité sans artifice de ce lieu n'est pas pour me déplaire. Dex me désigne une table.

— Assieds-toi, je reviens tout de suite.

Il se retourne vers moi.

— Que veux-tu boire ?

— Comme toi, réponds-je en prenant place sur la banquette.

Je le regarde se diriger vers le bar et parler à une serveuse vêtue d'un pantalon de treillis et d'un débardeur qui proclame fièrement « ange déchu ». Elle sourit à Dex en hochant la tête. Le juke-box passe « Omaha », une de ces chansons qui inspirent à la fois mélancolie et gaieté.

Un instant plus tard, Dex se glisse sur la banquette face à la mienne et pousse une chope de bière vers moi.

— Une Newcastle, dit-il avec un sourire qui fait naître de petites rides autour de ses yeux. Tu aimes ?

Je fais oui de la tête en souriant. Du coin de l'œil, je vois Ange Déchu observer Dex en pivotant distraitement sur son tabouret, pas insensible me semble-t-il à ses traits bien dessinés, ses cheveux ondulés, ses lèvres pleines. Darcy s'est plainte un jour qu'on se retourne plus sur lui que sur elle. La différence entre eux, c'est que Dex, lui, ne paraît pas remarquer l'intérêt qu'il suscite. Ange Déchu jette un vague coup d'œil dans ma direction. Sans doute se demande-t-elle pourquoi un type aussi sublime perd son temps avec une fille aussi passe-partout que moi. J'espère qu'elle nous croit ensemble. Ce soir, personne n'a besoin de savoir que je ne suis que la demoiselle d'honneur.

Dex et moi parlons travail, puis de la maison que nous avons louée à six dans les Hamptons pour y passer un week-end sur deux à partir de la semaine prochaine. Nous bavardons de tout et de rien, mais à aucun moment Darcy ou leur mariage en septembre ne viennent sur le tapis.

Après avoir fini nos bières, nous allons au juke-box. J'appuie deux fois sur le code de « Thunder Road ».

— Ma chanson préférée, lui dis-je.

— Springsteen est aussi en tête de ma liste, répond Dex. Tu l'as déjà vu en concert ?

— Oui, deux fois. Lors des tournées *Born in the USA* et *Tunnel of Love*.

Je manque lui dire que j'y suis allée avec Darcy au lycée – elle était venue à contrecœur, car elle préférait des groupes comme Poison ou Bon Jovi –, mais je me retiens à temps. Inutile de lui rappeler qu'il doit rentrer la rejoindre. Je n'ai pas envie de me retrouver seule durant les dernières heures qui me restent à vivre avant que ne retentisse le gong fatidique des trente ans. J'aurais bien évidemment préféré les passer dans les bras de l'homme de ma vie, mais je suis prête à me contenter de Dex.

À l'annonce de la fermeture imminente du bar, nous commandons une deuxième bière et regagnons notre table. Un peu plus tard, nous voilà de nouveau dans un taxi. Nous roulons dans la Première Avenue, direction le nord.

— Il y aura deux arrêts, dit Dex au chauffeur, car nous habitons chacun d'un côté de Central Park.

Il tient le sac Chanel de Darcy, minuscule et incongru entre ses larges mains puissantes. Je jette un coup d'œil à sa Rolex en argent, un cadeau de Darcy. Il est déjà 4 heures.

Nous gardons le silence pendant dix ou quinze pâtés de maisons, chacun tourné vers sa vitre respective, jusqu'à ce que le taxi fasse une embardée sur un nid-de-poule. Je me retrouve brusquement projetée au milieu de la banquette arrière. Ma jambe frôle celle de Dex. Puis, soudain, sans crier gare, le voilà qui m'embrasse. Ou bien c'est moi, je ne sais pas. J'ai l'esprit vide et je ne perçois plus que le doux bruissement de nos lèvres qui se rejoignent encore et encore. À un moment, Dex tapote sur la cloison en Plexiglas et dit au chauffeur entre deux baisers qu'en définitive il n'y aura qu'un arrêt.

Nous voici arrivés à l'angle de la Troisième et de la Soixante-treizième Rue, tout près de chez moi. Dex tend au chauffeur un billet de vingt dollars. Sans attendre la monnaie, nous sortons précipitamment du taxi et, à peine sur le trottoir, recommençons à nous embrasser, juste sous le nez de José, le portier de mon immeuble. Nous poursuivons dans l'ascenseur jusqu'à mon étage. Le dos contre la paroi, je caresse fébrilement ses cheveux. Leur douceur me surprend.

Une fois devant ma porte, j'ai du mal à trouver la bonne clé dans mon trousseau et commence par la tourner à l'envers dans la serrure, tandis que Dex, qui m'enlace par-derrière, me dévore le cou de baisers. La porte finit par s'ouvrir, et nous nous embrassons de plus belle, plantés au milieu de mon studio. Nous titubons jusqu'à mon lit fait au carré.

— Tu es ivre ? me murmure-t-il dans le noir.

— Non.

Je sais, c'est toujours ce qu'on répond quand on est soûl. Pourtant, même si j'ai trop bu, j'ai un instant de lucidité où je vois clairement ce qui m'a manqué à la vingtaine et ce que j'aimerais trouver à la trentaine. En un sens, me dis-je, cette soirée d'anniversaire est pour moi l'occasion d'avoir les deux en une seule fois : Dex sera mon secret, ma dernière chance d'avoir une aventure un peu croustillante avant de franchir le cap des trente ans, et il sera aussi une sorte de prélude, la promesse d'un homme comme lui à venir. La pensée de Darcy m'effleure fugitivement l'esprit, mais elle est aussitôt refoulée dans les tréfonds de mon cerveau par une force plus puissante que notre amitié et ma conscience. Dex s'allonge sur moi. Je ferme les yeux, les rouvre, puis les referme, et voilà comment, par une de ces bizarreries dont la vie a le secret, je me retrouve à faire éperdument l'amour avec le fiancé de ma meilleure amie.

2

La sonnerie du téléphone m'arrache au sommeil, et l'espace d'une seconde, je ne sais plus où je suis dans mon propre appartement. Puis j'entends la voix affolée de Darcy sur le répondeur.

— Décroche, Rachel, décroche, s'il te plaît !

Le crime me revient brutalement en mémoire. Je me redresse trop vite, et tout se met à valser autour de moi. Dexter me tourne le dos – un dos musclé et parsemé de quelques taches de rousseur. J'y plante un index paniqué.

Il se tourne vers moi et ouvre un œil.

— Bon Dieu ! Quelle heure est-il ?

Mon radioréveil indique 7 h 15. J'ai trente ans depuis deux heures. Rectification, une heure – je suis née en zone horaire centrale.

Dex bondit du lit et rassemble ses vêtements éparpillés par terre. Un double bip du répondeur coupe la supplique de Darcy. Elle rappelle aussitôt et recommence à se lamenter sur Dex qui n'est pas rentré. De nouveau, mon répondeur la fait taire au milieu d'une phrase. Elle ne se laisse pas décourager pour autant.

— Réveille-toi et appelle-moi tout de suite ! J'ai besoin de ton aide ! gémit-elle.

Je m'apprête à me lever quand je me rends compte que je suis en tenue d'Ève. Je me rassois et couvre ma nudité d'un oreiller.

— Mon Dieu, qu'est-ce qu'on va faire ? dis-je d'une voix rauque et tremblante. Je dois la rappeler, tu crois ? Lui dire que tu as atterri ici parce que tu étais ivre ?

— Surtout pas ! Ne décroche pas, laisse-moi réfléchir.

Dex s'assoit sur le lit en caleçon et frotte sa mâchoire assombrie par une barbe de quelques jours.

Une peur panique s'empare soudain de moi. Je fonds en larmes – voilà qui nous avance bien.

— Ne pleure pas, Rachel. Tout va bien se passer.

Il enfile son jean, puis sa chemise, qu'il boutonne et glisse dans son pantalon. Ses gestes sont rapides et efficaces, comme s'il s'agissait d'un matin ordinaire. Puis il consulte les messages sur son portable.

— Aïe, douze appels, dit-il.

Son ton est neutre. Seul son regard trahit son trouble. Il se rassoit sur le bord du lit et se prend le front dans les mains. Au bout de trente secondes, il lève la tête vers moi, parfaitement calme.

— Bon, voilà ce qu'on va faire… Rachel, regarde-moi.

J'obtempère, sans cesser d'étreindre mon oreiller.

— Ça va aller. Écoute-moi.

— J'écoute.

— Je vais lui dire que je suis resté au bar jusqu'à 5 heures du matin et qu'après j'ai pris le petit déjeuner avec Marcus.

— Et moi, je lui dis quoi ?

Mentir n'a jamais été mon point fort.

— Juste que tu as quitté la fête et que tu es rentrée. Et que tu ne te souviens plus bien si j'étais encore là à ton départ, mais qu'à ton avis oui. N'oublie pas de dire « à mon avis », ne sois pas trop affirmative. Et tu n'en sais pas plus, OK ? Et maintenant, rappelle-la, ajoute-t-il en désignant le téléphone. Je préviendrai Marcus dès que je serai sorti d'ici. Tu as compris ?

Je hoche la tête. Il se lève, et mes yeux s'emplissent de nouveau de larmes.

— Et surtout, calme-toi, dit-il, pas durement mais avec fermeté.

Le voilà déjà à la porte, une main sur la poignée. L'autre, il la passe dans ses cheveux bruns juste assez longs pour lui donner un charme fou.

— Et si elle a déjà parlé à Marcus ? je m'inquiète alors qu'il est déjà presque sur le palier.

Puis, davantage pour moi-même que pour lui, j'ajoute :

— Si elle l'a appelé, on est foutus.

Il se retourne et me contemple depuis le seuil. Un instant, j'ai l'impression qu'il est en colère, qu'il va me hurler de me reprendre, que ce n'est quand même pas une question de vie ou de mort. Mais il me répond d'une voix douce :

— Ça va aller, Rachel. Avec Marcus, on a un alibi en béton. Contente-toi de raconter ce que je t'ai dit. N'ajoute surtout pas de détails inutiles. Et… Rachel ?

— Oui ?

— Je suis vraiment désolé.

— Moi aussi.

À peine la porte refermée, je prends le téléphone, toujours en proie au vertige. Il me faut plusieurs minutes avant de trouver le courage d'appeler Darcy.

Elle est encore hystérique.

— Ce salaud n'est pas rentré de toute la nuit ! Il a intérêt à être dans un lit d'hôpital ! Tu crois qu'il m'a trompée ?

Je manque lui assurer que non, qu'il a sûrement terminé la nuit au bar avec Marcus, mais je me ravise à temps. Dirais-je cela si je n'étais au courant de rien ?

— Il ne t'a pas trompée, j'en suis sûre.

Elle se mouche bruyamment.

— Et pourquoi en es-tu si sûre ?

— Parce qu'il ne te ferait jamais une chose pareille.

Ce mensonge est sorti de ma bouche avec une facilité déconcertante. Je n'arrive pas à y croire.

— Alors, où est-il, bordel ? Les bars ferment à 4 heures, 5 heures au plus tard ! Et il est 7 h 30 !

— Je suis certaine qu'il y a une explication logique.

Et comment !

Elle me demande à quelle heure je suis partie, si Dex était encore là à ce moment et avec qui – exactement les questions qu'avait prévues Dex. Je lui livre la version des faits prudente sur laquelle nous nous sommes mis d'accord et lui suggère d'appeler Marcus.

— J'ai déjà essayé, répond-elle, mais cette andouille ne décroche pas !

Ouf, tout n'est pas complètement perdu.

J'entends le bip du double appel.

— Ne quitte pas, me dit Darcy.

Quand elle revient en ligne, elle m'annonce que c'est Dex et qu'elle me rappelle dès que possible.

Je me traîne d'un pas mal assuré jusqu'à la salle de bains et me regarde avec appréhension dans le miroir. J'ai le teint brouillé. Mon mascara et mon eye-liner noirs ont dégouliné sous mes yeux rougis qui me piquent affreusement parce que j'ai dormi avec mes lentilles. Je m'empresse de les enlever, juste avant de me plier en deux au-dessus de la cuvette des toilettes. Cela fait une éternité que je n'ai pas bu à en être malade. À vrai dire, cela ne m'est arrivé qu'une fois, au lycée. Parce que, voyez-vous, je sais en général tirer les leçons de mes erreurs. La plupart de mes camarades juraient leurs grands dieux qu'on ne les y reprendrait plus, et pourtant, dès le week-end suivant, ils remettaient ça. Pas moi. Je suis comme ça. Et je tirerai aussi les leçons de cette erreur-ci. Dès que je serai sûre de m'en être sortie.

Je prends une longue douche chaude pour débarrasser mes cheveux et ma peau de l'odeur tenace du tabac. J'ai posé mon portable sur le lavabo, dans l'espoir que Darcy m'appelle au plus vite et me rassure. Mais les heures défilent, et elle ne se manifeste pas. Vers midi, je commence à recevoir des appels pour mon anniversaire. J'ai droit au numéro bien rodé de mes parents et à la sempiternelle devinette de ma mère : « Devine où j'étais il y a trente ans jour pour jour ? » Je parviens à faire bonne figure et à jouer le jeu, mais ce n'est pas facile.

À 15 heures, toujours aucune nouvelle de Darcy. La nausée me reprend. J'avale un grand verre d'eau avec deux Advil et envisage de me faire des œufs au bacon – selon Darcy, il n'y a rien de tel contre la gueule de bois. Mais je sais que rien n'apaisera l'angoisse de l'attente. Que se passe-t-il ? Dex est-il grillé ? Pire, le sommes-nous tous les deux ?

Quelqu'un nous a-t-il vus au *7B* ? Dans le taxi ? Dans la rue ? Il y a José, c'est vrai, mais une de ses missions – peut-être la plus importante – consiste justement à ne rien savoir. Que se passe-t-il en ce moment dans le luxueux appartement de Dex et Darcy ? Dex a-t-il perdu son sang-froid et tout avoué ? Darcy a-t-elle décidé de le quitter ? Lui fait-il l'amour non-stop pour essayer de se racheter ? Se disputent-ils encore et encore, enfermés dans le cercle infernal des accusations et dénégations ?

La peur doit annihiler toute autre émotion, parce que, bizarrement, je n'éprouve ni sentiment de culpabilité, ni honte, ni regret à l'idée d'avoir trahi ma meilleure amie. Pas même lorsque je trouve le préservatif usagé par terre près du lit. Mais je me repentirai plus tard – dès que je saurai que je suis hors de danger. « Seigneur, soyez miséricordieux. C'est la première fois que je dévie ainsi du droit chemin. Laissez-moi m'en tirer, je Vous en supplie. Si Vous m'accordez cela, je suis prête à sacrifier tout bonheur futur, toute chance de rencontrer l'homme qui deviendra mon mari. »

Ce n'est pas la première fois que je passe un marché avec Dieu. Cela a commencé à l'école – « Faites que je n'aie pas moins de B à ce contrôle de maths, par pitié. Je Vous promets de faire du bénévolat tous les samedis au lieu d'une fois par mois. » Eh oui, c'était l'époque où je pensais qu'un C était ce qui pouvait m'arriver de pire. Ô mon Dieu, comment ai-je pu, ne serait-ce qu'un instant, désirer apporter un peu de piquant à ma petite existence ? Comment ai-je pu commettre une bourde aussi monumentale qu'impardonnable ?

Au bout d'un moment, je n'y tiens plus. Je compose le numéro du portable de Darcy. Pas de chance, je tombe sur sa boîte vocale. J'essaie sur leur ligne fixe, en espérant que c'est elle qui décrochera. Après quelques sonneries, Dex répond. Je me pétrifie.

— Salut, Dex, dis-je d'une voix mal assurée. C'est Rachel.

Tu sais, la demoiselle d'honneur de ta future femme – la fille avec qui tu as couché la nuit dernière ?

— Salut, Rachel, déclare-t-il d'un ton parfaitement neutre. Alors, tu t'es bien amusée hier soir ?

L'espace d'une seconde, je crois qu'il parle de nous et suis horrifiée par sa nonchalance. Puis j'entends Darcy réclamer le téléphone avec insistance, et je comprends qu'il fait allusion à ma fête d'anniversaire.

— Oh, oui, c'était formidable ! réponds-je en me mordant la lèvre.

Darcy lui a déjà arraché le combiné des mains.

— Salut, fait-elle d'une voix guillerette. Désolée de ne pas t'avoir rappelée. Nous avons eu une sérieuse explication, tu peux me croire.

— Mais tout est arrangé maintenant entre toi et... Dex ?

J'hésite à prononcer son prénom, comme si cela risquait de me trahir.

— Euh... oui, attends une seconde.

Je l'entends fermer une porte – elle s'isole toujours dans la chambre quand elle téléphone. J'imagine le lit à baldaquin que je l'ai aidée à choisir chez Charles P. Rogers. Bientôt leur lit conjugal.

— Allô ? Oui, tout va bien. En fait, il était juste avec Marcus. La soirée s'est prolongée, et ils sont allés prendre le petit déjeuner ensemble. Mais, évidemment, je fais encore un peu semblant d'être en rogne. Je l'ai traité de pauvre type. Découcher à trente-quatre ans alors qu'il est sur le point de se marier ! Tu ne trouves pas ça pathétique, toi ?

— Peut-être un peu, si. Mais ce n'est pas bien méchant.

Je déglutis en me disant qu'effectivement, ce ne serait pas bien méchant si l'incartade de Dex s'était limitée à ce genre de broutille.

— Enfin, je suis contente que vous soyez réconciliés.

— Oui, moi aussi… Mais quand même, il aurait pu me prévenir. Pour qui me prend-il ?

— Tu as bien raison, dis-je, avant d'ajouter en serrant les dents : Tu vois, je t'avais dit qu'il ne t'avait pas trompée.

— Je sais, mais je ne pouvais pas m'empêcher de l'imaginer avec une pétasse, genre strip-teaseuse du *Scores*.

Est-ce donc à cela que se résume la nuit dernière ? À une sordide question d'attirance sexuelle ? Je ne suis pas une pétasse, je le sais bien, mais était-ce un choix délibéré de la part de Dex de s'envoyer en l'air avant de se laisser passer la bague au doigt ? Non, c'est impossible. Et puis, il n'aurait pas jeté son dévolu sur la demoiselle d'honneur de sa future épouse, n'est-ce pas ?

— Enfin, passons, reprend Darcy. Alors, tu as aimé ta soirée ? Je suis désolée d'avoir bu autant et d'être partie si tôt… Oh, au fait, c'est aujourd'hui ton anniversaire. Joyeux anniversaire ! Ô mon Dieu, je suis vraiment la pire des copines !

— C'était formidable, je lui assure, au supplice. On s'est bien amusés. Merci d'avoir tout organisé. C'était une surprise totale…

J'entends la porte de la chambre s'ouvrir et Dex murmurer qu'ils vont être en retard.

— Je dois y aller, Rachel. On va au ciné. Ça te dit de venir ?

— Euh… non, merci.

— Comme tu veux. Mais pour le resto de ce soir, ça tient toujours, hein ? Au *Rain*, à 20 heures ?

J'avais complètement oublié que je devais dîner avec Darcy, Dex et Hillary pour fêter mon anniversaire en petit comité. Seigneur, quelle horreur ! Je me sens positivement incapable de me retrouver face à Dex ou à Darcy ce soir – encore moins face aux deux.

— Euh… je ne suis pas sûre d'être en forme pour ce soir. J'ai vraiment une gueule de bois carabinée… même si j'ai arrêté de boire à 2 heures, j'ajoute, avant de me souvenir que les menteurs ont toujours tendance à en faire un peu trop.

Heureusement, Darcy ne relève pas.

— Tu te sentiras peut-être mieux tout à l'heure, dit-elle. Je t'appellerai après le film.

Je raccroche en pensant que cela a été plutôt facile, finalement. Mais au lieu de me sentir soulagée, je reste sur un vague sentiment d'insatisfaction, de frustration. Je serais bien allée au cinéma, moi aussi. Pas avec Dex, bien sûr. Juste avec quelqu'un. Et voilà, j'ai déjà oublié mon marché avec Dieu. Je désire de nouveau un mari. Ou, du moins, un homme dans ma vie.

Assise sur mon canapé, les mains jointes sur les genoux, je réfléchis à ce que j'ai fait à Darcy, attendant que la culpabilité m'envahisse. Mais rien ne vient. Est-ce parce que j'avais l'excuse de l'alcool ? J'étais ivre, je n'avais pas les yeux en face des trous. Ma première année de droit pénal me revient en mémoire : « Le défendeur, s'il est mineur, s'il a agi sous l'emprise d'une substance toxique, sous la pression d'un tiers ou en état de légitime défense, ne peut être tenu pour responsable de ses actes. » Bon, c'est quand même Darcy qui m'a fait boire ces tequilas, si ma mémoire est bonne. J'étais donc sous l'emprise d'une substance toxique, que j'avais ingérée sous la pression d'un tiers. Cela constitue au moins une circonstance atténuante que le jury pourrait prendre en compte, non ?

Ben voyons, charge la victime. Mon Dieu, qu'est-ce qui m'arrive ?

Peut-être suis-je tout simplement une mauvaise personne. Peut-être que l'unique raison pour laquelle je me suis montrée bonne et honnête jusqu'à présent a moins à voir avec une réelle fibre morale qu'avec la peur du gendarme. Si j'obéis aux règles, c'est parce que j'ai peur du risque. Je n'ai jamais volé à l'étalage quand j'étais au collège parce que je savais, certes, que c'était mal, mais surtout parce que j'étais sûre que si quelqu'un devait se faire pincer, ce serait bibi. Je n'ai jamais triché à un examen pour la même raison. Encore aujourd'hui, je ne me sers pas dans le stock de fournitures au bureau parce que je m'imagine prise en flagrant délit par les caméras de surveillance.

Oui, je dois être une mauvaise personne. Il n'y a pas d'autre explication plausible à mon absence de culpabilité. Est-ce par jalousie que j'ai agi ainsi hier soir ? Se peut-il que je lui en veuille pour sa vie parfaite, pour cette facilité avec laquelle tous ses désirs se réalisent les uns après les autres ? À moins que je n'aie souhaité, de façon plus ou moins consciente et sous l'effet de l'alcool, me venger d'elle. Car Darcy n'a pas toujours été une amie parfaite, loin de là. Le souvenir d'Ethan, en primaire, me revient en mémoire. « Mesdames et messieurs les jurés, considérez maintenant l'épisode d'Ethan Ainsley… »

Darcy Rhone et moi sommes amies depuis l'enfance, liées par la géographie, une force plus puissante que tout pour deux élèves de primaire. Nos familles avaient emménagé dans des maisons voisines à Naperville, dans l'Indiana, durant l'été 1976, juste à temps pour assister à la parade du bicentenaire de la ville. Darcy et moi marchions côte à côte en frappant sur des tambours rouge, blanc et bleu que le père de Darcy nous avait achetés à K-Mart. Je me souviens de Darcy se penchant vers moi pour me souffler : « Si on faisait semblant d'être sœurs ? » Cette suggestion m'avait donné des frissons – une sœur ! Et en un rien de temps, c'est ce qu'elle devint à mes yeux. Nous dormions l'une chez l'autre tous les vendredis et samedis pendant l'année scolaire et la plupart des nuits en semaine durant les vacances d'été. Nous apprenions à connaître de l'intérieur nos familles respectives. Je savais, par exemple, que la mère de Darcy pliait impeccablement les serviettes en trois en regardant *Les Feux de l'amour*, que son père était abonné à *Playboy*, que leurs petits déjeuners étaient loin d'être des modèles de diététique et que certains écarts de langage, bannis avec la plus grande sévérité chez moi, étaient tolérés chez eux. Je suis sûre que Darcy, de son côté, ne manquait pas d'observer les petites habitudes de mon foyer. Bref, nous partagions tout : vêtements, jouets, jardins, et même notre passion pour Andy Gibb et les licornes.

Vers dix ans, nous nous découvrîmes ensemble un intérêt naissant pour les garçons. Ce qui m'amène à Ethan, mon premier vrai béguin. Comme toutes les autres filles de la classe, Darcy était folle de Doug Jackson. Je comprenais cette attirance. Je trouvais Doug plutôt mignon, avec ses cheveux blonds et son peigne noir glissé dans la poche arrière gauche de son jean Wrangler. Au foot, c'était le meilleur – il n'avait pas son pareil pour dribbler avec classe et esquiver les autres joueurs sans effort apparent.

Mais moi, j'en pinçais pour Ethan. J'aimais ses cheveux rebelles et ses joues qui rosissaient pendant la récréation quand il faisait froid. J'aimais la façon dont il tournait son crayon à papier entre ses lèvres pleines, laissant de petites marques de dents symétriques juste sous la gomme lorsqu'il se concentrait. J'aimais son entrain quand il jouait à la crapette avec nous autres filles (c'était le seul garçon qui daignait se joindre à nous, les autres préféraient le foot ou le base-ball). Et je l'appréciais aussi parce qu'il se montrait toujours gentil avec le garçon le plus impopulaire de notre classe, Johnnie Redmond, qui était affligé d'un bégaiement et d'une coupe au bol des plus inesthétiques.

Mon faible pour Ethan laissait Darcy perplexe, l'irritait, même, tout comme notre amie Annalise Giles, qui avait emménagé à Naperville deux ans après nous (décalage qui, outre le fait qu'elle avait déjà une sœur, l'empêchait d'accéder au statut de meilleure amie à part entière). Darcy et Annalise aimaient bien Ethan, mais quand même pas à ce point, et elles répétaient à l'envi que Doug était vraiment plus mignon et plus cool – deux critères qui, comme je le subodorais déjà confusément à l'âge de dix ans, ne peuvent vous valoir que des ennuis dans les relations amoureuses.

Tout le monde s'imaginait que Darcy décrocherait le gros lot et sortirait avec Doug. Pas seulement parce qu'elle était plus téméraire que les autres filles et se pavanait sans vergogne devant lui à la cantine ou dans la cour, mais parce qu'elle était la plus jolie d'entre nous. Avec ses pommettes hautes, ses grands yeux verts et son nez au dessin délicat, elle avait un visage d'une grande beauté que je ne pouvais m'empêcher d'envier, de même qu'Annalise. Celle-ci ne manquait d'ailleurs jamais une occasion de rappeler sa chance à Darcy, ce qui me semblait parfaitement inutile, car elle avait selon moi une conscience aiguë de ses charmes.

Cette année-là, pour Halloween, nous nous retrouvâmes toutes les trois dans la chambre d'Annalise afin d'enfiler nos costumes de bohémiennes – selon Darcy, le déguisement idéal pour les filles qui veulent se maquiller beaucoup. Elle examina une paire de boucles d'oreilles en faux diamants qu'elle venait d'acheter, puis se regarda dans le miroir et dit :

— Tu sais, Rachel, je crois que tu as raison.

— À propos de quoi ? m'enquis-je avec un sursaut de satisfaction, en me demandant à quoi elle faisait référence.

Elle fixa une des boucles, puis se tourna vers moi. Je n'oublierai jamais son petit sourire en coin.

— À propos d'Ethan, déclara-t-elle. Je crois que je vais l'aimer, moi aussi.

— Comment ça, tu vas l'aimer ?

— J'en ai assez de Doug, voilà tout. Maintenant, c'est Ethan qui me plaît. Il a des fossettes adorables.

— Il n'en a qu'une, fis-je remarquer d'un ton sec.

— Oh, pardon, il a une fossette adorable !

Je cherchai des yeux le soutien d'Annalise, dans l'espoir qu'elle dirait à Darcy qu'on ne pouvait pas juste décider d'aimer quelqu'un. Mais, évidemment, elle n'intervint pas et continua à appliquer son rouge à lèvres rubis, la bouche en cul de poule devant un miroir à main.

— Ça te pose un problème ? s'étonna Darcy devant ma mine défaite. Annalise, elle, n'était pas fâchée quand j'aimais Doug. On l'a partagé avec toutes les autres filles de la classe pendant des mois, hein, Annalise ?

— Plus, même. J'ai commencé à l'aimer l'été dernier. Tu te souviens, à la piscine ? renchérit fièrement Annalise.

Je la fusillai du regard, et elle baissa les yeux. Doug, c'était différent. Il faisait pour ainsi dire partie du domaine public. Ethan, lui, m'appartenait en exclusivité.

Je n'insistai pas ce soir-là, mais pour moi, la fête était gâchée. Le lendemain, à l'école, Darcy passa un mot à Ethan pour lui demander qui il aimait : moi, elle ou aucune des deux – avec des petites cases pour la réponse et la consigne d'en cocher une. Il dut cocher celle de Darcy, car à la récréation, ils ne se quittèrent pas. Cela revenait à annoncer qu'ils sortaient officiellement ensemble – sans jamais vraiment passer du temps à deux, si l'on excepte quelques rares conversations téléphoniques souvent écrites à l'avance avec une Annalise gloussante. Quant à moi, je me refusai à participer à ces premiers émois ridicules.

À mes yeux, c'est sans importance que Darcy et Ethan ne se soient jamais embrassés et qu'ils aient « rompu » deux semaines plus tard, quand Darcy se lassa et décida qu'en définitive elle préférait Doug. Peu m'importe également que l'imitation constitue la forme la plus évidente de la flatterie, comme me le dit ma mère à l'époque pour me consoler. La seule chose qui compte, c'est que Darcy m'avait volé Ethan. Peut-être avait-elle effectivement découvert le garçon adorable qu'il était – j'essayais de m'en convaincre pour tenter de moins la haïr. Mais plus probablement, elle avait juste voulu me prouver qu'elle pouvait me le prendre si elle en décidait ainsi.

« En un sens, mesdames et messieurs les jurés, Darcy Rhone l'a bien cherché. Qui sème le vent récolte la tempête. Alors, peut-être n'a-t-elle que ce qu'elle mérite aujourd'hui… »

Je dévisage les membres du jury. Ils ne semblent guère convaincus. La perplexité se peint sur le visage des hommes, comme si la logique de ma démonstration leur échappait complètement – comment Dexter a-t-il pu choisir de coucher avec une fille moins jolie que sa fiancée ? Une femme d'un certain âge, vêtue d'une robe sage, pince les lèvres. Comparer la trahison commise par un homme sur le point de se marier avec une amourette d'école primaire, franchement ! Une femme très élégante, presque belle, en tailleur Chanel jaune canari, s'est illico identifiée à Darcy et s'est rangée dans son camp. Rien de ce que je pourrai dire ne la fera changer d'avis ni n'atténuera la gravité de mon crime à ses yeux.

Le seul juré qui semble touché par l'histoire d'Ethan est une fille un peu replète qui arbore une terne coupe au carré. Affalée dans un angle du box des jurés, elle remonte de temps à autre ses lunettes sur son nez busqué. Je devine que j'ai fait vibrer sa corde sensible, son sens de la justice. Elle se réjouit en secret de mon acte. Peut-être parce qu'elle a elle aussi une amie comme Darcy, une fille plus jolie qu'elle qui parvient toujours à ses fins.

Lorsque nous fûmes au lycée, rien ne changea : Darcy continua à avoir tous les garçons qu'elle voulait. Je la revois embrassant Blaine Conner près des casiers et me remémore la jalousie qui me taraudait quand j'étais obligée de tenir la chandelle. Blaine arriva de Columbus, dans l'Ohio, au début de notre classe de première et devint immédiatement un crack partout, sauf en cours – il n'avait à l'évidence pas inventé l'eau chaude. Il était capitaine de l'équipe de foot, pivot central de l'équipe de basket et, bien sûr, premier lanceur dans l'équipe de base-ball. Et avec son look de Ken mignon et propre sur lui, les filles étaient folles de lui – Doug Jackson, saison deux. Mais, hélas, Blaine avait à Columbus une petite amie prénommée Cassandra à qui il prétendait être fidèle « à cent dix pour cent » (une expression idiote qui m'horripilait à cause de son impossibilité mathématique évidente). Tel était du moins le cas avant que Darcy ne s'en mêle... Un jour, alors que nous venions d'assister à un match de base-ball lors duquel Blaine avait réussi un lancer d'anthologie contre l'équipe de Central, elle décréta qu'il était pour elle. Dès le lendemain, elle l'invita à une représentation des *Misérables*. Vous pensez qu'un fou de sport tel que Blaine se serait éperdument moqué d'une comédie musicale ? Eh bien, détrompez-vous. C'est avec enthousiasme qu'il accepta d'accompagner Darcy. Après le spectacle, dans le salon des Rhone, il lui fit un gros suçon dans le cou. Et le lendemain matin, une certaine Cassandra de Columbus était de nouveau célibataire.

Je me souviens de mes discussions avec Annalise sur la vie enchanteresse de Darcy. Nous parlions souvent d'elle – je n'ose imaginer ce qu'elles devaient raconter sur moi dès que j'avais le dos tourné. Annalise soutenait que ce n'était pas seulement une question de beauté et de corps parfait, mais aussi de confiance en soi et de charme. Pour le charme, je n'en savais trop rien, mais pour la confiance en soi, j'étais d'accord avec elle : Darcy en avait à revendre. Au lycée, elle semblait posséder déjà le recul d'une trentenaire. Elle avait compris que certaines occasions ne se présentent qu'une fois et qu'il faut savoir les saisir. Jamais elle n'était intimidée ou déstabilisée.

Je dois cependant reconnaître, et c'est tout à son honneur, qu'elle ne nous a jamais lâchées pour un garçon. Avec elle, c'étaient les copines avant tout, chose plutôt extraordinaire pour une adolescente. Je nous revois à quatre dans la même rangée au cinéma. D'abord le petit ami du moment, Darcy, puis Annalise et moi. Et c'était toujours dans notre direction que Darcy murmurait ses commentaires sur le film. À l'époque, je pensais juste qu'elle n'aimait pas assez ses petits copains. Elle était fonceuse et indépendante, à la différence de la plupart des filles de cet âge qui se laissent dévorer par leurs sentiments pour un garçon. Mais peut-être Darcy avait-elle déjà compris que pour garder le contrôle dans une relation amoureuse, il fallait être celle qui aimait le moins. Que son indifférence soit réelle ou feinte, elle n'en conserve pas moins un ascendant certain sur ses ex. Prenez Blaine, par exemple. Il vit aujourd'hui dans l'Iowa avec une femme, trois enfants et deux labradors. Eh bien, tous les ans sans exception, il souhaite son anniversaire à Darcy par e-mail. Impressionnant, non ?

Aujourd'hui encore, Darcy se souvient avec nostalgie du bonheur de ses années lycée. Je me crispe chaque fois qu'elle évoque le sujet. Certes, j'ai moi aussi quelques bons souvenirs de cette époque. Pour commencer, je jouissais d'une popularité non négligeable – l'avantage d'être la meilleure amie de Darcy. J'aimais assister aux matchs de foot avec Annalise, les joues peinturlurées en orange et bleu. Enveloppées dans des couvertures sur les gradins, nous faisions de grands signes à Darcy qui s'agitait en bordure du terrain dans ses paillettes de pompom girl. J'aimais nos sorties du samedi soir au *Colonial Ice Cream*, où nous commandions toujours le même menu – un *sundae* au caramel, une part de *cheesecake* et un *brownie* double chocolat que nous partagions à trois. Et j'aimais aussi mon premier petit copain, Brandon Beamer, qui me demanda de sortir avec lui en terminale. Brandon était aussi sérieux et sage que moi, en version catholique. Il ne buvait pas, ne touchait pas à la drogue et culpabilisait rien qu'en prononçant le mot sexe. Darcy, qui perdit sa virginité avec un étudiant espagnol, un beau ténébreux prénommé Carlos, me poussait sans cesse à aller plus loin : « Caresse-lui le pénis comme ça, et tu l'auras à tes pieds, je te le garantis. » Mais j'étais parfaitement satisfaite de nos longues séances de câlins dans la berline familiale de Brandon, et avec lui, jamais je n'eus à m'inquiéter de rapports non protégés ou de conduite en état d'ivresse. Bref, si mes souvenirs de lycée n'ont rien de très excitant, j'ai néanmoins vécu quelques bons moments.

Je connus toutefois aussi une foule d'épisodes pénibles : une nouvelle coupe de cheveux ratée, une poussée massive d'acné, les photos de classe hideuses, les problèmes récurrents de garde-robe, les soirées sans petit copain attitré, les rondeurs juvéniles dont je n'arrivais pas à me défaire, les querelles entre copines, et j'en passe… Sans oublier ce sentiment oppressant de morosité et d'angoisse qui me submergeait parfois sans que je puisse rien y faire. Rien de bien exceptionnel, en fait. Les habituelles tares de l'adolescence qui touchent tout un chacun. Sauf Darcy, bien sûr, qui vécut ces années tumultueuses sans la moindre anicroche. Comment aurait-elle pu ne pas adorer le lycée ? Le lycée l'adorait.

Je laisse un message sur son portable, sachant pertinemment qu'elle aura pris soin de l'éteindre pendant la séance. Je lui dis que je suis trop fatiguée pour le restaurant. Aussitôt, ma nausée s'apaise. En fait, j'ai même plutôt faim. Je décide de commander un *cheeseburger* et des frites. Adieu, les trois kilos en moins avant le Memorial Day[1] ! En attendant le livreur, je nous revois, Darcy et moi, avec le calendrier de l'annuaire, en train d'essayer d'imaginer ce que serait notre vie à trente ans.

Eh bien, nous y voilà. Je n'ai pas de mari merveilleux, pas de baby-sitter de confiance, pas d'enfants. Par contre, mon trentième anniversaire porte à jamais la marque d'une odieuse trahison... Oh, et puis tant pis, ce qui est fait est fait. Inutile de battre ma coulpe. Et puisque aujourd'hui est tout de même le jour de mon anniversaire, j'actionne la touche bis de mon téléphone et ajoute à ma commande un grand *milk-shake* au chocolat.

1. Jour férié dédié à la mémoire des soldats morts au champ d'honneur, le dernier lundi de mai. *(N.d.T.)*.

3

À mon réveil le lendemain matin, la fille désinvolte qui a allégrement commandé un milk-shake a disparu, terrassée par la culpabilité et trente ans de soumission aveugle au sens du devoir. J'ai beau chercher, je ne parviens plus à trouver de justification acceptable à mon acte. J'ai commis un crime monstrueux envers ma meilleure amie, j'ai trahi sans vergogne la confiance de ma sœur d'élection. Comment pourrai-je jamais me le pardonner ?

Je passe aussitôt au plan B : faire comme s'il n'était rien arrivé. Ma trahison est si grave que je n'ai d'autre choix que de la refouler purement et simplement. Pour cela, je décide de vaquer à mes occupations sans varier d'un iota ma routine du lundi matin.

Je me douche, me sèche les cheveux, puis j'enfile mon tailleur noir le plus confortable et des talons plats. Ensuite, je prends le métro jusqu'à Grand Central, achète un café à *Starbucks*, le *New York Times* à mon kiosque habituel et, après avoir gravi deux escalators, je m'engouffre dans l'ascenseur, direction mon bureau dans le MetLife Building. Chaque élément de ce rituel immuable représente un pas qui m'éloigne de Dex et du Crime.

J'arrive dans mon bureau à 8 h 20 – horaire très matinal pour un cabinet juridique. Les couloirs sont déserts. Il n'y a personne, pas même les secrétaires. Je m'apprête à lire le journal en sirotant mon café quand je remarque le petit voyant rouge qui clignote sur mon téléphone. Aïe, me dis-je, surcharge de travail en perspective. Je parie que Les, mon odieux supérieur – le pire des associés du cabinet –, a cherché à me contacter ce week-end, le seul de l'histoire récente où j'ai oublié de vérifier ma messagerie.

— Aujourd'hui à 7 h 42, nouveau message d'un correspondant extérieur, m'annonce ma boîte vocale.

Je déteste cette voix de femme désincarnée qui vous transmet les pires nouvelles d'un ton parfaitement neutre. Les fabricants de répondeurs devraient adapter les messages aux cabinets d'avocats. « Méfiez-vous, préviendrait une voix grave avec la musique des *Dents de la mer* en fond sonore, vous avez quatre nouveaux messages, dont trois de votre supérieur hiérarchique... »

À quoi vais-je avoir droit cette fois ? J'appuie sur la touche de lecture en soupirant.

— Salut, Rachel, c'est moi... Dex. J'ai voulu t'appeler hier pour qu'on parle de samedi soir, mais... je n'ai pas pu. On devrait en discuter, tu ne crois pas ? Rappelle-moi quand tu peux. Je serai à mon bureau toute la journée.

Mon moral s'effondre. Pourquoi n'adopte-t-il pas comme moi la bonne vieille technique du refoulement ? Pas étonnant que je déteste mon boulot, me dis-je. Une avocate qui redoute les confrontations, bravo. Je prends un stylo et commence à en mordiller nerveusement le bout. Dans ma tête, j'entends ma mère me dire d'arrêter ça, je repose le stylo et fixe la lumière du plafonnier jusqu'à ce qu'elle m'éblouisse. La femme du répondeur exige que je prenne une décision au sujet du message – le réécouter, le sauvegarder ou l'effacer.

De quoi Dex veut-il qu'on parle ? Qu'y a-t-il donc à dire ? Je réécoute le message, en espérant que je trouverai une réponse dans sa voix, son intonation. Rien. Je l'écoute encore. Et encore. Jusqu'à ce que sa voix commence à se déformer – comme les mots qui perdent leur sens quand on les prononce assez longtemps en boucle.

J'écoute le message une ultime fois avant de l'effacer. À présent, la voix de Dex me paraît effectivement différente. Ce qui semble logique, car, d'une certaine façon, il n'est plus le même. Moi non plus, d'ailleurs. Même si, après une brève conversation embarrassée, nous tentons tous les deux d'oublier cette nuit fatidique, chacun de nous figure désormais à jamais sur la liste de l'autre – cette liste que tout le monde possède, consignée dans un carnet à spirale secret ou mémorisée dans un coin de sa tête, longue ou courte, classée selon la performance, par ordre chronologique ou alphabétique, détaillée ou limitée à quelques détails physiques marquants – comme celle de Darcy (« reporter agence Delta, deltoïdes en béton », par exemple).

Malgré moi, je nous imagine ensemble au lit. Cette nuit-là, il était juste Dex – sans Darcy. Ce qu'il n'avait pas été pour moi depuis très longtemps. Depuis le jour où je les ai présentés l'un à l'autre, en fait.

J'ai rencontré Dex en première année de droit à l'université de New York. Il était plus âgé que la plupart des autres étudiants de notre promo et possédait déjà une certaine expérience de la vraie vie. Il avait travaillé comme analyste chez Goldman Sachs – à côté, je faisais pâle figure, avec mes stages d'été en entreprise et mes jobs de secrétaire abonnée au classement ou au standard. Il était sûr de lui, décontracté et si craquant qu'il était difficile de ne pas le reluquer à tout bout de champ. J'étais certaine qu'il deviendrait le Doug Jackson de la fac. Et effectivement, dès la première semaine de cours, les langues des filles allaient déjà bon train. Dexter Thaler avait-il quelqu'un dans sa vie ? Était-il seulement hétéro ? Certaines en doutaient, considérant qu'il était trop bien habillé et trop mignon pour ne pas être gay.

Quant à moi, je fis d'emblée une croix sur Dex, après m'être convaincue qu'un homme aussi parfait ne pouvait que se révéler ennuyeux. En outre, j'avais conscience que nous ne jouions pas dans la même catégorie. Enfin, argument de poids, j'empruntais trente mille dollars par an pour suivre des cours, pas pour me chercher un petit copain.

En fait, je ne lui aurais sans doute pas adressé la parole en trois ans si le hasard ne nous avait placés l'un à côté de l'autre au T.P. de droit civil du sardonique professeur Zigman. Ce fut notre haine commune pour ce sadique qui nous lia. Mais alors que Zigman m'inspirait une terreur quasi irrationnelle, Dex éprouvait plutôt du dégoût pour le personnage. « Quel connard arrogant ! » avait-il coutume de bougonner après le cours, durant lequel Zigman faisait bien souvent pleurer une étudiante.

Peu à peu, nos récriminations cédèrent la place à de longues conversations à la cafétéria et à des balades dans Washington Square Park. Nous décidâmes de travailler ensemble durant l'heure libre que nous avions avant le cours de Zigman, afin de nous préparer à l'inévitable – le jour maudit où Zigman jetterait son dévolu sur l'un de nous deux. Je redoutais ce jour avec une angoisse indicible, certaine que l'interrogation serait un massacre. En revanche, j'avais hâte que vienne le tour de Dexter. Zigman s'attaquait aux faibles et aux timides, et Dex n'était ni l'un ni l'autre. J'étais sûre qu'il n'abandonnerait pas sans livrer bataille.

Je m'en souviens comme si c'était hier. Debout derrière son pupitre, Zigman examina les photos de son plan de classe pour choisir sa proie du jour, puis il jeta un regard dans notre direction par-dessus ses petites lunettes rondes.

— Monsieur Thaler.

Il avait mal prononcé la dernière syllabe de son nom, transformant le « eur » en « air ».

— Mon nom se prononce Tha-leur, monsieur, fit Dex.

Je retins mon souffle – personne ne se permettait de reprendre Zigman. Dex allait en baver, c'était sûr.

— Pardonnez-moi, monsieur Tha-leur, répliqua Zigman avec une petite courbette hypocrite. Venons-en, je vous prie, à notre affaire du jour, « Palsgraf contre la Compagnie des chemins de fer de Long Island ».

Dex resta calmement assis devant son livre fermé, tandis que les autres étudiants feuilletaient nerveusement leur manuel, à la recherche de l'étude de cas que nous devions préparer pour ce jour-là.

— La plaignante avait-elle droit, selon vous, à des dommages et intérêts ? demanda Zigman à Dex.

L'affaire concernait un accident dans une gare. En se dépêchant pour monter dans un train, un contrôleur avait fait tomber un paquet des mains d'un passager, lequel paquet contenait plusieurs bâtons de dynamite et avait grièvement blessé la plaignante, Mme Palsgraf. Le juge Cardozo, suivant l'avis majoritaire du jury, avait déclaré que l'accident n'était en rien prévisible et qu'en conséquence Mme Palsgraf ne pouvait prétendre à des dommages et intérêts de la part de la compagnie ferroviaire.

Dex gardait le silence. Un instant, j'eus un sursaut de panique. Il devait être pétrifié, comme tant d'autres avant lui. Réponds non, lui soufflai-je mentalement, suis l'avis du jury. Mais quand je vis son expression et ses bras tranquillement croisés sur sa poitrine, je compris qu'il prenait seulement son temps, à la différence de la plupart des autres étudiants, qui débitaient à toute allure des théories indéfendables, comme si la rapidité de leur réponse pouvait compenser leur manque de maîtrise du sujet.

— Vous me demandez mon point de vue personnel ?

— C'est à vous que je m'adresse, monsieur Thaler. Alors, oui, je vous demande votre point de vue personnel.

— Je dirais que la plaignante était en droit de recevoir des dommages et intérêts. J'approuve l'avis minoritaire du juge Andrews.

— Oh, vraiment ? fit Zigman de sa voix nasillarde et haut perchée.

— Oui, vraiment.

Je fus d'autant plus étonnée qu'avant le cours, Dex m'avait dit qu'il ignorait si le crack existait déjà en 1928, mais qu'à son avis le juge Andrews avait sûrement dû en consommer quand il avait rédigé cet avis divergent. Et je fus encore plus surprise par le « vraiment » insolent dont il ponctua sa phrase, comme pour défier Zigman.

Celui-ci bomba son torse maigrichon.

— Alors, comme ça, vous pensez que le contrôleur aurait dû deviner que ce paquet d'apparence inoffensive, d'une quarantaine de centimètres de long, enveloppé dans du papier journal, contenait des explosifs et risquait de blesser la plaignante ?

— C'était sans aucun doute une éventualité à envisager.

— Il aurait donc dû prévoir que ce paquet blesserait quelqu'un ? insista Zigman, de plus en plus sarcastique.

— Je n'ai pas dit « quelqu'un », mais la plaignante. Mme Palsgraf se trouvait indubitablement dans la zone à risque.

Zigman s'approcha de notre rangée et lâcha le *Wall Street Journal* qu'il tenait à la main sur le livre fermé de Dex.

— Pourriez-vous me rendre mon journal, s'il vous plaît ?

— Je préférerais m'en abstenir.

Dans la classe, le choc était palpable. Tous autant que nous étions, nous nous serions prudemment contentés de jouer le jeu, vulgaires faire-valoir de Zigman dans son numéro bien rodé.

— Vous préféreriez vous en abstenir ? répéta celui-ci en penchant la tête.

— En effet. Il pourrait dissimuler de la dynamite.

Il y eut des rires étouffés. Zigman crispa les mâchoires.

— Supposons que vous acceptiez de me rendre mon journal et qu'il contienne effectivement de la dynamite, dont l'explosion inopinée vous blesserait. Que feriez-vous dans ce cas, monsieur Thaler ?

— J'engagerais des poursuites contre vous et, selon toute vraisemblance, gagnerais mon procès.

— Cela vous paraît-il cohérent par rapport au raisonnement du juge Cardozo ?

— Non.

— Oh, vraiment ? Et pourquoi donc ?

— Parce que je vous poursuivrais pour blessures volontaires. Le juge Cardozo, lui, invoquait la négligence, n'est-ce pas ?

Je retins de nouveau mon souffle, tandis que Zigman pressait ses paumes l'une contre l'autre à la hauteur de son torse, comme s'il priait.

— C'est moi qui pose les questions dans cette salle, monsieur Thaler.

Dex haussa les épaules, le sourire aux lèvres.

— Supposons que je laisse tomber accidentellement mon journal sur votre bureau, reprit Zigman. Vous me rendez le journal et vous êtes blessé. Le juge Cardozo statuerait-il en votre faveur ?

— Bien sûr.

— Et pourquoi donc ?

Dex soupira, comme si l'exercice commençait à l'ennuyer.

— Parce que vous êtes en mesure de prévoir que la dynamite peut me blesser. Le fait que vous lâchiez votre journal chargé de dynamite dans mon espace vital violerait mon intérêt protégé par la loi. Par votre acte de négligence, vous me feriez courir un risque évident dans une situation de vigilance ordinaire.

J'étudiai les paragraphes que j'avais surlignés dans mon livre. Dex citait le juge Cardozo mot pour mot sans même regarder son manuel ou ses notes. Toute la classe l'écoutait, fascinée. Jusqu'ici, personne ne s'en était aussi bien sorti.

— Et si Mlle Myers ici présente était également blessée et m'intentait un procès, poursuivit Zigman en désignant la pauvre Julie Myers, toute tremblante à l'autre bout de la salle, obtiendrait-elle réparation ?

— D'après la décision du juge Cardozo ou l'avis minoritaire du juge Andrews ?

— D'après ce dernier, puisque vous partagez son opinion.

— Oui, elle obtiendrait des dommages et intérêts. Chacun est en droit d'attendre d'autrui qu'il s'abstienne de tout acte pouvant mettre en péril sa sécurité, déclara Dex, citant de nouveau le manuel.

L'échange se poursuivit ainsi durant tout le cours. Jamais déstabilisé, Dex répondait avec calme et assurance au professeur Zigman. À la fin de l'heure, ce dernier le gratifia d'un « très bien, monsieur Thaler ». C'était une première.

En quittant la classe, je jubilais. Dex nous avait tous vengés. L'histoire circula parmi les étudiants de première année et fit grimper encore la cote de Dex auprès des filles qui voyaient en lui un cœur à prendre.

Je racontai aussi l'anecdote à Darcy. Elle s'était installée à New York à peu près à la même époque que moi, mais dans des circonstances très différentes. J'étais venue là pour devenir avocate ; elle avait débarqué sans travail, sans projet et quasiment sans un sou. Je l'avais hébergée dans ma chambre de la résidence universitaire jusqu'à ce qu'elle trouve une colocation – elle avait emménagé avec trois hôtesses d'American Airlines soucieuses de diviser par quatre le loyer exorbitant de leur petit appartement. Darcy empruntait de l'argent à ses parents tout en cherchant du travail. Elle finit par dénicher un job de serveuse au *Monkey Bar*. Pour la première fois depuis le début de notre amitié, je trouvais mon existence plus enviable que la sienne. J'étais aussi pauvre qu'elle, mais j'avais au moins un projet professionnel sérieux. Les perspectives d'avenir de Darcy ne semblaient guère prometteuses avec les notes médiocres qu'elle avait obtenues à l'université d'Indiana.

— Tu as tellement de chance, geignait-elle.

Non, la chance, c'est ton truc, pensais-je. La chance, c'est acheter un billet de loterie et gagner le gros lot. Ma vie n'a rien à voir avec la chance. Moi, pour y arriver, je dois bosser dur et me battre. Mais, bien évidemment, je n'en disais rien. Je me contentais de lui assurer que sa situation s'arrangerait bientôt.

Bien entendu, un miracle ne tarda pas à se produire. Une quinzaine de jours après ses débuts en tant que serveuse, un type entra au *Monkey Bar*, commanda un whisky et se mit à la draguer. Le temps de vider son verre, et il lui avait promis un travail dans une des agences de communication les plus en vue de Manhattan. Il l'invita à venir passer un entretien, en ajoutant qu'il s'arrangerait (petit clin d'œil) pour qu'elle décroche le poste. Darcy prit sa carte de visite, me demanda de peaufiner son CV, se rendit à l'entretien et fut embauchée illico. Salaire de départ : soixante-dix mille dollars par an. À peu près ce que je réussirais à gagner si je sortais de l'école parmi les meilleurs et que je décroche un poste dans un cabinet juridique de New York.

Tandis que je m'éreintais à étudier et que j'accumulais les dettes, Darcy entama donc une prestigieuse carrière dans les relations publiques. Elle organisait des soirées, assurait la promotion des dernières nouveautés à la mode, recevait une quantité inconcevable de cadeaux et sortait avec les plus beaux mecs de la ville. Sept mois plus tard, elle plaqua les hôtesses de l'air et emménagea avec sa collaboratrice, Claire, une snobinarde de Greenwich dotée d'un carnet d'adresses épais comme le Bottin.

Darcy essaya de me faire profiter de son existence flamboyante, mais j'avais rarement le temps d'assister à ses soirées ou d'aller aux rendez-vous qu'elle m'arrangeait avec des types qu'elle me vendait comme des « mecs en or » alors qu'ils n'étaient, je le savais, que ses rebuts.

Ce qui me ramène à Dex. Je parlais de lui avec enthousiasme à Darcy et à Claire – « quel garçon incroyable, si vous saviez… mignon, intelligent, drôle… » Rétrospectivement, je me demande pourquoi j'agissais ainsi. En partie parce que c'était vrai. Mais sans doute aussi parce que j'enviais leur vie glamour et que je voulais faire un peu mousser la mienne.

— S'il est si bien que ça, pourquoi est-ce qu'il ne te plaît pas ? s'étonnait Darcy.

— Il n'est pas mon genre, répondais-je invariablement. On est juste amis.

Ce qui était la vérité. Bien sûr, à certains moments, quand j'étais assise à côté de Dex, il m'arrivait d'éprouver une fugace attirance pour lui ou de sentir mon pouls s'emballer. Mais je veillais à ne pas tomber amoureuse et m'obligeais à me rappeler que des garçons comme Dex ne sortaient qu'avec des filles comme Darcy.

Tous deux ne firent connaissance qu'au semestre suivant. Un groupe d'étudiants de l'école, dont Dex, organisa une soirée impromptue un jeudi soir. Comme Darcy insistait depuis des semaines pour rencontrer Dex, je l'appelai et lui fixai rendez-vous à 20 heures au *Lion Rouge*. Elle vint, mais pas Dex. Je voyais bien qu'elle avait l'impression de perdre son temps. Elle n'arrêtait pas de râler, disait que le *Lion Rouge* n'était pas son genre, qu'elle avait passé l'âge des bouges grunge (qu'elle fréquentait assidûment, soit dit en passant, encore quelques mois plus tôt), que les musiciens étaient nuls et que si on pouvait aller dans un endroit plus classe où les gens appréciaient l'élégance, elle ne serait pas contre.

Puis Dex entra dans le bar d'un pas nonchalant, vêtu d'un long manteau en cuir noir et d'un superbe pull en cachemire beige. Il vint droit vers moi et m'embrassa sur la joue. Je le présentai à Darcy, qui passa aussitôt en mode séduction plein pot : elle se mit à pouffer de rire, à jouer avec ses cheveux et à hocher la tête avec véhémence à la moindre phrase qu'il prononçait. Il se montra gentil avec elle, mais sans plus. À un moment, alors qu'elle citait des noms de gens qui travaillaient chez

Goldman Sachs – « et Machin, tu le connais ? » –, il eut même l'air de réprimer un bâillement. Il partit avant nous, après avoir simplement dit à Darcy qu'il était content d'avoir fait sa connaissance.

Sur le chemin du retour, je demandai à Darcy ce qu'elle pensait de lui.

— Il est pas mal, répondit-elle sans grand enthousiasme.

Sa mauvaise foi évidente m'agaça. Elle se refusait à faire son éloge pour la simple raison qu'il ne s'était pas montré suffisamment fasciné par sa sublime personne. Elle s'attendait visiblement à ce qu'il tombe à ses pieds. Moi aussi, je dois dire.

Le lendemain matin, j'allai boire un café avec Dex avant les cours. J'étais sûre qu'il parlerait de Darcy, et pourtant, il n'en dit pas un mot. Je pris un malin plaisir à rapporter à Darcy qu'il n'avait même pas cité son nom. Excellente leçon de modestie, me disais-je.

Je n'aurais pas dû me réjouir trop vite.

Environ une semaine plus tard, Dex me demanda à brûle-pourpoint ce que devenait ma copine.

— Quelle copine ? fis-je d'un air innocent.

— Tu sais, la brune du *Lion Rouge*.

— Ah, Darcy ! dis-je.

Puis j'allai droit au but :

— Tu veux son numéro de téléphone ?

— Si elle est libre.

J'appris la nouvelle à l'intéressée le soir même. Elle sourit avec coquetterie.

— À la réflexion, je crois que ce garçon est plutôt intéressant.

Deux semaines s'écoulèrent encore avant que Dex ne la contacte. S'il avait délibérément attendu pour faire monter la tension, sa stratégie fonctionna : Darcy était dans tous ses états quand il l'invita enfin à dîner dans un grand restaurant. À l'évidence, ce premier rendez-vous fut une réussite, car dès le lendemain matin, ils prenaient un brunch ensemble à Greenwich Village. Peu après, leur relation devint officielle.

Leurs débuts furent agités. Je savais que Darcy adorait se disputer avec ses petits amis, mais je considérais que Dex, en homme rationnel et posé, était au-dessus de ces chamailleries. Peut-être en avait-il été ainsi avec d'autres filles, mais Darcy s'ingénia à l'entraîner dans son univers de fureur et d'émotions exacerbées. Une fois, elle trouva un numéro de téléphone griffonné sur un de ses cahiers de cours – c'est une incorrigible fouineuse –, mena sa petite enquête, remonta la piste jusqu'à une ex-petite amie et s'enferma dans un mutisme indigné de femme odieusement trompée. Quelques jours plus tard, Dex arriva en cours de droit civil avec une coupure sur le front, juste au-dessus de l'œil gauche. L'air penaud, il me confia que Darcy lui avait lancé un cintre en fil de fer à la figure dans un accès de jalousie.

Mais il n'était pas en reste. Un soir, alors que nous étions sortis boire un verre ensemble, Darcy fit un peu trop ami-ami avec un type au comptoir. Je vis Dex glisser des regards excédés dans leur direction, puis, finalement, il n'y tint plus. Il alla la chercher, l'air furibond mais maître de lui, et j'entendis Darcy justifier son flirt flagrant avec son aplomb coutumier :

— Qu'est-ce qui te prend, enfin ? Nous parlions juste de nos frères qui sont dans la même association d'étudiants. Il n'y a pas de quoi en faire toute une histoire !

Avec le temps, cependant, leur relation finit par se stabiliser. Leurs disputes perdirent en intensité et se firent plus rares. Darcy emménagea dans l'appartement de Dex, et cet hiver, celui-ci la demanda en mariage.

C'est moi qui l'ai connu la première, me dis-je.

C'est un argument sans doute aussi contestable que l'histoire d'Ethan, mais je m'y accroche un moment. J'imagine la jurée qui m'est favorable se pencher en avant, comme pour mieux s'imprégner de cette révélation. Elle souligne même ce point lors des délibérations : « Sans Rachel, Dex et Darcy ne se seraient jamais rencontrés. Donc, en un sens, Rachel méritait bien cette nuit avec lui ! » Les autres jurés la dévisagent avec incrédulité. « C'est ridicule, ça n'a aucun rapport, lui lance Tailleur Chanel. En fait, ajoute-t-elle, on peut même retourner l'argument : Rachel a eu sa chance avec Dex, mais elle n'a pas su la saisir lorsqu'elle s'est présentée. Alors, à qui la faute si elle se retrouve demoiselle d'honneur ? »

Ce soir-là, je reste travailler tard. Je n'ai toujours pas rappelé Dex. J'envisage même d'attendre le lendemain, la fin de la semaine, voire de ne pas appeler du tout. Sois raisonnable, me dis-je. Plus tu attendras, plus tu seras mal à l'aise quand tu le reverras. Alors, je me force à composer le numéro de son portable, en espérant de tout cœur tomber sur sa boîte vocale.

Il est 22 h 30. Avec un peu de chance, il sera rentré retrouver Darcy.

— Dex Thaler, fait-il d'une voix professionnelle.

Après ses études de droit, il est retourné travailler chez Goldman Sachs, optant avec sagesse pour une carrière dans la finance, plus passionnante et mieux rémunérée que celle de juriste.

— Rachel !

Il a l'air sincèrement content de m'entendre, même si sa voix trahit sa nervosité.

— Merci d'appeler. J'attendais ton coup de fil.

— J'avais l'intention de te téléphoner plus tôt, mais je... j'ai été très occupée... Une journée dingue, je bredouille, la bouche sèche comme du carton-pâte.

— Ne m'en parle pas. Ici aussi, ça a été de la folie, répond-il, un peu plus détendu.

S'ensuit un silence gêné – du moins de mon côté. S'attend-il à ce que j'évoque le Crime ?

— Alors, comment te sens-tu ? reprend-il en baissant la voix.

— Comment je me sens ?

J'ai soudain le visage en feu, la transpiration perle à mes aisselles, et je n'exclus pas de vomir les sushis de mon dîner.

— Je veux dire… comment te sens-tu depuis samedi soir ? insiste-t-il.

Il murmure presque. Peut-être est-ce juste par discrétion, pour que personne ne l'entende, mais cela donne à notre conversation une étrange intimité.

— Je ne comprends pas ce que tu…

— Te sens-tu coupable ?

— Évidemment, je me sens coupable. Pas toi ?

Mon regard se perd dans les lumières de Manhattan, en direction de son bureau.

— Ça n'aurait jamais dû arriver, aucun doute là-dessus. C'était une erreur… Et je ne veux pas que tu t'imagines que c'est une habitude chez moi. Je n'avais encore jamais trompé Darcy. Jamais. Tu me crois, n'est-ce pas ?

Je lui réponds que oui. Je ne demande qu'à le croire.

Nouveau silence.

— C'était la première fois que ça m'arrivait, répète-t-il.

Je ne sais que répondre. Je l'imagine, les pieds sur son bureau, la cravate desserrée et jetée sur son épaule. Il est beau en costume. Dans n'importe quelle tenue, d'ailleurs. Sans rien aussi.

Ma main est tellement crispée sur le combiné que j'en ai mal aux doigts. Je le fais passer dans mon autre main et j'essuie ma paume moite sur ma jupe.

— Je sais que tu dois te sentir très mal. Tu es la meilleure amie de Darcy. Ce qui s'est passé entre nous te met dans une position intenable, j'en ai conscience.

Il s'éclaircit la gorge.

— Mais en même temps…

— Quoi donc ? je demande en dépit du bon sens, au lieu de mettre fin à cette conversation et de raccrocher, fidèle à la stratégie de fuite qui m'a toujours si bien servie.

— Je ne sais pas. C'est juste que... d'une certaine façon... enfin, objectivement, je sais que j'ai mal agi, mais je n'arrive pas à éprouver de culpabilité. Tu dois me trouver atroce, non ?

Que répondre ? « En effet » me semble inutilement méchant et moralisateur, « non » pourrait nous conduire en terrain glissant. J'opte pour le juste milieu.

— Je suis mal placée pour te juger, non ? Je suis aussi fautive que toi.

— Non, Rachel, c'était ma faute.

Je repense à l'ascenseur, à la douceur de ses cheveux entre mes doigts.

— C'était notre faute à tous les deux, réponds-je. Nous étions ivres. Les tequilas m'avaient tapé sur la tête, et je n'avais presque rien mangé ce jour-là...

— Moi, je n'étais pas si ivre que ça, m'interrompt Dex, presque avec défi.

Pardon ? Pas si ivre que ça ?

— Bon, d'accord, j'avais bu quelques verres, continue-t-il, comme s'il lisait dans mes pensées, et j'avais sans doute perdu mes inhibitions, mais je savais ce que je faisais. Je crois qu'au fond de moi je voulais que ça arrive. Ce n'était pas non plus prémédité, mais cette idée m'avait déjà traversé l'esprit à plusieurs reprises...

À plusieurs reprises ? Quand ? À la fac de droit ? Avant ou après sa rencontre avec Darcy ?

Je me rappelle soudain un épisode avant Darcy. Dex et moi préparions le fameux cours de droit civil à la bibliothèque. Il était tard, mais nous étions tous les deux très en forme, presque hystériques à cause du manque du sommeil et d'un excès de caféine. Dex s'était mis à singer Zigman, en citant quelques-unes de ses phrases favorites. J'avais ri si fort que j'en avais eu les larmes aux yeux. Quand j'avais réussi enfin à me reprendre un peu, il s'était penché vers moi par-dessus la table étroite et avait essuyé une larme sur ma joue avec son pouce. Une vraie scène de cinéma, sauf qu'en général ce sont des larmes de chagrin. J'avais cessé instantanément de rire, et nos regards s'étaient croisés.

J'avais détourné les yeux la première et m'étais replongée dans mon livre. Les mots dansaient devant mes yeux, j'étais incapable de me concentrer. Je ne pensais qu'au contact du pouce de Dex sur mon visage. Plus tard, il avait proposé de me raccompagner jusqu'à ma chambre. J'avais poliment refusé, en lui assurant que je pouvais rentrer seule. Ce soir-là, dans mon lit, j'avais décidé que je m'étais laissé emporter par mon imagination, que jamais Dex ne me considérerait autrement que comme une amie. Son geste était un simple témoignage de gentillesse, voilà tout.

Pourtant, par la suite, je me suis demandé parfois ce qui serait arrivé si je n'avais pas été si timide. Si j'avais accepté qu'il me raccompagne, ce soir-là. Aujourd'hui, cette interrogation n'en prend que davantage de sens.

— Évidemment, poursuit Dex avec conviction, je suis bien conscient que nous ne renouvellerons jamais l'expérience. N'est-ce pas ? ajoute-t-il avec une gravité qui le fait presque paraître vulnérable.

— Plus jamais jamais, je confirme, regrettant aussitôt ma phrase puérile. C'était une erreur.

— Sans doute, mais je ne regrette rien. Je devrais, je sais, mais je n'y arrive pas, répond-il.

Je ne relève pas. Assise comme une idiote, j'attends juste qu'il parle de nouveau.

— Quoi qu'il en soit, Rachel, je suis désolé de t'avoir mise dans cette situation. Mais je pensais que tu devais savoir ce que je ressentais, conclut-il avec un rire nerveux.

— Très bien. Maintenant, je sais, lui réponds-je. On ferait mieux de tirer un trait sur cette histoire, d'accord ?

Nous nous disons au revoir, puis je raccroche et mon regard se perd dans le vague, par-delà la baie vitrée. L'appel qui aurait dû me permettre de tourner la page m'a plongée dans un malaise encore plus grand qu'avant et a fait naître en moi un trouble diffus que je suis bien décidée à étouffer.

Je me lève, éteins la lumière de mon bureau et me rends à la station de métro en m'efforçant de chasser Dex de mon esprit. Mais tandis que j'attends sur le quai, je repense à notre baiser dans l'ascenseur, à mes mains dans ses cheveux, et je le revois endormi sur mon lit, à moitié recouvert par la couette. Ce sont les images que je garderai en mémoire, comme ces photos d'ex-petits amis qu'on conserve dans une boîte à chaussures au fond d'un placard, au cas où l'on aurait envie de se remémorer les bons moments.

4

Nous sommes encore à des jours du début officiel de l'été, et Darcy n'a qu'un sujet à la bouche : les Hamptons. Elle n'arrête pas de m'appeler et de m'envoyer par e-mail des informations sur les fêtes organisées pour le Memorial Day, sur les restaurants et sur les ventes privées où l'on peut trouver les plus jolies tenues d'été. Bien sûr, tous ces préparatifs m'inspirent la plus grande angoisse. Comme les quatre derniers étés, je partage une maison avec Darcy et Dex. Cette année, il y aura aussi Marcus, Claire et Hillary.

— On aurait peut-être dû prendre une location complète au lieu d'un week-end sur deux, tu ne crois pas ? me demande Darcy pour la vingtième fois, fidèle à son habitude quasi pathologique de toujours remettre en cause le moindre de ses achats, même le plus insignifiant.

— Un week-end sur deux, ça suffit largement. On n'arriverait jamais à y aller chaque semaine, je lui assure, le combiné coincé entre l'oreille et l'épaule, tout en continuant à taper mon rapport sur les différences en matière de franchise entre la Floride et New York.

— C'est ton clavier que j'entends ? s'exclame-t-elle d'un ton de reproche, car elle ne supporte pas que je ne lui consacre pas toute mon attention.

— Non, mens-je en poursuivant ma frappe d'un doigt plus léger.

— Tu n'as pas intérêt…

— Puisque je te dis que non.

— Enfin, bon, j'imagine que tu as raison. Un week-end sur deux, c'est suffisant. De toute façon, avec les préparatifs du mariage, nous avons beaucoup à faire en ville.

Le mariage est le seul sujet que je souhaite éviter encore plus ardemment que les Hamptons. Je me contente donc de marmonner une vague approbation, afin qu'elle ne se sente pas encouragée à poursuivre sur ce thème.

— Pour le premier week-end, tu viendras en voiture avec nous ou tu prendras le train ?

— Le train. Je ne sais pas du tout à quelle heure je pourrai quitter le travail.

Ce que je ne veux à aucun prix, c'est me retrouver enfermée dans une voiture avec Dex et elle. Je n'ai pas revu Dex depuis qu'il a quitté mon appartement. Et j'ai également évité Darcy depuis le Crime.

— Tu es sûre ? Ce serait tellement mieux d'y aller en voiture... Pour le premier week-end, ce serait vraiment plus pratique, non ? Avec le lundi férié, il y aura un monde fou dans les gares... Allez, viens avec nous !

— On verra, réponds-je, histoire d'avoir la paix.

— Il n'y a pas de « on verra » qui tienne. Tu viens avec nous, un point, c'est tout.

— Je dois vraiment me remettre au boulot, lui dis-je avec un soupir.

— C'est bon, je te laisse à ton sacro-saint travail... Au fait, c'est toujours d'accord pour ce soir ?

— Ce soir ?

— Hé, tu es amnésique ou quoi ? Ne me dis pas que tu dois faire des heures sup ! Tu m'avais promis... Bikinis, ça te rappelle quelque chose ?

— Ah, oui, c'est vrai !

J'avais complètement oublié que nous avions prévu notre shopping maillot de bain ce soir. À mes yeux, l'une des pires corvées au monde, au même titre que le récurage des toilettes et l'extraction d'une dent.

— Pas de problème, je suis libre.

— Génial. On se retrouve devant le glacier au sous-sol de Bloomingdale. Tu sais, juste à côté des fringues pour grosses. 19 heures tapantes, hein ?

J'arrive à la station de la Cinquante-neuvième Rue un quart d'heure après le rendez-vous et me précipite au sous-sol de Bloomingdale en priant pour que Darcy ne me fasse pas la tête. Je ne me sens pas d'attaque pour la dérider. Mais elle semble de bonne humeur, assise au comptoir du glacier devant un sorbet à la fraise. Elle me fait signe avec un sourire radieux. Je respire un grand coup et me jette à l'eau. Après tout, me dis-je, ma trahison n'est pas inscrite au fer rouge sur mon front.

— Salut, Darcy.

— Salut ! Ô mon Dieu, je vais être toute ballonnée pour les essayages ! s'exclame-t-elle, sa cuillère en plastique pointée sur son ventre. Bah, tant pis. J'ai l'habitude d'être une grosse dondon.

Je lève les yeux au ciel.

— Tu n'es pas grosse, voyons.

Elle me joue le même numéro tous les ans à la saison des maillots de bain. Le poids de Darcy constitue une source intarissable de discussion. Elle me fait un rapport quasi quotidien du verdict de son pèse-personne, qui oscille toujours entre cinquante-trois et cinquante-cinq kilos – beaucoup trop selon ses normes rigoureuses. Son poids idéal, c'est cinquante kilos – bien trop peu d'après moi pour une fille d'un mètre soixante-treize. Quand elle mange un sachet de chips, elle m'envoie un e-mail :

Au secours ! Aide-moi à décrocher ! Appelle-moi dès que possible !

Et si je la rappelle, elle me demande :

— C'est beaucoup, quinze grammes de lipides ?

Ou :

— Il faut combien de grammes de lipides pour prendre un kilo ?

Ce qui m'agace, voyez-vous, c'est qu'elle mesure cinq centimètres de plus que moi et pèse trois kilos de moins. Quand je le lui fais remarquer, elle répond :

— Oui, mais tes seins sont plus gros.

— Peut-être, mais ils ne pèsent quand même pas trois kilos de plus que les tiens, j'argumente.

— De toute façon, réplique-t-elle, tu es parfaite comme tu es (sous-entendu : « Assez parlé de toi, revenons-en à ma petite personne »).

Je suis loin d'être obèse, mais quand elle aborde ce sujet, je me sens dans la peau d'une aveugle à qui elle se plaindrait de devoir porter des lentilles de contact.

— Je suis énorme. Une vraie baleine ! En plus, je me suis goinfrée au déjeuner. Enfin… l'essentiel, c'est que je ne ressemble pas à une grosse vache dans ma robe de mariée, conclut-elle en avalant sa dernière bouchée de sorbet. Par pitié, dis-moi que j'ai encore plein de temps pour maigrir avant le mariage.

— Tu as tout le temps, je lui assure.

Et moi, j'ai tout le temps d'oublier que j'ai couché avec ton futur mari.

— Bon, je ferais mieux de me surveiller, sinon je vais bientôt devoir acheter mes fringues chez les grosses, dit Darcy en désignant le magasin de vêtements spécial grandes tailles d'à côté, sans se soucier que les clientes de ladite boutique l'entendent.

— Ne sois donc pas ridicule, lui dis-je.

— Enfin, bref, reprend-elle, tandis que nous montons au deuxième étage par l'escalator, Claire prétend que nous commençons à nous faire trop vieilles pour les bikinis et que, de toute façon, les maillots une pièce sont plus chics. Tu te rends compte ?

Son expression et le ton de sa voix ne laissent aucun doute sur son opinion.

— Je ne pense pas qu'il y ait une limite d'âge pour les bikinis, réponds-je.

Claire m'énerve, avec ses partis pris absurdes. Elle pousse le snobisme jusqu'à prétendre, par exemple, que l'on ne doit utiliser l'encre noire que pour les messages de condoléances. Vous voyez le genre…

— C'est exactement ce que je lui ai répondu. À mon avis, elle dit ça parce qu'elle n'est pas terrible en bikini, tu ne crois pas ?

J'approuve d'un hochement de tête. Claire fréquente consciencieusement sa salle de sport et n'a pas ingurgité un seul aliment frit depuis des lustres, mais la nature l'a dotée de rondeurs dont elle ne peut venir à bout et qu'elle tente de faire oublier par une élégance vestimentaire aussi irréprochable qu'onéreuse. À la plage, son maillot une pièce griffé à trois cents dollars, son sarong assorti, son élégant chapeau de paille et ses lunettes solaires de marque font bien vite oublier le bourrelet disgracieux qui empâte sa taille.

Nous parcourons le rayon des maillots de bain, à la recherche de modèles à notre goût. À un moment, je remarque que nous avons toutes les deux choisi un bikini noir classique d'Anne Klein. Aïe, je connais le scénario par cœur. Si nous convoitons le même maillot, Darcy affirmera a) qu'elle l'a vu la première, b) que ce n'est pas un problème de porter toutes les deux le même. Puis elle fera en sorte d'être la plus jolie dedans pendant tout l'été. Non, merci.

Cela me rappelle le jour où Annalise, Darcy et moi sommes allées acheter ensemble nos cartables pour une rentrée en primaire. Nous avons repéré le même d'emblée, mauve avec des étoiles argentées sur la poche extérieure – beaucoup plus cool que les autres modèles. Annalise suggéra d'acheter toutes les trois le même, ce à quoi Darcy objecta que c'était beaucoup trop bébé et qu'on aurait l'air nunuches à la récré.

Nous tirâmes donc au sort – papier, ciseau, pierre. J'optai pour la pierre, choix qui se révéla judicieux. J'écrasai de mon poing leurs doigts tendus en lames de ciseaux et déposai avec jubilation mon sac mauve dans le Caddie.

— Tu sais bien que le mauve est ma couleur favorite, Rachel, protesta Annalise d'une voix geignarde. Je croyais que tu préférais le rouge !

Annalise ne faisait pas le poids. Je rétorquai qu'en effet je préférais le rouge, mais que, comme elle pouvait le constater elle-même, ce modèle n'existait pas dans ce coloris. Elle porta donc son choix sur un cartable jaune avec un visage souriant sur la poche. Darcy passa en revue les autres modèles sans parvenir à se décider et finit par dire que, la nuit portant conseil, elle reviendrait le lendemain avec sa mère. Quant à moi, j'oubliai cette histoire de cartable jusqu'au jour de la rentrée. Quand j'arrivai à l'arrêt du bus, Darcy était déjà là, avec un sac mauve identique au mien.

— Tu as acheté le même cartable que moi ? fis-je en pointant un index incrédule sur l'objet du délit.

— Oui, répondit Darcy avec aplomb. J'ai fini par me décider pour celui-là. On s'en fiche si on a le même, non ?

Je sentis la moutarde me monter au nez. N'avait-elle pas décrété elle-même que c'était nunuche ?

— Moi, je ne m'en fiche pas, répliquai-je.

Darcy leva les yeux au ciel et fit éclater la bulle de son chewing-gum.

— Oh, arrête ! Ce n'est rien qu'un stupide cartable, après tout.

Annalise fut elle aussi dépitée, mais pour d'autres raisons que moi.

— On va croire que vous êtes jumelles, et moi, j'aurai l'air exclue. Ah, c'est malin !

Darcy et moi l'ignorâmes.

— Tu disais que ça ferait bébé d'avoir le même cartable, accusai-je, tandis que le bus tournait au coin de la rue et s'arrêtait devant nous dans un crissement de freins.

— Ah bon ? fit Darcy d'un ton innocent, en repoussant d'une main ses cheveux lissés avec soin derrière son épaule. Je m'en fiche pas mal.

« Je m'en fiche pas mal… » Combien de fois l'ai-je entendue dire ces mots depuis que nous nous connaissons ? Supplantés plus tard par le plus adulte « peu importe », c'était sa repartie ultime, *le nec plus ultra* de la technique d'agression passive qu'elle maîtrisait à la perfection.

À l'époque, je n'avais pas encore percé sa tactique à jour. Je constatais seulement qu'elle réussissait toujours à obtenir gain de cause et à me faire passer pour une imbécile si j'avais la mauvaise idée de riposter.

Nous montâmes dans le bus, Darcy la première. Elle s'assit, et je pris place sur la banquette derrière elle, toujours furieuse. Annalise hésita, puis vint s'asseoir à côté de moi, reconnaissant ainsi tacitement que j'étais dans mon bon droit. Cette histoire de cartable mauve aurait pu dégénérer en crêpage de chignon en règle, mais je refusai de laisser la trahison de Darcy me gâcher le jour de la rentrée. Et puis, à quoi bon me disputer avec elle ? C'était toujours moi qui finissais par mordre la poussière.

Je replace discrètement le maillot Anne Klein sur le présentoir, puis je suis Darcy vers la longue rangée de cabines d'essayage. Lorsque l'une d'elles se libère, Darcy décide que nous allons la partager pour gagner du temps. Elle se déshabille, ne gardant que son string noir et le soutien-gorge en dentelle assorti. Tandis qu'elle se demande quel maillot essayer en premier, je l'observe furtivement dans le miroir. Son corps est encore plus superbe que l'été dernier. Grâce à son programme fitness spécial mariage, ses longs membres fins sont idéalement musclés, et sa peau, qu'elle enduit régulièrement de crème autobronzante, est déjà hâlée.

Je pense à Dex. Il n'a sûrement pas pu s'empêcher de comparer nos physiques après notre nuit ensemble (ou même pendant, puisqu'il n'était pas « si ivre que ça »). Je suis loin d'avoir un corps aussi splendide que Darcy. Je suis plus petite, plus ramollo, plus blanche. Et même si j'ai une plus grosse poitrine, la sienne est plus jolie, avec un rapport mamelon-aréole-sein parfait.

— Arrête donc de reluquer ma graisse, s'écrie-t-elle, surprenant mon regard.

Super. Maintenant, je suis obligée de la complimenter.

— Tu n'es pas grosse, Darcy. Tu es superbe. Ça se voit que tu fais plus de gym.

— C'est vrai ? À quel endroit en particulier, d'après toi ? demande-t-elle (elle aime les compliments précis).

— Un peu partout, je dirais. Tes jambes se sont un peu affinées, il me semble. C'est joli.

Elle n'en obtiendra pas davantage de moi.

Tandis qu'elle examine ses jambes dans le miroir d'un œil critique, je me déshabille à mon tour, en essayant de ne pas prêter attention à mes sous-vêtements – un slip et un soutien-gorge en coton qui ont déjà connu de nombreux lavages. Je m'empresse de passer le premier maillot de bain que j'ai choisi, un tankini bleu marine et blanc qui révèle cinq petits centimètres de ventre – un compromis entre le maillot une pièce et le bikini.

— Mon Dieu, mais il est magnifique sur toi ! s'exclame Darcy. Tu vas l'acheter ?

— Peut-être.

Il n'est pas magnifique, juste pas mal. J'ai étudié suffisamment d'articles de magazines féminins sur le sujet – quel maillot va à telle silhouette, selon les défauts de chacune – pour savoir quel genre de maillot me convient le mieux. Celui-ci est correct.

Darcy enfile un minuscule bikini noir avec des bonnets triangulaires et un slip qui lui couvre à peine les fesses. Très sexy.

— Tu aimes ? me demande-t-elle.

— C'est joli, réponds-je en pensant que Dex va adorer.

— Je devrais l'acheter, tu crois ?

Je lui conseille d'essayer les autres avant de prendre sa décision. Elle acquiesce et enfile le suivant. Bien évidemment, chaque maillot qu'elle passe est superbe sur elle. Elle n'a aucun de ces défauts dont parlent les magazines. Après discussion, je fixe mon choix sur le tankini et Darcy se décide pour trois minuscules bikinis – un rouge, un noir et un couleur chair qui, à plus de trois mètres, donnera l'impression qu'elle est nue.

Tandis que nous nous dirigeons vers la caisse, Darcy m'attrape brusquement par le bras.

— Oh, j'ai failli oublier !

— Quoi donc ? je demande avec nervosité, même si je me doute qu'elle ne va pas m'annoncer : « Au fait, je sais que tu as couché avec Dex ! »

— Marcus t'aime bien.

Je fais semblant de ne pas comprendre.

— Moi aussi, je l'aime bien. Il est sympa.

Et en plus, c'est un alibi en béton.

— Mais non, idiote ! Il t'aime bien, tu vois ce que je veux dire ! Tu as dû lui taper dans l'œil à ta fête d'anniversaire, parce qu'il a appelé Dex pour avoir ton numéro. Je crois savoir qu'il a l'intention de t'inviter à sortir le week-end prochain. J'ai proposé un rendez-vous à quatre, mais il a refusé. Il préfère un tête-à-tête avec toi, tu te rends compte ?

Elle pose ses maillots sur le comptoir et fouille dans son sac à main, à la recherche de son portefeuille.

— C'est Dex qui lui a donné mon numéro ? je demande.

— Oui. Il m'a fait rire quand il m'a appris la nouvelle. Je l'ai trouvé…

Elle fronce les sourcils, cherchant le mot exact.

— … très protecteur avec toi.

— Comment ça, protecteur ? dis-je, plus intéressée par la réaction de Dex que par les intentions de Marcus.

— Eh bien, il a donné ton numéro à Marcus, mais après avoir raccroché, il m'a posé des tas de questions sur toi – il voulait savoir si tu sortais avec quelqu'un en ce moment, si je pensais que Marcus était ton type… tu sais, s'il était assez intelligent pour toi, ce genre de trucs. J'ai trouvé ça très mignon de sa part.

Je digère l'information tandis que la caissière enregistre les achats de Darcy.

— Et alors ? Que lui as-tu répondu ?

— Que tu étais totalement libre et que, bien sûr, tu craquerais pour Marcus. Il est adorable, tu ne trouves pas ?

Je hausse les épaules. Je n'ai pas encore d'avis sur la question. Marcus est arrivé de San Francisco il y a quelques mois. Je ne sais presque rien de lui, sinon que Dex et lui se sont rencontrés à Georgetown, où Marcus a réussi l'exploit de sortir bon dernier de sa promotion. Il séchait, paraît-il, allégrement les cours et passait son temps à faire la java. Le jour de son examen final de statistiques, il a eu une panne d'oreiller, est arrivé avec vingt minutes de retard et a découvert avec horreur qu'il avait pris la télécommande de sa chaîne stéréo au lieu de sa calculatrice. Que dois-je en déduire ? Que ce garçon est un grand esprit libre et distrait ou seulement un rigolo ? Je n'en sais encore rien.

— Alors, ça te tente ? Si tu as un rendez-vous avec lui avant les vacances, ça te donnera un droit de préemption par rapport à Claire et Hillary.

Je ris en secouant la tête.

— Je suis sérieuse, insiste Darcy, qui signe le reçu de sa carte bleue et gratifie la caissière d'un grand sourire. Claire adorerait mettre le grappin sur lui.

— Qui a dit que j'allais accepter son invitation ?

— Oh, s'il te plaît, pas de ce petit jeu-là avec moi ! Tu vas dire oui, un point, c'est tout. Premièrement, il est adorable. Et deuxièmement, ne le prends pas mal, mais tu ne peux pas vraiment te permettre de faire la difficile.

Depuis combien de temps n'as-tu pas eu d'aventure ? Plus d'un an, non ?

La caissière me jette un coup d'œil compatissant. Je fusille Darcy du regard, tout en faisant glisser mon maillot sur le comptoir.

Plus d'un an ? C'est ça.

Nous sortons de Bloomingdale, et tandis que nous cherchons un taxi dans la Troisième Avenue, Darcy revient à la charge.

— Alors, si Marcus t'invite, tu acceptes ?

— J'imagine que oui.

— Promis, juré ? insiste-t-elle en sortant son portable de son sac.

— Qu'est-ce que tu veux de plus, que je crache par terre ? C'est promis, j'accepterai, réponds-je avec un soupir. Qui appelles-tu ?

— Dex. Il avait parié vingt dollars que tu refuserais.

Darcy a raison : je n'ai personne dans ma vie depuis un moment. Mais si je dis oui à Marcus quand il m'appelle pour m'inviter, c'est avant tout à cause de Dex, qui semblait si sûr que je refuserais. Alors, juste au cas où il s'imaginerait qu'encore sous son charme, je vais opposer une fin de non-recevoir à Marcus, j'accepte.

Mais à peine ai-je raccroché que l'angoisse me saisit. Que sait Marcus exactement ? Dex lui a-t-il parlé de notre nuit ensemble ? Je décide de téléphoner à l'intéressé, histoire d'en avoir le cœur net. Mon estomac se noue lorsqu'il décroche.

— Dex Thaler.

— Marcus est-il au courant pour samedi dernier ? je lâche sans préambule.

— Rachel ! Bonjour à toi aussi.

— Euh… bonjour, dis-je d'un ton radouci.

— Samedi dernier ? Que s'est-il passé samedi dernier ? Rafraîchis donc un peu ma mémoire.

— Je parle sérieusement ! Que lui as-tu raconté ?

Je m'entends avec horreur parler de cette voix geignarde de gamine gâtée que Darcy pratique à la perfection.

— À ton avis, que crois-tu que je lui aie dit ?

— Dexter, réponds-moi !

— Détends-toi, fait-il d'un ton amusé. Je ne lui ai rien dit. Qu'est-ce que tu t'imagines ? Qu'on est encore au lycée ? Pourquoi parlerais-je de nos histoires à quiconque ?

Nos histoires. Nous.

— Je me demandais simplement s'il était au courant de quoi que ce soit. Après tout, tu as raconté à Darcy que tu étais avec lui cette nuit-là…

— Tout ce que j'ai dit à Marcus, c'est : « J'étais avec toi cette nuit et nous avons pris le petit déjeuner ensemble ce matin, d'accord ? » Rien de plus. Les garçons sont moins expansifs que les filles, tu sais.

— Que veux-tu dire ?

— Darcy et toi, vous vous racontez toujours tout en détail, non ? Ce que vous avez mangé dans la journée, la marque de shampooing que vous prévoyez d'acheter, ce genre de choses.

— Ah, je vois ! Tu crois qu'on se dit tout, y compris quand on couche avec le fiancé de l'autre ?

Dex rit.

— Oui, par exemple.

— Ou quand tu paries avec elle que je refuserai l'invitation de Marcus ?

— Darcy t'a raconté, dit-il en riant de plus belle, pas le moins du monde embarrassé.

— Oui, elle m'a raconté.

— Et tu l'as mal pris ?

Je me rends compte que je commence à me détendre. J'en viens presque à apprécier notre conversation.

— Non. Mais à cause de toi, j'ai dit oui à Marcus.

— Je vois, fait Dex, toujours hilare. Tu veux dire que si elle ne t'avait pas parlé du pari, tu aurais refusé l'invitation de Marcus ?

— Ça t'intéresserait de le savoir ? je demande avec une coquetterie que je ne me connaissais pas.

— Oui, j'aimerais bien. Éclaire donc ma lanterne.

— Mmm… je ne sais pas… Dis-moi d'abord une chose : qu'est-ce qui te faisait croire que je dirais non ?

— Ça t'intéresserait de le savoir ? rétorque-t-il.

Je souris. Si ce n'est pas du flirt, ça y ressemble drôlement.

— D'accord, finit-il par dire. Je pensais que tu enverrais balader Marcus parce qu'il ne semble pas être ton genre.

— Ah bon ! Et c'est quoi, mon genre, d'après toi ?

Flirter ainsi ouvertement avec Dex n'est pas le meilleur chemin vers la rédemption, j'en ai conscience. C'est ce que me souffle la raison, mais mon cœur, lui, galope allégrement, tandis que j'attends sa réponse.

— Je ne sais pas. Ça fait sept ans que je tente de le découvrir.

Que veut-il donc dire par là ? Je tortille le cordon du téléphone entre mes doigts sans répondre. Nous devrions en rester là et raccrocher, me dis-je. Cette conversation prend une tournure dangereuse.

— Rachel ? reprend-t-il.

Sa voix est grave et intime. Quand il prononce mon prénom comme ça, ça me coupe le souffle.

— Tu es toujours là ?

— Oui.

— À quoi penses-tu ?

— À rien.

C'est un mensonge, mais je ne peux quand même pas lui avouer le fond de ma pensée : « Après tout, peut-être que tu es davantage mon genre que je ne le croyais. »

5

En définitive, peut-être que je n'ai pas de genre d'homme précis. Quand je réfléchis à mes relations passées, je ne relève pas de points communs flagrants entre mes divers petits amis. Non que l'échantillon puisse être considéré comme statistiquement représentatif – à part Brandon au lycée, je n'ai eu que trois histoires sérieuses.

La première remonte à mes débuts à l'université de Duke. Je vivais dans une résidence étudiante, et chaque soir, nous nous retrouvions tous dans la salle commune pour étudier (ou faire semblant), bavarder et regarder *Beverly Hills* ou *Melrose Place*. C'est dans cette salle que je tombai amoureuse de Hunter Bretz. Hunter était maigre comme un clou et d'apparence plutôt rébarbative, mais j'étais folle de lui. J'adorais son intelligence, son accent lent et chantant du Mississippi et cette façon qu'il avait de vous regarder droit dans les yeux quand vous parliez, comme s'il s'intéressait vraiment à ce que vous aviez à dire. Ma compagne de chambre, Pam, une fille du New Jersey dotée d'une imposante crinière, considérait mon béguin pour Hunter comme un « putain de mystère total », tout en m'incitant cependant à flirter avec lui. Je n'allai pas jusque-là, mais je m'arrangeai pour discuter littérature et poésie avec lui. Nous commencions tous deux à surmonter notre timidité naturelle quand Joey Merola entra en scène.

Joey était un sportif tapageur au rire tonitruant – l'exact opposé de Hunter. Il pratiquait tous les sports proposés à la fac et traînait toujours dans la salle commune, tout transpirant, à raconter comment son équipe avait miraculeusement remporté le match à la dernière seconde. C'était le genre de garçon fier d'avoir un appétit pantagruélique et d'obtenir la moyenne en littérature alors qu'il n'ouvrait jamais un bouquin.

Un jeudi soir, Joey, Hunter et moi restâmes les derniers dans la salle commune. Nous discutions religion, peine de mort et sens de la vie, le genre de conversation que j'avais espéré avoir à la fac, loin de Darcy et de ses intérêts superficiels. Athée, Joey était en faveur de la peine capitale. Hunter et moi, tous deux méthodistes, étions contre. Quant au sens de la vie, nous étions tous trois indécis. Comme la discussion se prolongeait, j'étais persuadée que Joey finirait par se lasser et me réjouissais de rester en tête à tête avec Hunter. Mais peu après 2 heures, ce dernier jeta l'éponge.

— Bon, je monte. J'ai cours à 8 heures demain.

— T'as qu'à sécher. Moi, je vais jamais au premier cours, fanfaronna Joey.

Hunter éclata de rire.

— Moi, je paie. Alors, j'y vais.

Autre détail que j'appréciais chez Hunter : à la différence de la plupart des fils à papa qui fréquentaient Duke, il finançait lui-même ses études. Il nous souhaita une bonne nuit, et je le regardai tristement s'éloigner de son pas nonchalant. Joey continua à bavarder de tout et de rien sans se rendre compte de ma déception.

Je finis par lui dire que je devais vraiment aller me coucher. Il m'accompagna jusqu'à mon étage et m'embrassa sur le palier. Je pensais à Hunter, mais n'en rendis pas moins son baiser à Joey, tout excitée de vivre enfin une expérience amoureuse digne de ce nom. Annalise avait récemment perdu sa virginité avec son futur mari, Greg, et à mon dernier recensement, Darcy en était déjà à son quatrième amant.

Dès le lendemain matin, je regrettai d'avoir embrassé Joey. Je le regrettai plus encore quand j'aperçus Hunter à la bibliothèque, la tête penchée sur un livre. Mais pas suffisamment toutefois pour me retenir de recommencer avec Joey le week-end suivant – cette fois à la laverie, en attendant la fin du programme de séchage. Après quelque temps, tout le monde dans la résidence fut au courant de notre relation, y compris Hunter. Pam était emballée. Selon elle, Joey valait mille fois mieux que Hunter et avait les plus belles fesses de la fac. J'écrivis à Darcy et Annalise pour leur annoncer la grande nouvelle en leur assurant que je n'éprouvais plus rien pour Hunter (pas tout à fait la vérité) et que j'étais follement heureuse (enfin, assez). Toutes deux n'avaient qu'une question sur les lèvres : étais-je prête à aller jusqu'au bout avec Joey ?

Eh bien, j'hésitais. D'un côté, j'aurais voulu attendre d'être passionnément amoureuse, voire mariée, pour faire l'amour. Mais d'un autre côté, j'étais terriblement curieuse de découvrir le fin mot de ce grand mystère, et j'avais hâte d'être aussi avertie que mes amies. Après un délai respectable de six semaines, je me rendis donc au centre médical de la fac et revins à la résidence avec une ordonnance de Lo-Ovral, une pilule dont Darcy m'avait assuré qu'elle ne faisait pas grossir. Un mois plus tard, avec un préservatif pour plus de sûreté, Joey et moi sautâmes le pas. C'était aussi sa première fois. Notre étreinte dura environ deux minutes et demie, et ce ne fut pas le feu d'artifice du siècle, contrairement à la première fois de Darcy avec Carlos. Je ne souffris pas non plus le martyre, comme me l'avait prédit Annalise. J'étais juste soulagée d'avoir surmonté l'épreuve et de pouvoir désormais jouer dans la cour des grandes. Joey et moi avions fait l'amour dans mon lit – la place du bas d'une paire de lits superposés – en nous disant « je t'aime ». En résumé, notre première fois se passa mieux que celle de beaucoup d'autres.

Mais au printemps, deux signaux d'alarme vinrent m'indiquer que Joey n'était peut-être pas le garçon de mes rêves. Premièrement, il s'inscrivit dans une fraternité d'étudiants et prit l'affaire avec un sérieux qui m'amusa. Un soir, alors que je le taquinais sur la poignée de main rituelle des membres de l'association, il affirma sans rire que mon manque de respect envers sa fraternité constituait un manque de respect envers lui. Deuxièmement, il développa une obsession ridicule pour l'équipe de basket de Duke : il campait devant le guichet dans son sac de couchage pour les grands matchs, se peignait la figure en bleu et hurlait dans les gradins avec les supporters les plus hystériques. Son enthousiasme me paraissait pour le moins exagéré, mais je fermai les yeux sur ses imperfections, et en deuxième année, nous étions encore ensemble.

Puis un soir, après une cuisante défaite de Duke contre Wake Forest, Joey me rejoignit dans ma chambre, d'une humeur de chien. Nous commençâmes par nous disputer pour des broutilles : il me reprocha de ronfler et de prendre trop de place la nuit (difficile à éviter dans un lit pour une personne) ; quant à moi, je me plaignis qu'il confondait régulièrement nos brosses à dents (il faut être idiot pour commettre ce genre d'erreur, non ?). Mais nous atteignîmes le point de non-retour quand il me traita d'intellectuelle raseuse. Je répliquai qu'il n'était qu'un suiveur débile et lui demandai s'il s'imaginait influencer réellement les résultats de Duke en championnat avec sa tronche peinte en bleu. Il partit en claquant la porte, non sans m'avoir qualifiée d'hystérique coupable de trahison à la cause de Duke.

Il revint le lendemain, le visage fermé. À son entrée en matière préparée à l'avance – « il faut qu'on parle » – succéda un laïus qui se conclut, pour faire court, par « restons bons amis ». Plus sonnée que triste, j'admis qu'il nous serait effectivement profitable d'enrichir notre expérience de la vie – ce par quoi il entendait : sortir avec quelqu'un d'autre. Je ne le contredis pas quand il affirma que nous resterions toujours proches, même si je savais que c'était impossible, vu le peu de points communs que nous avions.

Je ne versai pas une larme jusqu'à ce que je le voie à une fête main dans la main avec Betsy Wingate, qui avait une chambre dans la même résidence que nous. Pourtant, je n'avais pas la moindre envie d'être à la place de Betsy. Je compris alors que mes larmes n'étaient pas dues à mon cœur brisé, mais à un mélange de nostalgie, d'amour-propre blessé et de regret de ne pas m'en être tenue à Hunter, sur lequel une autre étudiante plus futée avait mis le grappin depuis belle lurette.

Dans une rare inversion des rôles, je téléphonai à Darcy pour qu'elle m'offre le réconfort d'une pro du couple. Elle me conseilla de ne pas regarder en arrière et me dit que je devais me réjouir d'avoir quelques bons souvenirs avec Joey – plus que, selon elle, je n'aurais pu en avoir avec Hunter qui, en outre, m'aurait tirée socialement vers le bas.

— Et puis, ajouta-t-elle avec le plus grand sérieux, tu as appris avec Joey les bases de l'amour sans surprise, style position du missionnaire. Ce n'est déjà pas si mal, non ?

C'était sa façon à elle de me remonter le moral. J'imagine que ça m'a un peu aidée.

Je continuai à espérer que Hunter romprait avec sa copine, mais cela n'arriva jamais. Je n'eus pas d'autre petit copain à Duke, ni durant la majeure partie de mon cursus à la fac de droit. Cette longue traversée du désert prit fin avec Nate Menke.

Je rencontrai Nate lors d'une fête en première année de droit, mais nous nous adressâmes à peine la parole pendant trois ans. Puis nous nous retrouvâmes dans le même séminaire peu fréquenté – « Le moi au pouvoir : droit et société à l'ère de l'individualisme ». Nate prenait souvent la parole en cours, mais pas pour s'écouter parler, comme la moitié des étudiants. C'était un garçon intelligent et cultivé qui avait des choses à dire. Après une remarque de ma part qu'il dut trouver judicieuse, il m'invita à boire un café, histoire de prolonger la discussion. Il prit le sien noir et sans sucre, et je me rappelle avoir fait de même parce que cela me semblait plus raffiné que de verser du lait et du sucre dans ma tasse. Après le café, nous fîmes une longue promenade dans Greenwich Village en nous arrêtant chez les disquaires et les bouquinistes. Puis nous allâmes dîner, et à la fin de la soirée, nous formions déjà un couple.

J'étais aux anges d'avoir de nouveau un homme dans ma vie et fus bientôt subjuguée par les multiples qualités de Nate. Pour commencer, j'adorais son visage. Il avait de magnifiques yeux en amande qui lui auraient donné un air vaguement asiatique s'ils n'avaient été d'un bleu transparent. J'aimais aussi sa personnalité. Il parlait d'une voix douce, mais avait une volonté de fer et une conscience politique très affirmée. Il était difficile de tenir le compte de toutes les causes qu'il défendait, mais je m'y efforçais et parvenais même à me persuader que je partageais ses convictions. Comparé à Joey, qui n'était capable de se passionner que pour le basket, Nate me semblait ancré dans la vraie vie. Et puis, au lit, il était d'une fougue incroyable. Bien qu'il n'ait eu que peu de partenaires avant moi, il paraissait très expérimenté et me poussait toujours à essayer de nouveaux trucs. « Que dis-tu de ça ? Et de ça ? » demandait-il sans cesse, puis il mémorisait la position, et la fois suivante, c'était parfait.

Nate et moi décrochâmes notre diplôme de fin d'études la même année et passâmes l'été à potasser pour l'examen du barreau. Tous les jours, nous travaillions ensemble à la bibliothèque. Les seules pauses que nous nous accordions, c'était pour les repas et pour dormir. Jour après jour, semaine après semaine, nous nous bourrions le crâne de milliers de lois, de comptes rendus d'audience, de décisions qui faisaient jurisprudence. Nous étions moins motivés par le désir de réussir que par la peur panique de l'échec – ce que Nate mettait sur le compte de notre puérilité. Pourtant cette épreuve nous rapprocha. Nous souffrions, mais nous étions heureux d'en baver ensemble.

Mais à l'automne, le calvaire ne cessa que pour l'un de nous. Nate commença à travailler comme assistant du procureur dans le Queens, et j'entrai dans mon cabinet d'avocats à Manhattan. Il adorait son boulot, je détestais le mien. Tandis qu'il interrogeait les témoins et préparait les audiences, j'étais reléguée à la tenue des dossiers, la tâche la plus ingrate de toute la profession juridique. Du matin au soir, je compulsais des piles de documents rangés dans d'innombrables boîtes d'archivage en carton. Je regardais les dates sur ces documents en me disant par exemple que je venais juste d'avoir mon permis de conduire quand telle ou telle lettre avait été tapée et qu'elle dormait toujours ici, dans les rouages poussiéreux de la justice. Tout cela me paraissait tellement vain !

Bref, ma vie était morne, et peu à peu, Nate devint mon unique source de bonheur. Je lui répétais souvent « je t'aime » et ressentais plus de soulagement que de joie quand il me répondait « moi aussi ». Je me mis à penser mariage et évoquai même nos futurs enfants et la maison que nous aurions ensemble.

Puis, un soir, Nate et moi allâmes dans un bar de Greenwich Village écouter une chanteuse folk, Carly Weinstein. Après le concert, nous bavardâmes avec elle, ainsi que quelques autres spectateurs.

— Vos textes sont magnifiques. Où puisez-vous votre inspiration ? lui demanda Nate avec de grands yeux passionnés, tandis qu'elle posait sa guitare avec la douceur d'une jeune mère.

Un signal d'alarme retentit aussitôt dans mon esprit – je me souvenais de ce regard à notre premier café. Mon désarroi s'accrut encore lorsqu'il acheta son CD. Cette fille n'est quand même pas si géniale que ça, me disais-je. Il dut la revoir une semaine plus tard, parce que un soir, il manqua à l'appel et ne répondit à son portable qu'après minuit. Je ne lui demandai pas où il avait passé la soirée. J'avais trop peur. De toute façon, je m'en doutais déjà. Il avait changé. Il me regardait différemment, avec une ombre sur le visage, l'air ailleurs.

Comme je m'y attendais, j'eus vite droit aux grandes explications. Il fut très direct.

— J'en aime une autre, dit-il. Je t'avais promis d'être franc.

C'est vrai, il me l'avait promis. Je me souvenais parfaitement de cette conversation, de la conviction avec laquelle je lui avais assuré que si jamais il rencontrait quelqu'un d'autre, il lui suffirait de s'en ouvrir à moi, que je saurais l'accepter. Bien sûr, je n'imaginais pas à l'époque sortir du domaine de l'hypothétique. J'aurais voulu ravaler toutes ces bravades, lui dire que j'aurais préféré un pieux mensonge, du genre « j'ai besoin de prendre un peu de recul ».

— C'est Carly ? demandai-je, la gorge nouée.

Il parut choqué.

— Comment le sais-tu ?

— J'ai deviné, c'est tout, répondis-je, incapable de refouler mes sanglots.

— Je suis désolé de te faire souffrir ainsi, dit-il en me serrant dans ses bras. Mais je te devais d'être honnête. Tu le mérites.

Il avait une nouvelle copine, et il se permettait de jouer les âmes nobles ? J'essayai la colère, mais comment se fâcher contre quelqu'un qui n'a tout simplement plus envie d'être avec vous ? Je me contentai donc de bouder, pris quelques kilos et jurai de renoncer à tout jamais aux hommes.

Nate continua à me téléphoner pendant plusieurs mois après notre rupture. Je savais qu'il voulait juste se montrer gentil, mais ses appels ne m'en donnaient pas moins de faux espoirs. Je ne pouvais jamais m'empêcher de lui demander des nouvelles de Carly.

— Elle va bien, me répondait-il, penaud.

Puis, un jour, il m'annonça :

— Nous emménageons ensemble... et nous allons bientôt nous fiancer.

Il en resta là.

— Félicitations. Je suis vraiment heureuse pour toi, mentis-je.

— Merci, Rachel. Tu ne peux pas savoir à quel point ton avis compte pour moi.

— Eh bien... bonne chance et tout ça, mais je préférerais que tu ne m'appelles plus, d'accord ?

— Je comprends, répondit-il, sans doute soulagé d'être débarrassé de cette corvée.

Je n'ai plus eu de nouvelles de lui depuis cette conversation. J'ignore s'il s'est marié, mais je cherche Carly Weinstein dans les bacs chaque fois que j'achète un CD. Jusqu'à présent, elle n'a toujours pas percé.

Je restai célibataire pendant un certain temps après Nate. Je perdis mes kilos post-rupture, me fis éclaircir les cheveux et acceptai une série de rendez-vous que Darcy m'avait arrangés. Au pire, ce fut atroce. Au mieux, simplement pesant et à reléguer illico aux oubliettes. Puis je rencontrai Alec Kaplan au *Spy Bar*, à Soho. J'étais en compagnie de Darcy et de quelques amis de son travail quand il nous aborda avec son groupe de copains branchés. Évidemment, Alec dragua d'abord Darcy, mais elle le poussa gentiment dans ma direction – au sens propre du terme, une main plaquée dans le dos – avec comme instruction de « parler à mon amie ». Pour elle, c'était le summum de la générosité. Bien qu'elle fût avec Dex, elle était toujours très sensible à l'attention masculine.

— Il est vraiment craquant, me souffla-t-elle. Vas-y, fonce.

Elle avait raison, Alec était mignon. Mais il était aussi complètement obsédé par son apparence. On sentait que son look était très travaillé – tee-shirt noir en Lycra ras du cou, pantalon noir moulant légèrement brillant et une tonne de gel dans les cheveux. Il avait toujours à la bouche soit une blague (« c'est l'histoire d'un mec qui entre dans un bar... », jamais drôle), soit un récit de guerre viril (« je suis un grand méchant courtier », jamais impressionnant). Lorsqu'il me paya un verre ce premier soir, il exhiba un billet de cent dollars et s'excusa bien fort auprès du barman de ne pas avoir de coupure plus petite sur lui. Bref, il incarnait ce que Darcy et moi appelions la FPM – Frime Puissance Mille.

Mais Alec était plutôt marrant et sympa. Alors, quand il me demanda mon numéro, je le lui donnai. Puis, quand il m'invita au restaurant, j'acceptai. Et quand, un mois plus tard, il me demanda de coucher avec lui, préservatif nervuré à la main, je haussai mentalement les épaules et dis oui. Il avait un corps magnifique, mais au lit, c'était tout juste moyen. Mon esprit vagabondait souvent lors de nos ébats, et une fois, en entendant le journal des sports en fond sonore, je parvins même à m'imaginer dans les bras de Pete Sampras. Plus d'une fois, je faillis rompre, mais Darcy ne cessait de me répéter de lui donner une autre chance, qu'il était beau et riche. Beaucoup plus que Nate, ajoutait-elle. Comme si c'était tout ce qui comptait.

Puis, un soir, Claire surprit Alec en train d'embrasser une petite blonde un brin vulgaire chez *Merchant*. Lorsque la fille se rendit aux toilettes, Claire alla trouver Alec et le prévint que s'il ne m'avouait pas son infidélité, elle se chargerait de me l'apprendre. Le lendemain, Alec m'appela, bredouilla des excuses et m'annonça qu'il avait renoué avec son ex, selon toute vraisemblance la fille de chez *Merchant*. Je faillis lui avouer que j'avais voulu rompre plusieurs fois, ce qui était la stricte vérité. Mais ce garçon m'était tellement indifférent que je ne pris même pas cette peine. Je répondis simplement « d'accord, bonne chance ». Et nous en restâmes là.

De temps à autre, je croise Alec au club de sport situé près de mon travail. Nos relations sont toujours très cordiales – une fois, j'ai même utilisé le Stairmaster voisin du sien. Mon visage dégoulinait de transpiration et j'avais mon survêtement gris tout distendu (celui que, selon Darcy, je ne devrais jamais porter en public), mais je m'en fichais éperdument. Nous bavardâmes un moment. Je lui demandai même des nouvelles de sa copine et le laissai jacasser sur leur prochain voyage à la Jamaïque. Je n'eus pas à me forcer à être aimable – signe flagrant que je ne m'étais pas vraiment investie dans notre relation. Je ne devrais sans doute même pas classer Alec dans la catégorie des petits copains sérieux. Mais comme j'ai couché avec lui, je considère qu'il a sa place dans ce club malheureusement très fermé.

Je passe en revue les trois hommes qui ont partagé ma vie jusqu'ici et cherche un point commun entre eux. Rien, aucune ressemblance, pas plus sur le plan du physique que sur celui de la personnalité. Un fil directeur émerge cependant : ce sont tous eux qui m'ont choisie. Et plaquée. J'ai toujours joué le rôle passif. J'attendais Hunter et me suis contentée de Joey. J'ai compris que Nate ne m'aimait plus et j'ai attendu qu'il me quitte. J'ai attendu qu'Alec s'en aille et me fiche la paix.

Et maintenant, Dex. Mon numéro quatre. Et j'attends toujours.

J'attends que toute cette histoire se tasse.

J'attends son mariage en septembre.

J'attends quelqu'un qui me donne des frissons quand je le regarde dormir dans mon lit le dimanche matin. Quelqu'un qui ne soit pas fiancé à ma meilleure amie.

6

Le samedi soir, je me rends en taxi chez *Clementine*, sur la Cinquième Avenue. Je suis de bonne humeur et me sens raisonnablement optimiste. Qui sait ? Peut-être Marcus sera-t-il celui que j'attends.

J'entre dans le restaurant et le repère aussitôt, assis sur un tabouret. Il porte un jean et une chemise à carreaux verte légèrement froissée, les manches retroussées au petit bonheur – tout le contraire d'un mec FPM.

— Désolée pour le retard, dis-je comme Marcus se lève pour m'accueillir. J'ai eu du mal à trouver un taxi.

— Pas de problème, répond-il en me désignant le tabouret voisin du sien.

Je m'assieds. Il me sourit, dévoilant deux rangées de dents bien droites, d'une blancheur immaculée. Du point de vue physique, c'est ce qu'il a de plus remarquable, avec la fossette sur son menton volontaire.

— Que veux-tu boire ? me demande-t-il.

— Qu'est-ce que tu as pris ?

— Gin-tonic.

— La même chose, alors.

Il jette un regard au barman, un billet de vingt dollars à la main, puis se retourne vers moi.

— Tu es splendide ce soir, Rachel.

Je le remercie. Cela fait bien longtemps que je n'ai pas eu droit à un compliment digne de ce nom de la part d'un homme.

Marcus finit par attirer l'attention du barman et me commande un gin-tonic.

— La dernière fois que je t'ai vue, on était tous dans un drôle d'état, dit-il. On s'est bien marrés à cette soirée.

— J'avoue que j'étais éméchée, réponds-je en croisant très fort les doigts pour que Dex n'ait effectivement rien dit à Marcus. Mais au moins, j'ai réussi à rentrer chez moi avant le petit matin. Darcy m'a dit que Dex et toi, vous aviez joué les prolongations.

— C'est vrai, on a traîné dehors un moment, dit-il en évitant mon regard.

C'est bon signe. Il couvre son ami, mais a du mal à mentir. Il prend la monnaie que lui rend le barman, laisse un pourboire sur le comptoir et me tend mon verre.

— Merci.

Je lui souris et bois une gorgée à la paille. Une jeune femme d'origine asiatique en pantalon en cuir, très maigre, la bouche exagérément soulignée d'un trait de crayon à lèvres, tapote le bras de Marcus et lui annonce que notre table est prête. Nos verres à la main, nous la suivons jusqu'à la salle de restaurant, derrière le bar.

Elle s'arrête brusquement devant une table hélas placée au milieu de la pièce, nous tend deux menus immenses et la liste des vins.

— Votre serveuse sera à votre disposition dans quelques instants.

Nous prenons place, et Marcus me demande si je veux boire du vin.

— Avec plaisir.

— Rouge ou blanc ?

— Comme tu veux.

— Tu penses prendre du poisson ? demande-t-il en parcourant le menu.

— Peut-être, mais le vin rouge avec le poisson ne me dérange pas.

Marcus fait craquer les jointures de ses mains sous la table.

— Je ne suis pas très doué pour choisir les vins. Tu veux bien jeter un coup d'œil ?

— Choisis donc ce qui te plaît. Tout me va.

— D'accord, je vais improviser, plaisante-t-il, dissimulant son embarras derrière son sempiternel sourire.

Tandis que nous étudions le menu, Marcus rapproche sa chaise de la table, et son genou frôle le mien.

— J'ai bien failli ne pas t'inviter, tu sais, reprend-il sans lever les yeux du menu. À cause des week-ends dans les Hamptons. D'après Dex, c'est une des règles d'or du groupe : ne pas sortir avec un des colocataires – au moins jusqu'à fin août –, au cas où la relation tournerait au vinaigre et gâcherait l'ambiance.

Tandis qu'il rit, j'enregistre l'information pour analyse ultérieure : Dex l'a dissuadé de m'inviter.

— Et puis, je me suis dit : « C'est idiot, cette fille me plaît, je vais l'appeler. » C'est vrai, j'ai envie de t'inviter depuis le jour où Dex nous a présentés. Juste après mon arrivée à New York, en fait. Mais à l'époque, je voyais une fille de San Francisco. Rien de sérieux, mais j'ai préféré attendre d'avoir rompu avant de t'appeler. Histoire que tout soit clair et net, tu comprends. Voilà, maintenant, tu sais tout, conclut-il en s'essuyant le front du dos de la main, comme s'il était soulagé de m'avoir fait cette confession.

Je le regarde droit dans les yeux.

— Je trouve que tu as bien fait.

— D'attendre ?

— Non, de m'appeler.

Je le gratifie de mon sourire le plus aguicheur. Après tout, Darcy n'a pas le monopole de la séduction. Pourquoi serais-je toujours cantonnée au rôle de la fille sérieuse un peu coincée ?

La serveuse interrompt mon numéro de charme.

— Bonsoir. Vous avez choisi ?

— Euh... pas encore, répond Marcus. Que nous conseillez-vous... pour un premier rendez-vous ? ajoute-t-il en baissant la voix.

Je ris, mais la serveuse ne lui accorde qu'un sourire pincé.

— Désirez-vous connaître les plats du jour ?

— Allez-y, dit Marcus.

Le regard perdu dans le vague juste au-dessus de nos têtes, la fille nous débite sa liste d'un ton morne. Tous les plats sont « sympas » – un bar grillé sympa, un risotto sympa... Je l'écoute d'une oreille distraite, tout en réfléchissant au petit jeu de Dex avec Marcus.

— Et comme boisson, que prendrez-vous ?

— Euh... du vin rouge, je pense. Que nous recommandez-vous ? demande Marcus en reprenant la carte des vins.

— Le pinot noir Brick House est très sympa, répond la serveuse, l'index pointé sur la carte.

— Très bien, on va en prendre une bouteille.

Elle m'adresse un petit sourire contraint.

— Avez-vous choisi, maintenant ?

Je commande un steak de thon grillé accompagné d'une salade du jardin. Marcus se décide pour un émincé de veau aux girolles. La serveuse reprend les menus et tourne enfin les talons.

— Très aimable, ironise Marcus. Bon, où en étions-nous ? Ah, oui, les Hamptons ! Donc, Dex prétend que ce n'est jamais une bonne idée de sortir avec quelqu'un qui partage la maison de vacances. Mais moi, ses principes de la côte Est, je m'assois dessus. Si on finit par se détester, on se détestera, voilà tout.

— Je ne crois pas que nous allons nous détester, je lui assure avec un sourire engageant.

La serveuse revient avec le vin, débouche la bouteille et en verse une larme dans le verre de Marcus. Il le goûte et déclare sans faire de chichis qu'il est excellent. Très révélateur, le cérémonial du vin. Ce n'est en général pas bon signe quand l'homme en face de vous commence à faire tourner le vin dans son verre, le hume longuement, puis le déguste à petites gorgées songeuses en plissant le front avant de hocher légèrement la tête, comme pour dire : « Ça va, mais j'en ai déjà goûté de meilleurs. » S'il est vraiment connaisseur, c'est légitime. Mais en général, c'est juste de la frime, et je trouve cela très embarrassant à regarder.

Tandis que la serveuse remplit mon verre, je demande à Marcus s'il est au courant du pari. Il secoue la tête.

— Quel pari ?

J'attends que nous soyons de nouveau seuls pour lui répondre – c'est déjà assez gênant que la serveuse sache qu'il s'agit d'un premier rendez-vous.

— Entre Dex et Darcy. Ils ont parié sur ma réponse à ton invitation.

— C'est vrai ? s'exclame-t-il avec de grands yeux étonnés. Et alors ? Lequel des deux a parié que tu me jetterais ?

— Je ne m'en souviens plus, mais là n'est pas la question. L'important, c'est...

— C'est qu'ils se mêlent un peu trop de nos affaires, termine-t-il à ma place.

— Tu as raison.

Il lève son verre.

— À partir de maintenant, on tient Dex et Darcy à l'écart. Ils ne connaîtront aucun détail de notre soirée, ces sales fouineurs.

Je ris.

— Qu'elle soit géniale... ou mauvaise !

Nous entrechoquons nos verres et buvons à l'unisson.

— Elle ne sera pas mauvaise, fais-moi confiance.

— Je te fais confiance, réponds-je en souriant.

Son sens de l'humour et sa désinvolture me plaisent. Et il n'est pas fiancé à Darcy. Un point non négligeable.

— Depuis combien de temps connais-tu Darcy ? me demande-t-il, comme s'il avait lu dans mes pensées.

— Plus de vingt ans. La première fois que je l'ai vue, elle était jolie comme un cœur dans une adorable petite robe d'été – et moi, je portais un atroce short Winnie l'Ourson. Je me suis dit : « Voilà une fille qui a de la classe. »

— Je parie que tu étais très mignonne avec ton short, dit Marcus en riant.

— Pas vraiment.

— Et c'est toi qui as présenté Darcy à Dex, c'est ça ? Il m'a dit que vous étiez amis à la fac de droit.

Exact. Mon vieil ami Dex. Le dernier garçon avec qui j'ai couché.

— Oui, on s'est rencontrés en première année. J'ai tout de suite su que Darcy et lui formeraient un couple d'enfer.

Une petite exagération, mais je tiens à ce que les choses soient claires : je n'ai jamais convoité Dex. Et pas davantage aujourd'hui qu'hier.

— Ils se ressemblent même physiquement, poursuis-je. On sait déjà de quoi auront l'air leurs enfants.

— Oui, ils seront superbes.

Je sens un nœud se former dans ma poitrine tandis que j'imagine Dex et Darcy avec un nouveau-né dans les bras. Bizarrement, je n'avais jamais pensé plus loin que leur mariage en septembre.

— Qu'est-ce que tu as ? s'inquiète Marcus.

Mon visage me trahit toujours, une vraie malédiction.

— Rien, mens-je avec un sourire, en me redressant sur ma chaise. Bon, assez parlé de Dex et Darcy.

— Entièrement d'accord.

Nous nous lançons dans une conversation typique d'un premier rendez-vous – boulot, famille, loisirs. Il me parle de sa start-up qui a coulé et de son installation à New York. Nos plats arrivent. Nous continuons à bavarder en mangeant et commandons une deuxième bouteille de vin. Il y a davantage de rires que de silences. Je me sens même assez à l'aise pour manger la bouchée d'émincé de veau qu'il me tend au bout de sa fourchette.

Lorsque nous avons terminé, il paie l'addition. C'est toujours un moment gênant pour moi – même si proposer de payer (sincèrement ou en faisant semblant de vouloir sortir son portefeuille) est encore plus embarrassant. Je le remercie, et sur le pas de la porte du restaurant, nous décidons d'aller boire un verre ailleurs.

Je choisis un bar qui vient d'ouvrir près de chez moi. Nous montons dans un taxi et bavardons durant tout le trajet jusqu'à l'Upper East Side. Dans le bar, nous nous installons à une table et poursuivons notre conversation.

— Parle-moi donc un peu de chez toi, dans le Montana, je lui demande.

Marcus réfléchit un instant, puis se lance.

— Je vais te raconter une anecdote qui me paraît assez parlante, commence-t-il. Seuls dix pour cent des élèves de mon lycée ont fait des études universitaires. Beaucoup n'ont même pas pris la peine de passer le SAT[1]. Moi, si. Je me suis présenté à l'examen d'entrée de Georgetown et j'ai été admis. Évidemment, je n'en ai parlé à personne au bahut. J'ai continué le train-train avec mes potes comme si de rien n'était. Mais la nouvelle a fini par arriver jusqu'au lycée, et un jour, mon prof de maths, M. Gilhooly, a eu la bonne idée de l'annoncer à la classe.

Il secoue la tête, comme si ce souvenir lui était douloureux.

— Les autres s'en fichaient tous royalement et ne se sont pas privés de le montrer, poursuit-il. J'imagine que leur réaction a énervé M. Gilhooly. Il voulait sans doute qu'ils prennent conscience de leur médiocrité et du sombre avenir qui les attendait sur le marché du travail. Alors, il a dessiné une grande courbe au tableau qui représentait mes perspectives de salaire avec le diplôme d'une grande université en poche par rapport aux leurs comme serveurs au bistrot du coin. Et il a bien précisé que le fossé ne cesserait de se creuser.

1. Scholastic Aptitude Test : examen d'entrée à l'université. (*N.d.T.*)

— Pas très malin, je commente.

— Je ne te le fais pas dire. Les autres élèves m'en ont tous voulu à mort, et je suis devenu le paria de la classe. J'aurais étranglé le prof. Merci, monsieur Gilhooly, bonne méthode pour me faire des amis.

Je m'esclaffe.

— On a déjà vu mieux, c'est vrai.

— Il a bien fallu que je réagisse, histoire de casser ma réputation toute neuve de fayot. Alors, je me suis mis à faire l'imbécile pour montrer à tout le monde que je me fichais pas mal des études. J'ai commencé à fumer de l'herbe tous les jours et j'ai continué à l'université. Bref, au bout du compte, je me suis retrouvé avant-dernier de ma promo à Georgetown. Tu connais l'anecdote de la télécommande, j'imagine ? me demande-t-il en déchirant l'étiquette de sa Heineken.

Je lui tapote la main et lui souris.

— Oui, je suis au courant. Sauf que dans ma version, tu étais carrément dernier.

— Dex se trompe tout le temps, soupire-t-il en secouant la tête. Eh bien, non, j'ai quand même réussi à dépasser quelqu'un !

Au bout de deux verres, je jette un coup d'œil à ma montre.

— Il commence à se faire tard. Je vais rentrer.

— D'accord. Je te raccompagne ?

— Volontiers.

Nous longeons la Troisième Avenue jusqu'à mon immeuble. Je m'arrête devant la porte.

— Eh bien, bonne nuit, Marcus. Merci pour le dîner. J'ai vraiment passé une bonne soirée, dis-je, sincère.

— Oui, c'était chouette… Et je suis content qu'on partage la même maison cet été.

— Moi aussi.

Puis il me demande s'il peut m'embrasser. C'est une question qui, d'ordinaire, a le don de m'agacer. Mais bizarrement, de la part de Marcus, elle ne me dérange pas. Je fais signe que oui, et il se penche vers moi. Lorsque nos lèvres se séparent après un baiser des plus corrects, mon cœur n'a pas chaviré, mais j'éprouve une douce satisfaction.

— Tu crois que Darcy et Dex ont parié là-dessus aussi ? me demande-t-il.

— Je me posais justement la question, réponds-je en riant.

— Alors, c'était comment ? s'enquiert Darcy au téléphone le lendemain matin.

Je suis toute dégoulinante, car je sors juste de la douche.

— Où es-tu ? Pourquoi cries-tu comme ça ?

— Je suis en voiture avec Dex. On est allés faire les antiquaires et on est sur le chemin du retour. Alors, raconte, insiste-t-elle avec un claquement de langue gourmand. Comment s'est passé ton rendez-vous ?

Je reste muette.

— Alors ?

— La ligne est mauvaise, il y a de la friture, mens-je. Je t'entends très mal.

Cela ne prend pas.

— Belle tentative, réplique-t-elle. Allez, crache le morceau.

— Quel morceau ?

— Rachel, arrête de faire l'idiote ! Dis-moi tout sur hier soir ! On meurt d'envie de savoir comment ça s'est passé.

J'entends Dex lui faire écho :

— Allez, Rachel, accouche !

— C'était une soirée agréable, dis-je en essayant de m'envelopper la tête dans une serviette sans lâcher le téléphone.

— Je le savais ! piaille Darcy, triomphante. Des détails ! Des détails !

— Nous sommes allés dîner chez Clementine, j'ajoute. J'ai pris du thon, et lui un émincé de veau aux girolles.

— Rachel ! Viens-en aux détails croustillants ! Avez-vous fini au lit ?

— Je ne peux pas te répondre.

— Pourquoi ?

— J'ai mes raisons.

— Ça veut dire oui, affirme-t-elle. Sinon, tu aurais juste répondu non.

— Pense ce que tu veux.

— Allez, Rachel !

— Je ne dirai rien. Je n'ai pas la moindre envie de vous divertir pendant votre trajet.

Elle rapporte mes paroles à Dex, et j'entends celui-ci répondre :

— Pour l'instant, c'est Bruce qui nous divertit. Dis-le-lui.

J'entends *Tunnel of Love* en fond sonore.

— Dis à Dexter que c'est le pire album de Bruce.

— Ils sont tous atroces, bougonne Darcy. Springsteen, c'est nul.

— Rachel prétend que cet album est mauvais, c'est ça ? entends-je Dex demander à Darcy.

Quelques secondes plus tard, « Thunder Road » retentit à plein volume dans l'habitacle.

— Baisse ce truc, tu me casses les oreilles ! proteste Darcy.

Je souris.

— Alors ? me demande-t-elle pour la énième fois. Tu nous racontes, oui ou non ?

— Non.

— Et si je promets de ne rien dire à Dex ?

— Non plus.

Elle pousse un grognement exaspéré.

— Je finirai bien par trouver le moyen de savoir le fin mot de cette histoire, me lance-t-elle avant de raccrocher.

Je n'ai des nouvelles de Dex que le jeudi soir au téléphone, la veille de notre départ pour les Hamptons.

— Tu veux partir en voiture avec nous ? me propose-t-il. Il reste encore une place. Claire vient. Et ton petit copain aussi.

— Dans ce cas, j'accepte avec grand plaisir, réponds-je d'un ton enjoué et désinvolte, histoire de lui montrer que j'ai tourné la page.

D'ailleurs, j'ai bel et bien tourné la page.

À 17 heures le lendemain, nous nous entassons dans la voiture de Dexter. Il est encore tôt, et nous espérons échapper aux embouteillages en cette veille de week-end prolongé. Mais la circulation est déjà infernale. Il nous faut une heure pour traverser le Midtown Tunnel et presque quatre pour parcourir les cent quatre-vingts kilomètres jusqu'à East Hampton. Je suis assise à l'arrière, entre Claire et Marcus. Surexcitée, Darcy passe la plus grande partie du trajet tournée vers la banquette arrière, à papoter avec animation. Marcus est lui aussi d'humeur bavarde. À eux deux, ils assurent l'essentiel de la conversation. Pendant une cinquantaine de kilomètres, ils plaisantent et s'envoient des vannes à la tête. Claire et moi intervenons ponctuellement dans leur numéro. Dex, lui, n'ouvre quasiment pas la bouche. Il est si taciturne qu'à un moment Darcy le traite vertement de rabat-joie.

— Je conduis, réplique-t-il. Je dois me concentrer.

Je surprends son regard dans le rétroviseur. Il me rend nerveuse, mais je le soutiens. À quoi pense-t-il donc ? Son visage impénétrable ne trahit aucune émotion.

La nuit tombe déjà quand nous nous arrêtons à une station-service sur la route 27 pour prendre un en-cas. Claire s'approche de moi devant le rayon chips et glisse son bras sous le mien.

— Ça se voit qu'il est amoureux, me souffle-t-elle sur le ton de la connivence.

Je reste interdite, pensant qu'elle fait allusion à Dex. Il me faut quelques secondes pour réaliser qu'elle parle de Marcus.

— Marcus et moi, on est juste amis, réponds-je en choisissant un paquet de Pringles allégés.

— Arrête, Darcy m'a parlé de votre soirée.

Claire est toujours au courant de tout – les dernières tendances, le dernier bar à la mode, la prochaine fête branchée. De son index manucuré, elle tâte le pouls de la ville, et il n'est pas un soubresaut sur le marché des cœurs à prendre qui échappe à sa vigilance.

— Il m'a invitée au restaurant, c'est tout, j'explique, satisfaite que Darcy n'en sache pas plus sur cette soirée en dépit de son interrogatoire en règle (elle est allée jusqu'à essayer de tirer les vers du nez de Marcus par e-mail, mais elle n'a obtenu qu'un laconique « sale fouineuse »).

— Quoi qu'il en soit, l'été est long, dit Claire d'un ton docte. Tu as raison de ne pas t'engager avec Marcus avant d'avoir vu ce que les Hamptons ont à proposer.

Nous arrivons à notre maison de vacances, un petit cottage au charme limité. Claire l'a déniché en venant seule à la mi-février, dépitée qu'aucun de nous ne daigne sacrifier un week-end à la recherche d'une location. C'est elle qui a tout organisé. Elle s'est même chargée de trouver des amateurs pour la deuxième moitié de la location, puisque nous ne venons qu'un week-end sur deux. Tandis que nous faisons le tour du propriétaire, elle s'excuse de nouveau pour l'absence de piscine et se plaint que les pièces communes ne soient pas vraiment assez grandes pour des fêtes dignes de ce nom. Nous lui assurons que le jardin équipé d'un barbecue fera parfaitement l'affaire. De plus, nous sommes assez près de la plage pour y aller à pied, ce qui, à mes yeux, est la chose la plus importante pour une maison de vacances.

Nous sortons les bagages de la voiture et découvrons nos chambres. Darcy et Dex occupent celle avec le grand lit. Marcus a une chambre pour lui tout seul – ce qui pourrait se révéler pratique –, ainsi que Claire – la récompense de tous ses efforts. Moi, j'en partage une avec Hillary, qui a pris une journée de congé et est arrivée hier soir par le train. Hillary passe son temps en congé. Je ne connais personne qui prenne son travail aussi à la légère, surtout dans une grande société comme la nôtre. Elle arrive systématiquement en retard – de plus en plus près de 11 heures du matin au fil des années – et elle refuse de se prêter au manège ridicule de certains collaborateurs qui laissent une veste sur le dossier de leur fauteuil et une tasse de café pleine sur leur bureau avant de partir le soir, histoire de faire croire aux autres qu'ils sont juste sortis pour une petite pause. Elle a comptabilisé moins de deux mille heures l'année dernière et n'a pas reçu de prime. « Fais le calcul et tu réaliseras que la prime rapporte moins à l'heure que de travailler au McDo », m'a-t-elle dit l'année dernière, au moment de la distribution des chèques.

Je l'appelle de mon portable.

— Où es-tu ?

— Chez *Cyril*, répond-elle en criant pour couvrir le brouhaha qui emplit le bar. Je vous attends ou vous préférez qu'on se retrouve ailleurs ?

Je pose la question à Darcy et Claire.

— Dis-lui qu'on va directement au *Talkhouse*, répond Darcy. Il est déjà tard.

Comme je m'y attendais, Claire et Darcy insistent pour aller se changer, ainsi que Marcus, qui porte toujours son costume de travail. Dex et moi restons donc seuls dans le salon, assis l'un en face de l'autre. Il a la télécommande à la main, mais n'allume pas la télé. C'est la première fois que nous nous retrouvons en tête à tête depuis le Crime. Je sens que je commence à transpirer. Pourquoi suis-je aussi nerveuse ? Ce qui est arrivé entre nous, c'est du passé. Je dois me détendre, agir normalement.

— Tu ne vas pas te pomponner pour ton petit copain ? me demande soudain Dex d'une voix posée, sans me regarder.

— Je me trouve très bien comme ça.

Il ignore que j'ai mûrement réfléchi à ma tenue quand je me suis changée après le travail : un joli tee-shirt noir à encolure carrée et mon jean préféré.

— Vous formez un beau couple, Marcus et toi, dit-il avec un coup d'œil furtif en direction de l'escalier.

— Merci. Darcy et toi aussi.

Nous échangeons un regard appuyé, qui en dirait certainement long si je cherchais à l'interpréter. Avant qu'il ait pu poursuivre, Darcy dévale les marches dans une robe fourreau grise qui moule joliment ses formes. Elle tend une paire de ciseaux à Dex et s'agenouille à ses pieds en relevant ses cheveux.

— Tu veux bien couper l'étiquette ?

Dex s'exécute, puis elle se redresse et pivote sur elle-même.

— Alors ? Qu'en dis-tu ?

— Très joli, déclare Dex en me glissant un regard penaud, comme si je pouvais prendre ombrage de son compliment laconique à sa fiancée.

— Tu es superbe, renchéris-je, histoire de montrer à Dex que cela ne me touche pas le moins du monde.

Nous payons l'entrée et nous frayons un chemin à travers la foule compacte du *Stephen's Talkhouse*, notre bar favori à Amagansett. Nous trouvons Hillary accoudée au bar avec une Budweiser. Elle porte un jean coupé, un tee-shirt blanc à large encolure et des tongs bleues que Darcy et Claire ne daigneraient enfiler que chez leur pédicure. Il n'y a pas une once de prétention chez Hillary, et comme toujours, je me réjouis de la voir.

— Salut, vous autres ! nous crie-t-elle. Vous en avez mis, du temps !

— Il y avait une circulation infernale, explique Dex. Et certaines personnes ont dû se changer.

— On ne pouvait quand même pas sortir avec nos vêtements tout fripés, proteste Darcy en lissant sa robe neuve avec un sourire satisfait.

Hillary propose une tournée générale pour nous mettre dans l'ambiance et passe la commande. Puis elle nous tend nos verres, et nous nous mettons en cercle pour boire.

— Aux plus belles vacances de notre vie ! lance Darcy en rejetant derrière ses épaules sa longue chevelure qui sent bon la noix de coco.

Tous les ans, elle répète le même rituel. Elle a toujours des attentes faramineuses que je ne partage jamais. Mais peut-être aura-t-elle raison cette année.

Nous vidons tous nos verres d'un trait – de la vodka pure –, puis Dex paie une deuxième tournée. Quand il me donne ma bière, ses doigts effleurent les miens. Je me demande s'il l'a fait exprès.

— Merci.

— Tout le plaisir est pour moi, murmure-t-il en soutenant mon regard, comme dans la voiture.

Je compte jusqu'à trois dans ma tête avant de détourner les yeux.

À mesure que la soirée avance, je me surprends à éprouver d'étranges pincements au cœur lorsque j'observe Dex et Darcy ensemble. Ce n'est pas véritablement de la jalousie, mais ça y ressemble. Je remarque de petites choses qui ne me touchaient pas jusque-là – Darcy qui glisse négligemment quatre doigts dans la ceinture de Dex, par exemple, ou Dex qui lui ramasse les cheveux en queue-de-cheval et les laisse retomber sur ses épaules.

À cet instant précis, il lui murmure quelque chose à l'oreille. Elle hoche la tête en souriant, et moi, j'imagine qu'il lui a dit : « J'ai envie de toi » ou un truc de ce genre. Ont-ils fait l'amour depuis ce samedi fatidique ? Oui, sûrement. Bizarrement, cela m'ennuie. J'essaie de me convaincre que je n'ai aucun droit d'être jalouse.

Je m'efforce de me concentrer sur Marcus. Je reste près de lui, je lui parle, je ris à ses blagues. Quand il m'invite à danser, j'accepte sans hésiter et le suis sur la piste de danse bondée. Nous nous démenons comme de beaux diables en riant. Ce n'est pas le coup de foudre, mais je m'amuse.

— Ils n'en peuvent plus de ne pas savoir, me souffle Marcus à l'oreille. Darcy m'a encore interrogé, tout à l'heure.

— C'est vrai ? Quand ?

— Juste après notre arrivée.

— Et Dex ? je demande après une hésitation.

— Il n'a rien dit, mais il était juste à côté d'elle et il tendait l'oreille, je peux te l'affirmer.

— Quel culot !

— Tu l'as dit… Ne relève pas la tête, ils regardent dans notre direction, murmure-t-il, sa joue contre la mienne.

J'enroule mes bras autour de son cou.

— Eh bien, puisqu'ils veulent du spectacle, essayons de ne pas les décevoir, réponds-je en me plaquant langoureusement contre lui.

7

— Alors, tu en es où avec Marcus ? me demande Hillary le lendemain matin, en fouillant parmi les vêtements qui se sont déjà accumulés au pied de son lit.

— Nulle part.

Je m'étire, puis saute de mon lit et tire les draps avec soin, comme à mon habitude.

— Pas d'aventure en vue ? s'enquiert-elle en enfilant un pantalon de survêtement dont elle noue le cordon au niveau des hanches.

— Si, peut-être.

L'année dernière, Hillary a rompu avec Corey, son petit ami depuis quatre ans, un garçon sympa, intelligent, bref, un type en or. Mais Hillary était convaincue que même s'ils s'entendaient bien, cela ne suffisait pas.

— Corey n'est pas l'homme de ma vie, ne cessait-elle de répéter.

— Tu changeras peut-être d'avis vers trente-cinq ans, rétorquait Darcy.

Une vacherie typique de Darcy, avons-nous jugé par la suite, Hillary et moi. Pas la moindre once de tact. Pourtant, avec le temps, j'en suis venue à me demander si Hillary n'avait pas commis une bêtise. Un an plus tard, elle en est toujours à accepter des rendez-vous à droite, à gauche, alors que son ex a emménagé dans un loft de Tribeca avec une superbe étudiante en médecine de vingt-trois ans qui est paraît-il le portrait craché de Cameron Diaz. Hillary prétend que cela ne la touche pas, ce que j'ai du mal à croire, même de la part d'une fille aussi cool qu'elle. Quoi qu'il en soit, elle ne semble pas pressée de trouver un remplaçant à Corey.

— Pour l'été ou à long terme ? demande-t-elle en passant les doigts dans ses cheveux blonds et courts.

— Je n'en sais rien.

— En tout cas, vous aviez tout l'air d'un couple hier soir, sur la piste de danse.

— Ah bon ?

Tant mieux, me dis-je. Ainsi, Dex comprendra que j'ai bel et bien tourné la page.

Hillary extrait son tee-shirt Corporate Challenge de sa pile de vêtements et le renifle.

— C'est propre, tu crois ? Sens un peu, me dit-elle en me jetant le tee-shirt.

— Quelle horreur ! Je n'ai pas la moindre envie de renifler tes fringues, je proteste en le lui relançant.

Elle éclate de rire et enfile son tee-shirt, qui me semble tout à fait propre.

— Vous n'arrêtiez pas de vous murmurer des trucs et de rigoler, reprend-elle. J'étais sûre que vous alliez finir au lit. J'aurais eu la chambre pour moi toute seule.

— Désolée de t'avoir déçue, dis-je en riant.

— À mon avis, c'est surtout Marcus qui était déçu.

— N'importe quoi. Quand on est rentrés, il m'a juste dit bonsoir. On ne s'est même pas embrassés.

— Ah bon ? Pourquoi ?

Hillary est au courant pour le premier baiser.

— Je n'en sais rien. J'imagine qu'on avance tous les deux sur des œufs. On doit passer pas mal de week-ends ensemble d'ici la fin du mois d'août. Si jamais ça tournait mal, ce serait embêtant pour tout le monde.

Elle me dévisage d'un air songeur. L'espace d'un instant, je suis tentée de tout lui raconter. Je lui fais confiance, je sais qu'elle garderait le secret. Mais je me ravise. Nous sommes appelés à nous retrouver souvent tous ensemble, et je me sentirais encore plus mal à l'aise de savoir qu'elle est au courant. Et puis, de toute façon, Dex et moi, c'est déjà de l'histoire ancienne. Il n'y a rien à raconter.

Nous descendons au rez-de-chaussée. Les autres sont déjà réunis autour de la table de la cuisine.

— Allez, hop, tout le monde dehors, et plus vite que ça ! ordonne Darcy, qui se lève et s'étire comme un chat, exhibant son ventre parfaitement plat sous son tee-shirt court.

Claire lève le nez de son Palm Pilot.

— C'est le temps idéal pour aller à la plage.

— C'est le temps idéal pour jouer au golf, oui, objecte Hillary. Ça tente quelqu'un ? demande-t-elle en regardant Dex et Marcus.

— Mmm… peut-être, dit Dex, plongé dans la page des sports. Tu veux que j'appelle pour réserver ?

Avec un regard de défi, Darcy claque sur la table les cartes avec lesquelles elle faisait une réussite.

— On pourrait y aller directement, suggère Hillary, qui ne semble pas avoir remarqué l'énervement de Darcy.

— Non, non, non, pas de golf ! proteste celle-ci en abattant le poing sur la table. Pas le premier jour ! On reste tous ensemble ! Hein, Rachel ?

— J'imagine que ça signifie qu'on ne jouera pas au golf aujourd'hui, intervient Dex avant que je ne sois forcée de prendre parti. Ordre de Darcy.

Hillary se lève de table, l'air dépité.

— Je veux juste qu'on soit tous réunis à la plage le premier jour, c'est tout, précise Darcy, histoire de donner un petit côté charitable à son égoïsme.

— Il faut dire que présenté comme ça, c'est bien plus alléchant, remarque Dex, qui se lève pour faire du café.

— Un problème, gros ronchon ? lui lance Darcy, comme si c'était lui qui venait de lui imposer le programme de la journée. Tu n'es vraiment qu'une vieille baderne.

— C'est quoi, au fait, une baderne ? intervient Marcus en se grattant l'oreille.

C'est sa première contribution à la conversation. Il a l'air encore à moitié endormi.

— Tu en as une juste sous les yeux, répond Darcy en désignant Dex d'un menton accusateur. Monsieur n'arrête pas de râler. Et en prime, il est d'une humeur de chien depuis notre arrivée.

— N'importe quoi, proteste Dex sans se détourner de l'évier, où il remplit la cafetière d'eau.

Dommage, j'aurais bien aimé voir son expression.

— Si, c'est vrai, réplique Darcy. Vous ne trouvez pas ? demande-t-elle à la cantonade, les yeux rivés sur moi.

Mon amitié avec Darcy m'a appris l'art d'arrondir les angles, mais aujourd'hui, je ne suis pas d'humeur à abonder dans son sens. Et les autres ne tiennent pas à se mêler de ce qui devrait rester un accrochage privé. Nous haussons tous les épaules en regardant ailleurs.

Pourtant, Darcy a raison, Dex manque d'entrain. Peut-être mon petit jeu avec Marcus l'a-t-il agacé – sans être jaloux, il a sans doute éprouvé hier soir de petits pincements de possessivité, comme moi. Ou peut-être Darcy l'énerve-t-elle, à vouloir tout contrôler. J'ai toujours eu conscience du caractère autoritaire de Darcy – difficile de ne pas le remarquer –, mais ces derniers temps, je le tolère moins bien qu'avant. J'en ai assez qu'elle arrive toujours à ses fins. Peut-être Dex est-il aussi de cet avis.

— Quels sont les plans pour le petit déjeuner ? demande Marcus en bâillant bruyamment.

Claire jette un coup d'œil à sa montre Cartier piquetée de minuscules diamants.

— Pour le brunch, tu veux dire.

— Peu importe. Pour manger, quoi.

Nous discutons des diverses possibilités qui s'offrent à nous et décidons d'éviter les cafés bondés d'East Hampton.

— Hier, j'ai acheté quelques produits de base. Tenez, régalez-vous, déclare Hillary en posant des bols, des cuillères et un paquet de Rice Krispies sur la table.

Marcus ouvre le paquet et verse des céréales dans un bol.

— Tu en veux ? me demande-t-il.

Je hoche la tête, et il me prépare un bol. Il ne propose pas aux autres de les servir et repose le paquet sur la table.

— Une banane ? me demande-t-il.

— Oui, s'il te plaît.

Il pèle une banane, puis la coupe en tronçons dans nos deux bols en gardant la partie abîmée pour lui. Nous partageons une banane, c'est quelque chose. Je surprends le regard excédé de Dexter tandis que Marcus laisse tomber le dernier morceau de banane dans mon bol.

Plusieurs heures plus tard, nous sommes enfin prêts à aller à la plage. Claire et Darcy sortent de leurs chambres avec d'élégants sacs en toile remplis à ras bord de luxueuses serviettes de bain neuves, magazines, lotions, bouteille Thermos, téléphone portable et trousse de maquillage. Hillary n'emporte qu'une petite serviette de toilette de la maison et un frisbee. Moi, je me situe entre les deux extrêmes – j'ai pris une serviette de plage, mon Discman et une bouteille d'eau.

Nous marchons tous les six en file indienne. Claire est en tête et Hillary ferme la marche, encadrant le couple officiel et celui qui pourrait bientôt le devenir. Nous traversons le parking de la plage et gravissons la dune. La vue est à couper le souffle. J'en oublie presque que j'ai couché avec Dex.

Nous descendons sur la plage bondée. Là, Dex prend la direction des opérations et nous déniche une place à mi-chemin entre la dune et la mer, où le sable est à peu près lisse, mais pas trop mouillé, pour les serviettes. Marcus étend la sienne près de la mienne ; Darcy prend place de l'autre côté, flanquée de Dex ; Claire et Hillary s'installent un peu plus bas devant nous. Le soleil est radieux, mais la chaleur tout à fait supportable. Nous avons droit au sempiternel sermon de Claire sur les dangers des ultraviolets.

— C'est maintenant qu'il faut faire attention, nous prévient-elle. On peut avoir de graves lésions et ne s'en apercevoir que trop tard.

Marcus propose de m'étaler de la lotion solaire dans le dos.

— Non, merci, ça va, réponds-je.

Mais comme je peine à atteindre l'endroit entre mes omoplates, il me prend le flacon des mains sans un mot et applique la lotion, en évitant méticuleusement le bord de mon maillot de bain.

Darcy s'empresse d'ôter son short blanc et s'accroupit devant Dex dans son bikini noir.

— Tu veux bien me passer de l'huile de noix de coco dans le dos ?

— Cette huile n'a même pas d'indice de protection, s'indigne Claire. Tu as passé l'âge de la bronzette, Darcy. Tu as vraiment envie d'avoir des rides avant l'âge ?

L'intéressée lève les yeux au ciel.

— Je moque pas mal des rides. Je vis le moment présent.

Je sais déjà que je vais en entendre plus tard : Darcy prétendra que Claire l'agresse par pure jalousie, parce que sa peau claire vire directement du blanc au rouge homard.

— Dans dix ans, tu t'en mordras les doigts, insiste Claire, le visage abrité sous un large chapeau de paille.

— Bien sûr que non, j'aurai tout simplement recours au laser, rétorque Darcy, qui ajuste le haut de son bikini, puis s'enduit les cuisses d'huile solaire, le geste rapide et efficace.

Chaque été, Darcy n'a qu'un objectif : bronzage maximum. Autrefois, nous nous allongions dans son jardin avec un grand paquet de biscuits, un flacon de lotion solaire et le tuyau d'arrosage pour nous rafraîchir de temps en temps. C'était la torture absolue. Mais je l'endurais, persuadée qu'une peau hâlée était un atout beauté incontournable. Évidemment, comme j'ai le teint presque aussi pâle que Claire, Darcy prenait chaque jour un peu d'avance sur moi.

— La chirurgie esthétique ne guérit pas le cancer, fait remarquer Claire.

— Alors, garde ton maudit chapeau et tais-toi ! s'emporte Darcy.

Claire paraît outrée.

— Désolée. Je disais ça pour rendre service.

Darcy lui adresse un sourire conciliant.

— Je sais, ma grande. Excuse-moi, je ne voulais pas te parler si durement.

Dex me regarde et fait une grimace, comme pour dire qu'il en a assez de les entendre s'asticoter. C'est notre premier échange direct de toute la journée. Je m'autorise à lui sourire. Son visage s'illumine d'un sourire éclatant. Il est si beau que c'en est douloureux, comme quand on regarde le soleil en face. Il se lève pour remettre en place sa serviette, que le vent a repliée. Mon regard caresse son dos, puis descend sur ses cuisses musclées. Je n'arrive pas à croire que je l'ai eu dans mon lit... Non que je tienne à renouveler l'expérience. Mais, mon Dieu, quel corps superbe – mince et puissant à la fois. Je ne suis pas du genre à faire une fixation sur le physique, mais je sais apprécier la perfection quand je la vois. Je détourne les yeux juste au moment où il se rassoit.

— Quelqu'un veut jouer au frisbee ? demande Marcus.

Je réponds que non, que je suis trop fatiguée, mais la vérité, c'est que je n'ai aucune envie de m'exhiber devant tout le monde avec mon ventre blanc. Hillary accepte, et ils partent tous les deux en direction du sable mouillé, près de l'eau.

— Passe-moi mon tee-shirt, dit Darcy à Dex.

— S'il te plaît ?

— Le « s'il te plaît » va de soi, répond-elle.

— Dis-le quand même, insiste-t-il en portant une pastille à la cannelle à sa bouche.

Darcy lui donne un coup de poing dans l'estomac.

— Aïe, fait-il d'un ton monocorde qui indique qu'il n'a pas du tout mal.

Elle lève de nouveau la main pour le frapper, mais il lui saisit le poignet.

— Tiens-toi donc correctement. Tu es une vraie gamine, lui dit-il avec tendresse.

Aucune trace dans sa voix de son agacement de ce matin.

— Je ne suis pas une gamine, répond Darcy, qui se glisse sur la serviette de Dex, plaque la main sur son torse et tend les lèvres vers lui jusqu'à ce qu'il l'embrasse.

Je mets mes lunettes de soleil et détourne les yeux. Cette fois, je sais que le pincement que j'éprouve, c'est de la jalousie.

Ce soir-là, nous nous rendons tous à une fête à Bridgehampton. La propriété est immense et luxueuse. La piscine en forme de L est entourée d'un jardin paysager magnifique éclairé par une bonne vingtaine de torches. Je passe les invités en revue, remarquant la profusion de robes et jupes pourpres, rose fuchsia et orange. On dirait que toutes les filles présentes à cette soirée ont lu le même article que moi sur « le noir est out, vive les couleurs toniques ». J'ai suivi le conseil et acheté une robe d'été citron vert trop reconnaissable pour que je puisse la porter de nouveau avant août. Pourtant, je ne regrette mon choix que quand j'aperçois le même modèle, deux tailles en dessous, sur une superbe blonde élancée. Comme elle est beaucoup plus grande que moi, la robe met parfaitement en valeur ses interminables jambes bronzées. Je m'applique donc à toujours rester du côté de la piscine où elle ne se trouve pas.

À un moment donné, je vais aux toilettes, et en revenant, alors que je cherche Hillary, Hollis et Dewey Malone me mettent le grappin dessus. Hollis travaillait dans le même cabinet que moi, mais elle a donné sa démission dès le lendemain de ses fiançailles avec Dewey. Celui-ci n'a aucun charme et pas une once d'humour, mais un imposant compte en banque. D'où l'intérêt de Hollis – c'était assez amusant de l'entendre s'extasier sur les qualités de cœur de son chéri, afin de masquer ses véritables motivations. Certes, je l'envie d'avoir échappé à l'enfer de la boîte, mais je préférerais être coincée à vie à la facturation plutôt que d'épouser un éteignoir tel que Dewey.

— Ma vie est tellement plus agréable maintenant, pépie-t-elle ce soir. Ce cabinet était un vrai poison ! C'était si étouffant ! Je redoutais un peu de perdre la stimulation intellectuelle que le travail me procurait, mais ce n'est pas du tout le cas. Maintenant, j'ai le temps de lire les classiques et de me cultiver à ma guise. C'est formidable ! Quelle libération !

— Tant mieux, tant mieux, réponds-je poliment, en mémorisant les meilleurs passages pour les raconter plus tard à Hillary.

Hollis me parle ensuite de leur duplex dans Park Avenue. Un vrai casse-tête à décorer, explique-t-elle, avant d'ajouter qu'elle a déjà congédié trois décorateurs parce qu'ils n'adhéraient pas à ses vues. Dewey ne contribue nullement à la conversation. Il se contente de lécher sa glace et semble s'ennuyer mortellement. Je le surprends même à lorgner les fesses de Darcy, joliment moulées dans un corsaire magenta.

Marcus apparaît soudain à mes côtés. Je le présente à Hollis et Dewey. Celui-ci lui serre la main, puis recommence à manger sa glace, l'air absent. Hollis s'empresse de demander à Marcus où il habite et ce qu'il fait dans la vie. Apparemment, son appartement à Murray Hill et son job dans le marketing ne sont pas tout à fait à la hauteur, parce que le couple Malone ne tarde pas à trouver une excuse pour s'éclipser et partir en quête d'invités plus prestigieux.

Marcus hausse un sourcil narquois.

— Un peu coincé, le Dewey, non ? On dirait qu'il s'est fourré le bâton de sa glace là où je pense.

Je pouffe de rire.

— Alors, tu passes une bonne soirée ? me demande-t-il.

— Oui, et toi ?

— Bof. J'ai l'impression que les gens ici se prennent un peu trop au sérieux. Pas toi ?

— C'est toujours comme ça dans les Hamptons.

Je jette un regard à la ronde. Je suis loin des soirées barbecue de mon enfance dans l'Indiana. J'éprouve certes une indéniable satisfaction d'avoir réussi à élargir mon horizon, mais je me sens toujours mal à l'aise dans ce genre de soirée. J'ai l'impression d'être une intruse qui s'efforce de se mêler à des gens qui ne connaissent de l'Indiana que ce qu'ils en voient de l'avion quand ils vont à Los Angeles ou à Aspen. Je regarde Darcy déambuler avec grâce et assurance parmi les convives, Dex à ses côtés. À la voir, on croirait qu'elle a toujours vécu dans Park Avenue. Ses enfants grandiront à Manhattan, c'est sûr. Moi, si jamais j'ai des enfants un jour, je m'installerai dans une jolie banlieue résidentielle. J'observe Marcus à la dérobée et essaie de l'imaginer en train de tirer le tricycle de notre fils sur le trottoir. Il se baisse vers notre petit garçon, qui a les mêmes sourcils que lui, et lui interdit de rouler sur la chaussée avec son vélo.

— Viens, dit Marcus, me tirant de mes fantasmes familiaux. Allons boire un autre verre.

Je le suis sans perdre de vue la blonde qui ose arborer ma robe.

Tandis que nous nous dirigeons vers le bar au bord de la piscine, mes pensées retournent à l'Indiana, et j'imagine Annalise et Greg avec leurs voisins dans leur jardin à l'herbe fraîchement tondue. Si une autre fille portait le même short kaki qu'elle, Annalise n'en ferait pas une affaire d'État.

Après la fête, nous en trouvons une autre, puis terminons comme à notre habitude au *Talkhouse*, où je danse de nouveau avec Marcus. Vers 3 heures, nous nous entassons tous dans la voiture et rentrons à la maison. Hillary et Claire montent aussitôt se coucher, tandis que Darcy, Dex, Marcus et moi restons dans le salon. Darcy et Dex, assis sur le même fauteuil, se tiennent la main ; Marcus et moi avons pris place chacun à un bout du canapé.

Darcy se lève brusquement.

— Bon, les enfants, je tombe de sommeil. Tu viens, Dex ?

Mon regard croise celui de Dexter. Nous détournons les yeux avec un bel ensemble.

— J'arrive dans une minute.

Après le départ de Darcy, nous discutons tous les trois encore un moment, jusqu'à ce qu'elle revienne à la charge et lance du haut de l'escalier :

— Viens, Dex. Ils ont envie d'être seuls.

Marcus me sourit. Gênée, je me plonge dans la contemplation d'une tache de rousseur sur mon bras.

Dex s'éclaircit la gorge, l'air grave.

— Bon, eh bien, je vous laisse. Bonne nuit.

Je me contente de marmonner un vague « bonne nuit », trop mal à l'aise pour lever le nez, tandis qu'il quitte le salon.

— Enfin tranquilles, dit Marcus.

En l'entendant, j'éprouve à peu près la même chose qu'au moment où Hunter nous a laissés, Joey et moi, dans la salle commune de la résidence universitaire. Je m'arrache un sourire.

Marcus se penche vers moi et m'embrasse, cette fois sans m'en demander la permission. C'est un baiser agréable, meilleur même que le premier. Bizarrement, je pense à l'épisode de Brady Bunch où Bobby voit un feu d'artifice après avoir embrassé Millicent. Quand cet épisode a été diffusé, j'avais à peu près l'âge de Bobby, et ce baiser me semblait une affaire des plus sérieuses. Plus tard, j'aurai droit moi aussi au feu d'artifice, me disais-je. À ce jour, je n'ai pas encore aperçu l'ombre d'une seule fusée, mais c'est avec Marcus que j'en suis le plus près.

Celui-ci se fait plus pressant.

— Je crois qu'on ferait mieux d'aller se coucher, je suggère timidement.

— Ensemble ? demande-t-il, mais je vois bien qu'il plaisante.

— Très drôle. Allez, bonne nuit, Marcus.

Le lendemain matin, je consulte ma boîte vocale. Les m'a laissé trois messages. Vu le peu de cas qu'il fait des jours fériés, il pourrait tout aussi bien être Témoin de Jéhovah. Il prétend vouloir « étudier plusieurs points avec moi lundi en début d'après-midi ». C'est à dessein qu'il reste vague, je le sais. En ne fixant pas d'heure de rendez-vous précise, il peut être sûr de me gâcher la journée. Hillary me conseille de l'ignorer, de faire comme si je n'avais pas reçu ses messages.

— Envoie-le balader, suggère Marcus. C'est un jour férié national, quand même.

Mais, bien entendu, je m'informe consciencieusement des horaires de bus et décide de rentrer dès cet après-midi pour éviter le gros de la circulation. Au fond, je suis soulagée d'avoir cette excuse pour m'éclipser. C'est épuisant d'essayer de faire croire que Marcus ne m'est pas indifférent tout en repoussant ses avances. Et c'est encore plus épuisant d'éviter Dex. Je l'évite quand il est seul. Je l'évite quand il est avec Darcy. J'en ai assez de cette situation tordue.

— Je dois vraiment rentrer, je soupire, comme si c'était la dernière chose dont j'avais envie.

— Mais tu ne peux pas partir ! s'offusque Darcy.

— Il le faut bien.

Elle se met à bouder, et j'ai bien envie de lui faire remarquer que, de toute façon, durant la majeure partie du temps que nous passons dans les Hamptons, elle est complètement ailleurs, distraite par les divers événements mondains qui rythment nos journées. Mais je me contente de répondre que je n'ai pas le choix.

— Quelle rabat-joie tu fais !

— Elle n'y peut rien si elle doit travailler, Darcy, intervient Dex.

Peut-être me défend-il parce qu'elle le traite souvent de rabat-joie, lui aussi. Ou peut-être souhaite-t-il mon départ pour les mêmes raisons que moi.

Après le déjeuner, je rassemble mes affaires puis descends au salon, où les autres flemmardent en regardant la télévision.

— Quelqu'un peut-il me conduire à la gare routière ? je demande, en espérant que Darcy, Hillary ou Marcus se porteront volontaires.

Hélas, c'est Dex qui réagit le premier.

— Je t'emmène, déclare-t-il. De toute façon, j'ai quelques courses à faire.

Je dis au revoir à tout le monde, Marcus me promet de m'appeler la semaine prochaine, et nous voilà partis, Dex et moi, pour quatre kilomètres en tête à tête.

— Tu as passé un bon week-end, même s'il est un peu écourté ? me demande-t-il en faisant marche arrière dans l'allée.

— Oui, je me suis bien amusée. Et toi ?

— Oui, moi aussi.

Après un bref silence, nous embrayons sur notre travail et nos amis communs de la fac de droit, des sujets que nous avions coutume d'aborder avant le Crime. La situation semble être redevenue normale entre nous – enfin, aussi normale que possible étant donné notre coup de folie.

Nous arrivons tôt à la gare routière. Dex se gare sur le parking, puis pivote sur son siège et me regarde avec une intensité qui m'oblige à détourner les yeux.

— Que fais-tu mardi soir ? demande-t-il.

— Mardi soir ? je répète, le cœur battant d'excitation et d'inquiétude. Rien... Enfin, si, j'ai prévu de travailler. La routine, quoi. J'ai une déposition vendredi et je n'ai même pas encore commencé à la préparer. Les seules questions que j'ai sur mon brouillon sont : « Pouvez-vous épeler votre nom pour le greffier ? » et « Prenez-vous un médicament qui pourrait influer sur votre capacité à déposer ? » j'explique avec un rire nerveux.

Dex reste de marbre. À l'évidence, mon histoire de déposition ne l'intéresse nullement.

— Écoute, Rachel, je veux te voir. Je passerai chez toi à 20 heures mardi.

Ce n'est pas une question, mais une affirmation. J'en ai l'estomac noué. Ce n'est pas la boule d'angoisse diffuse qui précède un rendez-vous galant ou un examen. Ce n'est pas non plus la peur de se faire pincer, ni ce vertige qui vous prend quand un garçon pour lequel vous avez un faible vous sourit ou vous dit bonjour. C'est autre chose. Une douleur familière, mais que je ne parviens pas à identifier.

Devant la gravité de son expression, mon sourire s'évanouit. Je ne lui demande pas pourquoi il tient tant à me voir, ni de quoi il veut me parler. Je ne dis pas que je dois travailler ou que ce n'est pas une bonne idée. Je me contente de répondre :

— D'accord.

Attention, si j'accepte de le voir, c'est uniquement pour mettre un point final à cette aventure qui n'aurait jamais dû avoir lieu. Du moins, c'est ce dont je tente de me convaincre. Je n'inflige pas une nouvelle trahison à Darcy, me dis-je, je m'efforce simplement de réparer les dégâts. Et puis, j'ai aussi envie de voir Dex tout bonnement parce que son amitié me manque. Je repense au soir de mon anniversaire, au bon moment que nous avons passé ensemble à bavarder au 7B. J'étais heureuse de pouvoir profiter de sa compagnie en solo, loin de la présence envahissante et autoritaire de Darcy.

Le bus arrive, et les passagers commencent à monter à bord. Je sors de la voiture sans qu'un mot de plus ait été échangé entre Dex et moi.

Tandis que je m'assois à une place près de la fenêtre, derrière une blonde survoltée qui braille dans son portable, je reconnais soudain la douleur qui me tord le ventre. J'ai ressenti le même malaise dans les derniers jours de ma relation avec Nate, juste avant qu'il ne me plaque pour sa chanteuse folk. C'est un mélange d'affection profonde pour quelqu'un et de peur intense de le perdre. J'ai conscience qu'en acceptant la visite de Dex mardi soir, je prends un risque. Je mets en péril notre amitié. Et mon cœur.

La fille devant moi jacasse tant et plus, à grand renfort de superlatifs : elle a malheureusement dû abréger son week-end génialissime, et elle a une migraine monstrueuse parce qu'elle a pris une cuite colossale à la fabuleuse fête d'hier. J'ai envie de lui dire que si elle baissait le volume d'un cran, son mal de tête se calmerait peut-être. Je ferme les yeux, en espérant que la batterie de son portable sera bientôt à plat. Mais je sais que même si elle arrêtait par miracle de me vriller les tympans, je serais incapable de me détendre. Pas avec cette drôle d'appréhension qui s'empare peu à peu de moi. C'est un mélange de fébrilité et de peur, comme lorsqu'on attend qu'une vague s'écrase sur sa tête.

Une tragédie se prépare, je le pressens confusément, et pourtant, je ne fais rien pour l'empêcher.

Mardi soir, 19 h 40. Je suis chez moi. Je n'ai pas eu de nouvelles de Dex de toute la journée, je suppose donc que le rendez-vous tient toujours. J'allume une bougie parfumée dans la cuisine, au cas où il resterait des effluves du repas thaï que j'ai commandé la veille pour mon dîner. J'ôte mon tailleur, enfile des sous-vêtements coordonnés en dentelle noire – même si je suis sûre, sûre, sûre qu'il ne va rien se passer – puis un jean et un tee-shirt. Après m'être lavé les dents, je me remets un soupçon de blush et un peu de brillant à lèvres. J'ai l'air naturelle et détendue. Exactement le contraire de ce que je ressens.

À 20 heures pile, Eddie, qui remplace José ce soir, sonne à l'interphone.

— Un monsieur pour vous, m'annonce-t-il.

— Merci, Eddie. Faites-le monter.

Quelques minutes plus tard, Dex apparaît sur le seuil de mon appartement, en costume sombre à fines rayures, chemise bleu ciel et cravate gris perle.

— Ton portier m'a regardé avec un drôle de petit sourire, me dit-il en entrant.

Il balaie timidement mon studio du regard, comme si c'était sa première visite.

— Tu te fais des idées.

— Non, je sais reconnaître un sourire entendu quand j'en vois un.

— Tu as mauvaise conscience, voilà tout.

— Je te l'ai déjà dit, je n'ai pas du tout mauvaise conscience, proteste-t-il en plongeant son regard dans le mien.

— Euh… tu veux boire quelque chose ? je demande nerveusement.

— Un verre d'eau, ce sera parfait, répond-il. Sans glace.

Comme je suis à court d'eau minérale, je fais couler celle du robinet jusqu'à ce qu'elle soit bien fraîche. Je remplis un verre pour chacun de nous et rejoins Dex sur le canapé.

Il boit plusieurs grandes gorgées sans un mot, puis repose son verre sur le plateau de la table basse. Je sens son regard sur moi, mais je ne lève pas les yeux. Je fixe le fond de la pièce, où se trouve mon lit – le lieu du Crime. Il me faudrait une chambre à part, ou au moins un paravent qui séparerait mon alcôve du reste de l'appartement.

— Rachel, regarde-moi, me dit soudain Dex d'une voix douce. Nous avons un problème. Un problème grave.

Il se penche vers moi, le bras gauche allongé sur le dossier du canapé, et m'embrasse doucement, puis avec plus d'insistance. Sa bouche a un goût de cannelle. Je repense aux pastilles qu'il n'a cessé de sucer durant le week-end. Je suis incapable d'opposer la moindre résistance. Je n'en ai aucune envie, d'ailleurs.

Si j'imaginais que Marcus embrassait bien, ou Nate avant lui, ou n'importe qui d'autre, je me trompais. Comparés à Dex, les autres hommes que j'ai connus étaient tout juste compétents. Ce baiser me donne le vertige, et cette fois, l'alcool n'y est pour rien. C'est le baiser dont parlent les livres et les films. Celui dont je mettais en doute l'existence. Mais, croyez-moi, il existe. Jamais auparavant je n'avais ressenti pareille explosion des sens. C'est un vrai feu d'artifice, comme pour Bobby Brady et Millicent.

Nous nous embrassons longtemps, sans nous interrompre une seconde, pas même pour adopter une position plus confortable sur le canapé (nous sommes à une distance anormalement grande pour un baiser d'une telle fougue). J'ignore quelles sont les raisons de Dex, mais moi, je sais pourquoi je ne bouge pas. Je ne veux pas que ce moment s'arrête, que nous passions à l'étape suivante, celle où il faudra qu'on se demande ce qui nous a pris. Je ne veux pas parler de Darcy, pas même entendre son nom. Elle n'a rien à voir avec cet instant. Rien. Ce baiser est comme suspendu dans les airs, hors du temps.

Quand nos lèvres finissent par se séparer, à l'initiative de Dex, il s'empresse de m'attirer dans ses bras.

— Je pense tout le temps à toi, me murmure-t-il à l'oreille.

Moi aussi, me dis-je. Mais j'arrive encore à contrôler mes émotions, du moins je le crois. Je m'écarte de Dex – pas trop quand même – et secoue la tête.

— Qu'y a-t-il ? me demande-t-il gentiment, son bras toujours sur mon épaule.

— Nous ne devrions pas faire ça…

Une molle protestation, mais j'aurai toujours essayé. Darcy a beau être agaçante et tyrannique, elle n'en est pas moins ma meilleure amie. Comment puis-je la trahir ainsi ? Je suis quelqu'un de bien, une amie loyale. Si je ne mets pas le holà à cette histoire, jamais plus je ne pourrai me regarder dans une glace.

Pourtant, je ne bouge pas, je n'ajoute rien. Je ne demande qu'à être convaincue du contraire, et Dex ne tarde pas à répondre à mon attente.

— Bien sûr que si, nous devons le faire, affirme-t-il d'un ton qui ne trahit aucun doute.

Il prend mon visage entre ses mains et me regarde droit dans les yeux.

— Nous n'avons pas le choix.

Il n'y a aucun calcul dans ses paroles, seulement de la sincérité. Il se penche vers moi et m'embrasse de nouveau, avec tendresse mais sans aucune hésitation.

Pourtant, c'est mal, je proteste en silence, tout en sachant qu'il est trop tard, que j'ai déjà rendu les armes. Nous venons de franchir une nouvelle étape. Car même si nous avons déjà couché ensemble, cette nuit de folie ne comptait pas vraiment. Nous étions ivres, insouciants. Rien n'était réellement arrivé avant le baiser de ce soir. Rien que nous n'aurions pu enfouir au fond d'un placard, une sorte de rêve que nous aurions peut-être même fini par oublier.

Maintenant, tout a changé. Pour le meilleur ou pour le pire.

8

C'est toujours sous la douche que je réfléchis le mieux. La nuit, dans mon lit, je ne peux m'empêcher de m'angoisser. Mais le matin, sous l'eau chaude, j'ai les idées claires. C'est donc en rinçant de mes cheveux mon shampooing parfumé au pamplemousse que j'en arrive à cette conclusion irréfutable: notre attitude, à Dex et moi, est tout bonnement inqualifiable.

Nous nous sommes embrassés longuement hier soir, puis il m'a serrée dans ses bras plus longtemps encore. Peu de mots ont été échangés. Tandis que mon cœur cognait contre le sien, je me suis convaincue qu'en ne nous précipitant pas au lit, nous avions déjà remporté une victoire non négligeable. Mais ce matin, j'ai conscience d'avoir mal agi, même si nous n'avons pas couché ensemble. Il faut à tout prix qu'on arrête. Et au plus vite.

Lorsque j'étais enfant, j'avais l'habitude de compter jusqu'à trois dans ma tête pour m'accorder une nouvelle chance. Si je me surprenais à me ronger les ongles, je m'arrachais les doigts de la bouche et je comptais. À trois, j'avais de nouveau un casier vierge. Grâce à ce stratagème, je me suis débarrassée de bon nombre de mauvaises habitudes. Pour Dex, ce sera pareil. Je vais effacer l'ardoise et repartir de zéro. Je compte lentement jusqu'à trois, puis utilise la technique de visualisation à laquelle Brandon avait recours pendant la saison de base-ball. Avant chaque coup, il imaginait sa batte qui frappait la balle, il entendait le choc dans sa tête et voyait même la poussière voler tandis qu'elle fonçait droit jusqu'à la base. Il se concentrait uniquement sur ses victoires, jamais sur ses défaites.

Si la technique était efficace pour lui, pourquoi ne marcherait-elle pas avec moi ? Je m'efforce donc de refouler mes sentiments pour Dex et me concentre sur mon amitié avec Darcy. Des scènes me reviennent de nos années de lycée. Je nous revois en train de nous transmettre de petits mots en classe. Ses messages – des pliages complexes semblables à des origamis – étaient beaucoup plus amusants que ceux d'Annalise, qui se contentait de dire que le cours l'ennuyait. Darcy, elle, écrivait une foule d'observations intéressantes sur nos camarades et des remarques sarcastiques sur les profs. Elle y ajoutait aussi des devinettes à mon intention : je devais par exemple relier des citations inscrites à gauche de la feuille à une liste de noms écrite à droite. J'avais du mal à m'empêcher d'éclater de rire quand je lisais par exemple : « Encore un qui nous en met plein la vue ! », phrase que j'associais sans hésiter au père d'Annalise, qui la prononçait chaque fois qu'un automobiliste le croisait en oubliant d'enlever ses pleins phares. Darcy était marrante, parfois caustique et même carrément méchante. Mais elle n'en était que plus drôle. Et puis, elle ne se démontait jamais et n'hésitait pas à prendre ma défense avec un aplomb et un sens de la repartie incroyables, même contre des élèves plus âgés que nous.

Je ferme le robinet, m'enveloppe dans un drap de bain et m'enroule une serviette autour de la tête. Je téléphonerai à Dexter dès mon arrivée au bureau, c'est décidé. Je lui dirai que nous devons cesser de nous voir. Il s'apprête à épouser Darcy, dont je dois être la demoiselle d'honneur. Nous l'aimons tous les deux. D'accord, elle a des défauts. Il lui arrive d'être capricieuse, égoïste, autoritaire, mais elle peut aussi se montrer loyale, gentille et amusante. Et elle est comme une sœur pour moi.

Durant tout le trajet, j'élabore mon laïus. À un moment, je le récite même à voix haute dans le métro. Quand j'arrive enfin au travail, j'ai si bien mémorisé mon texte qu'il ne paraît plus préparé à l'avance. J'ai même veillé à insérer des silences aux moments adéquats. J'ai pensé à tout. Je suis prête.

Je suis sur le point de décrocher mon téléphone quand je remarque que j'ai un e-mail de Dexter. Je l'ouvre, pensant qu'il est parvenu à la même conclusion raisonnable que moi. Dans la ligne « objet », il a écrit « toi ».

Tu es une fille stupéfiante. Tu me chavires complètement. Je voudrais que le temps s'arrête pour pouvoir passer chaque minute avec toi et ne penser à rien d'autre qu'à nous. J'adore littéralement tout chez toi, même la façon dont ton visage trahit la moindre de tes pensées, mais ce que j'aime le plus, c'est ton expression quand nous sommes ensemble et que tu as les yeux fermés, les cheveux en arrière et la bouche à peine entrouverte. Voilà. C'est tout ce que j'avais à dire. Supprime ce message.

J'en ai le vertige. Personne ne m'a jamais écrit de déclaration aussi émouvante. Je relis le message, enregistre mentalement chaque mot. J'adore littéralement tout chez toi aussi, me dis-je.

Et d'un seul coup, voilà ma belle détermination envolée. Comment pourrais-je tourner le dos à une expérience que je n'ai encore jamais faite et que j'attends depuis toujours ? Personne avant Dex ne m'avait bouleversée à ce point. Et si le miracle ne se reproduisait jamais plus ? Et si c'était lui, l'homme de ma vie ?

La sonnerie de mon portable m'arrache à mes réflexions. Je décroche en me disant que c'est peut-être lui – et en priant très fort pour que ce ne soit pas Darcy. Je me sens incapable de lui parler pour l'instant. Je suis encore sous le coup de ma lettre d'amour électronique.

— Salut, ma puce.

C'est Ethan. Il m'appelle d'Angleterre, où il vit depuis deux ans. Je suis heureuse de l'entendre. Il y a toujours un sourire dans sa voix, comme s'il était sur le point d'éclater de rire. Il n'a pas changé depuis que je l'ai rencontré en primaire : il a toujours la même gentillesse attentive, et ses joues continuent à rougir quand il fait froid. Seule sa voix est différente – depuis l'époque du lycée, en fait, longtemps après que mon faible pour lui se fut transformé en solide amitié.

— Salut, Ethan.

— Quel est le délai légal pour souhaiter un anniversaire ? demande-t-il.

Depuis que j'ai fait mon droit, il adore me taquiner avec le jargon juridique.

— Ne t'en fais pas, réponds-je en riant. Ce n'était que mon trentième.

— Tu me détestes ? Tu aurais dû me téléphoner pour me le rappeler. Je me sens vraiment con. Après dix-neuf ans sans un seul oubli ! La vache, je perds déjà la boule, alors que je n'ai même pas encore trente ans… cela dit sans vouloir retourner le couteau dans la plaie.

— Tu as aussi oublié le vingt-septième, lui fais-je remarquer.

— Tu es sûre ?

— Oui. Rappelle-toi, tu étais avec Bran…

— Stop, ne prononce plus jamais ce nom ! Tu as raison, j'ai oublié ton vingt-septième anniversaire. Alors, qu'est-ce que ça te fait d'avoir trente ans ? Tu te sens plus vieille ? Plus sage ? Plus en phase avec le monde ? Qu'as-tu fait le grand soir ? interroge-t-il d'une traite, avec une frénésie de gamin hyperactif.

— Je suis restée la même, réponds-je. Rien n'a changé.

— Vraiment ?

Je réfléchis un instant. Puis-je lui avouer la vérité ? Que va-t-il penser de moi ? Et s'il me fait des reproches ? Ethan et moi sommes restés proches depuis le lycée, même si nos contacts sont très sporadiques. Mais à chaque conversation, c'est comme si nous nous étions quittés la veille. Il ferait un bon confident dans cette improbable saga. Pour commencer, il connaît tous les personnages principaux. Et, mieux encore, il sait ce que c'est de faire une énorme bourde.

Tout commença sous les meilleurs auspices pour lui. Il réussit brillamment l'examen d'entrée à la fac, et après le lycée – où il finit deuxième de notre promotion –, il entra à Stanford. Une fois diplômé, il fut embauché dans une banque d'affaires, alors que sa matière principale était l'histoire de l'art et qu'il n'avait aucun intérêt pour la finance. Il détesta aussitôt tout des banques et de leur culture. Il disait qu'il fallait être un extraterrestre pour aimer passer sa nuit devant les cours des marchés asiatiques. Il décréta donc qu'il préférait le sommeil à l'argent, troqua son costume trois pièces pour un jean et un sweat-shirt en polaire et passa plusieurs années à parcourir la côte Ouest, photographiant lacs et forêts et se faisant des amis en chemin. Il prit des cours d'écriture, de peinture, de photographie, qu'il finançait en travaillant de temps à autre comme barman ou dans les pêcheries d'Alaska l'été.

C'est là qu'il rencontra Brandi – « Brandi avec un i », comme je l'appelais pour rire, avant de réaliser qu'il tenait vraiment à elle. Quelques mois plus tard, Brandi tomba enceinte (elle prétendit faire partie des zéro virgule cinq pour cent d'échecs de la pilule, mais j'avais des doutes). Comme elle refusait d'avorter, Ethan décida de prendre ses responsabilités et l'épousa à la mairie de Seattle. Ils expédièrent des faire-part maison illustrés d'une photo en noir et blanc d'eux deux en randonnée.

— Quelle idée de se balader dans ce short en jean effrangé ! Beaucoup trop court et trop moulant ! se moqua Darcy.

Ce fut son unique commentaire. Quoi qu'il en soit, Ethan avait l'air heureux. L'été de la même année,

Brandi donna naissance à un garçon, un adorable bébé eskimo avec des yeux qui virèrent presque immédiatement au noir charbon. Brandi – qui avait les yeux aussi bleus qu'Ethan – implora en vain le pardon de son mari. Ethan s'empressa de faire annuler le mariage, et Brandi retourna en Alaska, sans doute pour remettre la main sur le père de son enfant.

Peut-être cet épisode dégoûta-t-il Ethan de la vie au grand air, parce que aujourd'hui, il vit à Londres. Il travaille comme journaliste free-lance pour un magazine et écrit un livre sur l'architecture londonienne, un intérêt que je ne lui connaissais pas avant son arrivée sur le sol anglais. Mais Ethan est comme ça. Toujours prêt à se remettre en question et à recommencer de zéro, il ne connaît ni le stress ni le carriérisme. J'aimerais lui ressembler davantage.

— Alors, qu'as-tu fait le soir de ton anniversaire ? répète-t-il.

Je vais fermer la porte de mon bureau, puis j'avoue à mi-voix dans le combiné :

— Darcy a organisé une fête surprise en mon honneur, j'ai pris une cuite et j'ai fini avec Dex.

J'imagine que c'est ce qui arrive quand on n'a pas l'habitude d'avoir des secrets : on ne sait pas les dissimuler. En fait, je suis même surprise d'avoir tenu si longtemps. J'entends des grésillements sur la ligne, tandis que la nouvelle traverse l'Atlantique. Soudain, je panique. Je voudrais ravaler mes aveux.

— Tu te fiches de moi, hein ?

Mon silence le détrompe.

— La vache ! s'exclame-t-il.

— Quoi ? Qu'est-ce qu'il y a ?

J'ai besoin de savoir s'il veut me faire la morale. J'ai besoin de savoir ce qu'il pense de moi, s'il est du côté de Tailleur Chanel.

— Attends, tu veux dire quoi par « fini avec » ? Tu n'as pas couché avec lui, quand même ?

— Euh… en fait, si.

Son rire me soulage, même si je lui dis que ça n'a rien de drôle.

— Oh, si, fais-moi confiance, c'est drôle !

J'imagine la petite fossette sur sa joue gauche.

— Et qu'y a-t-il de si amusant ?

— Toi, si sage, qui baises avec le fiancé de ta meilleure copine ! C'est du boulevard à l'état pur.

— Ethan !

Il s'arrête de rire le temps de me demander si on risque de se faire pincer.

— Non, on a pris nos précautions.

— Très responsable de votre part, commente-t-il en pouffant.

— Oh, pitié !

Chaque fois que je fais un jeu de mots, c'est par accident.

— Ne te torture pas à cause de ça, reprend-il. Tu as fait une connerie. Et alors ? Ça arrive. Tout le monde fait des conneries – surtout avec un coup dans le nez. Regarde moi et Brandi avec un i.

Puis il émet un sifflement et énonce l'évidence :

— Bon sang, Darcy péterait les plombs si elle l'apprenait.

Mon téléphone fixe sonne.

— Vas-y, décroche, me dit Ethan. Je reste en ligne.

— Pas la peine, il y a la boîte vocale.

— Et si c'était ton nouveau petit copain ?

— Tu crois vraiment que tu m'aides, là ? je proteste, même si je suis soulagée qu'il ne m'inflige pas de leçon de morale.

Ce n'est pas son style, mais on a parfois des surprises. D'autant que Darcy est aussi l'amie d'Ethan. Elle n'est pas aussi proche de lui que je le suis, mais ils se parlent à l'occasion.

— Désolé, dit-il en riant encore. Je peux te poser une dernière petite question ?

— Quoi donc ?
— C'était bien, au moins ?
— Ethan ! Je n'en sais rien, j'étais ivre !
— Ah, je vois ! C'était donc si nul que ça ?
— Arrête, enfin !

Cette seconde, la vision de mes doigts plaqués en éventail sur le dos de Dexter s'impose à mon esprit. Il n'y a rien de nul dans cette image. Au contraire, elle est parfaite.

— Vous vous êtes revus depuis ?

Je lui raconte le week-end dans les Hamptons et mon rendez-vous avec Marcus.

— Pas bête, le coup du meilleur copain. Comme ça, si tu épouses Marcus, vous pourrez goûter aux joies de l'échangisme.

Je décide d'ignorer cette remarque et continue mon histoire – le trajet jusqu'à la gare routière, la soirée d'hier, l'e-mail.

— Bon sang... Et tu as des sentiments pour lui, toi aussi ?
— Je n'en sais rien, mens-je (je sais pertinemment que la réponse est oui).
— Mais le mariage ? Il a toujours lieu ?
— Oui, pour autant que je le sache.

Silence à l'autre bout de la ligne. Ethan ne rit plus, et ma culpabilité fait un retour en force.

— À quoi penses-tu ? je m'inquiète.
— Je me demandais jusqu'où tu voulais aller avec Dexter, répond-il. Qu'attends-tu de cette relation ? Est-ce juste une passade ou désires-tu que Dex annule son mariage ?

Le mot « passade » me fait tiquer. Il ne s'agit pas du tout de cela. Mais je ne pense pas vouloir non plus que Dex annule son mariage. Je ne peux m'imaginer infliger à Darcy une aussi cruelle trahison.

— Je n'en sais rien, je n'ai pas les idées très claires.
— Mmm... et lui, il a évoqué son mariage ?

— Non, pas vraiment.

— Mmm.

— Quoi ? Que veux-tu dire avec tes « mmm », à la fin ?

— Je veux dire qu'à mon avis, il devrait annuler.

— À cause de moi ?

Je sens mes entrailles se nouer à l'idée d'être responsable de la rupture des fiançailles de Darcy.

— Si ça se trouve, il a juste peur de s'engager, reprends-je. C'est un cas classique, non ?

Je réalise que ma voix se teinte d'espoir à cette idée. Pourquoi une partie de moi-même souhaite-t-elle si ardemment une solution aussi simple ? Et comment puis-je être si émue d'être avec Dex, si profondément touchée par son e-mail et vouloir encore qu'il épouse Darcy ?

— Rachel...

— Je sais ce que tu vas dire.

En fait, je ne le sais pas exactement, mais je me doute que c'est en rapport avec les conséquences prévisibles de cette histoire si je n'y mets pas un terme – elle va finir par m'exploser au nez, je vais y laisser des plumes. Mais je refuse de l'écouter.

— Très bien, je ne dirai rien. Mais sois prudente, d'accord ? Ne te fais pas piquer.

Il rit de nouveau.

— Quand je pense à Darcy... Je trouve ça assez mérité, en fait.

— Comment ça, mérité ?

— Oh, arrête ! Ne me dis pas qu'au fond, ça ne te plaît pas de lui rendre un peu la monnaie de sa pièce. Il y a une certaine justice là-dedans. Darcy t'en fait baver depuis des années.

— Qu'est-ce que tu racontes ? C'est complètement faux, je proteste, sincèrement surprise de l'entendre critiquer ainsi mon amitié avec Darcy.

Je sais bien qu'elle n'a pas toujours été la plus attentionnée des amies, mais là, Ethan y va un peu fort.

— Tu as oublié le test d'admission à Notre-Dame ?

Je repense au jour où nous reçûmes en classe les résultats de notre examen d'entrée sous enveloppe blanche scellée. Toute la matinée, nous gardâmes le silence, tout en mourant d'envie de savoir combien les autres avaient eu. À midi, à la cafétéria, Darcy n'y tint plus.

— Allez, on s'en fiche, on n'a qu'à se dire nos résultats. Rachel ?

— Pourquoi moi d'abord ? demandai-je.

J'étais satisfaite de mes résultats, mais ne voulais pas me jeter à l'eau la première.

— Ne fais pas le bébé. Dis-nous.

— Bon, d'accord. 1 300.

— Et à l'oral ?

— 680.

— Joli, commenta-t-elle. Félicitations.

Ce fut au tour d'Ethan. 1 410, sans surprise. J'ai oublié les notes d'Annalise. Dans les 1 100, me semble-t-il.

— Et toi ? demandai-je à Darcy.

— Moi ? 1 305.

Je sus instantanément que c'était faux. Les notes allaient de dix en dix. Ethan le comprit aussi, car il me donna un petit coup de pied sous la table et me sourit, caché derrière son sandwich au jambon.

Je me moquais pas mal que Darcy mente. Elle était connue pour toujours tout enjoliver. Mais prétendre me battre de cinq points, c'était vraiment gonflé de sa part. Cependant, nous savions d'expérience qu'il était inutile de la pousser dans ses retranchements.

— Qui sait ? fit-elle. Peut-être serons-nous toutes les deux admises à Notre-Dame.

Elle me rejouait le même coup que pour Ethan en primaire. Celui du « pousse-toi de là que je m'y mette ».

Comme bon nombre de jeunes du Midwest, mon rêve était d'entrer à Notre-Dame. Je ne suis ni irlandaise, ni même catholique, mais depuis que mes parents m'avaient emmenée assister à un match à Notre-Dame lorsque j'avais huit ans, c'était là que je voulais faire mes études. À mes yeux, c'était l'université idéale – d'imposants bâtiments en pierre, d'immenses pelouses impeccables, des traditions à la pelle. Darcy, elle, n'avait jamais montré le moindre intérêt pour Notre-Dame, ce qui accrut encore mon agacement. Mais je ne m'inquiétais pas trop. Mon dossier scolaire était meilleur que le sien, mes résultats aux tests d'admission sans doute aussi, et il y avait de toute façon plus d'un élève de notre lycée à être admis chaque année à Notre-Dame.

Au printemps, les lettres arrivèrent au compte-gouttes. Chaque jour, j'allais prendre le courrier en tremblant. Mike O'Sullivan, qui avait trois générations d'anciens étudiants de Notre-Dame dans sa famille et était notre délégué de classe, y fut admis le premier. Je supposais que je serais la suivante sur la liste, mais Darcy eut sa lettre avant moi. J'étais avec elle quand elle la reçut, mais elle refusa de l'ouvrir devant moi. Je rentrai à la maison, en espérant avec une pointe de culpabilité qu'elle ne serait pas acceptée.

Elle me téléphona une heure plus tard, surexcitée.

— Je n'arrive pas à y croire ! Je suis admise ! Tu te rends compte ?

Je parvins à bafouiller des félicitations, mais j'étais atterrée. Cette nouvelle signifiait deux choses : soit elle avait pris ma place, soit tout allait recommencer comme au lycée – nous entrerions toutes les deux à Notre-Dame, où elle s'efforcerait de m'éclipser pendant quatre longues années de plus. D'un côté, je savais que Darcy me manquerait quand je quitterais le lycée, mais d'un autre, j'avais l'intime conviction qu'il me serait bénéfique de pouvoir m'affirmer loin d'elle.

Pourtant, je tenais à cette admission plus que tout au monde. C'était aussi une question de fierté. J'attendis, je priai et songeai même à appeler le bureau des admissions pour les supplier de m'accepter. Au bout d'une semaine intolérable, ma lettre arriva, absolument identique à celle de Darcy. Je rentrai en courant, déchirai l'enveloppe le cœur battant et dépliai le document qui devait sceller mon destin : « En dépit de vos brillants résultats, nous sommes désolés de ne pouvoir donner suite... bla-bla-bla... »

J'étais effondrée. Le lendemain, je fus à peine capable d'adresser la parole à mes amis au lycée. Au déjeuner, tandis que je refoulais mes larmes, Darcy m'annonça que de toute façon, elle opterait pour l'université de l'Indiana. Qu'elle ne voulait rien savoir de l'établissement qui avait osé refuser ma candidature. Inutile de préciser que cette déclaration péremptoire, destinée dans son esprit à me réconforter, ne fit que me bouleverser davantage.

— Tu as pris la place de Rachel à Notre-Dame, et maintenant, tu ne veux même pas y aller ? protesta Annalise, à qui il en fallait pourtant beaucoup pour s'indigner.

— C'était mon premier choix, mais j'ai changé d'avis, répliqua Darcy. Et puis, comment est-ce que je pouvais deviner que Rachel ne serait pas admise, hein ? Je n'ai eu que quelques points de plus qu'elle aux tests.

Pour Ethan, ce fut la goutte d'eau.

— Tu n'as pas pu avoir mille trois cent cinq, Darcy. Les notes vont de dix en dix.

— Qui a dit que j'avais eu mille trois cent cinq ?

Ethan et moi répondîmes avec un bel ensemble :

— Toi !

— Non, j'ai dit mille trois cent dix.

— C'est faux ! m'écriai-je, outrée.

Je cherchai le soutien d'Annalise du regard, mais après cet inhabituel éclair de bon sens, elle prétendit avoir oublié ce que Darcy avait dit le jour où nous avions reçu nos résultats.

Nous nous disputâmes durant tout le déjeuner. Nous finîmes en pleurs toutes les deux, et Darcy quitta le lycée avant la fin des cours, prétextant des maux de ventre auprès de l'infirmière. La situation s'apaisa lorsque je fus admise à Duke et que je parvins à me convaincre que j'en étais heureuse. L'université ressemblait beaucoup à Notre-Dame – bâtiments de pierre, campus impeccable, prestige – et avait bonne réputation. Et puis, je me disais que cela me ferait du bien de quitter l'Indiana et d'élargir mon horizon.

Cependant, encore aujourd'hui, je me demande pourquoi Notre-Dame a préféré la candidature de Darcy à la mienne. Peut-être un membre masculin du jury a-t-il fantasmé sur sa photo. Ou peut-être était-ce juste un coup de chance, comme Darcy en a si souvent.

En tout cas, je suis heureuse qu'Ethan m'ait rafraîchi la mémoire. Darcy a beau être la plupart du temps ma meilleure amie, elle ne m'en a pas moins joué quelques sales tours à certains moments clés de ma vie.

— C'est vrai, tu as raison, admets-je, mais de là à dire qu'elle m'en fait baver, tu pousses le bouchon un peu loin.

— Mais tu comprends ce que je veux dire, n'est-ce pas ? Il y a toujours eu cette compétition sous-jacente entre vous.

— Peut-être, dis-je en songeant qu'il ne s'agit pas vraiment de compétition lorsque c'est toujours la même qui perd.

— Enfin, bon, tiens-moi au courant de l'évolution de tes aventures croustillantes.

— Je n'y manquerai pas, réponds-je en souriant.

— Une dernière chose : quand viens-tu me rendre visite ?

— Bientôt.

— C'est ce que tu dis toujours.

— Tu sais ce que c'est, j'ai un boulot dingue… Mais je viendrai cette année, promis.

— Tant mieux. Tu me manques, tu sais.

— Toi aussi, tu me manques.

— Et puis, peut-être auras-tu besoin de vacances une fois cette histoire terminée.

Après avoir raccroché, je note avec satisfaction qu'à aucun moment Ethan ne m'a dissuadée de poursuivre mon histoire avec Dex. Il m'a seulement conseillé de me montrer prudente. Un conseil que je m'appliquerai à mettre en pratique lors de ma prochaine rencontre avec Dex.

9

J'évite Darcy depuis trois jours, ce qui est quasiment mission impossible. Nous ne restons jamais aussi longtemps sans nous parler. Lorsqu'elle parvient enfin à me joindre, je prétends être surchargée de travail – ce qui est vrai, à ceci près que je trouve encore plein de temps pour penser à Dex, lui téléphoner, lui envoyer des e-mails.

— Tu es libre pour un brunch dimanche ? me demande-t-elle.

— Oui.

De toute façon, il faudra bien qu'on se revoie un jour. Le plus tôt sera le mieux. Nous prenons rendez-vous chez *E.J.*, près de chez moi.

Dimanche matin, j'arrive la première et constate avec soulagement que le restaurant est plein d'enfants. Leurs clameurs joyeuses constituent une distraction qui apaise quelque peu ma nervosité. J'ai néanmoins toujours l'estomac noué à l'idée de me retrouver en tête à tête avec Darcy. Jusqu'ici, j'ai réussi à composer avec ma culpabilité en évitant de penser à elle, en m'imaginant que Dex est célibataire et que nous sommes encore à la fac de droit, avant que j'aie eu l'idée saugrenue de lui présenter Darcy. Mais je ne pourrai pas appliquer cette tactique aujourd'hui. Et je redoute que cette entrevue avec elle ne me pousse à rompre avec Dex, chose à laquelle je ne peux me résoudre.

Un instant plus tard, Darcy pénètre dans le restaurant avec sur l'épaule le grand fourre-tout Kate Spade qu'elle utilise pour ses courses encombrantes, en particulier celles qui ont trait au mariage. En plein dans le mille, me dis-je en apercevant la pochette orange familière qui dépasse du sac. C'est dans ce dossier que Darcy range tous les articles qu'elle a découpés dans des revues spécialisées. Mon angoisse monte d'un cran. Je suis à peine armée pour affronter Darcy, alors le mariage…

Elle m'embrasse sur les deux joues, à l'européenne. Je lui souris, m'efforce de paraître naturelle. Elle me parle de Claire, une histoire de rendez-vous raté hier soir avec un chirurgien. D'après Claire, il n'était pas assez grand pour elle, et il a oublié de lui demander si elle désirait un dessert, ce qui a aussitôt déclenché chez elle son radar anti-radin. À mon avis, un autre radar s'est peut-être mis en marche, celui du malheureux chirurgien – « Attention, snob barbante, fuyons à la première occasion. » Néanmoins, je garde cette hypothèse pour moi, car Darcy n'apprécie pas que je critique Claire – sauf si c'est elle qui commence.

— Elle est beaucoup trop difficile, continue-t-elle tandis qu'on nous conduit à notre table. Elle cherche toujours la petite bête.

— Difficile, c'est un euphémisme, réponds-je. Ses critères sont franchement démentiels.

— Comment ça ?

— Je la trouve plutôt superficielle.

Darcy me dévisage avec de grands yeux.

— Ce que je veux dire, c'est qu'elle attache trop d'importance à l'argent, à l'apparence et aux relations. Avec une marge de manœuvre aussi étroite, elle réduit énormément ses chances de rencontrer quelqu'un.

— Moi, je ne la trouve pas si superficielle que ça, objecte Darcy. Elle ne dirait pas non à Marcus, et pourtant, il vient d'un bled paumé du Wyoming, il ne brille pas par ses relations, et en plus, ses cheveux s'éclaircissent sur les tempes.

— Du Montana, je corrige, agacée par son mépris évident.

Comment ai-je réussi à ignorer si longtemps cette facette aussi marquante de sa personnalité ? Peut-être sommes-nous si proches que j'étais incapable jusqu'à présent de la voir telle qu'elle est. En tout cas, depuis ma conversation avec Ethan, son côté arriviste et superficiel est comme grossi à la loupe : impossible de ne pas le remarquer.

— Le Montana, le Wyoming, c'est du pareil au même, décrète-t-elle avec un geste péremptoire de la main, oubliant apparemment qu'elle-même vient du Midwest.

— Et je ne trouve rien à redire à ses cheveux, j'ajoute.

Elle m'adresse un petit sourire en coin.

— Tu le défends. Tiens, tiens, très intéressant.

Je choisis de l'ignorer.

— Tu as eu de ses nouvelles récemment ? insiste-t-elle.

— Plusieurs e-mails, oui.

— Vous vous êtes revus ?

— Pas encore.

— Fonce, Rachel, il faut mettre le paquet, dit-elle en enveloppant délicatement son chewing-gum dans une serviette en papier. C'est vrai, ne laisse pas passer cette chance. Tu ne trouveras pas mieux.

Je me plonge dans le menu, frémissante de colère et d'indignation. Comment peut-elle me dire une chose aussi blessante ? Non que j'aie la moindre critique à l'encontre de Marcus, mais pourquoi ne pourrais-je trouver mieux ? Que signifie cette insinuation ? Depuis le début de notre amitié, c'est un fait établi entre nous que Darcy est la plus jolie et la plus chanceuse. Mais comment ose-t-elle me balancer ainsi sa supériorité à la figure ? Cette fille a vraiment un culot incroyable. Je formule dans ma tête quelques ripostes bien senties, mais préfère les garder pour moi. Darcy ne se rend même pas compte de la méchanceté de sa remarque – fruit de son égoïsme naturel. Et puis, tout bien réfléchi, je suis assez mal placée pour lui faire des reproches.

Craignant que mon visage n'ait trahi mes pensées, je lui jette un coup d'œil discret par-dessus mon menu. Mais elle n'a rien remarqué. Ma mère dit toujours que j'arbore mes émotions comme une écharpe, mais à moins que Darcy ne veuille me l'emprunter, l'écharpe ne l'intéresse pas.

Un serveur s'approche de notre table. Darcy commande un toast nature et un cappuccino ; moi, une omelette à la grecque avec du cheddar à la place de la feta et des frites en accompagnement – je lui laisse le rôle de celle qui fait attention à sa ligne.

D'un geste énergique, elle s'empare de son dossier orange et commence à passer plusieurs listes en revue.

— Nous avons beaucoup plus à faire que je ne l'avais imaginé. Ma mère m'a appelée hier soir et n'a pas arrêté de me demander : « Tu as fait ceci ? Tu as acheté cela ? » Elle m'a fichu la frousse.

— Tu as encore largement le temps, lui dis-je pour la rassurer.

Si seulement Dex et moi en avions plus encore…

— Il reste à peine trois mois, Rachel, me rappelle-t-elle. Le jour J va arriver avant qu'on n'ait le temps de dire ouf.

Ma gorge se serre. Combien de fois vais-je voir Dexter en trois mois ? Quand allons-nous cesser de nous fréquenter ? Le plus tôt serait le mieux. Évidemment.

Je regarde Darcy feuilleter son dossier et griffonner des annotations dans les marges jusqu'à ce que le serveur nous apporte nos plats. Je vérifie l'intérieur de mon omelette. Cheddar, parfait. Je commence à manger tandis que Darcy me parle de son diadème.

Je hoche la tête, l'esprit ailleurs, toujours blessée par son commentaire odieux.

— Tu m'écoutes ? finit-elle par demander.

— Oui.

— Alors, répète ce que je viens de dire !

— Tu ne sais pas où trouver un diadème.

Elle croque dans son toast d'un air soupçonneux.

— Sais-tu où je pourrais en acheter un ?

— Eh bien, nous en avons vu quelques beaux modèles chez Vera Wang, il me semble. Dans une vitrine du premier étage, tu te souviens ? Et je suis presque sûre qu'ils en ont aussi chez Bergdorff.

Je repense aux premiers temps des fiançailles de Darcy, quand j'avais au moins un peu le cœur aux préparatifs. J'étais sincèrement heureuse pour elle et m'appliquais à être une demoiselle d'honneur zélée. Je me rappelle notre longue quête de la robe. Nous avons dû voir chaque modèle disponible à New York. Nous sommes même allées jusqu'à Brooklyn, chez Kleinfeld. Nous avons fait tous les grands magasins et toutes les boutiques de Greenwich Village, et même les créateurs de Madison Avenue – Vera Wang, Carolina Herrera, Yumi Katsura, Amsale.

Mais jamais Darcy n'eut le coup de cœur qu'une future mariée est censée avoir en choisissant sa robe, ce débordement d'émotion qui vous fait fondre en larmes dans la cabine d'essayage. Je finis par identifier le problème. C'était le même qu'avec les maillots de bain : elle était superbe dans tout. Les fourreaux mettaient en valeur ses hanches fines et sa stature élancée, les grandes robes à crinoline soulignaient sa taille de guêpe. Plus elle essayait de robes, plus nous étions déboussolées. Si bien qu'en désespoir de cause, à la fin d'un long et épuisant samedi, lorsque nous arrivâmes chez Wearkstatt, à Soho, je décidai que ce serait la dernière étape de nos pérégrinations. Lorsque la jeune vendeuse demanda à Darcy quel style elle envisageait pour le grand jour, l'intéressée répondit d'un haussement d'épaules désemparé et m'interrogea du regard.

— C'est un mariage de ville, commençai-je.

— J'adore les cérémonies à Manhattan, s'extasia la fille.

— Oui, et c'est début septembre, poursuivis-je. Nous espérons donc du beau temps... Et je crois que mon amie préfère les robes simples sans froufrous.

— Mais il ne faut pas non plus quelque chose de trop terne, intervint Darcy.

La vendeuse réfléchit un instant, l'index sur la bouche, puis disparut en hâte et revint avec quatre robes quasiment identiques. C'est à cet instant que je décidai que l'un de ces modèles serait *la* robe. Quand Darcy essaya la deuxième, en satin ivoire avec un bustier rebrodé de perles, je poussai un petit cri admiratif.

— Oh, Darcy, elle te va à merveille ! m'exclamai-je (ce qui était vrai, bien entendu). C'est celle-ci qu'il te faut.

— Tu crois ? demanda-t-elle d'une voix tremblante. Tu en es sûre ?

— Sûre et certaine ! Tu dois absolument l'acheter !

Quelques instants plus tard, nous commandions la robe et discutions des retouches. Darcy et moi sommes amies depuis toujours, mais je ne m'étais jamais rendu compte avant cela de l'influence que j'avais sur elle. Je venais de choisir sa robe de mariée, le vêtement le plus important de toute sa vie.

— Ça ne te dérange pas de faire quelques courses avec moi cet après-midi ? me demande-t-elle. Le seul achat qui m'importe vraiment aujourd'hui, ce sont les chaussures. J'en ai besoin pour le prochain essayage. Je pense qu'on devrait jeter un coup d'œil chez Stuart Weitzman, puis foncer chez Barney. Tu m'accompagnes, hein ?

Je pique un morceau d'omelette au bout de ma fourchette.

— D'accord, mais pas trop longtemps. Il faut que je passe au bureau cet après-midi, mens-je.

— Tu n'arrêtes pas de travailler ! Je me demande qui est le pire, de Dex ou toi. En ce moment, il bosse comme un fou. Résultat, il n'est jamais à la maison.

Je garde les yeux baissés et cherche consciencieusement les dernières belles frites dans mon assiette, en songeant à toutes ces soirées où Dex et moi sommes restés tard au bureau, à discuter au téléphone.

— C'est vrai ? Ma pauvre, dis-je.

— Il n'est jamais disponible pour m'aider à organiser le mariage, soupire-t-elle. Ça commence à m'énerver sérieusement.

Après le déjeuner et une conversation uniquement centrée sur le mariage, nous marchons jusqu'à Madison Avenue, où se trouve la boutique de Stuart Weitzman. Darcy commence par admirer une dizaine de paires de sandales en me disant que la coupe de ces chaussures est parfaite pour ses pieds fins aux talons délicats. Enfin, nous nous rendons au fond du magasin, au rayon chaussures de mariage. Darcy examine chaque modèle et en choisit quatre. Je la regarde arpenter le magasin, tel un mannequin sur un podium. Elle finit par fixer son choix sur la paire qui possède les talons les plus hauts. Je manque lui demander si elle est sûre de pouvoir les supporter toute une longue journée, mais je me retiens. Plus vite elle prendra sa décision, plus vite je serai libre.

Mais Darcy n'en a pas terminé avec moi.

— Tant que nous y sommes, allons donc chez Elizabeth Arden voir les rouges à lèvres, décrète-t-elle en payant les chaussures.

À contrecœur, je l'accompagne jusqu'à la Cinquième Avenue.

— Au fait, rappelle-moi d'acheter aussi du mascara waterproof pour le jour J, me dit-elle en chemin. Jamais je ne pourrai tenir toute la cérémonie sans y aller de ma petite larme.

— Compte sur moi.

Considère ce pensum d'un œil objectif, me dis-je pour m'encourager, adopte le détachement d'une organisatrice de mariage qui connaît à peine la future mariée. Après tout, si je me montre particulièrement serviable envers Darcy, peut-être ma culpabilité s'en trouvera-t-elle diminuée d'autant. J'imagine Darcy découvrant ma trahison et moi lui répondant : « Oui, c'est la vérité, j'ai couché avec Dex. Mais permets-moi de te rappeler que jamais, au grand jamais, je n'ai failli à mes devoirs de demoiselle d'honneur ! »

— Puis-je vous aider, mesdemoiselles ? nous demande la vendeuse.

— Oui, je cherche un rouge à lèvres rose, répond Darcy. Une couleur vibrante et en même temps douce et pure. C'est pour un mariage.

— Vous êtes l'heureuse élue ?

— En effet, répond Darcy avec un de ces sourires purement artificiels dont elle a le secret.

La femme lui sourit en retour et lui prodigue avec autorité ses précieux conseils, tout en sortant promptement cinq tubes de rouge qu'elle pose devant nous sur le comptoir. Darcy ajoute que j'aurai besoin moi aussi d'une teinte coordonnée, puisque je suis la demoiselle d'honneur.

— Très bien, dit la femme en me souriant. Vous êtes sœurs ?

— Non, réponds-je.

— Mais c'est tout comme, intervient Darcy avec une déconcertante sincérité.

Je me sens soudain méprisable et vulgaire. Il faut que ça s'arrête, me dis-je. Tout de suite. À cette seconde même. Je n'ai pas encore couché consciemment avec Dex. La seule fois où c'est arrivé, nous avions bu. Nous nous sommes embrassés depuis ? Et alors, ce n'était qu'un baiser. Mais à partir de maintenant, tout est terminé.

Puis je pense aux cheveux souples de Dex, à ses baisers au parfum de cannelle, à ses mots d'amour. Je n'arrive toujours pas à croire qu'il puisse avoir de tels sentiments pour moi. Et ce que j'éprouve pour lui est trop fort pour que je puisse le refouler. Peut-être était-ce écrit. Des mots comme « destin » et « âmes sœurs » me trottent dans la tête, des mots qui me faisaient ricaner avant. Voilà qui est ironique – ne sommes-nous pas censés gagner en cynisme avec l'âge ?

— Que dis-tu de celui-ci ? s'enquiert Darcy en tournant sa bouche tartinée de rose vers moi.

— Il est joli.

— Pas trop vif ?

— Non, il te va bien.

— Moi, je le trouve un peu trop vif. Je serai en blanc, n'oublie pas. Tu te souviens du maquillage de Kim Frisby ? On aurait dit qu'elle faisait le tapin à Time Square. Je veux être un peu sexy, mais pure aussi, tu comprends ?

Je suis brusquement au bord des larmes – si j'entends parler de ce mariage une seconde de plus, je vais exploser.

— Écoute, Darcy, je suis vraiment navrée, mais il faut que j'y aille.

Sa lèvre inférieure esquisse une moue que je connais bien.

— Reste encore un peu. Je ne peux pas m'en sortir sans ton aide ! Ne le prenez pas mal, ajoute-t-elle à l'adresse de la vendeuse.

Celle-ci affiche un sourire compréhensif. Elle semble approuver Darcy et se demande sans doute quel genre de demoiselle d'honneur peut abandonner la future mariée à un moment aussi crucial.

J'inspire un grand coup et décide d'accorder quelques minutes supplémentaires à Darcy. Elle essaie encore plusieurs rouges à lèvres, en s'essuyant la bouche entre chaque application avec une lotion démaquillante.

— Et celui-ci ?

— Il est bien, réponds-je, sincère.

— Bien, ce n'est pas assez ! gémit-elle. Il faut qu'il soit parfait ! Je dois être parfaite !

Tandis que j'observe sa jolie bouche boudeuse couleur framboise, toute trace de remords s'évanouit subitement en moi. Je n'éprouve plus désormais qu'un profond ressentiment.

Pourquoi tout doit-il être parfait pour toi ? me dis-je avec colère. Pourquoi tout doit-il t'être servi sur un plateau avec un joli nœud de chez Martha Stewart autour ? Qu'as-tu fait pour mériter Dex ? Je l'ai rencontré la première. C'est moi qui te l'ai présenté. J'aurais dû me déclarer. Pourquoi ne l'ai-je pas fait, déjà ? Ah, oui, parce que je ne me trouvais pas assez bien pour lui. Mais je me suis trompée, tu vois. Cela peut arriver... surtout avec une amie comme toi, une amie qui part du principe qu'elle a droit à ce qu'il y a de mieux, une amie qui s'est efforcée si implacablement de m'éclipser que j'ai fini par me sous-estimer, par revoir mes ambitions à la baisse. C'est ta faute, Darcy, ça t'apprendra à me prendre ce qui me revient de droit.

À présent, je n'ai plus qu'une envie : la planter là. Je consulte ma montre et soupire, presque persuadée que mon bureau m'attend vraiment et que Darcy abuse une fois de plus de mon temps sans vergogne.

— Je vais y aller, Darcy... Désolée, ce n'est pas ma faute si je croule sous les dossiers.

— Fais comme tu veux.

— Ce n'est pas ma faute, je répète.

Pas ma faute.

Pas ma faute si je suis en train de tomber amoureuse de Dex.

Pas sa faute s'il a des sentiments pour moi.

Avant que je parte, Darcy appelle Claire sur son portable.

— Es-tu allée voir le stand Bobbi Brown chez Saks ? entends-je celle-ci demander, puis expliquer avec l'autorité d'une journaliste de *Mariage Magazine* qu'ils ont une gamme de maquillage spécial mariage, des rouges à lèvres très hydratants sans être trop brillants.

— Tu me rejoins tout de suite ? supplie Darcy au téléphone.

Son égocentrisme est décidément sans bornes.

Elle raccroche et m'annonce que Claire arrive. Elle ajoute un petit salut de la main pour faire bonne mesure. Je suis congédiée.

— Au revoir, dis-je. Je t'appelle plus tard, d'accord ?

— Comme tu veux. Au revoir.

Alors que je me retourne pour partir, j'ai droit à une ultime menace :

— Fais attention, sinon je vais être obligée de demander à Claire d'être ma demoiselle d'honneur.

Et moi qui croyais que j'étais comme une sœur pour elle !

Dès que je suis hors de vue de Darcy, j'appelle Dexter sur son portable. C'est un coup bas de lui téléphoner alors que Darcy fait des courses pour le mariage à deux pas, mais j'ai besoin d'une soupape à mon indignation. D'ailleurs, elle s'est montrée si exigeante, autoritaire et égoïste que je m'en veux à peine.

— Où es-tu ? je demande à Dex.

— À la maison. Et toi ? Je croyais que tu devais faire des courses.

— En effet, mais j'ai dit que j'avais du travail.

Je remarque que nous évitons tous les deux de mentionner directement Darcy.

— Et tu en as vraiment ? s'enquiert-il timidement.

— Non.

— On peut se voir ?

— Je serai chez moi d'ici vingt minutes.

Dex m'a précédée. Il attend dans le hall et discute base-ball avec José. Je suis infiniment heureuse de le voir. Et soulagée d'être loin de Darcy.

— Bonjour, dis-je avec un sourire, en me demandant si José se souvient que Dex est déjà venu ici avec Darcy.

J'espère bien que non. Pour moi, l'approbation de mon portier compte presque autant que celle de mes parents.

Dex et moi prenons l'ascenseur et traversons le palier jusqu'à mon appartement. L'attente m'est presque insupportable. Nous nous asseyons sur mon canapé, il me prend les mains, et nous nous embrassons avec une fièvre qui m'évoque une liaison adultère. C'est un mot grave, effrayant. Il fait surgir des souvenirs de catéchisme et des dix commandements. Mais il ne s'agit pas d'un adultère. Aucun de nous n'est marié. Enfin, pas encore... je chasse ces sombres pensées de mon esprit et embrasse Dexter avec une ardeur redoublée. Adieu la culpabilité, du moins pour les minutes à venir.

Soudain, je nous trouve ridicules, perchés ainsi sur le canapé. Mon lit serait tellement plus confortable. Pourquoi le fait d'être sur un lit entraînerait-il fatalement un rapport sexuel ? C'est une vision d'adolescent. Je suis une adulte expérimentée (enfin, un peu) et capable de se contrôler. Je me lève et entraîne Dex à l'autre bout de mon studio. Il me suit sans lâcher ma main. Nous nous asseyons sur le lit. Dex ôte ses chaussures de bateau. Il ne porte pas de chaussettes ; j'admire l'élégante courbure de ses pieds et la finesse de ses chevilles.

— Viens, murmure-t-il.

Il m'attire dans ses bras, puis nous fait basculer tous les deux sur les oreillers. En équilibre sur le flanc, l'un contre l'autre, nous nous embrassons de nouveau. Brusquement, il interrompt notre baiser.

— C'est vraiment bizarre d'être là avec toi, murmure-t-il en me caressant les cheveux. Et en même temps, ça me paraît complètement naturel. Peut-être parce que nous sommes amis depuis si longtemps.

Je ressens la même chose. Je repense à la fac de droit. Nous n'étions pas les meilleurs amis du monde à l'époque, mais nous étions tout de même assez proches pour apprendre beaucoup de choses l'un sur l'autre. Je passe mentalement en revue tout ce que Dex m'a dit de lui avant l'époque Darcy. Il a grandi à Westchester. Il est catholique. Il a joué dans l'équipe de basket au lycée et est allé à Georgetown. Il a une sœur aînée prénommée Tessa qui a étudié à Cornell et est maintenant professeur d'anglais à l'université de Buffalo. Ses parents ont divorcé quand il était très jeune. Son père s'est remarié. Sa mère a guéri d'un cancer du sein.

Et puis, il y a tout ce que j'ai appris par l'intermédiaire de Darcy, les détails de sa vie privée que je me surprends à ressasser sans relâche ces derniers temps. Comme, par exemple, qu'il est grognon le matin. Qu'il fait au moins cinquante pompes tous les soirs avant de se coucher et qu'il ne laisse jamais de vaisselle sale dans l'évier. Qu'il s'est effondré à la mort de son grand-père, la seule fois où elle l'a vu pleurer. Qu'il a eu deux petites amies sérieuses avant Darcy et que l'une d'elles, une certaine Suzanne Cohen, analyste chez Goldman Sachs, lui a brisé le cœur lorsqu'elle l'a quitté.

Donc, quand je fais le bilan, j'en sais beaucoup sur Dex. Mais ça ne me suffit pas.

— Dis-moi tout sur toi, lui dis-je comme une gamine de dix-huit ans.

Il me caresse le visage, puis dessine une ligne imaginaire le long de l'arête de mon nez et autour de ma bouche. Son doigt s'immobilise sur mon menton.

— Toi d'abord. C'est toi la plus mystérieuse de nous deux.

— Pas du tout, je proteste en riant.

Il confond sûrement timidité et mystère.

— Mais si. À la fac de droit, tu étais une énigme pour moi. Je n'ai jamais réussi à savoir grand-chose sur toi.

— Ne dis donc pas de bêtises. Je t'ai raconté des tas de trucs.

— Ah, oui ? Quoi donc ?

Je lui débite une liste de détails autobiographiques.

— Ce n'est pas cela le plus important, objecte-t-il, mais ce que tu ressentais à l'époque.

— Je détestais Zigman, je suggère sans conviction.

— Je sais. Tu en avais une peur bleue. Pourtant, tu t'en es très bien sortie quand il a fini par t'interroger.

— Tu plaisantes ? C'était atroce.

Je me souviens d'une longue et douloureuse succession de questions auxquelles j'ai répondu en bafouillant.

— Mais non, c'était très bien. Tu ne t'en es pas rendu compte, voilà tout. Tu ne te vois pas telle que tu es.

Je détourne les yeux et fixe une tache d'encre sur le jeté de lit.

— Tu te considères comme une personne tout à fait moyenne, banale, alors qu'il n'y a rien d'ordinaire chez toi, Rachel.

Je sens le sang me monter au visage.

— Et je sais que tu rougis quand tu es gênée, ajoute-t-il en souriant.

— Non, c'est faux ! je proteste, une main plaquée sur mon visage, les yeux au ciel.

— Mais si. Tu es adorable. Et tu n'en as aucune idée – ce qui est le plus adorable de tout.

Personne, pas même ma mère, ne m'a jamais dit que j'étais adorable.

— Et tu es belle. D'une beauté absolue, fascinante de naturel. Tu me fais penser à un top model de chez J. Crew.

— Tais-toi donc, je lui ordonne, même si j'adore ce qu'il vient de me dire.

Il m'embrasse dans le cou, sa main gauche posée sur ma hanche.

— À la fac, j'ai failli te demander de sortir avec moi, tu sais.

Je laisse échapper un rire incrédule.

— C'est vrai, dit-il, l'air un peu blessé.

Je lui jette un regard sceptique.

— Tu te souviens de la fois où on révisait notre droit civil ?

Je revois son pouce qui essuie la larme sur ma joue. Il y avait donc vraiment quelque chose derrière ce geste.

— Tu sais exactement de quoi je parle, n'est-ce pas ?

Je hoche la tête, les joues en feu.

— Oui.

— Et quand je t'ai proposé de te raccompagner, tu as refusé. Tu m'as carrément éconduit.

— Éconduit ! Tout de suite les grands mots !

— Tu étais on ne peut plus sérieuse.

— Mais non, c'est juste qu'à l'époque je ne pensais pas…

Les mots meurent sur mes lèvres.

— Ensuite, tu m'as présenté Darcy. Et là, j'ai compris que je ne t'intéressais pas le moins du monde.

— Je ne me doutais pas… Je n'imaginais pas que tu puisses me voir autrement que comme une amie.

— J'adorais être avec toi. Comme aujourd'hui, dit-il en plongeant son regard dans le mien sans ciller.

— De tous les gens que je connais, tu es celui qui cligne le moins des yeux, je remarque.

— Je n'ai jamais perdu à ce jeu-là, répond-il avec un sourire confiant.

J'écarquille les yeux comme lui. Il a une tache sombre sur l'iris gauche, comme un petit grain de beauté.

Au bout de quelques secondes, je cille. Son visage s'illumine d'un sourire victorieux, puis il m'embrasse de nouveau. Il n'a pas son pareil pour varier ses baisers. Jamais je ne me lasserai d'être embrassée ainsi.

— Parle-moi de Suzanne, lui dis-je quand nos lèvres se séparent enfin. Et de la petite copine que tu avais au lycée.

— Alice ? dit-il en riant et en coinçant une mèche de mes cheveux derrière mon oreille. Que veux-tu que je te raconte ? C'est de l'histoire ancienne.

Tout le monde sait qu'on ne parle jamais des ex au début d'une relation. Même si on meurt d'envie de connaître ce genre de détails, mieux vaut attendre un moment avant de mettre le sujet sur le tapis. Rien ne peut sortir de bon du passé, en l'occurrence de relations ratées. Cependant, comparé au fait qu'il est fiancé, parler de ses anciennes petites amies me paraît des plus inoffensifs. Dans notre cas, les règles classiques ne s'appliquent pas. C'est peut-être le seul avantage de notre relation.

— Tu étais amoureux d'elles ?

Je ne sais pas pourquoi, mais j'ai besoin de savoir.

Dex roule sur le dos et fixe le plafond. J'aime qu'il réfléchisse à mes questions, comme il le faisait pendant les examens à l'école de droit. Je me rappelle l'avoir vu regarder dans le vague les trois premiers quarts d'heure d'une épreuve sans écrire un mot sur ses feuilles de brouillon, jusqu'à ce qu'il ait en tête l'intégralité de sa réponse.

Il s'éclaircit la gorge.

— Non pour Alice, mais oui pour Suzanne.

Pas étonnant que Suzanne ait toujours préoccupé Darcy à ce point. Elle tient à être le seul et unique véritable amour de Dex. Je me rappelle la façon qu'elle avait de harceler Blaine au lycée : « Tu n'aimais pas Cassandra, hein, tu ne l'aimais pas ? » jusqu'à ce que, de guerre lasse, il finisse par lui jurer : « Non, je n'ai jamais aimé que toi, Darcy. »

— Et pourquoi n'étais-tu pas amoureux d'Alice ?

— Je n'en ai aucune idée. C'était une chic fille, très gentille. Mais l'amour, ça ne se contrôle pas. Et puis, on n'était qu'au lycée, ajoute-t-il. Comment veux-tu être vraiment sérieux à cet âge ?

Je songe au gentil Brandon et approuve d'un hochement de tête. Puis je passe aux choses sérieuses.

— Suzanne, par contre, tu l'aimais ?

— Oui, mais j'avais conscience que ça ne pouvait pas durer. Elle était juive et très attachée à sa religion. Elle voulait que je me convertisse, que nous élevions nos enfants dans la plus pure tradition. Cela, je l'aurais peut-être accepté – je ne suis pas très croyant –, mais ce que je ne pouvais pas supporter, c'était la ligne de conduite stricte qu'elle cherchait à m'imposer. J'entrevoyais une vie où elle ne cesserait de me rudoyer et de me rabaisser, comme sa mère le faisait avec son père... Et puis, nous étions trop jeunes pour nous engager.

— Elle est mariée, aujourd'hui ?

— C'est marrant que tu poses cette question. Je viens juste d'apprendre par un ami commun qu'elle s'est fiancée environ un mois après...

Il laisse sa phrase en suspens, l'air mal à l'aise.

— Après Darcy et toi ?

— Oui.

Il m'attire contre lui et m'embrasse avec fougue, chassant toute pensée de Darcy. Nous nous déshabillons et nous glissons sous la couette.

— Tu as froid, me dit-il.

— J'ai toujours froid quand je suis nerveuse.

— Pourquoi es-tu nerveuse ? Il n'y a pas de raison.

— Dex, je murmure, les lèvres contre son cou.

— Oui ?

— Rien.

Il s'allonge sur moi. Je n'ai plus froid. Nous nous embrassons longtemps, nos mains fébriles explorent inlassablement nos corps, et je perds toute notion du temps. J'ai juste conscience du ciel qui s'assombrit.

Plusieurs fois, je suis sur le point de l'arrêter – les raisons ne manquent pas. Je pense aussi que nous devrions attendre d'avoir une nuit entière à nous. Puis je me dis que l'occasion ne se représentera peut-être pas. Il est plus que probable que nous ne prendrons jamais notre douche ensemble, que jamais je ne le regarderai se raser le matin. Jamais nous ne petit-déjeunerons tranquillement le dimanche matin en lisant le *Sunday Times*. Jamais nous ne nous baladerons dans la rue main dans la main. Jamais nous n'irons pique-niquer en amoureux à Central Park. Mais en cet instant, il est à moi, et rien ne pourra nous priver de ce moment.

Tandis que nous bougeons à l'unisson, étroitement enlacés, je regarde ses tempes légèrement grisonnantes, son épaule puissante, le lobe finement dessiné de son oreille. J'effleure sa clavicule du bout des doigts, puis ma main se crispe sur son épaule.

10

Je viens de rentrer du travail quand Dex me téléphone du bureau. Il me demande comment je vais, me dit que je lui manque. Pendant un instant, j'en arrive presque à croire que nous sommes ensemble pour de bon. À peine ai-je raccroché que le téléphone sonne de nouveau.

— Oui ? fais-je d'une voix langoureuse, persuadée que c'est Dex qui me rappelle.

— Qu'est-ce que c'est que cette voix ? s'étonne Darcy, qui me ramène brutalement à la réalité.

— J'étais à moitié endormie, mens-je. Qu'y a-t-il ?

Elle se met à me raconter par le menu son dernier problème en date au travail (qui se résume en général à un simple bourrage papier à la photocopieuse). Celui-ci ne fait pas exception à la règle : une coquille sur un dépliant pour l'ouverture d'une discothèque. Je résiste à l'envie de lui dire que le cœur de cible ne risque pas de remarquer la faute et lui demande qui vient dans les Hamptons ce week-end. Dex m'a déjà prévenue qu'il serait de la partie et m'a convaincue de venir aussi.

— Ce sera un peu bizarre, m'a-t-il dit, mais ça en vaut la peine, j'ai tellement envie de te voir.

— Je ne sais pas trop, répond Darcy. Il se peut que Claire reste en ville. Des amis ont prévu de lui rendre visite. Mais Dex vient.

— Ah bon ? Il ne doit pas rester travailler ? je demande d'un ton un peu trop surpris pour être naturel.

Je ressens un pincement d'inquiétude, mais Darcy n'a rien remarqué.

— Non, il vient de boucler je ne sais quel gros dossier.

Le travail de Dexter ennuie Darcy à mourir. Elle n'a aucun scrupule à lui couper la parole au milieu d'une anecdote de boulot pour recentrer la conversation sur ses petits problèmes insignifiants – « Tu me trouves grosse ? Cette robe me va-t-elle bien ? Tu m'accompagnes, hein ? Fais-le pour moi. Rassure-moi. Moi. Moi. Moi. »

Comme par un fait exprès, elle reprend :

— J'envisage d'envoyer une cassette à *Survivor*. Ça serait amusant de participer à cette émission, non ?

Amusant pour une exhibitionniste, oui. Personnellement, je préfère m'amuser autrement qu'en me donnant en spectacle sur une chaîne nationale devant des millions de voyeurs.

— Tu crois qu'ils me sélectionneraient ? demande-t-elle.

— Tu as toutes tes chances.

C'est vrai, elle a pour elle une plastique irréprochable et une personnalité pétillante, exactement le profil que recherchent les producteurs de télé réalité. J'étudie mon visage dans le miroir en songeant à ce que m'a dit Dex – que je ressemble à un mannequin de chez J. Crew. Bon, je suis peut-être pas mal, mais je fais pâle figure à côté de Darcy.

La voilà qui éclate de rire au téléphone tandis qu'elle me raconte une autre anecdote de sa journée. Elle s'esclaffe si bruyamment que j'en ai mal aux oreilles. L'adjectif « strident » me vient à l'esprit, et alors que j'examine de nouveau mon reflet, je me dis que je suis sans doute loin d'être aussi belle qu'elle, mais que je possède une certaine douceur qui lui fait indéniablement défaut.

Le jeudi, veille de notre départ pour les Hamptons, Dex passe la soirée chez moi. Nous avions prévu d'attendre la semaine prochaine pour nous voir seuls, mais nous avons tous deux fini tôt au bureau et n'avons pu résister à la tentation. Nous avons déjà fait l'amour une fois. Ma tête posée sur son torse se soulève doucement au rythme de sa respiration. Nous restons longtemps sans parler, puis, soudain, il demande :

— À quoi jouons-nous donc ?

La voilà, la grande question. Je me la suis déjà posée des centaines de fois, avec la même incrédulité, le même désarroi. Mais chaque fois, ma réponse est différente :

Nous suivons notre cœur.

Nous saisissons notre chance.

Nous sommes fous.

C'est de l'autodestruction.

Nous ne savons plus où nous en sommes.

C'est une façon de nous rebeller.

Il a peur du mariage.

J'ai peur de la solitude.

Nous sommes en train de tomber amoureux.

Nous sommes déjà amoureux.

Et la plus fréquente : Je n'en sais rien.

C'est cette dernière que je lui propose.

— Je n'en sais rien.

— Moi non plus, répond-il avec douceur. Tu veux qu'on en parle ?

— Tu en as envie, toi ?

— Pas vraiment.

Je suis soulagée, parce que je n'y tiens pas du tout. J'ai bien trop peur de la décision que nous pourrions prendre. Quelle qu'elle soit, elle me terrifie d'avance.

— Une autre fois, alors, dis-je.

— Quand ? demande-t-il.

— Après le 4 juillet, réponds-je sans trop savoir pourquoi, sans doute parce que la commémoration de l'Indépendance représente pour moi une sorte de tournant dans l'été.

— D'accord.

— Alors, c'est entendu, pas de discussion avant le 4 juillet, dis-je solennellement, comme si je concluais une plaidoirie devant un tribunal.

Ma voix est ferme, même si je m'interroge sur cette date que nous venons d'arrêter. Cela signifie-t-il que nous cesserons de nous voir à partir du 4 juillet ? À moins que… Non, il ne peut pas croire que, dans mon esprit, c'est la date à laquelle il annoncera à Darcy qu'il renonce au mariage. Nous n'avons rien dit de tel. Nous avons juste décidé de ne rien décider, voilà tout.

Pourtant, cette date butoir m'effraie. J'imagine un immense compte à rebours lumineux – les jours, les heures, les minutes, les secondes – comme ceux qu'on avait installés en 1999 pour le nouveau millénaire. Je me souviens d'avoir regardé les secondes défiler sur l'un d'eux à la poste près de la gare de Grand Central en décembre. Ce décompte implacable m'avait rendue nerveuse, fébrile. Je m'étais surprise à vouloir régler sans tarder tout ce que j'avais à faire, liquider les dossiers en retard, les appels repoussés, me débarrasser de tout à la seconde. Et en même temps, je me sentais paralysée. J'avais tant à faire, alors par où commencer ?

J'essaie de calculer mentalement le nombre d'heures qui nous séparent du 4 juillet. Combien de nuits passerons-nous ensemble d'ici là ? Combien de fois ferons-nous l'amour ?

Mon ventre gargouille, ou peut-être est-ce celui de Dex. Impossible à dire, je suis plaquée contre lui.

— Tu as faim ? On peut commander à manger, si tu veux, je propose en lui embrassant le torse. Je peux aussi préparer quelque chose.

Je m'imagine confectionnant à la hâte un truc immangeable. Je ne sais pas cuisiner, mais je peux apprendre. Je ferais une excellente épouse attentionnée, j'en ai la certitude.

— Je ne veux pas perdre de temps à manger, répond-il. J'achèterai quelque chose en rentrant, ou bien j'irai me coucher l'estomac vide. J'ai juste envie de te sentir contre moi jusqu'à ce qu'il soit l'heure de partir.

Le lendemain, lorsque je demande à Dex si son retour à la maison s'est bien passé, il me répond que Darcy n'était pas là à son arrivée, mais qu'elle lui avait laissé un message.

— Il est 23 heures, disait-elle, et tu ne réponds ni à ton portable, ni au numéro de ton travail. Je parie que tu as une liaison. Je sors avec Claire.

Elle lui sort toujours cette boutade quand il travaille tard : « Je parie que tu as une liaison. » Évidemment, elle ne croit pas une seule seconde à cette éventualité. Elle prétend savoir qui est la maîtresse de Dex et cite un nouveau nom chaque fois, choisissant au hasard une employée de chez Goldman Sachs. Moins la femme est séduisante, plus ce petit jeu l'amuse.

— Allez, avoue que tu es amoureux de Nina, ricane-t-elle, alors qu'elle sait pertinemment que Nina est une dactylo replète de Staten Island avec de faux ongles à paillettes.

J'imagine Dex rentrant chez lui hier soir. La scène se déroule tout entière sous mes yeux : il se faufile dans l'appartement, se dépêche de se doucher et d'aller se coucher, puis attend le bruit de la clé dans la serrure. Quand Darcy entre dans la chambre, il fait semblant de dormir. Elle se penche au-dessus de lui, l'observe dans la pénombre.

— Alors, comment était ton rendez-vous avec Nina ? s'enquiert-elle à voix haute, d'un ton narquois.

Dex se frotte les yeux avec ses poings, comme le font les acteurs au cinéma quand ils s'éveillent d'un profond sommeil. Il marmonne un bonsoir d'une voix lasse et feint de se rendormir.

— Je t'aime, lui murmure-t-elle en se lovant contre lui sous la couette.

Il crispe les mâchoires et lui répond à contrecœur :

— Moi aussi.

Puis il s'endort en pensant à moi et en se disant que le menton de Darcy est trop pointu contre son torse.

Je les regarde tous les deux sur la plage, sous le soleil encore doux de juin. C'est le premier week-end où je les vois ensemble depuis que Dex et moi avons fait l'amour en toute connaissance de cause. Avec mes lunettes noires, je peux les observer discrètement de ma serviette. À côté de moi, Claire jacasse à n'en plus finir. Et devinez de quoi elle parle ? Du mariage, bien sûr.

— Et si la soirée est fraîche ? Ne devrions-nous pas prévoir des gilets coordonnés ? Quelque chose de vaporeux, en angora, par exemple ?

— Bonne idée, je murmure avec un vague hochement de tête.

Dex vient juste d'aller se baigner, bien que la mer soit glacée. Et maintenant, Darcy et lui discutent et se sourient, tout près l'un de l'autre. D'un pas hésitant, Darcy s'approche de l'eau et se mouille précautionneusement les pieds. Dex lui asperge les mollets, et elle s'enfuit plusieurs mètres plus loin en hurlant. Tandis qu'elle court, je distingue les muscles parfaits de ses longues jambes bronzées qui se tendent. Elle porte son bikini couleur chair, et ses cheveux, qu'elle n'a pas attachés, lui balaient le visage. Il rit, et elle lève l'index comme pour le réprimander, puis revient vers lui. Ils ont l'air de beaucoup s'amuser. Les regarder me fait souffrir, mais je ne peux pas m'en empêcher.

On dirait qu'ils se donnent sciemment en spectacle. De la part de Darcy, cela ne me surprend guère ; elle est toujours en représentation. Mais Dex participe au jeu de son plein gré. Il a pourtant sûrement conscience que nous sommes tous là, à les observer. Que moi aussi, je les regarde. Il devrait plutôt broyer du noir sur sa serviette, faire une sieste ou lire un roman – histoire de me laisser croire qu'il est torturé, déchiré, malheureux. Au lieu de cela, monsieur rigole et batifole avec sa fiancée comme s'il n'y avait pas plus heureux que lui au monde !

— Alors, elle est bonne ? leur crie Marcus, les mains en porte-voix.

— Tu parles, elle est gelée ! répond Darcy en frottant le dos de Dex.

— Mais non, elle est parfaite. Viens ! lance celui-ci.

La colère se mêle à la peine. Pour la première fois, je regrette franchement d'avoir couché avec Dex. Je me sens idiote, persuadée tout à coup que pour lui, ce n'était qu'une passade sans importance. Les larmes me piquent les yeux. Je me force à détourner la tête et mets les écouteurs de mon Discman en m'ordonnant de ne pas pleurer.

Avant que j'aie pu appuyer sur la touche de lecture, Marcus me demande ce que j'écoute. Je ne l'ai revu qu'une fois en tête à tête depuis notre rendez-vous, pour un déjeuner rapide un jour de semaine près de mon bureau, mais nous avons discuté plusieurs fois au téléphone et une de nos conversations a duré plus d'une heure. Si le rendez-vous numéro deux n'a pas encore eu lieu, c'est à mettre sur le compte des circonstances. Il est occupé. Je suis occupée. Trop de travail, le truc habituel. La porte reste donc ouverte, et j'en suis très heureuse. Je dois davantage me concentrer sur lui. Les sentiments suivront peut-être une fois que j'aurai définitivement fait une croix sur Dex.

— Tracy Chapman, lui réponds-je en souriant. J'aime bien cet album. Tu veux écouter ?

Je lui tends mes écouteurs, tandis que Dex et Darcy reviennent vers nous.

— Pas mal, dit Marcus, qui me rend mes écouteurs et prend un Coca dans la glacière.

— Tu en veux ? me propose-t-il comme Dex et Darcy nous rejoignent.

Je dis oui, bois une gorgée et essuie la canette avec ma serviette après avoir bu.

— Je n'ai pas peur de tes microbes, si tu vois ce que je veux dire.

Amusée, je secoue la tête en souriant. Il m'adresse un clin d'œil complice, et je ris.

Le timing est parfait. Dex a suivi toute la scène. Je ne lui accorde pas un regard.

— Quelqu'un vient se baigner ? demande-t-il.

Claire lui donne la réponse standard :

— Pas tout de suite. Je n'ai pas encore assez chaud.

Marcus déclare qu'il déteste nager, surtout dans une eau glacée.

— Mais vas-y, je t'en prie, puisque c'est si agréable, dit-il à Dex.

Darcy pouffe de rire.

— Agréable, tu plaisantes ! C'est une véritable torture !

Je garde le silence et appuie sur la touche de lecture de mon Discman.

— Et toi, Rachel ? me demande Dex, toujours debout devant moi.

Je fais semblant de ne pas l'entendre à cause du volume de la musique.

Darcy et lui retournent à leurs serviettes, de l'autre côté de Claire. Darcy essuie le sable qui colle à ses pieds et ses chevilles, tandis que Dex contemple l'océan, assis en tailleur. J'aperçois son épaule et son dos du coin de l'œil. J'essaie de ne pas penser à la douceur de sa peau contre la mienne. Plus jamais je ne la caresserai. Je me dis que ce n'est pas la fin du monde. C'est mieux ainsi.

Avant le dîner ce soir-là, pendant que je m'habille, Darcy entre dans ma chambre pour m'emprunter un recourbe-cils. Je lui dis que je n'en ai pas. Hillary peut-être, mais elle est sous la douche. Elle s'assoit sur mon lit et soupire, l'air songeur.

— Je viens juste de faire l'amour. C'était divin.

Je dois prendre sur moi pour ne pas perdre contenance.

— Ah, vraiment ?

J'ai conscience d'ouvrir la porte à d'autres confidences, mais c'est la seule réponse qui me vient à l'esprit. J'ai le visage brûlant. J'espère que Darcy ne remarquera pas mes joues rouge pivoine.

— Mmm, c'était phénoménal, poursuit-elle. Tu ne nous as pas entendus ?

C'est bien le genre de Darcy de ne vous épargner aucun détail. Elle a toujours été très explicite au sujet de ses rapports sexuels, allant même jusqu'à me rapporter les paroles échangées au moment de l'orgasme. J'ai toujours écouté, parfois ri et même apprécié ses anecdotes. Mais ces jours sont depuis longtemps révolus.

— Non, je devais être sous la douche, réponds-je.

— Nous aussi, ajoute-t-elle en se passant les doigts dans les cheveux. Bon sang, quel pied ! Je n'avais pas baisé comme ça depuis des mois.

J'imagine leurs corps mouillés plaqués l'un contre l'autre et ne parviens pas à savoir lequel des deux je hais le plus.

Il est tard, plus de 2 heures du matin. J'ai évité Dex toute la soirée, à la maison, puis au restaurant. Maintenant, nous sommes au *Talkhouse*. Je viens juste de commander deux bières – une pour Hillary, l'autre pour moi – quand il me rejoint au bar.

— Salut, Rachel.

L'alcool a émoussé mon chagrin. Ne restent que la colère et le ressentiment, des émotions plus faciles à gérer.

— C'est ça, salut, je lui lance avec effronterie.

— Qu'est-ce qu'il y a ?

— Rien, dis-je d'un ton sec, avant de tourner les talons.

— Attends une seconde. Où vas-tu ?

— Apporter sa bière à Hillary.

— Il faut que je te parle.

— À quel sujet ? je m'enquiers, glaciale.

— Qu'est-ce qui ne va pas ?

— Rien du tout, réponds-je en regrettant de ne pas trouver de réplique plus mordante et vengeresse.

Je n'ai guère eu l'occasion de m'exercer à la méchanceté dans ma vie, mais le ton de ma voix a dû suffire, car Dex semble blessé. Pas autant que moi sur la plage aujourd'hui ou pendant les confidences de Darcy sur leurs ébats. Pas assez. Je hausse les sourcils d'un air vaguement méprisant.

— Tu es... fâchée contre moi ?

Je laisse échapper un rire sec – non, plutôt un ricanement.

— Non, Dex, je ne suis pas fâchée contre toi. Je ne m'intéresse plus à toi le moins du monde. Ou à ce que tu fais sous la douche avec Darcy.

Maintenant, il sait que je sais.

— Rachel... bredouille-t-il, déconcerté.

Puis il essaie de m'expliquer que c'est elle qui a voulu, qu'elle s'est montrée très insistante.

— Selon elle, jamais ça n'avait été aussi bon de toute sa vie, je lui lance en le plantant au bar. Bravo. Toutes mes félicitations.

Malgré les vapeurs d'alcool qui m'embrument le cerveau, je sais que je n'ai pas le droit d'agresser Dex ainsi. Tout ce dont il s'est rendu coupable, c'est de coucher avec sa fiancée. Il ne m'a rien promis – nous ne devions même pas en parler avant le 4 juillet –, il n'y a donc pas eu tromperie. Il n'empêche que je le déteste.

Je parcours la foule du regard, à la recherche d'Hillary. Dex me suit et m'attrape le bras droit juste sous le coude. J'en laisse tomber une des bières, qui se fracasse sur le carrelage.

— Regarde ce que tu as fait ! je m'exclame en contemplant les dégâts.

— Je t'en paierai une autre.

— Ne prends pas cette peine.

— Rachel, je t'en prie… je n'ai pas pu faire autrement. C'est Darcy qui l'a voulu, je te le jure.

Hillary apparaît soudain près de nous.

— Que se passe-t-il ?

A-t-elle par hasard surpris notre conversation ?

— Rien, s'empresse de répondre Dex. Rachel est juste fâchée contre moi parce que j'ai cassé sa bouteille de bière.

— Tu n'as qu'à boire la mienne, propose Hillary. Ça ne me dérange pas.

— Non, tiens, prends-la, réponds-je en lui tendant la rescapée.

Elle accepte à contrecœur et demande où est Darcy.

— Nous la cherchions justement, réponds-je.

Je jette un coup d'œil à Dex. Il s'efforce de faire bonne figure devant Hillary, mais sans grand succès. Il a les yeux agrandis par l'inquiétude, la bouche crispée en un sourire contraint. Je parie qu'il ne faisait pas cette tête-là sous la douche.

C'est fini, me dis-je avec toute l'emphase mélodramatique de la femme trompée. Puis je tourne les talons et pars retrouver Marcus. Ce gentil Marcus qui m'a offert son Coca sur la plage et n'est fiancé à personne.

11

— Ça me rappelle le coup du lapin dans *Liaison fatale*, commente Ethan quand je le mets au courant des derniers développements le lundi matin.

— N'importe quoi ! je proteste.

J'ai vu ce film autrefois avec Darcy et lui. Darcy n'a pas du tout accroché, trouvant l'idée de départ complètement irréaliste – aucun homme ne tromperait son épouse avec une femme beaucoup moins séduisante. Une théorie que je désapprouve, il va sans dire.

— Ah bon ? fait Ethan, pince-sans-rire. Peut-être une variation un peu plus subtile sur ce thème, alors. Tu t'es juste contentée d'exercer une légère pression… et de lui faire comprendre qu'à tes yeux, il est inacceptable qu'il puisse coucher avec sa fiancée.

— Oui, enfin, bon… de toute façon, c'est fini, je soupire.

Mais à l'instant même où je prononce ces mots, je me rends compte qu'à l'image de tant d'autres femmes naïves, je souhaite en réalité exactement le contraire. C'est pathétique, mais oui, je voudrais que l'histoire continue. Je me raccroche à la plus infime lueur d'espoir. Si seulement cette dispute au *Talkhouse* n'avait jamais eu lieu ! Je n'avais pas le droit de parler ainsi à Dex. Et s'il ne voulait plus me revoir ? Il va sûrement se dire que le jeu n'en vaut pas la chandelle, que la situation est beaucoup trop compliquée.

— C'est fini ? répète Ethan, sceptique.

— Oui.

— Bravo, c'est une décision courageuse.

— Enfin, bref, fais-je pour changer de sujet.

— Enfin, bref, comme tu dis. Bon, tu viens à Londres la semaine du 4 juillet ?

J'ai évoqué cette éventualité dans un e-mail récent, avant que Dex et moi ne fixions notre date butoir. Mais maintenant, je veux rester ici, juste au cas où tout ne serait pas fini.

— Euh... je ne crois pas. Je me suis déjà engagée pour les Hamptons.

— Dex ne sera-t-il pas là aussi ?

— Si, mais je tiens à rentabiliser ma part de la location.

— Ah, je vois !

— Ne le prends pas comme ça.

— Tu as raison, dit-il d'un ton radouci. Mais quand vas-tu enfin te décider à venir me voir ? Tu m'as déjà fait faux bond après ton examen d'admission au barreau à cause de Nate.

— Je vais venir, promis. Peut-être en septembre.

— D'accord... mais j'aurais préféré le 4 juillet.

— Ce n'est même pas un jour férié en Angleterre.

— Je sais. Bizarre que les Anglais ne célèbrent pas notre indépendance vis-à-vis d'eux, n'est-ce pas ? Mais c'est un jour férié dans mon cœur, Rachel.

Je lui dis en riant que je vais me renseigner pour les vols en septembre.

— D'accord. Je te donnerai mes week-ends libres par e-mail.

À peine ai-je raccroché que la sonnerie du téléphone retentit de nouveau. Le nom de mon supérieur s'inscrit sur l'écran. J'envisage de ne pas décrocher, mais l'expérience m'a appris que la technique de l'autruche n'est pas efficace dans un cabinet d'avocats. Surtout pas avec Les. Il n'en sera que plus irritable à la conversation suivante.

À peine ai-je dit « allô » qu'il aboie dans le combiné :

— Comment avez-vous transmis les documents IXP ?

Les ne perd jamais son temps en civilités.

— Pardon ?

— Vous les avez envoyés par la poste ? Par coursier ?

Je les ai cloués sur la porte de notre adversaire, banane, me dis-je, songeant à une vieille méthode employée jadis par le barreau de New York.

— Par courrier, réponds-je avec un coup d'œil à mon exemplaire tout élimé du Code de procédure civile de New York.

— Bravo ! Franchement, oui, bravo ! lâche-t-il de son ton sarcastique habituel.

— Où est le problème ?

— Le problème ? hurle-t-il, si fort que je dois éloigner le combiné de mon oreille. Vous avez commis une énorme connerie, voilà le problème ! Les documents devaient être remis par coursier ! Vous n'avez pas lu l'arrêté du tribunal ?

Je parcours en diagonale la lettre du juge. Mince, il a raison.

— C'est vrai, dis-je, solennelle, je me suis trompée.

— C'est votre première année ici ou quoi ?

Je fixe mon bureau. Il sait pertinemment que je travaille dans ce maudit cabinet depuis cinq ans.

— Bon Dieu, Rachel, c'est une faute professionnelle ! On va avoir droit à des poursuites et vous à votre lettre de licenciement si vous n'avez pas plus que ça les yeux en face des trous !

— Je suis désolée, dis-je, me souvenant trop tard qu'il vous déteste encore plus quand vous présentez des excuses.

— Au lieu d'être désolée, réparez plutôt ce merdier !

Sur ce, il raccroche. Il ne me semble pas que Les ait jamais terminé une seule conversation sur un « au revoir » digne de ce nom, même quand il est de bonne humeur.

Espèce de connard, me dis-je. Non, ce n'est pas ma première année ici. Alors, ta tirade, tu peux te la garder. Vas-y, vire-moi. Ça m'est bien égal.

Je me suis quelque peu endurcie depuis mes débuts dans cette boîte. Avant, il suffisait qu'un des patrons hausse les sourcils pour que, paniquée, je redoute de prendre la porte ou, dans le meilleur des cas, d'être mal notée en fin d'année. Mais aujourd'hui, le sermon de Les ne me fait ni chaud ni froid. J'ai des problèmes bien plus graves que cette boîte et ma carrière d'avocate. Non, oublions le mot carrière. Une carrière, c'est pour ceux qui veulent avancer. Moi, tout ce que je veux, c'est encaisser mon chèque à la fin du mois. Ce boulot est à mes yeux purement alimentaire. L'espace d'un instant, j'imagine que je démissionne pour m'adonner à une passion qui reste encore à déterminer. Au moins, je pourrais me dire qu'à défaut de vivre une relation sérieuse et intense, j'ai un travail que j'adore.

J'appelle l'avocat de la partie adverse, un homme d'une quarantaine d'années affligé d'un léger défaut d'élocution qui a dû lui coûter de l'avancement dans son cabinet. Je lui explique mon erreur et lui annonce que les documents vont lui parvenir aujourd'hui même par coursier, donc avec un jour de retard. Il m'interrompt en riant et m'assure qu'il ne va pas contester pour si peu. Je parie qu'il déteste son boulot autant que moi. S'il l'aimait, il aurait sauté sur l'occasion toutes griffes dehors – Les, lui, s'en serait donné à cœur joie si la partie adverse avait commis la même erreur que moi.

J'envoie un e-mail laconique à Les :

Avocat de la partie adverse d'accord pour recevoir les papiers aujourd'hui par coursier.

Ça lui apprendra. Moi aussi, je peux me montrer cassante quand je veux.

Vers 13h30, alors que je viens de confier à notre coursier un nouveau jeu de documents, Hillary entre dans mon bureau et me demande si j'ai des projets pour le déjeuner.

— Non, aucun, lui réponds-je. Tu veux aller manger quelque part ?

— Oui, j'ai envie d'un vrai bon repas. Une grillade ou un petit resto italien, ça te dit ?

Je souris et approuve d'un hochement de tête en prenant mon sac sous le bureau. Tant pis si je suis un peu somnolente après le déjeuner. Hillary serait capable de manger au restaurant tous les jours, mais moi, ça me donne trop sommeil. Une fois, après un copieux coq au vin suivi d'un dessert, j'ai carrément dû prendre le métro pour aller faire une sieste chez moi. À mon retour, six messages m'attendaient sur ma boîte vocale, dont un de Les qui fulminait. Ce fut ma dernière sieste pendant les heures de bureau, si l'on excepte les moments où je tourne mon fauteuil vers ma fenêtre, un document en équilibre sur les genoux. C'est une technique éprouvée : si quelqu'un fait irruption à l'improviste, vous donnez l'impression de lire studieusement.

Je cale la lanière de mon sac sur mon épaule quand Kenny, du service courrier, passe la tête dans l'entrebâillement de la porte.

— Bonjour, Kenny. Entrez.

— J'ai une surprise pour vous, m'annonce-t-il.

Avec un sourire entendu, il pénètre dans mon bureau avec un vase rempli d'un nombre incroyable de roses rouges. Au moins deux douzaines.

— Je rêve ! s'exclame Hillary, les yeux écarquillés.

Je devine qu'elle prend sur elle pour ne pas s'emparer de la carte jointe au bouquet.

— Je les pose où ? demande Kenny.

Je dégage un coin sur mon bureau.

— Là, ce sera parfait.

Kenny s'exécute, puis secoue ses poignets, comme s'ils étaient endoloris par le poids du vase.

— Vous avez un admirateur, on dirait, dit-il avec un petit sifflement impressionné.

Je secoue la tête en signe de dénégation, mais ça ne sert à rien. Il est évident que celui qui m'a envoyé ce bouquet a des intentions romantiques à mon égard. S'il ne s'agissait pas de roses rouges, je pourrais toujours prétendre que c'est un cadeau de mes parents, qu'aujourd'hui est une date spéciale pour moi, ou bien qu'ils m'ont fait livrer ces fleurs pour me consoler de mon erreur de ce matin. Mais il s'agit de roses rouges. Et d'une pleine brassée. Non, l'alibi familial est injouable.

Kenny nous quitte après avoir fait une dernière remarque sur la note exorbitante que mon admirateur a dû payer chez le fleuriste.

Je tente de lui emboîter le pas, mais Hillary ne m'en laisse pas le temps.

— Alors, qui t'a envoyé ces fleurs ?

Je hausse les épaules.

— Aucune idée.

— Tu ne lis pas la carte ?

Cette idée me terrifie. Le bouquet doit être de Dex. Et s'il a signé de son nom ? C'est trop risqué.

— Je sais qui me les a envoyées, j'avoue.

— Qui donc ?

— Marcus.

— Marcus ? Vous êtes à peine restés ensemble ce week-end. Qu'est-ce qu'il y a ? Tu me caches un truc ? Tu n'as pas intérêt à me faire des cachotteries !

— Chut, je n'ai pas envie que tout l'étage soit au courant de ma vie privée.

Mais Hillary n'est pas du genre à lâcher prise aussi facilement.

— Allez, raconte-moi tout. Que dit la carte ?

Je sais que je ne peux pas couper à la lecture de la carte. Et puis, je meurs d'envie, moi aussi, de voir ce qui y est écrit. Je prends l'enveloppe et l'ouvre très lentement, le temps d'inventer une histoire plausible avec Marcus. Je tire la carte de l'enveloppe et lis les deux phrases qui y sont inscrites :

JE SUIS VRAIMENT DÉSOLÉ. JE T'EN SUPPLIE, VOYONS-NOUS CE SOIR.

C'est écrit en capitales, et de la main de Dex, qui s'est donc rendu en personne chez le fleuriste. Tant mieux. Et, grâce à Dieu, il a été assez prudent pour ne pas signer. Mon cœur bat à cent à l'heure, mais je parviens à réprimer un grand sourire. Ce bouquet me ravit, et le message encore plus. Je sais que je ne refuserai pas l'invitation de Dex. J'ai plus peur que jamais de souffrir, mais je le verrai ce soir, quoi qu'il m'en coûte. Je m'humecte les lèvres et m'efforce de paraître calme.

— C'est bien ce que je pensais, elles sont de Marcus.

Hillary me dévisage.

— Fais-moi voir, dit-elle en tendant la main vers la carte.

Je m'empresse de la glisser dans mon sac.

— Il m'écrit juste qu'il pense à moi.

Elle se coince une mèche derrière l'oreille.

— Vous continuez à vous voir, alors ? me demande-t-elle d'un ton soupçonneux. Raconte-moi toute l'histoire.

Je sors dans le couloir en soupirant, bien décidée à mouiller le pauvre Marcus jusqu'au cou.

— Bon, d'accord... La semaine dernière, nous sommes sortis ensemble, je commence en me dirigeant vers l'ascenseur. Et... euh... il m'a avoué que ses sentiments pour moi devenaient de plus en plus forts...

— Il a dit ça ?

— Enfin, pas mot pour mot, mais en gros, oui.

— Et qu'as-tu répondu ?

— Que j'avais encore besoin de temps et que je préférais qu'on reste discrets pendant le week-end.

Frieda, de la comptabilité, se précipite à notre suite dans l'ascenseur. Je caresse l'espoir qu'Hillary réussira à patienter jusqu'au rez-de-chaussée, mais tandis que la porte se ferme, elle reprend son interrogatoire.

— Et alors ? Vous avez fait des trucs ?

Par souci de discrétion, je hoche la tête en silence dans le dos de Frieda.

— Mais vous n'avez pas couché ensemble, hein ? demande-t-elle en murmurant, ce qui est déjà un progrès.

— Non, réponds-je en lui faisant signe de se taire.

La porte s'ouvre, et Frieda s'éloigne d'un pas pressé.

— Alors ? Des détails !

— Il n'y a pas grand-chose à raconter. Arrête donc de me harceler !

— Si tu m'avais tenue au courant dès le début, je ne serais pas obligée de te harceler.

Son visage respire de nouveau la confiance. Apparemment, je suis tirée d'affaire.

Nous parlons de choses et d'autres jusqu'au *Palm Too*, dans la Deuxième Avenue, mais une fois devant nos steaks, Hillary lâche soudain :

— Tu te souviens, quand tu étais avec Dex et que tu as fait tomber cette bière ?

Je sens la panique me gagner.

— Euh… non. Quand ça ? je demande.

— Samedi soir. Tu ne te rappelles pas ? Vous étiez en train de parler et je suis arrivée. C'était juste à la fin de la soirée.

Je m'efforce de rester impassible.

— Ah, oui… je vois. Eh bien ?

— Que vous arrivait-il ? Pourquoi Dex était-il si troublé ?

— Troublé ? Je ne me souviens pas, mens-je, le front plissé. Je n'ai pas eu l'impression qu'il était troublé. Pourquoi poses-tu cette question ?

Quand on se retrouve dos au mur, répondre à une question par une autre est toujours une bonne tactique.

— Comme ça. Ça m'a paru bizarre, c'est tout.

— Bizarre ?

— Oui. C'est fou, mais...

— Quoi donc ?

— Eh bien, tous les deux, on aurait dit que vous formiez un couple.

Je laisse échapper un rire nerveux.

— En effet, c'est fou !

— Je sais, mais en vous regardant discuter, je me suis dit que tu irais bien avec Dex... beaucoup mieux que Darcy.

Nouveau rire nerveux.

— Arrête, ils vont parfaitement bien ensemble.

— C'est vrai, oui, en surface. Mais je trouve que leur couple a quelque chose de bancal.

Elle porte son verre d'eau à ses lèvres et m'observe par-dessus le rebord.

— Tu délires, lui dis-je, alors que ses paroles me ravissent.

Je meurs d'envie de lui demander ce qui lui fait penser une chose pareille. Est-ce parce que nous avons suivi les mêmes études, Dex et moi ? Parce que nous avons des traits de caractère communs – plus de profondeur et de dignité que Darcy ? Mais je m'abstiens, parce qu'il est toujours sage d'en dire le moins possible quand on est coupable.

Les fait irruption dans mon bureau après le déjeuner pour me parler d'un autre point à propos de la même affaire que ce matin. Au fil des ans, j'ai compris que c'était sa façon à lui de s'excuser. Il ne vient me voir qu'après une engueulade. Celle de ce matin ne fait pas exception à la règle.

— J'ai vérifié toute la jurisprudence sur New York, lui dis-je. Et sur tout l'État aussi.

— D'accord, mais gardez à l'esprit que les faits de ce dossier sont uniques. Je ne suis pas sûr que la Cour se préoccupera beaucoup de la jurisprudence.

— J'en suis consciente. Il me semblait toutefois important de collecter des renseignements sur des cas semblables. C'est déjà un premier pas.

— Faites donc aussi des recherches dans les autres juridictions, ordonne-t-il. Nous devons être à même d'anticiper tous les arguments de la partie adverse.

— D'accord, dis-je en songeant : « Tu dois toujours avoir le dernier mot, hein ? »

Il se tourne pour partir et me lance par-dessus son épaule :

— Jolies roses.

Je suis sidérée. Les et moi ne bavardons jamais d'autre chose que du travail. Je n'ai même pas droit à un « Avez-vous passé un bon week-end ? » le lundi matin ou à un « Quel froid de canard, n'est-ce pas ? » quand nous nous retrouvons dans l'ascenseur un jour de neige.

Peut-être deux douzaines de roses me rendent-elles plus intéressante à ses yeux. Oui, c'est ça, me dis-je. Cette aventure avec Dex me donne une toute nouvelle dimension.

J'éteins mon ordinateur et m'apprête à partir retrouver Dexter. Nous ne nous sommes pas encore parlé, nous avons juste échangé une série d'e-mails de réconciliation, dont un de ma part pour le remercier de son magnifique bouquet.

Je suis sur le point de quitter mon bureau lorsque Hillary apparaît sur le seuil de ma porte.

— Tu t'en vas déjà ? s'étonne-t-elle.

J'aurais préféré m'éclipser discrètement. Elle me propose souvent d'aller boire un verre après le travail, même le lundi, que la plupart des gens considèrent pourtant comme la seule soirée de la semaine que l'on passe tranquille chez soi. Ce n'est pas qu'elle soit une adepte des fêtes et des endroits branchés, comme Darcy. Simplement, elle n'aime pas rester seule chez elle à ne rien faire.

— Ça te dit, une margarita à *Tequilaville* ? me demande-t-elle.

C'est notre bar favori dans le quartier, bien que les chips y soient un peu molles et qu'on y trouve des hordes de touristes. Mais sans doute l'apprécie-t-on justement parce que l'ambiance nous change du public new-yorkais si prévisible.

— Non, je ne peux pas ce soir.

Évidemment, il faut que je me justifie. Diverses excuses me passent par la tête, mais je sais d'avance qu'elle les réfutera – je suis fatiguée (allez, un petit verre seulement, ça te remontera), j'ai cours de gym (sèche-le), j'ai décidé de réduire ma consommation d'alcool (grands yeux incrédules).

— J'ai un rendez-vous.

Son visage s'illumine.

— La magie du bouquet a opéré, on dirait.

— Eh oui, tu as tout compris, réponds-je en jetant un coup d'œil pressé à ma montre pour faire bonne mesure.

— Où allez-vous ? À moins que vous ne restiez à la maison ?

Je lui réponds que nous sortons.

— Où ?

— Au *Moomba*.

C'est le premier restaurant qui me vient à l'esprit, parce que j'y ai mangé récemment.

— Au *Moomba* ? Il t'a vraiment dans la peau, dis donc.

Je regrette ma réponse. J'aurais dû opter pour un vague restaurant italien, sans citer de nom.

— Si tu rentres avant 2 heures, tu m'appelles pour tout me raconter, d'accord ?

— Promis.

À peine ai-je tourné les talons que j'oublie illico Hillary et Marcus.

— Merci d'avoir accepté de me voir, dit Dex dès que je lui ouvre.

Il porte un costume sombre et une chemise blanche, mais il a ôté sa cravate. Il l'a sans doute fourrée dans sa mallette, qu'il pose dans l'entrée près du porte-parapluie. Il a les yeux fatigués.

— Je pensais que tu m'enverrais balader.

Je n'ai jamais envisagé de refuser de le voir. Je le lui dis, consciente que cet aveu pourrait éroder le pouvoir que j'ai sur lui. Mais je m'en fiche. C'est la vérité.

Nous nous lançons tous les deux dans des excuses maladroites en nous rapprochant timidement. Il me prend la main, la serre entre ses doigts. Ce contact est à la fois apaisant et électrisant.

— Je suis tellement désolé, murmure-t-il. Pour tout.

Je me demande si « tout » inclut aussi l'épisode de la plage. J'ai passé et repassé cette scène des dizaines de fois dans ma tête, le plus souvent en sépia, comme dans *Boys of Summer* de Don Henley. Mais je chasse résolument ces images de mon esprit. Tout ce que je désire, c'est une réconciliation. Je veux aller de l'avant.

— Moi aussi, je suis désolée.

Je lui prends l'autre main, mais il y a encore beaucoup d'espace entre nous. Assez pour au moins deux personnes.

— Tu n'as aucune raison de l'être.

— Si. Je n'avais pas le droit de t'en vouloir ainsi. J'étais à côté de la plaque. De toute façon, on avait dit qu'on n'en discuterait pas avant le 4 juillet…

— Ce n'est pas juste vis-à-vis de toi.

— La situation me va telle qu'elle est, réponds-je.

Ce n'est pas l'exacte vérité, mais j'ai trop peur de le perdre en exigeant davantage. Et l'idée d'être avec lui pour de bon me terrifie aussi.

— Il faut que je t'explique, pour ce week-end… poursuit-il.

Je sais qu'il a en tête l'épisode de la douche, et je me sens complètement incapable de l'écouter m'en parler. Le batifolage sépia sur la plage, c'est une chose, une scène porno en gros plan et en couleur, c'en est une autre. Je ne veux connaître aucun détail.

— S'il te plaît, non. Tu ne me dois aucune explication.

— C'est juste que… je tiens à ce que tu saches que c'est elle qui a voulu. Je te jure, c'est la vérité. Ça faisait si longtemps que je me dérobais… Là, je n'ai vraiment pas pu y échapper, me dit-il quand même, l'air coupable et malheureux.

— Tu ne me dois aucune explication, je répète avec davantage de fermeté. Elle est ta fiancée.

Il hoche la tête. Il semble soulagé.

— Tu te rappelles quand vous étiez tous les deux au bord de l'eau ? je demande posément, surprise moi-même de réussir à évoquer le sujet.

— Oui, répond-il en baissant les yeux. Quand on est revenus aux serviettes, j'ai compris que tu étais furieuse. Tu m'as complètement ignoré, tu étais glaciale. C'était horrible.

— Je suis désolée. C'est juste que tu avais l'air si heureux avec elle… Soudain, j'ai eu l'impression que tu m'avais oubliée.

— C'est faux, Rachel, complètement faux. Cette nuit, je n'ai pas pu fermer l'œil. Et aujourd'hui, j'ai été incapable de me concentrer sur mon travail. Je ne pense qu'à toi.

Sa voix n'est plus qu'un murmure. Il s'est rapproché de moi et me tient comme si nous dansions un slow.

— Et je veux que tu saches que je ne profite pas de toi, me souffle-t-il à l'oreille.

— Je sais, réponds-je, la tête posée contre son épaule. Mais c'est si bizarre de te regarder avec elle. Je ne pense pas que je retournerai dans les Hamptons avec vous deux.

— Je comprends. Je suis désolé. Je voulais juste t'avoir un peu près de moi.

Nos lèvres closes s'effleurent en un baiser timide, sans aucune connotation sexuelle. C'est l'autre face d'une histoire d'amour, celle que je préfère.

Nous allons jusqu'à mon lit. Dex s'assoit sur le bord et moi en tailleur auprès de lui.

— Je tiens à ce que tu saches que jamais je ne ferais ça si je ne tenais pas passionnément à toi, me dit-il, ses yeux plongés dans les miens.

— Je sais.

— Et que… enfin, que je prends notre histoire très au sérieux.

— On a dit qu'on n'en parlait pas avant le 4 juillet.

— Tu es sûre ? On peut en parler maintenant, si tu veux.

— Non, non. Je préfère qu'on s'en tienne à ce qu'on a décidé.

Je suis sincère. Je redoute la moindre parole qui ferait pencher la balance dans un sens ou dans l'autre. La perspective de le perdre m'est intolérable, mais je n'ai pas encore réfléchi à ce que représenterait pour moi la fin de mon amitié avec Darcy.

— Tu comptes tellement pour moi, murmure Dex dans le creux de mon cou. C'est si fort que j'en ai presque peur.

Je hoche doucement la tête.

— Je sais.

Il m'embrasse de nouveau, avec plus de fougue cette fois. Puis nous basculons dans les étreintes de réconciliation les plus enfiévrées que j'aie jamais connues.

Le lendemain matin, Hillary vient me dire bonjour avant d'aller à son bureau.

— Alors, comment s'est passé ton rendez-vous ?

— Très bien.

Elle se laisse tomber dans un des fauteuils réservés aux visiteurs et pose sa bouteille d'eau minérale et son bagel au sésame sur mon bureau. Puis elle se penche en arrière, claque la porte avec le coude et se retourne vers moi d'un air qui me fait aussitôt craindre le pire.

Il se trouve que Marcus a opté hier soir pour un petit restaurant italien de son quartier. Là même où, par le plus grand des hasards, Hillary a également décidé de dîner. Dans une ville qui compte plusieurs millions d'habitants, ils se sont retrouvés assis à deux tables de distance devant deux plats de raviolis identiques, un lundi soir de surcroît. Bienvenue à Manhattan, une île plus petite qu'on ne l'imagine !

— Le seul point sur lequel tu ne m'as pas menti, poursuit Hillary en agitant un index accusateur, c'est que Marcus était effectivement avec quelqu'un. Mais pas avec toi, espèce de menteuse – même si la fille te ressemblait un peu au niveau de la bouche et du menton.

— Tu es fâchée ?

— Fâchée ? Non. Plutôt surprise, je dirais. Je ne te pensais pas capable d'une telle duplicité. Mais je suis aussi un peu vexée que tu n'aies pas jugé bon de te confier à moi. Je me considère comme ta meilleure amie – pas comme une survivance de tes années de lycée. Ce qui m'amène à ma question suivante…

Elle prend l'air entendu, se tait et attend que je poursuive.

Je fixe mon agrafeuse, puis mon clavier, avant de revenir à mon agrafeuse. J'ai maintes fois imaginé ce moment, mais dans tous les scénarios que j'ai envisagés, c'était toujours Darcy qui me démasquait. Car quand on laisse son esprit vagabonder, on ne choisit jamais le moyen terme. C'est comme lorsqu'on redoute que son petit ami n'ait eu un accident de voiture en état d'ivresse – on n'imagine pas qu'il ait simplement pu emboutir la boîte aux lettres et se fendiller la lèvre, on opte d'emblée pour la gerbe de lis blancs sur un cercueil ouvert.

Des visions de Darcy qui me surprend avec Dex, j'en ai toujours qui me trottent dans la tête. Pas le genre « nus au lit, pris en pleine action », ça fait trop vaudeville. Non, dans mon esprit, la découverte se produit de façon plus subtile : Darcy passe à l'improviste, et José, qui la connaît, la fait monter sans me prévenir (note : dire à José de toujours me prévenir des visites). Je vais ouvrir, pensant que c'est le livreur du restaurant chinois avec la soupe *wonton* et les nems que nous avons commandés, Dex et moi, car nous sommes naturellement affamés après nos ébats (note numéro deux : toujours regarder par le judas avant d'ouvrir). Et elle est là, sur le seuil, les yeux écarquillés d'horreur. Sans un mot, elle s'enfuit en courant. Dex s'élance à sa suite sur le palier dans son caleçon écossais, en hurlant son nom comme Marlon Brando dans *Un tramway nommé désir*.

Scène suivante : Darcy s'apprête à quitter l'appartement de Dex et emballe ses CD, soutenue par la fidèle Claire qui lui tend un mouchoir en papier toutes les deux minutes. Dex garde tous les albums de Springsteen, même *Live at Asbury Park* que Darcy a reçu en cadeau d'anniversaire. La plupart des livres restent aussi chez Dex, Darcy n'en ayant apporté que peu – sa contribution à leur bibliothèque se résume à quelques grands formats en papier glacé qui trônent pour la frime sur la table basse du salon.

J'ai lu une fois un article – dans un magazine de Darcy, d'ailleurs – qui conseillait de pratiquer cet exercice de visualisation lorsqu'on avait une liaison, d'imaginer le moment fatidique où les masques tombent. Ces images sont censées vous ramener à la raison, vous aider à réaliser ce que vous risquez de perdre. Bien sûr, l'article se basait sur une liaison d'ordre purement sexuel et ne s'adressait pas à l'électron libre du trio. En outre, cet électron libre n'était pas non plus la future demoiselle d'honneur de la femme trompée. À l'évidence, notre situation ne rentre pas dans le moule classique de l'adultère.

Mais quel que soit le scénario, je ne sais pas exactement ce que je ressentirais si Darcy nous perçait à jour, mettant ainsi un terme définitif à notre belle amitié. Je suis incapable de poursuivre l'exercice de visualisation jusque-là. De toute façon, en l'état actuel des choses, elle ne se doute absolument de rien. Le plus probable est qu'elle va se marier comme prévu avec Dex et ne découvrira jamais la vérité.

En attendant, Hillary semble décidée à tirer l'affaire au clair.

— Alors ?

— Alors quoi ?

— Avec qui étais-tu hier soir ? Qui t'a offert ces fleurs ?

— Quelqu'un.

Elle soupire.

— Écoute, Rachel, je ne suis pas tombée de la dernière pluie. Tu te disputes avec Dex au *Talkhouse*, et dès que je me pointe, motus et bouche cousue. Le lendemain, tu quittes les Hamptons plus tôt que prévu avec une mine d'enterrement, en prétextant un boulot urgent – je connais ton emploi du temps, ma vieille, et tu n'avais rien d'urgent pour lundi. Puis, hier, tu reçois ces fleurs et tu prétends que c'est Marcus qui te les envoie alors que tu l'as à peine regardé pendant le week-end. Et pour finir, tu me racontes que tu as rendez-vous avec lui, et je le vois en compagnie d'une autre fille !

À son sourire, je devine qu'elle jubile.

— Elle était mignonne ? je m'enquiers.

— La copine de Marcus ? Oui, plutôt séduisante. Mais tu t'en fiches, n'est-ce pas ?

Elle a raison, ça m'est complètement égal.

— Alors, maintenant, cesse de tourner autour du pot et réponds à ma question.

— Quelle question ?

— Rachel !

— C'est une situation très compliquée…

— Qu'est-ce que tu t'imagines ? Que je vais vendre la mèche ? Je suis ton amie. Pas celle de Darcy. C'est vrai, je ne l'apprécie même pas plus que ça…

Je prends mon dérouleur de scotch sur le bureau et tire cinq centimètres de ruban entre le pouce et l'index. Bizarrement, la confession m'est plus pénible avec Hillary qu'avec Ethan. Peut-être parce qu'elle se trouve en face de moi. Ou parce qu'elle a un passé moins mouvementé qu'Ethan. Mais elle n'est pas prête à s'avouer vaincue.

— Bon, voilà ce que je te propose, insiste-t-elle de la voix patiente d'une mère qui s'adresserait à son enfant. Je vais te dire ce que je crois et tu n'auras qu'à hocher la tête si je tombe juste, d'accord ?

Je joue nerveusement avec le scotch, l'enroule autour de mon pouce. Elle va tout déballer, et je me retrouverai dos au mur avec une alternative : avouer ou nier. Avouer serait sans doute un immense soulagement. Nier impliquerait une expression indignée ponctuée d'un virulent : « Comment peux-tu imaginer une horreur pareille ? Tu as perdu la tête ? » Et franchement, je ne me sens pas d'humeur à jouer ce rôle-là.

— Tu as une histoire avec Dex, déclare-t-elle.

Roulement de tambour…

Je lève la tête, la regarde droit dans les yeux et hoche imperceptiblement le menton.

— Je le savais !

Je manque répliquer que je n'ai pas envie d'en parler, mais en réalité, j'en meurs d'envie. Je veux lui dire que je ne suis pas une fille horrible. Et je veux aussi qu'elle m'explique pourquoi elle me trouve mieux assortie à Dex que Darcy. Mais, par-dessus tout, je veux juste parler de Dex.

— Ça a commencé quand ?

— Le soir de mon anniversaire.

Elle fixe le plafond quelques secondes, puis hoche la tête, comme si toutes les pièces du puzzle se mettaient subitement en place dans son esprit.

— Vas-y, raconte-moi tout depuis le début, demande-t-elle en se calant confortablement dans son fauteuil. N'omets aucun détail.

— La première fois que nous avons couché ensemble, c'était un accident.

— La première fois ? Tu as couché avec lui ? Plusieurs fois ? s'exclame Hillary.

Je la fusille du regard.

— Euh… désolée, continue. C'est juste que je n'arrive pas à y croire !

— Eh bien, voilà… le soir de mon anniversaire, nous sommes allés boire un dernier verre tous les deux après le départ des autres. Et, de fil en aiguille, nous nous sommes retrouvés chez moi et nous avons couché ensemble. C'était un accident. Je veux dire, nous étions ivres… Moi, en tout cas.

— Oui, je m'en souviens. Tu étais franchement éméchée ce soir-là.

— En effet. Mais, détail intéressant, Dex prétend qu'il n'était pas si ivre que cela.

Cette précision a le mérite non seulement de déplacer la responsabilité dans le camp de Dex, mais aussi de donner à la genèse de notre liaison un tour plus lourd de sens.

— Tu veux dire… qu'il a abusé de toi ?

— Mais non, pas du tout. Je savais parfaitement ce que je faisais.

— Si tu le dis. Et ensuite ?

Je lui parle du réveil le lendemain matin, des messages hystériques de Darcy, de notre panique, de Marcus qui a servi d'alibi à Dexter.

— Voilà, c'est tout, conclus-je.

— Comment ça, c'est tout ? De toute évidence, vous n'en êtes pas restés là, objecte-t-elle avec un regard appuyé en direction du bouquet.

— Si, pendant un certain temps. Nous regrettions tous les deux et…

— À quel point ?

— Beaucoup, voyons ! Évidemment !

Mon absence totale de repentir le premier jour me revient en mémoire.

— En tout cas, dans mon esprit, c'était fini.

— Mais pas pour Dex, n'est-ce pas ?

Veillant à choisir mes mots avec soin, je lui raconte notre rendez-vous après le Memorial Day, notre baiser le mardi soir – le tournant de l'histoire – et notre véritable première fois.

Elle croque dans son bagel.

— C'est purement physique entre vous, ou est-ce qu'il y a autre chose ?

— Il y a autre chose.

Elle digère l'information.

— Il va rompre ses fiançailles, alors ?

— Nous n'en avons pas parlé.

— Comment pouvez-vous ne pas en parler ? Attends un peu... C'était la raison de votre dispute au *Talkhouse* ?

Je lui explique qu'on ne se disputait pas vraiment, mais que j'étais fâchée parce qu'il venait de coucher avec Darcy. D'où les roses.

— Bon. S'il regrette d'avoir couché avec sa fiancée, cela semble vouloir indiquer qu'il a envie de rompre, non ?

— Je n'en sais rien. Nous n'en avons pas vraiment discuté, je te dis.

Elle me jette un regard déconcerté.

— Et vous comptez en parler quand ?

— Vers le 4 juillet.

— Pourquoi cette date ?

— C'est un choix arbitraire. Je n'en sais rien.

Elle boit une gorgée d'eau.

— Mais tu crois qu'il va la plaquer, hein ?

— Je ne sais pas. Je ne sais même pas si c'est ce que je souhaite.

Cette fois, elle est carrément interloquée.

— Tu oublies une donnée importante du problème, Hillary. Darcy est mon amie depuis toujours. Et je suis sa demoiselle d'honneur.

Elle lève les yeux au ciel.

— Ça ne compte pas vraiment. Et puis, il n'est pas question de Darcy. Il s'agit de Dex et de toi.

— À mes yeux, il s'agit aussi de Darcy. Elle est mon amie. Et même si elle ne l'était pas, si elle était une inconnue pour moi, tu ne crois pas que je vais m'attirer un mauvais karma ?

Elle se redresse dans son fauteuil.

— Le monde n'est ni tout blanc ni tout noir, Rachel, commence-t-elle d'un ton docte. Les absolus moraux n'existent pas. Si tu couchais avec Dex juste pour le sexe, je me ferais peut-être du souci pour ton karma. Mais tu éprouves des sentiments pour lui. Cela ne fait pas de toi une mauvaise personne.

J'essaie de mémoriser sa tirade. « Les absolus moraux n'existent pas. » Voilà qui me plaît.

— Dans la situation inverse, continue-t-elle, Darcy n'hésiterait pas une seconde.

— Tu crois ? je demande, songeuse.

— Oui. Pas toi ?

— Tu as peut-être raison.

Il est vrai que le passé de Darcy ne parle pas en sa faveur. Je donne, elle prend. Il en a toujours été ainsi.

Jusqu'à aujourd'hui.

Hillary hoche la tête en souriant.

— Juste un conseil : fonce.

C'est plus ou moins ce qu'Ethan m'a dit aussi. Deux points pour moi, zéro pour Darcy.

— Je vais continuer à voir Dex autant que je le peux, réponds-je. On verra bien ce qui arrivera.

C'est ma définition toute personnelle du verbe foncer.

12

Darcy et moi sommes dans l'avion pour Indianapolis, car Annalise nous a invitées à une petite fête en l'honneur de la naissance prochaine de son bébé. Je suis coincée à la place du milieu tant redoutée. À l'origine, c'était le siège de Darcy, mais elle s'est débrouillée pour avoir le mien près du hublot sous prétexte qu'elle a le mal des transports quand elle ne peut pas regarder dehors. J'ai failli lui rétorquer que cette technique applicable à la voiture ne marche pas en avion, mais je n'ai pas cherché à discuter, je me suis contentée de céder. Par le passé, je me serais exécutée de bonne grâce, mais aujourd'hui, je n'éprouve plus que de la rancœur. Je pense aux récents commentaires d'Ethan et d'Hillary sur Darcy. Elle est égoïste, bornée et superficielle. C'est la vérité, indépendamment de ce que je ressens pour Dex.

Un homme d'une quarantaine d'années, les cheveux en brosse, occupe la place qui donne sur l'allée, à ma gauche. L'avant-bras droit tout entier scotché sur notre accoudoir commun, il sirote son verre en tournant les pages de son magazine de la main gauche, comme pour ne pas perdre le terrain conquis.

Le pilote annonce que le ciel dégagé nous permettra d'atterrir avec un peu d'avance sur l'horaire prévu. Darcy se plaint qu'elle s'ennuie. C'est la seule personne de plus de douze ans de ma connaissance qui fasse cette déclaration avec une régularité de métronome.

Je lève les yeux de mon livre.

— Tu as déjà fini le numéro spécial mariage de Martha Stewart ?

— Je l'ai lu de la première à la dernière page. Je n'y ai rien trouvé de révolutionnaire. Et de toute façon, c'est toi qui devrais le lire. Il y a un article sur les petits cadeaux à faire aux invités, et tu m'as promis de m'aider à trouver une idée, déclare-t-elle en baissant son siège complètement vers l'arrière, avant de le remonter aussitôt.

— Pourquoi pas des pochettes d'allumettes avec vos noms dessus ?

— Tu parles d'un truc original ! s'exclame Darcy en croisant les bras. Tout le monde offre ça. Non, il me faut un cadeau digne de ce nom.

— Que suggère Martha ? je m'enquiers, en marquant la page de mon roman avec mon pouce.

— Je n'en sais rien – des trucs compliqués, qui demandent du travail.

Elle me regarde d'un air suppliant.

— Il faut que tu m'aides ! Tu sais bien que je suis nulle en travaux manuels.

— Moi aussi.

— Tu es meilleure que moi !

Je me replonge dans mon livre et fais mine d'être passionnée par l'intrigue.

Elle soupire et mastique bruyamment son chewing-gum. Comme je ne réagis pas, elle tapote la couverture de mon livre.

— Ra-chel !

— Oui…

Elle me sourit, pas du tout gênée, juste heureuse d'être parvenue à ses fins.

— Et si on faisait quelque chose en D ? Qu'en penses-tu ?

Je feins de ne pas comprendre et répète :

— En D ?

— Tu sais, D comme Dex et Darcy. Ou c'est trop cucul ?

— Trop cucul, je lui confirme, ce qui aurait été ma réponse même avant l'époque de D et R.

— D'accord. Quoi d'autre, alors ?

Elle vérifie le pourcentage de lipides du petit en-cas sous vide que l'hôtesse nous a servi, puis le glisse dans la poche du siège devant elle.

— Eh bien... il y a les dragées dans une aumônière en tulle fermée par un ruban pastel... ou des chocolats dans un petit ballotin avec la date du mariage dessus, je suggère, tout en tentant d'une légère pression du coude gauche de gagner quelques millimètres sur l'accoudoir que je partage avec mon voisin.

Du coin de l'œil, je vois le biceps de Coupe en Brosse se contracter, prêt à résister à l'invasion.

— Ou bien vous pourriez offrir de petits souvenirs. Des décorations de Noël, par exemple...

— Impossible. Nous avons trop d'invités de confession juive. Et même aussi, je crois, quelques-uns qui fêtent Kwanzaa, me dit-elle avec fierté, comme si la diversité religieuse de ses invités faisait d'elle une progressiste.

— Bon, mais tu saisis l'idée. Des petits cadeaux qui restent – un objet décoratif, un CD avec vos chansons favorites, je ne sais pas, moi.

Elle dresse soudain l'oreille.

— Un CD ? Ça, ça me plaît. Mais cela ne risque-t-il pas d'être un peu cher ?

Je lui adresse un regard qui signifie « peut-être, mais tu le vaux bien ». Il ne lui en faut pas davantage.

— Mais bon, quelques centaines de dollars de plus ou de moins, la belle affaire, hein ? dit-elle.

— Exactement, réponds-je avec un sourire.

— On l'intitulerait *L'Album de Darcy et Dex* et on y enregistrerait nos chansons préférées.

Je frémis intérieurement.

— Tu fais une drôle de tête, remarque-t-elle. Tu es sûre que ce n'est pas gnangnan ? Dis-moi la vérité.

— Non, non, je trouve ça très bien. Franchement.

J'aimerais changer de sujet, mais redoute que cela ne déclenche une discussion sur les insuffisances de la demoiselle d'honneur. Je prends donc une pose songeuse, avant de déclarer qu'en dépit d'un investissement certes important en temps et en argent ces CD constitueront un cadeau charmant et très original pour ses invités. Puis je lui demande si elle pense que l'idée plaira à Dex.

Elle me regarde d'un air de dire « Qui s'intéresse à l'avis du marié ? », puis elle me demande de l'aider à trouver des titres de chansons.

Je pense aussitôt à « Stop ! In the Name of Love ! » de Shania Twain, l'histoire d'une fille trompée qui supplie celui qu'elle aime de lui revenir. Mauvais choix, me dis-je. Voilà qui mettrait Darcy dans le rôle de la noble victime.

— Je n'arrive pas à en trouver une seule. Le trou noir total. Aide-moi, insiste Darcy, qui tient son stylo au-dessus de sa serviette en papier, prête à noter. Peut-être un morceau de Prince ? Ou de Van Halen ?

— Je ne suis pas très inspirée non plus, dis-je en espérant que Bruce Springsteen ne trouvera pas grâce à ses yeux.

— Tu es vraiment certaine que ce n'est pas cucul ?

— Je te le certifie. Le type à ma gauche commence vraiment à me taper sur les nerfs, j'ajoute dans un murmure. Il prend tout l'accoudoir.

Je jette un coup d'œil rapide au profil prétentieux de Coupe en Brosse.

— Excusez-moi, monsieur ! s'exclame soudain Darcy, qui se penche par-dessus mes genoux et lui tapote le bras. Monsieur, s'il vous plaît !

L'homme la regarde d'un œil dédaigneux.

— Monsieur, pourriez-vous partager l'accoudoir avec mon amie, s'il vous plaît ? demande-t-elle avec son sourire le plus charmeur.

Il déplace son bras d'un centimètre. Je marmonne des remerciements.

— Tu vois ? me dit fièrement Darcy.

C'est le moment où je suis censée m'extasier sur la facilité avec laquelle elle obtient ce qu'elle veut des hommes.

— Tu dois juste apprendre à exprimer tes exigences, me murmure-t-elle.

Que ferais-je sans elle pour me guider dans mes relations avec le sexe opposé ?

— Il faudra que j'essaie, réponds-je en pensant à Dex et au 4 juillet.

Mes parents m'appellent sur mon portable juste après l'atterrissage pour s'assurer que le père de Darcy est bien venu nous chercher et me demander si j'ai mangé dans l'avion. Je leur réponds que oui, M. Rhone nous attendait et que non, je n'ai pas mangé, vu qu'ils ne servent plus de repas dans le vol New York – Indianapolis depuis au moins dix ans.

Alors que nous bifurquons dans notre rue en cul-de-sac, j'aperçois mon père qui m'attend sur le perron de la maison. Je remarque sa chemise à carreaux pêche et gris et son pantalon en toile gris coordonné, effort vestimentaire qui porte indubitablement la signature de ma mère. Je remercie M. Rhone et dis à Darcy que je l'appellerai plus tard. À mon grand soulagement, elle ne propose pas qu'on aille dîner tous ensemble au restaurant. J'en ai par-dessus la tête du mariage, et sa mère est incapable de parler d'autre chose.

Je traverse le jardin des Rhone et passe dans celui de mes parents. Mon père lève les bras au ciel et me salue avec de grands gestes exagérés.

— Bonjour, maître ! me lance-t-il avec un sourire radieux.

Il ne se lasse décidément pas d'avoir une fille avocate.

— Bonjour, papa, dis-je en l'embrassant.

Ma mère, debout à ses côtés, cherche déjà des signes éventuels d'anorexie chez sa fille – ce qui est ridicule. Je suis loin d'être maigre, mais elle n'accepte pas la définition new-yorkaise de la minceur.

Tout en répondant à leurs questions sur le vol, je remarque que la tapisserie du salon a changé. J'avais déconseillé le papier peint à ma mère et lui avais assuré que la peinture avait un effet plus frais et plus moderne, mais apparemment, cela ne l'a pas fait changer d'avis. Elle s'est contentée de remplacer le motif à fleurs par un autre légèrement plus petit. Les goûts de mes parents n'ont pas évolué depuis l'époque de l'attentat contre Ronald Reagan. Notre maison arbore toujours de nombreuses touches décoratives de style campagnard – proverbes brodés au point de croix, vaches, cochons et ananas en bois dispersés çà et là, frises au pochoir dans toutes les pièces.

— Jolie tapisserie, dis-je en essayant de paraître sincère.

Ma mère ne tombe pas dans le panneau.

— Je sais que tu n'aimes pas le papier peint, mais ton père et moi, si, et c'est nous qui vivons ici, répond-elle en me poussant vers la cuisine.

— Je n'ai jamais dit que j'aimais le papier peint, intervient mon père avec un clin d'œil à mon intention.

Elle le gratifie d'un de ses regards agacés bien rodés.

— Bien sûr que si, John.

Puis elle me murmure, assez fort pour qu'il entende, que c'est même lui qui a choisi la nouvelle tapisserie.

Il m'adresse un regard étonné qui signifie « Qui, moi ? »

Jamais ils ne se lassent de leur numéro – ma mère dans le rôle de la fonceuse obligée de mater son époux indiscipliné, et lui dans celui du bon bougre étourdi. Bien que la monotonie de leur duo d'acteurs m'ait agacée pendant la plus grande partie de mon adolescence, surtout quand j'avais des amis à la maison, j'en suis venue à l'apprécier ces dernières années. Par sa répétition même, il a un côté réconfortant, et je suis fière que mon père et ma mère soient toujours ensemble, alors que j'ai tant d'amis dont les parents ont divorcé, se sont remariés, fusionnant deux familles en une avec des degrés divers de réussite.

Ma mère me désigne un plat sur lequel elle a disposé des tranches de cheddar, des crackers Ritz et une grappe de muscat.

— Sers-toi.

— C'est du raisin sans pépins ?

— Oui, oui, tu peux y aller. Bon, tu préfères que je bricole quelque chose à manger ou qu'on commande une pizza ?

Elle sait que je vais choisir la pizza sans hésiter. Pour commencer, j'adore la pizza de chez Sal. Et puis, « bricoler quelque chose » est l'exacte description des talents culinaires de ma mère : pour elle, un assaisonnement se limite au sel et au poivre, et la plus compliquée de ses recettes est une soupe à la tomate avec des crackers. Rien ne me terrifie davantage que la vue de ma mère qui noue son tablier.

— Une pizza ! répond mon père. On veut une pizza !

Ma mère prend la carte de Sal sur le réfrigérateur et commande par téléphone une grande pizza aux champignons et au jambon cru.

— Ça te va, Rachel ? me demande-t-elle en couvrant le combiné de sa main.

Je lève les pouces en signe d'assentiment et la vois sourire. Elle est fière de s'être rappelé ma pizza favorite.

Dès qu'elle a raccroché, elle s'enquiert de ma vie amoureuse. Peu importe qu'à chacune de nos récentes conversations téléphoniques je lui aie dit qu'il n'y avait rien de nouveau. Elle doit penser que c'est une ruse et que je garde la vérité pour mon retour. Mon père se bouche les oreilles, feignant d'être gêné. Je leur adresse un sourire pincé, en me disant que cette inquisition systématique est l'unique point noir de mes visites à la maison. Je sens bien que je les déçois. Je suis leur fille unique, leur seule chance d'avoir des petits-enfants, et si je ne m'y mets pas très bientôt – disons dans les cinq ans qui viennent –, il est peu probable qu'ils les voient un jour quitter l'université, diplôme en poche. Seigneur ! Comme si j'avais besoin de ce stress supplémentaire !

— Alors, un garçon à l'horizon ? demande ma mère, les yeux agrandis par l'espoir, tandis que mon père prend une tranche de fromage.

Cette insistance pourrait paraître peu délicate si ma mère n'était intimement persuadée que les prétendants se bousculent à ma porte et que ma propre névrose est le seul obstacle qui la sépare de ses petits-enfants. Elle ne comprend pas que l'amour simple et direct que mon père et elle éprouvent l'un pour l'autre n'est tout bonnement pas si facile à dénicher.

— Non, réponds-je en baissant les yeux. Je vous l'ai déjà dit, il est plus difficile de trouver un garçon bien à New York que n'importe où ailleurs.

L'absence de vie amoureuse des célibataires new-yorkais est devenue un cliché pour la bonne raison que c'est la stricte vérité.

— Je comprends, intervient mon père en hochant la tête avec gravité. Tout le monde court sans jamais s'arrêter dans cette ville de fous. Tu devrais peut-être revenir à la maison. Ou au moins déménager à Chicago. Une ville beaucoup plus propre. C'est parce que, à Chicago, il y a des petites rues, tu comprends ?

Chaque fois que mon père visite Manhattan, il me rebat les oreilles avec l'absence de petites rues, de quartiers à échelle humaine.

Ma mère secoue la tête.

— Rachel ne peut pas s'installer dans un quartier comme le nôtre, voyons. Tout le monde est marié et a des enfants dans les banlieues résidentielles.

— Elle peut si elle veut, répond mon père, la bouche pleine de cracker.

— Le fait est qu'elle ne le veut pas, n'est-ce pas, Rachel ?

— Non, réponds-je sur un ton d'excuse. Pour l'instant, je me plais à New York.

Dans ce cas, il n'y a pas de solution, semblent dire les sourcils froncés de mon père.

Le silence s'installe dans la cuisine. Mes parents échangent un regard peiné.

— Enfin, je vois quand même quelqu'un depuis quelque temps… dis-je, histoire de leur remonter un peu le moral.

Leurs visages s'éclairent.

— C'est vrai ? Oh, je le savais ! s'exclame ma mère en tapant dans ses mains.

— C'est un garçon très gentil. Très intelligent.

— Et séduisant aussi, j'en suis sûre.

— Que fait-il dans la vie ? intervient mon père. Le physique, c'est secondaire.

— Il est dans la finance… euh… le marketing, j'explique, perdant un peu mon latin entre Marcus et Dex. Mais…

— Mais quoi ? demande ma mère.

— Il sort tout juste d'une rupture. Le timing n'est peut-être pas… parfait.

— Rien n'est jamais parfait, dans la vie, assure ma mère. L'important, c'est ce qu'on fait de ce qui nous est donné.

J'opine du chef avec gravité. Ma mère devrait broder ce sommet de sagesse au point de croix, l'encadrer et le fixer au-dessus de mon lit.

— Ça ne te fait pas flipper d'aller à cette fête ? me demande Darcy le lendemain, tandis que nous nous rendons chez Annalise dans la Camry 86 de ma mère, la voiture avec laquelle j'ai appris à conduire.

— Non, pas vraiment, dis-je en lui jetant un coup d'œil. Pourquoi ? Tu flippes, toi ?

— Non…

Elle admire le diamant de sa bague de fiançailles d'un air songeur.

Ah, d'accord ! Si je suis bien sa logique, j'ai davantage de raisons qu'elle de redouter cette visite. Je vais être la seule invitée au milieu d'une ribambelle d'épouses et de mères à n'avoir pas même un petit copain à faire valoir. La seule à avoir trente ans et à être encore célibataire – une association tragique dans n'importe quelle banlieue résidentielle. Tel est le raisonnement de Darcy, mais je veux l'entendre de sa bouche.

— Et pourquoi serais-je donc censée redouter cette visite plus que toi ?

— Parce que tu es célibataire, voyons, me balance-t-elle tout de go, sans essayer une seconde de formuler sa réponse avec un minimum de tact.

Je garde les yeux rivés sur la route, mais je sens son regard qui me sonde.

— Tu es fâchée ? J'ai dit quelque chose de mal ?

Je secoue la tête et monte le volume de l'autoradio. Lionel Ritchie geint sur l'une des stations présélectionnées par ma mère.

Darcy baisse le son.

— Je ne voulais pas dire que c'était une mauvaise chose. C'est vrai, il n'y a vraiment rien de mal à être célibataire. Je trouve même ça génial. D'ailleurs, je ne voulais pas me marier avant trente-trois ans. Non, je parlais des autres filles. Elles ont l'esprit tellement étriqué, si tu vois ce que je veux dire.

Elle vient encore d'aggraver son cas en m'avouant qu'elle ne tient même pas à ce maudit mariage – trois années de célibat supplémentaires, ç'aurait été cool. Mais voilà que Dex me tombe tout cuit dans le bec. Qu'aurais-tu fait à ma place, hein ?

— En fait, continue-t-elle, elles sont tellement bornées qu'elles ne s'en rendent même pas compte.

Évidemment, elle a raison. Le groupe de filles dont Annalise fait partie depuis la fin de ses études semble tout droit sorti des années cinquante. Elles ont choisi leur service en porcelaine avant leurs vingt-deux ans, épousé leur premier petit copain, acheté un pavillon avec trois chambres dans la même ville que leurs parents – voire le même quartier – et entrepris dans la foulée de fonder une famille.

— Ouais, je lâche sans conviction.

— Je ne voulais rien dire d'autre, je te jure, m'assure-t-elle innocemment. D'ailleurs, au fond d'elles-mêmes, ces filles sont atrocement jalouses de toi. Toi, la grande avocate dans un cabinet new-yorkais…

— Arrête de délirer, aucune de ces filles ne rêve d'un métier comme le mien. En fait, la plupart ne travaillent même pas.

— Ce n'est pas seulement une question de carrière, argumente Darcy. Tu es célibataire et libre comme l'air. Ces filles regardent *Sex and the City*. Crois-moi, elles savent de quoi est faite ta vie. De glamour, de beaux mecs, de fêtes, de non-conformisme ! Mais pour rien au monde elles ne te montreraient qu'elles t'envient. Cela rendrait leur propre existence beaucoup plus pathétique, tu comprends ? conclut-elle avec un sourire satisfait.

— *Sex and the City*, hein ? je réplique avec ironie. C'est vrai que quand on y pense, ma vie ressemble pas mal à celle de Carrie Bradshaw.

Les chaussures fabuleuses, la silhouette de rêve et la meilleure copine compatissante en moins.

— Exactement ! Voilà qui est parlé !

— Écoute, ce que ces filles peuvent penser m'est bien égal.

Ce n'est qu'à moitié vrai. Au fond de moi, je suis d'accord avec elles : avoir trente ans et être célibataire, c'est triste. Même avec un bon boulot. Même à Manhattan.

— Parfait, approuve Darcy en se claquant les cuisses en signe d'encouragement. C'est l'état d'esprit qu'il faut avoir.

Nous arrivons à l'heure dite chez Jessica Pell, une lointaine amie de lycée que fréquente Annalise.

— Fais donc encore une fois le tour du quartier, ordonne Darcy après un coup d'œil à sa montre. C'est plouc d'arriver à l'heure pile.

Je lui dis qu'à mon avis la règle du retard mondain ne s'applique pas ici, mais cède néanmoins et m'engage à sa demande dans le drive-in du McDonald. Elle se penche par-dessus moi et crie dans le micro :

— Un petit Pepsi light, s'il vous plaît.

Or, je sais comme elle que McDonald ne vend pas la marque Pepsi, mais Coca-Cola. Elle m'a dit un jour qu'elle s'amusait à les tester, histoire de voir s'ils proposaient le produit concurrent. D'après elle, les inconditionnels de Pepsi le font systématiquement, mais ceux de Coca-Cola pas toujours. Pour elle, c'est surtout une occasion supplémentaire de se faire remarquer – fille chic de la grande ville donne leçon de vie à banlieusard boutonneux.

— Un Coca light, ça ira ? marmonne le jeune homme dans son micro.

— Je vais devoir m'en contenter, j'imagine, répond-elle avec un rire faussement bon enfant.

Elle finit sa canette au moment où je me gare devant la maison de Jessica.

— Qu'est-ce que c'est mort, ici, commente-t-elle en vérifiant son maquillage dans le miroir de son poudrier, comme si c'était elle la vedette de la fête et non Annalise et son futur bébé.

Les autres invitées se sont déjà rassemblées dans le salon jaune et bleu de Jessica. En nous voyant arriver, Annalise pousse un cri de joie, se précipite vers nous et nous serre toutes les deux dans ses bras avec effusion. En dépit de la rareté de nos visites, nous sommes encore ses meilleures amies. Et à l'évidence, nous sommes aussi les invitées d'honneur – un rôle qui me met quelque peu mal à l'aise mais ravit Darcy.

— Je suis tellement contente de vous voir, les filles ! Merci d'être venues. Vous êtes toutes les deux superbes ! s'extasie Annalise. Toujours plus élégantes à chacune de vos visites !

— Tu es superbe, toi aussi, lui dis-je. La grossesse te va bien. Tu es rayonnante.

Comme mes parents, Annalise est rétive au changement. Elle a toujours la même coiffure qu'au collège – cheveux dégradés et coupés au niveau des épaules – très en vogue dans les années quatre-vingt, hideuse vers 1995 et, par le plus grand des hasards, légèrement moins atroce aujourd'hui. En fait, pour une future maman, c'est presque joli.

Darcy caresse le ventre proéminent d'Annalise avec sa main gauche, et le diamant de sa bague de fiançailles scintille dans un rayon de soleil.

— Ô mon Dieu, roucoule-t-elle, il y a un petit être tout nu à l'intérieur !

Annalise se met à rire.

— Euh... oui, c'est une façon de voir les choses.

Elle nous présente à certaines des invitées – des professeurs et une conseillère d'orientation qui travaillent dans l'établissement où elle enseigne et quelques amies du quartier.

— Sinon, bien sûr, vous connaissez tout le monde.

Nous embrassons Jess et nos autres anciennes camarades de classe. Il y a là Brit Miller (qui vénérait Darcy et la copiait sans vergogne au lycée), Tricia Salerno, Jennifer McGowan et Kim Frisby-Evans. À l'exception de Kim, pom-pom girl pétillante et élève douée en sciences et en maths, aucune de ces filles n'était particulièrement brillante, intéressante ou populaire au lycée. Mais dans leur rôle d'épouse et de mère, leur médiocrité n'a plus d'importance.

Kim m'invite à m'asseoir auprès d'elle sur le canapé. Je lui demande des nouvelles de son mari, Jeff (qui était aussi dans notre classe de terminale et jouait au base-ball avec Brandon et Blaine) et de ses jumeaux.

— Tout va pour le mieux, répond-elle. Jeff vient d'avoir une promotion, et nous allons acheter une nouvelle maison. Quant aux garçons, ce sont des amours.

— Que fait Jeff, déjà ? je m'enquiers.

— Il est dans la vente.

Puis il me faut poser l'inévitable question :

— Tu n'aurais pas apporté des photos de tes enfants, par hasard ?

— En fait, si, répond-elle en sortant de son sac un petit album dont la couverture porte, inscrit en grosses lettres pourpres à paillettes, le titre *Le Journal des cracks*.

Je feuillette les pages, le sourire aux lèvres, et m'extasie dûment sur les photos. Brick dans la baignoire. Stanley sur son tricycle dans le jardin. Les deux avec leurs grands-parents.

— Ils sont vraiment adorables, dis-je en rendant l'album à Kim.

— C'est aussi notre avis, répond-elle avec un sourire ravi. Je crois que nous allons les garder.

Tandis qu'elle range l'album dans son sac, j'entends Darcy raconter par le menu ses fiançailles à Jennifer et à Tricia.

— Parle-leur des roses, lui dit Brit.

J'avais oublié les roses – sans doute un blocage inconscient depuis l'arrivée de mon propre bouquet.

— Oui, une douzaine de roses rouges, poursuit Darcy, qui boit du petit-lait. Il les a fait livrer à l'appartement pendant qu'il me demandait ma main.

Une douzaine seulement ?

— Où a-t-il fait sa demande ? s'enquiert Tricia.

— Eh bien, il m'a d'abord invitée à déjeuner dans un restaurant très huppé, et après, il m'a proposé une balade dans Central Park…

— Tu t'en doutais ? demandent deux des filles en chœur.

— Pas le moins du monde !

Un gros mensonge – deux jours plus tôt, elle m'avait dit qu'elle avait des soupçons. Mais cet aveu nuirait à l'intensité dramatique de son conte romantique et ternirait son image de princesse des Temps modernes, n'est-ce pas ?

— Et qu'a-t-il dit ? s'enquiert Brit.

— Voyons, tu connais déjà l'histoire ! s'exclame Darcy en riant.

Darcy et Brit sont restées en contact au fil des années – grâce à la persévérance de Brit. À l'évidence, la fascination de cette dernière pour l'idole de sa jeunesse ne s'est jamais émoussée.

— Raconte-la encore, insiste Brit. La mienne est tellement nulle – j'ai dû choisir moi-même ma bague au centre commercial ! Je n'ai d'autre choix que de vivre une belle histoire par procuration.

Darcy affiche la mine faussement modeste qu'elle maîtrise à la perfection.

— Il m'a dit : « Darcy, rien ne pourrait me rendre plus heureux que de t'avoir comme épouse. »

À part sortir avec ta meilleure amie.

— Puis il a ajouté : « J'aimerais vivre avec toi pour toujours. »

Et aussi avec ta meilleure amie.

Un chœur de « oh » et de « ah » émus et admiratifs s'ensuit. Telle que je connais Darcy, elle embellit son histoire. En réalité, j'imagine que Dex lui a tout bonnement posé la question bateau : « Veux-tu m'épouser ? »

— Enlève ta bague ! réclame Brit. J'ai envie de l'essayer !

— Non, ça porte malheur d'enlever sa bague pendant les fiançailles, objecte Kim.

Enlève-la ! me dis-je.

Darcy balaie l'argument d'un haussement d'épaules, histoire de souligner que rien ne peut porter malheur à une fille aussi chanceuse qu'elle. Elle ôte donc de bonne grâce son diamant et le fait circuler parmi les filles tout excitées. Il finit entre mes mains.

— Passe-la donc à ton doigt, Rachel, suggère Brit.

Je secoue poliment la tête, comme si je refusais une deuxième portion de gratin.

— C'est bon, merci.

— Et toi, Rachel, pas de grande nouvelle en vue ? demande timidement Tricia.

Je m'apprête à répondre fermement : « Non, pas pour l'instant » quand Darcy intervient :

— Rachel a des prétendants à la pelle, mais aucun vraiment fixe. Elle est très difficile, vous savez.

Je suppose qu'elle essaie de m'aider, mais l'effet produit est indubitablement inverse à celui recherché, et je me sens de plus en plus dans la peau de la vieille fille qui détonne parmi ce lot d'épouses et de fiancées. Et puis, je ne peux m'empêcher de penser que Darcy se montre charitable uniquement pour redorer quelque peu le blason de la pauvre ratée qui l'accompagne. Si j'étais fiancée, disons, à Brad Pitt, elle ne se démènerait pas à ce point pour moi. Elle bouderait dans son coin et cracherait son fiel à l'oreille de Brit aux toilettes.

— Bon, d'accord, concéderait-elle du bout des lèvres, Brad est pas mal, mais Dex est tellement plus adorable !

— Je ne dirais pas que je suis difficile, fais-je remarquer.

Je suis juste désespérément seule et j'ai une aventure avec le futur mari de Darcy, poursuis-je en silence. Mais toutes autant que vous êtes, vous rendez-vous compte que je suis diplômée d'une des dix meilleures facultés de droit de ce pays et que mon salaire annuel atteint les six chiffres ? Et si vous tenez à le savoir, je me fiche pas mal d'être mariée ! Mais le jour où je rencontrerai l'homme de ma vie et où j'aurai un bébé, je trouverai sans l'ombre d'un doute un prénom moins ridicule que Brick !

— Si, tu es difficile, me dit Darcy en sirotant son punch, mais c'est à son public qu'elle s'adresse. Prends Marcus, par exemple.

— Qui est Marcus ? demande Kim.

— Un ami de Dex qui étudiait avec lui à Georgetown. Un garçon séduisant, intelligent, drôle, bref, un type formidable. Or, c'est tout juste si Rachel lui adresse la parole.

Si elle continue, les autres vont finir par se demander si je ne suis pas lesbienne. Ce qui ferait de moi un vrai monstre de foire à leurs yeux.

— Je te comprends, me dit Kim, compatissante. Tu ne peux pas avoir le coup de foudre sur commande, même si ce type a toutes les qualités. Ah, l'étincelle de l'amour est imprévisible ! Jeff et moi l'avons connue à quinze ans, et elle ne s'est jamais éteinte depuis.

— C'est vrai, j'approuve, l'étincelle de l'amour est imprévisible.

Leur conseil collectif : surtout, continuer à chercher l'homme de ma vie sans me décourager. Comme si elles-mêmes l'avaient toutes trouvé ! Le pire, me dis-je, c'est qu'elles le croient.

Pressée de changer de sujet, je me tourne vers Annalise.

— Au fait, vous avez pris une décision définitive pour les prénoms ?

Je sais qu'elle pense à Hannah ou Grace si c'est une fille et à Michael ou David si c'est un garçon. Des prénoms classiques qui ont fait leurs preuves.

— Oui, répond Annalise, mais on garde le secret.

Elle m'adresse un clin d'œil complice. Je sais qu'elle me le dira plus tard, tout comme elle m'avait confié sa première sélection. Je suis l'amie de confiance, celle qui ne trahit jamais un secret.

Mais maintenant, j'ai une autre spécialité : le vol de fiancé.

Après avoir sacrifié à la tradition et nous être livrées à quelques jeux idiots, Annalise ouvre ses cadeaux. Il y a beaucoup de vêtements jaunes, parce qu'elle ignore s'il s'agit d'une fille ou d'un garçon. Le seul cadeau rose, un élégant range-pyjama en vichy rose et blanc de chez Tiffany, provient de Darcy : elle est persuadée qu'Annalise va avoir une fille et prétend avoir un instinct très sûr en la matière. Je vois à la mine d'Annalise qu'elle espère que Darcy a raison.

— Ça m'étonnerait franchement que je me trompe, déclare Darcy avec son aplomb coutumier, mais même si c'était le cas, saviez-vous qu'au début du XXe siècle le rose était destiné aux garçons et le bleu aux filles ?

Nous répondons toutes que non. Je me demande si elle invente.

Annalise arrive à mon cadeau. Elle ouvre l'enveloppe qui contient la carte, et ses yeux s'emplissent de larmes tandis qu'elle lit à voix basse la phrase que j'y ai écrite – qu'elle sera, j'en suis sûre, la plus merveilleuse des mamans et que j'ai hâte de la voir à l'œuvre. Elle me fait signe d'approcher et me serre dans ses bras.

— Merci mille fois, Rachel, me murmure-t-elle, c'est tellement gentil.

Puis elle ouvre mon cadeau – une couverture en cachemire blanc cassé ornée d'une bordure avec un motif d'ours en peluche. Elle m'a coûté une petite fortune, mais je me réjouis de mon achat en voyant le visage d'Annalise s'illuminer. Elle pousse un cri de joie en ôtant le papier de soie et porte la couverture à sa joue.

— Elle est parfaite, m'assure-t-elle. Je m'en servirai pour ramener le bébé de la maternité.

— J'espère que je pourrai revenir juste après la naissance, s'exclame soudain Darcy. Pourvu que je ne sois pas en voyage de noces à ce moment-là !

Je ne sais pas si elle le fait exprès ou si c'est tout simplement sa façon d'être, mais elle a le chic pour tirer la couverture à elle à la moindre occasion – c'est le cas de le dire. D'ordinaire, je n'en prends pas ombrage, mais après avoir passé un temps fou à chercher le cadeau idéal pour ma deuxième meilleure amie d'enfance, j'aimerais qu'elle s'abstienne de se mettre en avant une petite seconde.

Toujours diplomate, Annalise adresse un sourire rapide à Darcy, avant de reporter son attention sur mon cadeau. Elle le fait passer aux autres, et toutes s'accordent à dire que c'est la couverture de naissance idéale. Du moins est-ce ce qu'elles affirment. Car une petite voix me souffle qu'elles pensent unanimement : « Pas mauvais comme choix pour une avocate célibataire dotée d'un instinct maternel douteux. »

13

À mon retour, ma mère me suit au salon et me bombarde aussitôt de questions. Je lui raconte les moments les plus marquants de la fête, mais elle est insatiable. Elle veut que je lui parle en détail des invitées, des cadeaux, de la conversation. Quand j'étais au lycée, c'était pareil. Je rentrais le soir, épuisée par ma journée de cours, et elle m'interrogeait sans fin sur l'exposé d'Ethan en histoire-géo, l'examen d'entrée de Darcy dans l'équipe des pom-pom girls ou le sujet du jour en cours d'anglais. Si je ne me montrais pas suffisamment loquace, elle comblait les silences en me parlant de son travail de secrétaire médicale à mi-temps au cabinet d'orthodontie, des dernières méchancetés en date de Bryant Gumble dans *Today Show* ou de sa rencontre avec mon institutrice de grande section à la supérette. Ma mère est un infatigable moulin à paroles, et elle n'en attend pas moins d'autrui, en particulier de sa fille unique.

Après l'interrogatoire sur la fête d'Annalise, elle passe, comme il fallait s'y attendre, au mariage de Darcy.

— Alors, qu'est-ce que Darcy a décidé, pour le voile ? me demande-t-elle en redressant une pile de *Newsweek* sur la table basse.

— Elle en portera un.

Elle se rapproche de moi sur le canapé.

— Long ou court ?

— Jusqu'au bout des doigts.

Elle applaudit avec excitation.

— Oh, ce sera superbe sur elle !

Ma mère a toujours été une grande admiratrice de Darcy. Un mystère insondable pour moi à l'époque du lycée, car Darcy n'a jamais fait grand cas des études et ne cachait pas un goût plutôt malsain pour les garçons. Et pourtant, ma mère l'adorait. Sans doute parce que Darcy lui fournissait tous les détails de notre vie dont elle était si friande. En outre, Darcy s'adressait à elle comme à une égale. Elle venait chez moi après l'école, s'adossait contre le plan de travail de la cuisine et, tandis que nous mangions les tartines à la confiture que ma mère nous avait préparées, parlait sans fin des garçons qui lui plaisaient, des qualités et défauts de chacun. Elle faisait des remarques du genre « il a les lèvres trop minces, je parie qu'il embrasse mal », et ma mère, ravie, réclamait plus de détails, que Darcy s'empressait bien sûr de lui donner. Au bout d'un moment, je finissais par quitter la cuisine et allais faire mes devoirs dans ma chambre. Cherchez l'erreur.

— Maman, ne le prends pas mal, je sais que tu as toujours voulu une deuxième fille, mais…

— Oh, ne commence pas avec ces idioties ! proteste-t-elle en tapotant ses cheveux blond cendré, la même coloration depuis vingt ans.

Je soupire.

— Excuse-moi, mais franchement, j'en ai jusque-là du mariage de Darcy, dis-je, une main au-dessus de la tête.

— Drôle d'attitude pour une demoiselle d'honneur, commente ma mère, les lèvres pincées.

Je hausse les épaules. Finalement, ma mère préfère en rire, refusant dans sa bienveillance de prendre sa fille unique trop au sérieux.

— J'aurais dû me douter que Darcy te mènerait la vie dure avec les préparatifs du mariage. Elle tient tant à ce que tout soit parfait…

— Oui, et elle le mérite, je l'interromps d'un ton narquois.

— Elle le mérite en effet. Quant à toi… ton tour viendra aussi.

— Mmm.

— C'est pour cela que tu en as si gros sur le cœur ? me demande-t-elle avec le professionnalisme d'une présentatrice de talk-show aguerrie.

— Pas exactement.

— Alors pourquoi, exactement ? Elle est pénible avec toi ? Enfin, je suppose que oui. C'est Darcy ! s'exclame-t-elle avec un petit rire affectueux.

Je prends la télécommande pour rétablir le son du téléviseur.

— Pénible, oui, c'est le mot.

— Que fait-elle ? insiste ma mère d'une voix calme.

— Rien de spécial. C'est juste qu'elle a du mal à penser à autre chose qu'à elle-même, comme d'habitude.

J'ai droit à un regard compatissant.

— Je comprends, ma chérie.

Puis je lâche qu'elle ne mérite pas Dexter, qu'il est trop bien pour elle. Le regard de ma mère s'assombrit. Avouer la vérité à Ethan et à Hillary, c'est une chose. Mais à ma mère… Non, c'est impossible. Au lycée déjà, je refusais de lui donner les noms des garçons que je trouvais mignons. Et puis, j'ai beau avoir trente ans, je tiens encore beaucoup à l'approbation de mes parents. Et ma mère, qui trouve les clés de l'existence dans des dictons brodés au point de croix, ne comprendrait pas.

— Je suis sûre qu'elle lui tape aussi sur les nerfs, j'ajoute, histoire de noyer le poisson.

— C'est Dexter qui te l'a dit ?

— Non, nous n'en avons pas discuté, mais ça se voit.

— Eh bien, montre-toi patiente avec elle. On ne regrette jamais d'être une bonne amie.

Il serait difficile d'être en désaccord avec cette nouvelle perle de ma mère. En fait, cette petite sentence résume à elle seule toute ma vie. Éviter les regrets à tout prix. Être bonne quoi qu'il advienne. Bonne élève. Bonne fille.

Bonne amie. Pourtant, je me rends compte aujourd'hui que les regrets sont à double tranchant. Je pourrais aussi regretter de sacrifier mes propres désirs au nom de mon amitié pour Darcy. Pourquoi devrais-je être celle qui se sacrifie ? Je m'imagine seule à trente-cinq ans. À quarante. Ou, pis encore, flanquée d'une version affadie de Dex, condamnée à vivre avec d'insupportables « et si ? » jusqu'à la fin de mes jours.

— Oui, maman, je sais, dis-je avec un soupir. Je serai une bonne amie pour notre précieuse Darcy. Bla-bla-bla.

Ma mère baisse les yeux et lisse un pli invisible sur son pantalon. Je l'ai vexée. Sois gentille encore une soirée, me dis-je. C'est le moins que je puisse faire, n'ayant ni frère ni sœur à qui passer le flambeau de l'enfant sage quand je ne joue plus. J'affiche mon plus beau sourire.

— Où est papa ? je demande, histoire de détourner la conversation.

— Au magasin de bricolage. Une fois de plus.

— Qu'est-il allé acheter ?

L'obsession de mon père pour les magasins de bricolage et les concessionnaires automobiles est un des grands sujets de plaisanterie de ma mère.

— Comment pourrais-je le savoir ? s'exclame-t-elle en secouant la tête, de nouveau joyeuse. Avec ton père, il faut s'attendre à tout !

Je suis à moitié endormie quand mon portable sonne sur la table de nuit. J'ai chargé la batterie à bloc et monté la sonnerie au maximum au cas où Dex appellerait. Son numéro s'affiche sur l'écran. Je plaque le téléphone contre mon oreille.

— Salut, Dex.

— Bonsoir. Je t'ai réveillée ?

— Euh… plus ou moins. Mais ce n'est pas grave.

Il ne s'excuse pas, ce qui me plaît.

— Seigneur, ce que tu me manques, murmure-t-il. Quand rentres-tu ?

Il le sait pertinemment. Sa fiancée suit le même planning que moi. Mais sa question ne me dérange pas. C'est moi – et non Darcy – dont il attend le retour.

— Demain après-midi. L'atterrissage est prévu à 16 heures.

— Je passerai te voir.

— D'accord.

Silence. Je lui demande où il se trouve.

— Sur le canapé.

Je l'imagine dans mon appartement, sur mon propre canapé, et non sur leur convertible Pottery Barn, celui que Darcy prévoit de remplacer par un modèle plus chic dès qu'ils seront mariés.

— Ah bon !

Je n'ai aucune envie de raccrocher, mais tout ensommeillée, je ne trouve rien à dire.

— Comment était la fête ? me demande-t-il.

— Tu n'as pas eu de rapport circonstancié ?

— Si. Darcy a appelé. Mais c'est ton avis qui m'intéresse.

— J'étais contente de voir Annalise... À part ça, c'était atroce.

— Pourquoi donc ?

— Les fêtes pour les futures mamans, c'est toujours comme ça... Oh, Dex, j'ai tellement envie de toi ! J'aimerais que tu sois là.

Ce n'est pas le genre de phrase que j'ai l'habitude de prononcer, mais l'obscurité et la distance me donnent toutes les audaces.

— C'est vrai ? demande-t-il sur le même ton que moi quand il dit quelque chose qui me fait plaisir.

En définitive, les hommes ne sont pas si différents de nous, me dis-je, et comme chaque fois que je me fais cette remarque, j'ai l'impression d'avoir une révélation extraordinaire.

— Tu m'accueillerais dans ton lit, avec tes parents dans la chambre à côté ?

— Ils sont larges d'esprit, réponds-je en riant.

— Je donnerais cher pour être là, alors.

— Mais je n'ai qu'un petit lit. C'est plutôt étroit.

— Avec toi, ça me plairait plutôt, rétorque-t-il d'une voix rauque très excitante.

Je sais que nous pensons tous deux à la même chose. J'entends son souffle dans le combiné. Mon portable est brûlant contre mon visage, et comme chaque fois que je l'utilise, je songe au danger d'éventuelles radiations. Sauf que ce soir, ça m'est bien égal.

Le lendemain, Darcy et moi partageons un taxi pour rentrer de l'aéroport. Je descends la première. À peine suis-je sur le trottoir que j'appelle Dex. Il m'annonce qu'il est à son bureau, qu'il attendait mon appel.

— Je suis à toi quand tu veux, dis-je, contente de m'être déjà épilé les jambes à Naperville.

Il me répond qu'il viendra dès que Darcy l'aura appelé.

— Enfin, tu comprends, ajoute-t-il, l'air embarrassé.

L'espace d'un instant, je m'en veux que ma vie se résume à ces stratégies sordides dignes d'un mauvais vaudeville. Mais seulement l'espace d'un instant. Puis je me convaincs que Dex et moi ne jouons pas dans cette catégorie-là. Que, comme le dit Hillary, la vie, ce n'est ni tout blanc ni tout noir. Et que parfois, la fin justifie les moyens.

Ce soir-là, après avoir passé plusieurs heures avec Dex, je réalise que ses visites commencent à se fondre dans un délicieux flou artistique, un peu comme des vacances de rêve à la plage où l'inactivité est si agréable qu'à votre retour à la maison, quand vos amis vous demandent ce que vous avez fait, vous êtes incapable de vous rappeler comment vous avez pu occuper autant d'heures.

J'ai cessé de compter le nombre de nos ébats, même si j'ai conscience que nous avons largement dépassé la vingtaine. Je ne peux m'empêcher de me demander combien de fois il a fait l'amour avec Darcy. En cet instant, cette pensée me hante. Il est faux d'affirmer qu'elle n'a rien à voir avec nous, tout comme il est hypocrite de prétendre qu'il ne s'agit en rien d'une compétition. Elle est l'aune à laquelle je me mesure sans cesse, même pendant l'amour (s'y prend-elle comme ça ? Le fait-elle mieux ? Suivent-ils un scénario bien rodé ou préfère-t-elle improviser ? Je penche pour l'improvisation, mais le plus triste pour moi, c'est que le corps sublime qu'elle a donnerait du piment au plus terne des missionnaires) et aussi après, moment où je suis souvent mal à l'aise avec mon corps. Je rentre le ventre, m'arrange pour présenter mes seins sous leur meilleur jour et ne déambule jamais en tenue d'Ève à travers mon studio. Je me demande au bout de combien de temps je vais pouvoir abandonner la belle lingerie pour les confortables pyjamas en flanelle que j'ai l'habitude de porter quand je suis seule. Sans doute n'atteindrons-nous jamais cette étape. Nous n'en aurons peut-être pas le temps – le mariage approche à grands pas. Ne panique pas, me dis-je, profite de l'instant présent.

Pourtant, depuis peu, je m'autorise à penser à l'avenir. Je ne me sens plus mal quand j'imagine que Dex annule le mariage. J'ai cessé de faire passer ma loyauté pour Darcy avant tout le reste, à savoir mes envies, mes désirs, ma vie. Je ne sais pas où cette situation va nous mener, ni même jusqu'où je suis prête à aller, mais ma peur de transgresser les règles s'est quelque peu atténuée, de même que ce réflexe, gravé en moi depuis si longtemps, de toujours placer Darcy au-dessus de moi.

Ce soir, comme cela arrive bien souvent, Dex me parle de son travail. J'aime qu'il me raconte les détails de ses affaires, mais ce que je préfère, ce sont les portraits toujours très colorés qu'il brosse de ses collègues, par exemple Roger Bollinger, son mentor dans la boîte.

— T'ai-je déjà dit que Roger a été fiancé deux fois ? me demande-t-il à la fin d'une anecdote.

— Non, réponds-je.

Il sait pertinemment qu'il ne m'en a jamais parlé. Il sait aussi que s'il l'avait fait, je ne l'aurais pas oublié, vu notre situation. J'ai froid tout à coup, et je remonte le drap sur nous deux.

— Et par deux fois, il a rompu ses fiançailles, poursuit Dex en m'attirant dans ses bras.

Nous nous aventurons en terrain sensible, et je me réjouis qu'il ne puisse voir mon expression dans la pénombre.

— À quel moment les a-t-il rompues ? je demande.

— La première fois, je ne sais pas trop. Mais la deuxième, c'était juste avant la cérémonie.

— Tu me fais marcher.

— Pas du tout. La future mariée était en train de s'habiller quand il a frappé à sa porte. Il est entré et lui a annoncé la nouvelle devant sa mère, sa grand-mère et son arrière-grand-mère de quatre-vingt-quinze ans.

— Ça a dû lui faire un choc.

Évidemment, ça a dû lui faire un choc, me dis-je. Quelle remarque stupide. Personne ne s'attend à ce que le futur marié fasse irruption quelques minutes avant le mariage pour annuler la cérémonie.

— Il paraît, oui. Mais elle n'aurait pas dû être aussi surprise. Elle savait qu'il avait déjà fait le coup une fois.

— Y avait-il quelqu'un d'autre ? je demande timidement.

— Je ne crois pas, non.

— Alors, pourquoi a-t-il fait ça ?

— Selon lui, il ne se voyait pas avec la bague au doigt jusqu'à la fin de ses jours.

— Oh !

— À quoi penses-tu ?

Il doit bien s'en douter.

— À rien.

— Allez, dis-moi.

— Eh bien… je n'approuve pas cette façon de prendre la fuite le jour du mariage, comme Julia Roberts dans

Runaway Bride, dis-je en choisissant mes mots avec soin. Je trouve que c'est inutilement méchant. Si on veut annuler le mariage, mieux vaut le faire avant le jour de la cérémonie.

Mon message n'est pas des plus subtils, je vous l'accorde.

— Je suis de ton avis, mais ne crois-tu pas qu'il vaut mieux rompre, même tardivement, plutôt que de commettre une erreur ? Ne le dois-tu pas à l'autre personne, à toi-même et à l'institution du mariage ?

— En théorie, tu as raison. Mais je pense qu'il est préférable de réagir avant le jour du mariage. Je trouve quand même drôlement gonflé d'annoncer la nouvelle alors que ta fiancée a déjà enfilé sa robe. Le jour de la cérémonie, il est trop tard pour reculer. On ferme les yeux et on y va.

J'imagine Darcy dans ce scénario humiliant et éprouve une réelle compassion pour elle.

— Tu crois ? Même si ça doit se terminer par un divorce ?

— Demande à l'ex-fiancée de Roger si elle aurait préféré divorcer ou être humiliée dans sa robe devant sa famille et ses amis.

Dex répond d'un « mmm » qui ne me permet pas de savoir s'il est d'accord ou non. Je me demande ce que cela signifie pour nous. Pense-t-il à nous, d'ailleurs ? Sûrement. Mes muscles sont crispés, j'agite nerveusement un pied. Nous ne sommes pas encore au 4 juillet, me dis-je. Je ne veux plus penser à tout ça.

Je monte le son de ma stéréo. Creedence Clearwater Revival chante « Lookin'Out My Back Door ». La chanson idéale pour me remonter le moral et chasser les images du mariage de Darcy et Dex. Alors, je ferme les yeux et nous imagine, Dex et moi, dans un cabriolet blanc, capote baissée, lunettes de soleil sur le nez, seuls sur la route qui s'étend devant nous à perte de vue.

14

Chaque année, le 4 juillet, Manhattan connaît un exode massif, direction les Hamptons, Martha's Vineyard et même le New Jersey. Tout le monde quitte New York, même Les. L'été où nous préparions l'examen du barreau, Nate et moi étions restés chez nous pour réviser, et j'avais été frappée par l'atmosphère paisible qui régnait en ville. Bien sûr, cette année, j'ai aussi prévu de rester chez moi – je ne pourrais pas supporter de voir Dex et Darcy ensemble. J'appelle Dex pour le lui annoncer. Il répond ce que j'espérais :

— Je reste aussi.

— Vraiment ?

J'ai le cœur qui s'emballe à la seule idée de passer une nuit entière avec lui.

— Oui. Nous aurons tout le week-end.

Nous mettons donc notre plan au point : nous allons « découvrir » au dernier moment que nous croulons sous le travail. Nous râlerons un bon coup, mais insisterons pour que Darcy parte s'amuser sans nous. D'ici là, elle sera passée chez la pédicure et l'esthéticienne, aura acheté de nouvelles tenues, organisé ses soirées et fait ses réservations dans ses restaurants favoris. Il ne sera donc pas question pour elle de rester en ville, et ainsi, Dex et moi pourrons nous endormir ensemble, nous réveiller ensemble, manger ensemble. Et bien que Dex n'en ait pas parlé, j'imagine qu'à un moment ou à un autre nous aurons notre grande conversation.

Je fais part de notre plan à Hillary. Elle se déclare convaincue que ce long week-end sera le tournant de ma relation avec Dex. Le 3 juillet, en quittant le cabinet, elle s'arrête à mon bureau pour me dire au revoir.

— Bonne chance, ajoute-t-elle en croisant les doigts.

— Comment ça, bonne chance ? Tu crois qu'on va se faire prendre ?

— Mais non, je veux dire bonne chance pour votre discussion. Tu vas parler à Dex, n'est-ce pas ?

— Oui, je suppose.

— Comment ça, tu supposes ?

— Je suis sûre que nous allons parler. C'était convenu entre nous.

— Promis, hein ? insiste-t-elle, la mine sévère. C'est le moment crucial.

Je fais une grimace.

— Surtout, ne te dégonfle pas. Si tu veux vivre une vraie relation avec lui, c'est le moment de te faire entendre.

— Tu as raison.

Et l'espace d'une minute, je m'imagine comme Hillary. Forte, audacieuse et sûre de moi.

— Je t'appelle si jamais la donzelle semble avoir des doutes, OK ?

Je hoche la tête, mais à l'idée que je suis là, en train de comploter contre Darcy, j'éprouve un pincement de culpabilité.

— Quand il faut, il faut, m'encourage Hillary, qui devine mes pensées. Ne faiblis pas maintenant.

À 19 heures précises, comme convenu, Dex se présente à ma porte. Il est allé chez le coiffeur, et sa nouvelle coupe souligne encore ses pommettes saillantes. Il porte un sac à dos noir sur l'épaule, une bouteille de vin dans une main et un petit bouquet de lis blancs dans l'autre, le genre qu'on trouve dans les épiceries coréennes pour quelques dollars. Mais elles ont beau être bon marché et un peu fanées, ces fleurs comptent autant pour moi que les roses de l'autre jour.

— Tiens, dit-il en me tendant le bouquet. Désolé, elles piquent déjà un peu du nez.

— Je les adore. Merci.

Il me suit dans la cuisine, et je lui désigne mon vase préféré, rangé sur le placard le plus haut, hors de ma portée.

— Tu peux me l'attraper ?

Il s'exécute et pose le vase sur le plan de travail. Je coupe les tiges, puis arrange les fleurs dans le vase. À me voir faire, il doit me prendre pour une véritable fée du logis.

— Nous avons réussi, me murmure-t-il à l'oreille.

J'en ai la chair de poule le long des bras. Je laisse tomber les fleurs et me tourne vers lui pour l'embrasser. Sa nuque est chaude et ses cheveux encore humides de son passage chez le coiffeur. Il sent l'eau de Cologne, chose inhabituelle chez lui. Mais il est vrai qu'aujourd'hui, c'est une occasion particulière. Quand on doit se contenter d'ordinaire de petits bouts de temps volés, ces longues journées rien qu'à nous ont l'apparence de l'éternité. J'ai l'impression de débarquer du bus le dernier jour d'école avant les grandes vacances – par où commencer ? Une balade à vélo, une sortie à la piscine avec Annalise et Darcy ? Aujourd'hui, je sais exactement par quoi j'ai envie de commencer. J'embrasse le cou de Dexter en inspirant les effluves sucrés de sa peau et le parfum des lis.

— C'est le week-end de toutes les folies, me dit-il en faisant passer mon tee-shirt par-dessus ma tête, avant de le lâcher à nos pieds.

Il dégrafe mon soutien-gorge, prend mes seins dans ses mains, puis revient à mon visage. Je sens la pression de ses doigts sur ma nuque.

— Je suis si heureuse que tu sois là, lui dis-je. Si heureuse.

— Moi aussi, je suis heureux, répond-il en déboutonnant mon pantalon.

Je l'entraîne vers mon lit et le déshabille. J'admire son corps musclé sous tous les angles, je l'embrasse dans le creux des genoux, sur les coudes. Nous avons tout notre temps.

Nous faisons l'amour sans nous presser. Nous nous retenons jusqu'à ce que ce soit insupportable, puis nous nous jetons à corps perdu dans des étreintes passionnées. C'est mieux que jamais, et je sais pourquoi. Ce soir, il ne va pas rentrer la retrouver. Il n'aura pas à effacer de son corps toute trace de nos ébats. J'enfonce mes ongles dans son dos et l'attire en moi avec encore plus de fougue.

Après, nous commandons à dîner et mangeons à la lueur des chandelles. Puis nous regagnons le lit, où nous bavardons, écoutons de la musique et luttons contre chaque vague de fatigue qui nous assaille, afin de profiter au maximum du temps qui nous est accordé au lieu de le gaspiller à dormir.

Puis, vers minuit, Dex annonce qu'il vaudrait mieux qu'il téléphone à Darcy.

— Bonne idée, lui dis-je en me demandant si je dois le laisser seul ou rester au lit près de lui.

Je décide de disparaître dans la salle de bains et ouvre le robinet en grand afin de n'entendre aucune bribe de conversation. Une minute plus tard, Dex m'appelle.

J'entrebâille la porte.

— Tu as fini ?

— Oui, viens. Tu n'étais pas obligée de partir.

Je le rejoins dans le lit et prends sa main.

— Je suis désolé, me dit-il.

— Pas de problème, je comprends.

— Je ne pense pas qu'elle rappellera. Je lui ai dit que je rentrais me coucher.

— Que fait-elle ?

— Ils sont tous au *Talkhouse*, éméchés et heureux.

Nous, nous sommes sobres et encore plus heureux, tout emmêlés dans mes draps, nos deux têtes sur le même oreiller. Quand Dex se redresse pour souffler la bougie allumée sur le rebord de la fenêtre, je remarque que des petits cheveux noirs coupés se sont déposés sur ma taie d'oreiller blanche. Je ne saurais expliquer pourquoi, mais la vue de ces petits cheveux me remplit d'une telle joie que j'en ai les larmes aux yeux.

Le lendemain, à mon réveil, je me remémore le premier matin où nous nous sommes réveillés côte à côte et la panique qui m'a étreint le cœur en ce dimanche de mes trente ans. Aujourd'hui, c'est l'inverse que je ressens : un bonheur serein.

— Bonjour, Rachel.

— Bonjour, Dex.

Nous nous sourions.

— Ce n'est pas vraiment un 4 juillet ordinaire, reprend-il, sa main sur l'intérieur de ma cuisse. Pas de feu d'artifice, pas de pique-nique entre amis, pas de sortie à la plage. Ça ne te dérange pas ?

— Pas du tout.

Nous faisons l'amour, puis nous nous douchons ensemble. Au début, je suis intimidée, mais au bout de quelques minutes je me détends et le laisse me savonner le dos. Nous restons sous le jet d'eau brûlant bien plus longtemps qu'il n'en faut pour avoir le bout des doigts fripé. Ensuite, nous sortons et remontons la Troisième Avenue jusqu'à *Starbucks*. C'est une journée grise et humide, mais il pourrait bien neiger et faire moins 20 °C que cela nous serait tout aussi égal.

Nous sommes seuls dans la file pour commander. Les haut-parleurs diffusent une chanson de Marvin Gaye. Je prends un grand café au lait écrémé et Dex un maxi au lait entier.

— Vous payez ensemble ou séparément ? demande la caissière avec un grand sourire.

— Ensemble, s'empresse de répondre Dex.

Je souris. Nous sommes ensemble.

— Autre chose ?

— Euh... oui. Je vais prendre un muffin aux myrtilles. Et toi ? ajoute-t-il en m'interrogeant du regard.

D'habitude, je mange des muffins allégés, mais de peur de lui rappeler Darcy je réponds :

— La même chose.

— Deux muffins aux myrtilles, alors, dit Dex, qui paie et laisse sa monnaie dans la tasse à pourboires placée devant la caisse.

La caissière me sourit comme pour me dire : « Waouh, non seulement sexy, mais généreux ! »

Dex et moi ajoutons un petit sachet de sucre roux à nos cafés et allons nous asseoir au comptoir qui fait face à la rue. Les trottoirs sont déserts. Un taxi remonte l'avenue à vide.

— J'aime New York comme ça, dis-je en goûtant la mousse de mon café. Écoute ça... Pas un klaxon.

— Oui, c'est vraiment mort, répond Dex. Je parie qu'on pourrait avoir des réservations n'importe où ce soir. Tu veux sortir ?

— On ne peut pas, voyons.

Boire un café est une chose, dîner en ville en est une autre.

— On peut faire tout ce qu'on veut, rétorque-t-il avec un clin d'œil en sirotant son café.

— Et si quelqu'un nous voit ?

— Personne n'est là. Et quand bien même quelqu'un nous verrait ? Nous avons bien le droit de dîner, non ? Je pourrais même dire à Darcy que nous sommes allés manger un morceau ensemble. Elle sait qu'on est tous les deux coincés ici par le travail. Allez, j'ai envie de t'inviter. Je ne t'ai jamais emmenée dîner et je culpabilise de ne pas y mettre les formes. Alors, qu'en dis-tu ?

Je hausse les sourcils avec un sourire en coin.

— Pourquoi cet air moqueur ? demande-t-il.

— « Y mettre les formes », ce n'est pas vraiment l'expression qui convient dans notre situation, tu ne trouves pas ?

Dex balaie ma remarque d'un revers de main, comme s'il s'agissait d'un détail insignifiant.

— C'est comme ça, on n'y peut rien... Enfin, oui, c'est vrai que les circonstances sont loin d'être idéales.

— Quel euphémisme. Appelons un chat un chat, Dex. Nous avons une liaison.

C'est la première fois que je parle autant de notre situation. Je sais qu'Hillary ne me décernerait pas la médaille de la témérité, mais venant de moi c'est une remarque pleine de culot.

— Tu as raison, dit Dex d'un ton hésitant, mais, quand je suis avec toi, je ne pense jamais à... l'inconvenance de notre relation. Je n'ai pas l'impression de mal agir.

— Je vois ce que tu veux dire, réponds-je, tout en songeant que certains autour de nous ne partageraient pas cet avis.

J'attends qu'il en dise plus. Sur nous, sur notre avenir. Mais il n'en fait rien et propose que nous rapportions nos cafés à la maison et lisions le journal au lit.

— Excellente idée, j'approuve.

Après tout, le week-end est encore long. Nous aurons notre discussion sérieuse plus tard.

La journée n'est qu'une succession d'averses et d'éclaircies, et nous décidons de la passer à l'appartement, entre le lit et le canapé, sans jamais regarder l'heure. Nous bavardons de tout – lycée, université, école de droit, famille, amis, livres, films – sauf du mariage et de notre situation. Pas même quand Darcy appelle Dex sur son portable pour lui dire bonjour. J'étudie mes cuticules avec embarras lorsqu'il lui explique qu'il vient de quitter son bureau pour aller manger un morceau et que oui, il a pas mal avancé, qu'il a travaillé comme une brute toute la journée.

— Moi aussi, marmonne-t-il à la fin de leur brève conversation.

Au moment où il referme sèchement son portable, l'air contrarié, le mien sonne. Le numéro de Darcy s'inscrit sur l'écran.

— Elle vient de me dire qu'elle devait absolument y aller, m'annonce Dex en riant. Tu parles, c'était pour t'appeler !

Je ne décroche pas, mais écoute le message qu'elle me laisse. Elle se plaint du temps, tout en m'assurant qu'ils s'amusent bien quand même.

— Tu me manques, ajoute-t-elle. Ce n'est pas pareil sans Dex et toi.

Je ne vais pas culpabiliser, me dis-je. Certainement pas.

Ce soir-là, Dex et moi nous quittons quelques heures. Il doit rentrer chez lui se changer pour le dîner, car il n'a emporté qu'un jean, des sous-vêtements et ses affaires de toilette. À peine parti, il me manque déjà, mais cette courte séparation donne un peu à notre soirée l'allure d'un rendez-vous galant. Et puis, je suis contente de pouvoir me pomponner et me maquiller tranquillement.

Il passe me chercher à 19 h 45, et nous nous rendons en taxi au *Balthazar*, l'un de mes restaurants préférés à Manhattan, où il est d'ordinaire impossible de décrocher une réservation à moins d'appeler des semaines à l'avance ou d'être prêt à dîner à 18 heures ou après 23 h 30. Mais aujourd'hui, pas de problème : à 20 heures, on nous conduit à une table idéalement placée.

— Sais-tu que c'est au *Balthazar* que Jerry Seinfeld a demandé Jessica Sklar en mariage ? C'est peut-être même à cette table qu'il lui a posé la question fatidique.

— Je l'ignorais, répond Dex en levant le nez de la carte des vins.

— Et sais-tu qu'elle n'était mariée que depuis quatre mois quand elle a quitté son mari pour Jerry ?

Dex se met à rire.

— Oui, j'en ai entendu parler.

— Le *Balthazar* a la cote parmi les couples à scandale, on dirait.

Il secoue la tête avec un sourire agacé.

— Arrête, nous n'avons rien d'un couple à scandale.

— Regarde la vérité en face, Dexter. Nous sommes exactement comme Jerry et Jessica.

— Les sentiments ne se commandent pas, réplique Dex avec gravité.

J'imagine Jessica murmurant ces mêmes mots à Jerry sur son portable, pendant que son mari regarde la télé dans la pièce voisine sans se douter de rien.

En parcourant le menu, je me rends compte que mon opinion sur Jerry et Jessica est en train d'évoluer. J'avais l'habitude de le considérer comme un briseur de ménage sans cœur et elle comme une croqueuse d'hommes qui n'avait pas hésité à troquer son Eric Nederlander pour un modèle plus riche et plus drôle à la première occasion – occasion qui s'est présentée, d'après ce que j'ai lu, au Reebok Sports Club, la salle de sport la plus en vue de l'Upper West Side, que fréquente par ailleurs Darcy.

Aujourd'hui, je ne suis plus si sûre de moi. Peut-être Jessica croyait-elle sincèrement aimer Eric Nederlander lorsqu'elle l'a épousé. Puis elle a rencontré Jerry, juste après sa lune de miel en Italie, et a vite réalisé qu'elle n'avait jamais vraiment aimé avant, que ses sentiments pour Jerry surpassaient tout ce qu'elle pouvait éprouver pour son mari. Que devait-elle faire ? Rester mariée avec un homme qu'elle n'aimait plus juste pour sauver les apparences ? Jessica avait conscience du tollé que sa décision provoquerait, non seulement auprès de sa famille, de ses amis et de son mari, auquel elle avait juré amour et fidélité pour la vie entière (et non pour cent vingt jours en tout et pour tout), mais aussi auprès du public – du moins chez les amateurs de la presse *people*. Et pourtant, elle n'a pas reculé, elle a saisi sa chance. Il lui a fallu du courage pour reconnaître son erreur. Et sans doute en a-t-il fallu à Jerry aussi, qui a choisi d'ignorer la désapprobation générale et de suivre son cœur. Alors, peut-être qu'en définitive leur couple symbolise la victoire du véritable amour.

Après le dîner, Dex me demande si je veux boire un dernier verre. Je lui renvoie sa question, soucieuse de lui plaire.

— Je te l'ai demandé en premier, insiste-t-il en souriant.

— Eh bien, je crois que je préfère rentrer.

— Bonne idée. Moi aussi.

Tandis que nous descendons du taxi au coin de ma rue, les premières fusées d'un feu d'artifice explosent au loin sur l'East River. Des nuées d'étoiles bleues et roses illuminent le ciel de la ville qui, ce soir, semble nous appartenir. Main dans la main, nous admirons le spectacle pendant plusieurs minutes sans rien dire, puis nous rentrons dans le hall et saluons José, qui considère maintenant Dexter comme mon petit ami.

À peine la porte de l'appartement refermée, nous nous déshabillons et faisons l'amour. Ce n'est pas le fruit de mon imagination, non, c'est meilleur à chaque fois. Puis nous succombons tous les deux au sommeil, bras et jambes entremêlés.

Le matin, je me réveille aux premières lueurs de l'aube. J'écoute la respiration régulière de Dex et admire la ligne anguleuse de sa mâchoire. Soudain, il ouvre les yeux. Nos visages sont tout proches.

— Bonjour, chérie, dit-il, la voix éraillée par le sommeil.

— Bonjour, je lui murmure avec douceur.

— Que fais-tu déjà réveillée ? Il est tôt.

— Je te regarde.

— Pourquoi ?

— Parce que j'aime ton visage.

Dex semble sincèrement surpris. Il doit pourtant savoir qu'il est beau.

— Moi aussi, j'adore te regarder, répond-il en m'attirant contre son torse. Et aussi te toucher.

Je me sens rougir.

— J'adore aussi le goût de ta peau, continue-t-il en déposant une pluie de petits baisers sur mon cou et mon visage. Et ça n'a rien d'étonnant, parce que…

— Pourquoi donc ?

— Eh bien, parce que…

Son souffle s'est fait rauque. Il a l'air nerveux, presque effrayé. Je veux prendre un préservatif dans le tiroir de ma table de chevet, mais il repousse ma main.

— Parce que…

Je crois savoir ce qu'il va dire. Je l'espère de tout mon cœur. Il plonge ses yeux au fond des miens.

— Parce que, Rachel… je t'aime.

Je m'efforce de mémoriser chaque détail de cet instant. L'expression de son regard, le contact de sa peau. Même le rai de lumière qui filtre à travers les stores. C'est un moment plus que parfait, qui dépasse en intensité tout ce que j'ai jamais ressenti. C'est presque trop. Quelle importance que Dex soit fiancé à Darcy et que nous soyons contraints de nous cacher comme des criminels ? J'en oublie que j'ai les cheveux en bataille et besoin de me laver les dents. Je ne pense qu'à ce que Dex vient de me dire et sais avec une certitude absolue que c'est le moment le plus heureux de ma vie.

Il m'aime. Je l'aime. Rien d'autre ne compte.

C'est sûr, il n'épousera pas Darcy. Comment pourrait-il lui jurer amour et fidélité éternels après ça ? Je retrouve ma voix et parviens à lui murmurer que moi aussi, je l'aime. Trois petits mots que je n'ai pas prononcés depuis très, très longtemps. Des mots qui ne signifiaient rien jusqu'à aujourd'hui.

Aucun de nous ne reparle ensuite de cette déclaration, mais je la sens qui flotte autour de nous, plus palpable que l'humidité de l'air, je la perçois dans la façon dont Dex me regarde ou prononce mon prénom. Ces paroles nous ont insufflé une témérité toute neuve. Alors que nous nous promenons dans Central Park, Dex prend ma main. Quelques secondes seulement, cinq ou six pas, mais cela fait battre mon cœur plus fort. Et si quelqu'un nous voyait ? Une petite partie de moi-même le souhaite. Et si on croisait une connaissance de Darcy, une collègue coincée en ville par le travail et venue faire une petite promenade dans le parc ? Dès lundi matin, elle informerait Darcy qu'elle a surpris Dex avec une fille, main dans la main. Elle me décrirait en détail, mais je corresponds à un type de fille trop courant pour que Darcy me suspecte. Et même si elle avait des soupçons, je me contenterais de nier. Je lui affirmerais que j'étais au bureau toute la journée, que je ne possède même pas de chemisier rose – un achat récent qu'elle n'a pas encore vu. Je jouerais l'indignation et elle me présenterait ses excuses. Puis elle se concentrerait sur l'infidélité de Dex. Elle déciderait de le quitter, et je la soutiendrais en lui assurant qu'elle fait le bon choix. Ainsi, Dex et moi n'aurions pas à agir. Tout se jouerait sans nous.

Nous montons jusqu'au Réservoir et en faisons le tour, admirant le panorama sous tous les angles de vue. Le sentier habituellement très fréquenté est désert, à l'exception de quelques rares promeneurs. J'entends le gravier crisser sous nos pieds tandis que nous marchons d'un même pas. Je suis heureuse, j'ai l'impression que le monde nous appartient.

Lorsque nous quittons le parc, les nuages noirs s'amoncellent dans le ciel. Nous décidons de ne pas rentrer nous changer pour le dîner et allons directement à *l'Atlantic Grill*, un restaurant situé près de chez moi. Nous commandons du poisson avec un bon vin blanc, puis une glace à la vanille en dessert. Quand nous sortons du restaurant, il pleut à verse, et nous regagnons mon immeuble au pas de course en riant et en essayant d'éviter les flaques sur les trottoirs. Arrivés au studio, nous nous déshabillons et nous séchons mutuellement avec une serviette, toujours hilares. Dex enfile un short et moi un de ses tee-shirts. Nous mettons un CD de Billie Holiday et ouvrons une autre bouteille de vin, rouge cette fois. Puis, étendus sur le canapé, nous bavardons tranquillement durant des heures.

Et subitement, comme autrefois pendant les grandes vacances, le temps s'accélère. Je ressens le même mélange de tristesse et de panique qu'à l'époque, quand, à la fin du mois d'août, les publicités pour les cartables remplaçaient celles des enfants joyeux qui sirotaient leur Capri-Sun au bord de la piscine. Ne gâche pas cette dernière soirée en broyant du noir, me dis-je. Le meilleur est encore à venir. Il t'aime.

— J'étais sincère, tu sais, me dit soudain Dex, comme s'il lisait dans mes pensées.

C'est la première référence à notre échange sacré.

— Moi aussi, réponds-je, persuadée que le moment de la grande discussion est arrivé.

Nous allons enfin essayer de trouver une solution pour nous sortir de cette situation insensée. Bien sûr, il nous est intolérable à tous les deux de faire souffrir Darcy, mais quel autre choix avons-nous ? J'attends qu'il prenne la parole. C'est à lui de commencer.

C'est alors qu'il dit :

— Quoi qu'il advienne, j'étais sincère.

Cette phrase me fait l'effet d'une aiguille qui raye un disque. Le désespoir s'empare si violemment de moi que j'en ai presque un haut-le-cœur. Ça m'apprendra à me faire trop d'illusions. Si j'avais vu le verre à moitié vide au lieu de le voir à moitié plein, ça me ferait moins mal qu'il se renverse. Les larmes me piquent les yeux, mais je m'efforce de les refouler et de ne rien laisser paraître. Je n'ai pas le droit de pleurer – pour plusieurs raisons, notamment celle-ci : s'il me demande ce qui m'arrive, je serais incapable d'articuler une réponse cohérente.

Il m'aime, il m'aime, il m'aime, je me répète, dans un vain effort pour ne pas perdre contenance.

— Que se passe-t-il ?

Je secoue la tête sans un mot, mais il me soulève le menton avec douceur et plonge son regard dans le mien.

— Rachel ? Qu'y a-t-il ?

— Je suis triste, c'est tout, dis-je avec un tremblement révélateur dans la voix. C'est notre dernière soirée.

— Bien sûr que non.

Je respire un grand coup.

— Ah, non ?

— Non.

Voilà qui ne m'avance pas beaucoup. Que signifie ce non ? Que nous allons continuer à nous voir ainsi encore quelques semaines ? Ou bien veut-il dire que ce n'est que le commencement de notre histoire ? Pourquoi n'est-il pas plus précis ? Mais je ne peux me résoudre à poser la question. J'ai trop peur de la réponse.

— Rachel, je t'aime.

Pour toute réponse, je me penche vers lui pour l'embrasser. Je me promets de ne plus lui dire « je t'aime » tant que nous n'aurons pas eu notre grande conversation. Quelle résistance héroïque !

Nous nous embrassons sur le canapé, puis vient le ballet des boutons et fermetures Éclair, suivi de ma tentative de m'extirper avec grâce de mon jean – mission impossible. Nous repoussons les différentes parties du *Times* étalées sur le lit. Nous faisons l'amour, mais j'ai la tête ailleurs. Que va-t-il faire ? ne puis-je m'empêcher de penser. Que va-t-il arriver ?

Le lendemain, lorsque je me réveille auprès de Dex, je l'entends encore dire « quoi qu'il advienne », mais durant mon sommeil mon esprit a reprogrammé la signification de ces mots et bricolé une explication parfaitement logique : Dexter voulait juste dire que, quelle que soit la réaction de Darcy, même si nous devons être séparés quelque temps après l'épreuve de force, il aura la patience d'attendre que la poussière retombe et que tout finira pour le mieux. Oui, c'est certainement ce qu'il voulait dire. Mais bon, je préférerais qu'il me le confirme. Il ne peut tout de même pas retourner dans l'Upper West Side sans rien me dire de plus.

Nous nous levons, prenons notre douche ensemble et allons chez *Starbucks* – déjà presque une routine. Il est 11 heures. Darcy et les autres seront de retour tôt. L'heure de la séparation approche, et toujours pas de conversation. Nous finissons notre café, puis allons dans un magasin de jouets. Dex doit acheter un cadeau de naissance pour un de ses collègues. Juste une babiole, me dit-il. Je ne sais pas si ça me plaît de faire des courses avec lui comme un couple bien établi ou si je suis agacée que cette tâche secondaire occupe nos derniers moments si précieux. Plutôt cette deuxième solution. En fait, je n'ai qu'une envie : rentrer pour profiter jusqu'au bout de notre week-end et lui demander de me faire part de ses intentions.

Mais Dex s'attarde sur les livres et les jouets et me demande mon opinion – je n'en ai aucune, je refuse d'employer mon énergie à réfléchir à une chose qui n'a pas la moindre importance pour nous. Il finit par se décider pour un gros brontosaure vert en peluche avec une expression de personnage de BD. Ce n'est pas ce que j'aurais acheté pour un nouveau-né, mais il a l'air sûr de son choix. J'espère qu'il est aussi sûr de lui en ce qui nous concerne.

— Il est mignon, tu ne trouves pas ? me demande-t-il en inclinant la tête de la peluche.

— Adorable.

Tandis qu'il attend son tour à la caisse, il repère un panier rempli de dés en bois. Il en choisit deux rouges avec des points dorés et les montre au caissier dans sa paume ouverte.

— Combien coûtent ces dés ?

— Quarante-neuf *cents* pièce, répond l'homme derrière le comptoir.

— Je les prends.

Nous quittons le magasin et regagnons mon appartement à pied. Manhattan se repeuple à toute allure, la circulation est déjà revenue à la normale. Le sac contenant le dinosaure dans une main, Dex agite les dés dans l'autre tout le long du trajet. A-t-il l'estomac aussi noué que moi ?

— À quoi penses-tu ? je lui demande.

J'attends de lui qu'il apaise un peu mes craintes. J'ai besoin de réconfort, d'une petite lueur d'espoir.

Il hausse les épaules en s'humectant les lèvres.

— À rien de précis.

Vas-tu épouser Darcy, oui ou non ? Cette question lancinante gronde dans ma tête, mais je ne dis mot, de peur de commettre une erreur de stratégie en le mettant sous pression.

— Tu aimes les jeux de hasard ? me demande-t-il en examinant ses dés, sans s'arrêter de marcher.

— Non. Et toi ?

— Oui, les jeux de dés. Mon chiffre porte-bonheur, c'est le six – un quatre et un deux. Tu en as un ?

— Non… Enfin, j'aime bien les doubles six, réponds-je en m'efforçant de dissimuler mon désespoir – chagrin et séduction n'ont jamais fait bon ménage.

— Pourquoi les doubles six ?

— Je n'en sais rien.

Je n'ai pas envie de lui expliquer que c'est à cause des parties de backgammon que je faisais avec mon père quand j'étais petite. Je psalmodiais sans cesse « double six », et lorsque j'en sortais un, il m'appelait Box Car Willy. Je ne sais toujours pas qui était ce Box Car Willy, mais j'adorais que mon père m'appelle ainsi.

— Tu veux que je te sorte un double six ?

— Vas-y, lui dis-je d'un air de défi, en lui montrant le trottoir sale.

Nous nous arrêtons à l'angle de la Troisième Avenue et de la Soixante-dixième Rue. Un bus nous frôle à toute allure, et une femme manque heurter Dexter avec sa poussette. Indifférent à tout ce qui l'entoure, il agite les dés dans ses deux mains, une expression d'intense concentration sur le visage. Si je le voyais dans cet état à Atlantic City, avec en prime une chemise en polyester et une chaîne en or autour du cou, je m'imaginerais qu'il s'apprête à parier sa maison et toutes ses économies.

— Sur quoi parie-t-on ? je demande.

— Parier ? Mais nous sommes dans le même camp, chérie, me dit-il avec l'accent du Queens.

Puis il souffle fort sur les dés, comme un petit garçon sur les bougies de son gâteau d'anniversaire.

— Vas-y, fais-moi un double six.

— Et si je réussis ?

Si tu réussis, nous finirons ensemble. Pas de mariage avec Darcy, me dis-je, mais à la place je lui réponds :

— Ça nous portera chance.

— D'accord. Et un double six, un !

Il s'humecte les lèvres et secoue les dés plus vigoureusement. Puis il les lance en l'air, les rattrape habilement et abaisse le bras vers le sol comme s'il s'apprêtait à lancer une boule de bowling. Il ouvre les doigts, et les dés roulent sur le macadam du carrefour bondé.

L'un d'eux s'arrête directement sur le six. Mon cœur fait un bond. Et si jamais ? Accroupis sur le trottoir, nous regardons le deuxième dé pivoter sur son axe pendant ce qui semble durer une éternité. Enfin, il commence à ralentir et tombe juste à côté du premier. Deux rangées de trois aussi.

Box Car Willy.

Incroyable, me dis-je. Pas de mariage avec Darcy ! Quoi qu'il advienne… disait Dex. Avec ce double six, le destin semble avoir décidé pour nous.

Je contemple ces dés à quatre-vingt-dix-huit *cents* avec le respect que j'éprouverais devant la boule de cristal de la plus célèbre diseuse de bonne aventure du monde. Même Dex – qui ignore l'enjeu de son geste – est impressionné.

— Dis donc, il faut absolument qu'on aille ensemble à Atlantic City ou à Las Vegas. On ferait une équipe d'enfer.

Exactement. Une équipe d'enfer. Un couple d'enfer.

Sans un mot, je ramasse les dés et les glisse dans ma poche.

— Tu me voles mes dés ?

Nos dés.

— J'en ai besoin.

Nous rentrons à l'appartement, et Dex rassemble ses affaires. Le moment des adieux est arrivé.

— Merci pour ce week-end merveilleux, me dit-il, l'air aussi triste que moi.

— Oui, c'était formidable. Merci à toi aussi, réponds-je en affichant une assurance que je suis loin d'éprouver.

Il se mord la lèvre inférieure.

— Je ferais mieux d'y aller. Je n'en ai aucune envie, mais il le faut.

— Oui, vas-y.

— Je t'appelle dès que je peux, d'accord ?

Je hoche la tête.

— D'accord.

Et après un dernier baiser, il part.

Je m'assois sur le canapé et serre les dés entre mes doigts. Ils me sont d'un immense réconfort. Ce double six… c'est presque mieux que notre grande discussion. Peut-être même beaucoup mieux. Car si nous n'avons pas eu besoin de parler, c'est parce que l'essentiel est tacite entre nous : nous nous aimons et serons bientôt l'un avec l'autre. Les dés l'ont confirmé. Je les range avec révérence dans la boîte de pastilles à la cannelle vide de Dex, les deux six calés vers le haut. J'effleure les rangées de points dorés, telles des lettres en braille inversé. Ils me disent que nous serons bientôt réunis. Telle est notre destinée, et j'y crois de toute mon âme. Je ferme le couvercle de la boîte et la pose au pied du vase bleu, où les lis finissent de se faner.

Je jette un regard à la ronde dans mon studio impeccable où la seule trace de désordre est le lit défait. Les draps froissés sur le matelas révèlent la vague silhouette de nos corps. J'enlève mes sandales et me glisse entre les draps rafraîchis par la climatisation. C'est ma façon à moi de me rapprocher de lui. Je me relève, ferme les stores et allume la chaîne hi-fi. La voix de Billie Holiday résonne dans l'appartement. Je me recouche et me pelotonne sous les draps, les pieds au bout du matelas. Dex, nous étions si bien…

Est-il déjà chez lui ou toujours coincé dans la circulation ? Va-t-il embrasser Darcy lorsqu'ils se retrouveront ? Trouvera-t-il à ses lèvres un goût différent, inhabituel, après avoir embrassé les miennes tout le week-end ? Sentira-t-elle que quelque chose cloche sans savoir exactement quoi, incapable d'imaginer une seule seconde que sa demoiselle d'honneur et une paire de dés rouges à points dorés puissent avoir un rapport avec le regard distant de son fiancé ?

15

Le lendemain, Hillary arrive au cabinet juste avant 11 heures, vêtue d'un jean froissé et chaussée de sandales noires qui révèlent le vernis écaillé de ses orteils. Je ris en secouant la tête, tandis qu'elle se laisse tomber dans son fauteuil habituel.

— Qu'y a-t-il de si drôle ?

— Ta tenue. Ils vont te licencier.

Notre société a récemment assoupli son code vestimentaire, mais je ne suis pas sûre que les habits choisis ce matin par Hillary correspondent à la « tenue décontractée, mais représentative du sérieux de notre entreprise » que préconisait notre président dans sa note de service.

— Si seulement... réplique-t-elle avec un haussement d'épaules. Bon, raconte-moi ton week-end. Et n'omets aucun détail.

Je lui souris.

— C'était si bien que ça ?

— C'était merveilleux.

Je lui parle du *Balthazar*, de *l'Atlantic Grill*, de notre balade dans Central Park, du bonheur que j'ai éprouvé à partager tout ce temps avec lui. J'enchaîne les anecdotes sans reprendre mon souffle, dans l'espoir de noyer le poisson et lui faire oublier la question fatidique.

— Alors, il annule ?

Raté.

— Je ne sais pas trop.

— Comment ça, tu ne sais pas trop ? Il t'a dit qu'il y pensait ?

— Euh... non.

Hillary plisse le nez, puis me fixe un moment sans rien dire, l'air sévère.

— Je croyais que vous deviez avoir une grande conversation...

— Moi aussi, mais...

— Mais quoi ?

— Il m'a dit qu'il m'aimait.

Je n'avais pas prévu de lui faire part de ce détail intime, mais je m'y sens obligée.

Le visage d'Hillary s'éclaire quelque peu.

— C'est vrai ?

— Oui.

— Il était ivre ?

— Non ! Bien sûr que non ! je proteste, tout en guettant sur mon écran l'apparition d'un e-mail de Dex.

Je n'ai pas eu de nouvelles depuis son départ, hier.

— Et tu le lui as dit aussi ? insiste Hillary, qui n'est pas du genre à se contenter de si peu.

— Oui, parce que c'est la vérité.

Elle m'accorde quelques secondes de silence respectueux.

— Bon, d'accord, vous vous aimez. Et maintenant ? La petite mise au point, c'est pour quand ?

— Annuler un mariage et rompre une relation de cinq ans, je n'appellerais pas ça une petite mise au point.

— Oui, enfin, peu importe. Quand va-t-il agir ?

Je lui répète que je n'en sais rien, l'estomac noué. Je suis tentée de lui parler des dés, mais je m'abstiens. C'est entre Dex et moi. Et puis, cette histoire aurait l'air gnangnan si je la racontais, et Hillary me trouverait idiote de me fier à un double six au lieu d'aborder directement le problème.

Je m'éclaircis la gorge.

— Alors, Darcy a parlé de lui ce week-end ?

— Pas vraiment… mais je dois admettre que je n'ai pas été très attentive. J'ai une bonne excuse, ajoute-t-elle avec un sourire radieux.

— Quelle excuse ?

— J'ai rencontré quelqu'un.

— Non ! C'est vrai ? Je le connais ?

— Ça m'étonnerait, il vit à Montauk. Il s'appelle Julian. Quand je pense que je ne croyais pas au coup de foudre avant de le rencontrer !

— Commence par le commencement.

Il n'y a pas de meilleur public pour une fille amoureuse qu'une autre fille amoureuse.

Julian a trente-sept ans, est écrivain, n'a jamais été marié. Hillary l'a rencontré sur la plage. Elle se baladait. Il se baladait. Ils étaient tous les deux seuls et marchaient dans la même direction. Il ne cessait de s'arrêter pour examiner des coquillages, et lorsqu'elle a fini par le rattraper, elle l'a abordé. Puis il l'a invitée chez lui, où il lui a préparé une salade de tomates à la mozzarella fraîche avec du basilic de son jardin.

— On n'arrêtait pas de parler, poursuit Hillary. Si tu savais comme il est intelligent, craquant, sensible…

— Vous vous êtes revus ?

— Et comment ! On a passé tout le week-end ensemble. C'est difficile à expliquer… mais c'est comme si on formait déjà un couple de longue date. Il est vraiment formidable. Il vient à New York le week-end prochain. Tu pourras faire sa connaissance.

— J'ai hâte.

Je suis heureuse pour elle, mais aussi un peu envieuse. J'imagine que Julian n'est pas fiancé, lui. À cet instant, Les m'appelle au téléphone. Je ne décroche pas, je n'ai aucune envie de parler boulot. Hillary semble, elle aussi, incapable de se lever de son fauteuil et de gagner son bureau pour se mettre enfin au travail. Notre société et ses caciques peuvent attendre. Nous parlons d'amour.

Après le départ d'Hillary, Dex recommence à m'obséder. J'attends qu'il me donne signe de vie. Quand le téléphone sonne enfin, je sursaute.

Mais ce n'est que Darcy qui me demande si je suis libre pour le déjeuner.

Je lui réponds que oui. L'idée de la revoir m'est insupportable, mais j'ai besoin de savoir ce qui se passe. Peut-être Dex lui a-t-il dit quelque chose. Nous nous retrouvons au *Napoli*, une pizzeria au rez-de-chaussée du MetLife Building. Toutes les tables sont prises, et il y a une longue queue. Je suggère que nous allions manger un sandwich de l'autre côté de la rue, mais Darcy tient absolument à sa pizza. Tandis que nous attendons qu'une table se libère, je guette sur son visage des indices d'une éventuelle rupture. Mais je ne note aucun changement, sinon peut-être que ses cheveux ont pris des reflets auburn avec le soleil. Elle les porte attachés en une queue-de-cheval basse. De petites boucles d'oreilles en aigue-marine ornent ses lobes.

— J'ai quelque chose sur la figure ? s'inquiète-t-elle en s'essuyant les joues.

— Non, je regardais juste tes boucles d'oreilles. Elles sont nouvelles ?

— Non, Dex me les a offertes il y a longtemps.

— Quand ? Pour un de tes anniversaires ?

— Non… je ne me souviens plus exactement. C'était juste un cadeau comme ça.

J'en éprouve un pincement de jalousie, mais je me réconforte en me disant que c'était avant nous.

— Alors, comment s'est passé ton week-end ? me demande Darcy.

— Bien, réponds-je en sentant mon cœur qui s'emballe. J'ai pas mal bossé. Et le tien ?

— C'était génial. Dommage que tu n'aies pas été là. Les soirées étaient grandioses, et les groupes au *Talkhouse* super. Dex et toi avez choisi le mauvais week-end pour rester travailler.

Dex et toi. Dex et toi. Dex et toi.

— Il a travaillé tout le week-end ? je m'enquiers, histoire de donner le change.

Elle lève les yeux au ciel.

— Eh oui. Je m'apprête à épouser un bourreau de travail. Si ça se trouve, c'est lui qui se porte volontaire pour la moitié des dossiers qu'il doit boucler. Et je parie que monsieur adore être débordé. Ça lui donne l'impression d'être important.

Ce ton sarcastique est peut-être le prélude à son récit sur leur grande dispute, me dis-je avec espoir.

— Tu crois ?

— J'en suis sûre, affirme-t-elle, tandis qu'on nous conduit à une table en terrasse. Au fait, tu es au courant, pour Hillary et son Julian ?

— Oui, elle m'a raconté. Tu l'as vu ?

— Brièvement.

— Alors ?

— Physiquement, il est pas mal. Pas mon type – un peu trop bohème à mon goût –, mais plutôt mignon quand même. Comme quoi, il y a parfois des miracles.

— Que veux-tu dire ? je demande, bien que je sache très bien ce qu'elle sous-entend.

— Regarde Hillary : elle se fiche royalement de son apparence. La moitié du temps, elle ne se comporte même pas comme une fille.

— Moi, je la trouve jolie.

Darcy me gratifie d'un regard qui signifie « redescends sur terre ».

Je repense au jean froissé d'Hillary et à son vernis écaillé.

— Ce n'est pas parce qu'elle n'est pas très féminine qu'elle n'est pas séduisante.

— Voyons, Rachel, elle a plus de trente ans. Elle devrait commencer à se maquiller. Le look naturel baba cool, c'est fini depuis les années 1970.

— Apparemment, ça plaît à Julian.

— Oui, eh bien, on verra combien de temps ça durera entre eux, réplique-t-elle en trempant son pain grillé à l'ail dans l'huile d'olive.

Et on verra combien de temps ça durera entre Dex et toi, me dis-je en songeant aux deux dés rouges bien à l'abri dans leur boîte. Aussitôt, le remords m'envahit. Je ne veux pas la faire souffrir. J'aimerais tellement trouver une solution qui nous permette d'être ensemble, Dex et moi, sans blesser Darcy. Je m'efforce de concentrer mon attention sur Hillary et Julian.

— J'ai l'impression qu'elle l'a vraiment dans la peau, fais-je remarquer.

Darcy lève une nouvelle fois les yeux au ciel.

— Tu es au courant que son ex est avec une autre fille, n'est-ce pas ?

— Oui, bien sûr. Mais Hillary s'en moque. C'est elle qui a rompu, rappelle-toi.

— Oui, mais ensuite Corey est sorti avec une bombe de vingt-trois ans. Eh bien, figure-toi que vendredi soir, il était au *Talkhouse*, à se pavaner avec elle. Et juste après, comme par hasard, Hillary s'est entichée de ce Julian. Coïncidence ? J'en doute fort.

— Arrête donc de médire sur son compte. Elle est heureuse, c'est tout ce qui compte.

— D'accord, d'accord. Bon, sujet suivant, dit-elle en se tapotant les commissures des lèvres avec sa serviette. Quand as-tu parlé pour la dernière fois à Marcus ?

— La semaine dernière, je ne sais plus trop quand.

Elle se penche vers moi avec une mine de conspiratrice.

— Il a parlé plusieurs fois de toi pendant le week-end.

— Ah bon ? C'est bien, réponds-je sans lever les yeux du menu.

Marcus, c'est de l'histoire ancienne.

— Franchement, je ne comprends pas pourquoi tu n'es pas plus emballée par Marcus, déclare Darcy avec une grimace. Tu ne le trouves pas craquant ?

— Si, très.

Un serveur s'approche de notre table. Darcy commande une pizza aux champignons, et moi une salade César.

— Tu ne vas quand même pas manger qu'une salade ? objecte Darcy.

Elle est agacée parce que d'habitude, c'est elle qui joue le rôle de la petite mangeuse.

— Les salades César sont très copieuses et bourrées de calories, lui réponds-je, histoire de l'apaiser.

— Tu n'auras qu'à manger un peu de ma pizza, propose-t-elle. Je n'arriverai jamais au bout toute seule.

C'est à moi qu'elle parle, mais en réalité elle s'adresse au serveur. Il lui sourit, et elle prend sa mine la plus enjôleuse. Je la surprends même à cacher sa main gauche sous la table afin qu'il ne voie pas sa bague.

— Oh, pouvez-vous demander au cuisinier de faire attention à ne pas brûler le fond de ma pizza ? Cela arrive parfois, et je n'aime pas la pizza trop cuite, minaude-t-elle en faisant passer sa queue-de-cheval devant son épaule.

— Pas de problème, répond le serveur avec un clin d'œil.

— Il est trop jeune pour toi, dis-je à Darcy dès qu'il a tourné le dos, sans me soucier qu'il puisse m'entendre.

— Quoi ? s'exclame-t-elle d'un ton innocent. Oh, je t'en prie, je ne flirtais pas.

Avant qu'elle n'aiguille la conversation sur un autre sujet, je dois en avoir le cœur net. J'opte pour l'angle du mariage.

— Alors, qu'as-tu décidé pour les CD ?

— Les CD ? répète-t-elle, étonnée. Ah, oui, je n'ai pas réfléchi à la question. Ce week-end, j'avais décidé de mettre l'organisation du mariage entre parenthèses... Et puis, je crois que ces CD me donneraient trop de travail. Je me rabattrai peut-être sur les dragées ou les chocolats, finalement. Il y a une marque qui fait d'adorables boîtes en fer-blanc en forme de cœur. La même marque qui produit les pastilles de Dex, d'ailleurs. Et tu sais à quel point il les adore.

— Ah bon ? Je l'ignorais.

— Mais si, tu sais bien, les pastilles parfumées à la cannelle.

Dexter ne me téléphone qu'en fin de journée, alors que j'étudie des documents dans une salle d'archives. Je trouve son message en revenant à mon bureau.

— Bonjour, Rachel. Désolé de ne pas avoir appelé plus tôt, mais je n'ai pas eu une minute depuis ce matin, avec ce contrat qu'il faut boucler pour jeudi. J'aurais vraiment dû travailler un peu ce week-end… Non que je regrette. C'était formidable d'être avec toi. Tu me manques. À bientôt.

Ce message me laisse sur ma faim. Il se plaint de son travail, et c'est tout ? Plus grave, il ne parle ni de Darcy, ni de la prochaine fois que nous nous verrons. Il ne dit rien. Juste que je lui manque. Soudain, j'ai l'impression qu'il m'échappe. Le bonheur que je sentais à portée de main est en train de me filer entre les doigts. La panique s'empare de moi, mais je réussis à me ressaisir. Sois patiente, me dis-je. Dex finira par prendre la bonne décision, et nous serons enfin réunis.

Je ne vois pas Dex avant le jeudi soir. Il arrive tard chez moi, épuisé par son travail. Nous bavardons quelques minutes, puis il s'endort, la tête sur mes genoux, tandis que je regarde une rediffusion des *Soprano*. Une fois de plus, Tony trompe Carmella. La compassion que j'éprouve pour elle est immense. Quelle ironie, n'est-ce pas, car elle est l'épouse et non l'autre femme. Je pense à Darcy et compare nos sentiments pour Dex. Elle ne l'aime pas autant que moi. Elle n'en est pas capable. C'est ce qui fera la différence au bout du compte, j'en suis persuadée.

Je réveille Dex peu après minuit.

— Tu devrais rentrer, tu ne crois pas ?

Il approuve à contrecœur.

— Désolé, s'excuse-t-il. J'ai eu un boulot dingue cette semaine.

— Je comprends, Dex. Je sais ce que c'est.

Il m'embrasse et me serre longuement dans ses bras, puis il s'en va retrouver Darcy.

— Que fais-tu ce week-end ? je lui demande alors qu'il franchit le seuil.

J'essaie de paraître nonchalante, mais au fond de mon cœur c'est un appel au secours. J'espère qu'il m'accordera quelques heures.

— Mon père et sa femme viennent nous rendre visite. Je ne te l'avais pas dit ?

— Non, non. Tant mieux, tu dois être content. Qu'avez-vous prévu de faire ?

— Oh, les trucs habituels ! Des sorties au restaurant, peut-être un spectacle.

Avec un pincement au cœur, je les imagine tous les quatre en ville. Moi, je n'ai pas le droit de rencontrer le père de Dex. Je suis l'autre femme, l'étrangère. Celle qui est toujours exclue des événements importants. Puis je me rappelle que Dex ne m'a fait aucune de ces promesses, vraies ou fausses, que l'autre femme s'entend toujours dire dans les films. Tout ce qu'il m'a donné, c'est un « je t'aime » et deux dés rouges.

Samedi soir, Hillary me convainc de me joindre à elle et à Julian pour le dîner. Je culpabilise de m'incruster dans leur soirée en amoureux, mais j'accepte parce que je ne veux pas rester seule à ruminer mes idées noires sur Dex et son petit week-end en famille. Je n'ai aucune idée de ce que notre relation va devenir, et attendre ainsi, dans la plus complète incertitude, me rend folle, surtout après notre week-end ensemble.

Je me rends donc à Gramercy pour retrouver Hillary et Julian au *I Trulli*, un restaurant italien. On nous installe dehors, à une petite table ronde. Un jardin magnifique bordé de murs en pierre nous entoure, éclairé par des bougies et de minuscules guirlandes lumineuses disposées dans les branches des arbres. Si je ne tenais pas la chandelle, il n'y aurait pas plus romantique.

Au bout d'un quart d'heure, je sais que j'apprécie Julian. Il parle lentement, en choisissant ses mots avec soin, mais sans la moindre affectation. Et s'il n'est pas d'une beauté classique, il n'en a pas moins beaucoup de charme. Avec ses cheveux bruns bouclés mi-longs, son teint mat et ses yeux noirs, il me fait penser à un pêcheur portugais.

Julian rit d'une remarque d'Hillary et se penche vers elle. Personne ne pourrait deviner qu'ils ne se connaissent que depuis une semaine. Hillary se comporte avec un naturel et un calme inhabituels au tout début d'une relation : elle demande à Julian si elle n'a pas d'épinard coincé dans les dents, dévore ses pâtes avec appétit et insiste pour commander un dessert.

Tandis que nous dégustons chacun une part de tiramisu, Hillary et moi disons à Julian à quel point nous détestons notre travail.

— Pourquoi ne démissionnez-vous pas ? s'étonne-t-il.

— Ce n'est pas si simple, répondons-nous. Nous avons nos prêts étudiants à rembourser. Et puis, que ferions-nous d'autre ?

— Oui, que ferais-tu d'autre ? me demande Julian. Hill ouvrirait une boutique d'antiquités, poursuit-il en lui effleurant le poignet. C'est ça ?

Hillary lui sourit. Apparemment, ils ont déjà discuté de leurs rêves secrets. Je parie que si elle ouvrait un magasin, ce serait à Montauk.

— Et toi, Rachel ? insiste Julian en me sondant de ses yeux sombres.

J'ai soudain l'impression d'être à un entretien d'embauche, au moment où l'on vous pose la question : « Pourquoi avez-vous choisi de faire votre droit ? » et où vous donnez une réponse bateau sur l'amour de la justice, alors qu'en réalité vous pensez : « Parce que j'étais bonne élève et que je n'avais pas d'autre idée ; j'aurais bien fait médecine, mais je ne supporte pas la vue du sang. »

— Je n'en sais rien, réponds-je, embarrassée, car c'est la triste vérité.

— Peut-être que si tu démissionnais, tu trouverais plus facilement, me dit Julian de sa voix posée. La pauvreté et la faim, ça éclaircit les idées.

Mon portable sonne dans mon sac.

— Excusez-moi, dis-je. Je pensais l'avoir éteint avant le dîner.

Et si c'était Dex ? Il s'est peut-être isolé un moment aux toilettes pour m'appeler.

— C'est qui ? s'enquiert Hillary, et je comprends à son regard qu'elle aussi se demande si c'est Dex.

— Je ne sais pas.

— Eh bien, vérifie. Ça ne nous dérange pas, hein, Julian ?

— Pas du tout.

Je ne peux résister à la tentation. Je sors mon téléphone de mon sac et écoute le message. Ce n'est que Marcus.

— Il est tard, je sais, me dit-il, mais je me demandais ce que tu faisais ce soir.

— C'était Marcus, dis-je, incapable de cacher ma déception.

— Appelle-le donc et propose-lui de nous rejoindre, suggère Hillary, après avoir rappelé à Julian qui est Marcus. On commandera une autre bouteille de vin.

C'est gentil de sa part, mais je devine qu'elle préférerait poursuivre la soirée en tête à tête. Et puis, je ne veux plus de sa charité. Je réponds que je suis fatiguée, que c'était un dîner très agréable, mais que je vais rentrer. Julian fait signe à la serveuse pour demander l'addition.

— Tu vas prendre un taxi ? s'enquiert Hillary quand nous sortons du restaurant.

— Non, je crois que je vais rentrer à pied.

— À pied ? Mais tu habites au moins à une demi-heure d'ici.

— C'est une belle soirée.

Nous nous quittons à l'embranchement de Lexington Avenue et de la Vingt-septième Rue. Julian m'embrasse sur la joue. Il fait à peu près la même taille que moi, soit presque dix centimètres de moins qu'Hillary. Je m'étonne que Darcy n'ait pas fait de remarque perfide à ce sujet. Je serre Hillary dans mes bras et lui adresse un sourire enthousiaste pour lui montrer que j'approuve de tout cœur sa nouvelle conquête, puis je m'éloigne. Je suis sincèrement heureuse pour Hillary, mais son bonheur évident renforce encore mon sentiment d'exclusion et de solitude.

À cette heure-ci, Dex, son père et leurs compagnes respectives doivent quitter le théâtre et se rendre dans un luxueux restaurant. Je les imagine qui longent tranquillement les rues en riant. La colère s'empare de moi. Si j'avais les dés sur moi, je les jetterais dans le caniveau.

Je continue mon chemin en direction de la Troisième Avenue. Il n'est que 22 heures passées, et soudain, je n'ai plus envie de rentrer. Et si j'appelais Marcus ? Ce ne serait pas juste pour lui de lui donner ainsi de l'espoir, me dis-je. Mais je suis si malheureuse et si furieuse que je compose son numéro.

Il répond à la première sonnerie.

— Que fais-tu ce soir ? je lui demande.

— Eh ! Tu as eu mon message ?

— Oui, j'étais au restaurant. Je suis dans ton quartier. Tu veux qu'on aille boire un verre quelque part ?

— Excellente idée. Où es-tu ?

— À l'embranchement de la Troisième Avenue et de la Vingt-septième Rue.

— Devant le *Rodeo Bar* ?

Je regarde autour de moi.

— Oui, c'est juste de l'autre côté de la rue.

— Alors, vas-y et commande-moi une Pete's Summer Brew, d'accord ? J'arrive tout de suite.

Sa voix animée et joyeuse me fait sourire. Je lui réponds que je l'attends avec sa bière.

Dans le genre ambiance country, on peut difficilement faire mieux que le *Rodeo Bar* : de vieilles plaques d'immatriculation encadrent le bar, et une tête de bison empaillée trône au mur. Les coques de cacahuètes craquent sous les semelles des clients.

— Bonsoir, beauté, dit soudain Marcus derrière moi. Ce tabouret est-il pris ?

— Non, réponds-je en riant. Tiens, voilà ta bière.

— Mmm, elle est encore fraîche, dit-il après une longue gorgée. Merci.

— De rien.

— Alors, où as-tu dîné ?

— Au *I Trulli*.

— Très romantique, commente-t-il avec un hochement de tête. Tu avais un rendez-vous galant ? demande-t-il avec une jalousie feinte.

— Non, réponds-je d'un ton amusé. J'étais avec Hillary et Julian, son nouveau copain. Tu l'as rencontré le week-end dernier, je crois.

— Ah, oui, ce type qu'Hillary a ramassé sur la plage !

Je ris de nouveau.

— Quelque chose comme ça.

— C'est vrai, je te jure. Elle n'y est pas allée par quatre chemins.

— Par certains côtés, Hillary ressemble davantage à un garçon qu'à une fille, dis-je en songeant que jamais je ne pourrais aborder ainsi un homme sur la plage.

— C'est plutôt bien, je trouve. J'attends toujours que tu te montres entreprenante avec moi.

Je lui souris.

— Oh, vraiment ?

— Vraiment, répond-il en me regardant droit dans les yeux.

Il glisse son bras contre le mien.

— Je suis blanche comme un cachet d'aspirine, dis-je, comparant nos peaux.

— J'aime les teints pâles, dit-il. C'est très féminin.

— Donc, si je comprends bien, tu aimes les femmes entreprenantes dotées d'un physique très féminin ?

Il claque les doigts en l'air et pointe l'index sur moi.

— Exactement. C'est ton cas ?

J'éclate de rire et sirote ma bière. Marcus va-t-il m'embrasser ce soir ? Si oui, je crois que je ne le repousserai pas. Il se pourrait même que j'apprécie.

Nous finissons nos bières, puis je lui dis que j'en ai assez de la musique country.

— On s'en va ?

— D'accord. Tu veux aller ailleurs ? propose-t-il. Tu connais l'*Aubette* ? Ce n'est qu'à quelques rues d'ici.

— Tout près du *I Trulli*, c'est ça ?

— Exact. Je n'y suis encore allé qu'en semaine, donc je ne sais pas ce que vaut l'ambiance le samedi, mais ils servent des martinis à la pomme fameux. Ça te tente ?

— Oui, bonne idée.

Nous arrivons à l'*Aubette* en quelques minutes et trouvons grâce aux yeux du videur en smoking, qui nous laisse entrer. Dans la pénombre, j'ai du mal à me frayer un chemin à travers la foule. Je suis Marcus jusqu'au bout de la salle et m'assois près de lui sur une banquette en cuir avec de hauts accoudoirs.

— Tu prends quoi ?

— Un martini à la pomme, bien sûr, réponds-je.

Après le vin rouge du restaurant et la bière du *Rodeo Bar*, ce n'est sans doute pas une bonne idée, mais cela m'est bien égal.

— Tu ne le regretteras pas. Je reviens.

Peu après, il me rejoint, avec un martini et un whisky pour lui.

— Alors, qu'en dis-tu ? me demande-t-il après ma première gorgée.

— C'est bon, réponds-je. Tu veux goûter ?

Il boit dans mon verre, puis se passe la langue sur les lèvres, les yeux dans les miens. Le message est évident. Dans mon état d'ébriété naissante, je suis tout à coup troublée. Comment dois-je réagir ? Je pense à Dex. Après tout, il n'a pas encore annulé ses fiançailles – peut-être ne le fera-t-il jamais. Dans l'intervalle, quel mal y a-t-il à ce que j'embrasse Marcus ? Je dois protéger mon cœur. Et mon petit doigt me dit que Marcus ne serait pas contre… Je me penche vers lui et dépose un baiser sur ses lèvres.

Il me sourit.

— Je ne l'avais pas vu venir, murmure-t-il.

Je recommence.

— Celui-là non plus.

Va-t-il en parler à Dex ? Au fond de moi, j'espère que oui. Je l'embrasse une troisième fois, poussant la hardiesse jusqu'à entrouvrir les lèvres et goûter sa langue. Puis nous recommençons à bavarder. J'ai la tête qui tourne et me sens vaguement attirée par lui. Il a de beaux bras, me dis-je distraitement, avec juste ce qu'il faut de poils. Nous échangeons encore plusieurs baisers. Chaque fois que nos lèvres se touchent, Dexter me manque un peu plus.

Nous finissons par quitter l'*Aubette* et nous retrouvons sur le trottoir, mal à l'aise. Un taxi passe à vide dans la Vingt-septième Rue en direction de Lexington. Marcus ne m'empêche pas de le héler et ne me propose pas non plus d'aller chez lui. J'en suis soulagée, parce que j'aurais été capable d'accepter.

16

Ce flirt avec Marcus est ma façon d'octroyer à Dex un délai de réflexion supplémentaire. C'est sans doute un raisonnement tordu, mais à mes yeux cette petite trahison nous place sur un pied d'égalité, du moins à court terme. Il est fiancé ; j'ai embrassé son copain.

Quand je lui apprends la nouvelle, Hillary saute au plafond.

— De mieux en mieux ! s'indigne-t-elle. Tu dois mettre un terme à ce petit jeu avec Dex, Rachel. Ça n'a que trop duré !

— J'ai encore besoin d'un peu de temps, je lui réponds. Nous ne sommes encore qu'en juillet.

Elle me regarde d'un œil sceptique.

— Tout vient à point à qui sait attendre, non ? j'ajoute.

— C'est ça, fait-elle, pas convaincue le moins du monde. Et ne remets pas à demain ce que tu peux faire le jour même, tu connais ?

— J'interviendrai bientôt. Promis.

— C'est pour ton bien que je te dis ça, tu sais. Tu ne peux pas continuer comme ça. Il va bien falloir que tu te décides à lui parler sérieusement. Tu dois aller de l'avant, d'une façon ou d'une autre. Cette attente t'est néfaste, Rachel. Je me fais vraiment du souci pour toi.

— Je sais. Et je te jure que je vais lui parler. Mais je te rappelle quand même que je ne l'ai revu qu'une fois depuis notre week-end ensemble et que le soir en question, il s'est endormi sur mon canapé.

— Justement, fait Hillary d'un air entendu.

— Justement quoi ?

— N'est-ce pas révélateur ?

Je sais ce qu'elle sous-entend. Que si Dex m'aimait vraiment, il me consacrerait davantage de temps. Que j'ai perdu du terrain depuis le 4 juillet.

— Non, ce n'est pas révélateur, je proteste. Nous travaillons comme des forcenés tous les deux. Les ne me lâche pas, tu le sais bien. Nous n'avons quasiment pas une minute pour nous voir.

— Bon, d'accord, accorde-lui encore une semaine. Mais après, finies les tergiversations !

Je négocie et parviens à obtenir deux semaines, en lui faisant remarquer que seule une personne très superficielle serait capable de rompre des fiançailles sur un claquement de doigts.

— La situation est beaucoup plus complexe que tu ne l'imagines, tu sais, lui dis-je. Mais Dex est quelqu'un d'intègre, Hillary. Il ne me mènerait pas en bateau. Il m'a dit qu'il m'aimait, et je le crois.

À vrai dire, je cherche autant à me convaincre qu'à l'en convaincre.

— D'accord, répond-elle. Deux semaines, mais pas un jour de plus.

Je hoche la tête en souriant et me promets qu'à la fin de ces deux semaines, j'en aurai le cœur net.

En attendant, je dois affronter une nouvelle épreuve de taille : l'enterrement de la vie de jeune fille de Darcy. C'est prévu depuis une éternité pour le troisième samedi de juillet, mais pour des raisons compréhensibles, je n'ai pas encore organisé la soirée. Claire m'appelle justement cet après-midi-là pour régler les détails.

— À ton avis, on devrait aller dans les Hamptons ou rester en ville ?

— Je n'en sais rien. Qu'en penses-tu ?

J'ai l'esprit ailleurs. Je viens de remarquer que ma secrétaire a écrit « recommandé » avec deux C sur un fax que je n'ai pas relu. Si Les tombe là-dessus, il va piquer une crise.

— Cela dépend de Darcy, me répond-elle.

Évidemment. Comme toujours.

— Oui, bien sûr.

— Alors ? Qu'est-ce qu'elle préfère ? insiste Claire avec agacement, comme pour dire « tu devrais le savoir, c'est toi la demoiselle d'honneur quand même ».

J'admets que je n'en sais rien.

— Je l'appelle, on va bien voir, décrète Claire d'un ton de maîtresse d'école qui m'horripile.

Elle me met en attente, puis revient en ligne avec Darcy, qu'elle a réussi à joindre.

Nous lui présentons les options : Manhattan ou les Hamptons. Claire souligne le pour et le contre de chaque solution, tout en lui assurant que, quel que soit son choix, ce sera l'enterrement de la vie de jeune fille le plus réussi de tous les temps.

Darcy répond que cela lui est égal. L'un ou l'autre, ce sera parfait. Elle n'a pas l'air dans son assiette. Peut-être y a-t-il de l'eau dans le gaz entre elle et Dex. Peut-être lui a-t-il parlé. Un sursaut d'espoir m'envahit, aussitôt étouffé par une vague de culpabilité. Comment puis-je me réjouir ainsi du malheur de mon amie ?

— Ça t'est égal ? s'étonne Claire. Voilà qui est nouveau.

— Vous n'avez qu'à décider. Moi, les deux me vont.

— Et Dex, qu'a-t-il prévu de faire ce jour-là ? s'enquiert Claire.

— Je ne sais pas trop, répond Darcy. Il me semble qu'il a parlé d'une partie de golf dans les Hamptons.

— Dans ce cas, nous ferions mieux de rester en ville. Tu ne tiens pas à l'avoir dans les jambes pour ton grand soir, n'est-ce pas ? demande Claire.

— Bien sûr que non, répond Darcy.

C'est vraiment bizarre. Cette soirée en son honneur ne semble pas l'intéresser le moins du monde. Quelque chose cloche, cette fois, j'en ai la certitude. Par réflexe, je m'applique à la réconforter.

— Claire et moi nous occupons de tout. Il te suffira de venir au lieu de rendez-vous que nous t'indiquerons. Ça te va ?

— C'est parfait, répond-elle d'un ton morne.

— Tout va bien ? s'inquiète Claire.

— Oui, je suis juste un peu fatiguée.

— Fais-nous confiance, Darcy, lui dis-je. Ce sera une soirée formidable.

Claire me rappelle dès que nous avons raccroché.

— Qu'est-ce qu'elle a ? Elle a l'air toute retournée.

— C'est vrai, mais je ne vois pas pourquoi.

— Tu crois qu'elle est fâchée parce qu'on n'a pas encore organisé sa fête ? C'est plutôt négligent de notre part, non ? s'inquiète Claire.

La colère de Darcy peut être redoutable, et il n'est jamais agréable de savoir qu'elle risque de se diriger contre vous.

— Non, c'est impossible, réponds-je. Elle sait que nous avons prévenu tout le monde il y a des semaines... Toutes ses amies seront là, ce n'est plus qu'une question de détails. Je vais lui parler.

Je prends congé de Claire et rappelle Darcy. Elle répond d'une voix terne.

— Tu es sûre que ça va ? je lui demande, tiraillée entre des sentiments contradictoires.

— Ça va. Enfin, je n'ai pas trop le moral aujourd'hui.

— Pourquoi ? Tu n'as pas passé un bon week-end ? dis-je timidement.

— Si, si.

— Ça s'est bien passé avec le père de Dexter ?

— Ouais. Il est sympa.

— Et sa belle-mère, tu t'entends bien avec elle ?

— Comme ci, comme ça. Elle peut être pénible par moments.

Vous faites la paire, alors, me dis-je.

— Pourquoi dis-tu ça ? Qu'a-t-elle fait ?

— Eh bien, par exemple, au théâtre, elle n'a pas arrêté de se plaindre qu'elle avait froid. M. Thaler lui a prêté sa veste, mais elle a continué à geindre comme une gamine. Dex et moi étions du même avis : voilà ce qui arrive quand on porte une robe à moitié transparente pour aller au théâtre.

« Dex et moi étions du même avis... » Mon estomac se noue. J'espère que je ne serai pas condamnée à entendre ces mots jusqu'à la fin de mes jours.

— Mais globalement, le week-end s'est bien passé ? je m'enquiers, en pressant d'une main moite le combiné contre mon oreille.

— Oui.

— Alors, pourquoi es-tu déprimée ?

— Je n'en sais rien. Peut-être que c'est juste le syndrome prémenstruel. Rien de grave.

En temps ordinaire, j'aurais essayé de lui remonter le moral, mais là je me contente de lui dire :

— Bon, je ferais mieux de raccrocher. J'ai une fête à organiser.

— Et pas n'importe quelle fête, dit-elle en pouffant de rire. Je compte sur toi pour qu'elle soit géniale.

— Pas de problème, réponds-je.

Je sais déjà que je déléguerai le plus gros du travail à Claire. Elle se réjouira de se voir confier cette responsabilité. Je sais qu'elle s'imagine compter davantage que moi aux yeux de Darcy. Elle est persuadée que Darcy ne m'a prise comme demoiselle d'honneur qu'en vertu de la longévité de notre amitié, et elle a sans doute raison. Le seul point commun que je partage désormais avec Darcy, c'est le passé. Le passé et Dex.

La fin de la semaine défile à toute allure. Je ne vois pas Dex, en voyage d'affaires à Dallas. J'essaie de convaincre Hillary de prolonger le délai de trois jours, étant donné qu'il ne peut rien entreprendre tant qu'il est là-bas (même si nous réussissons à passer plus de quatre heures au téléphone en tout), mais elle refuse.

— Espérons qu'il mettra cette séparation à profit pour faire le point sur ses sentiments et échafauder un plan d'action, me répond-elle.

Le vendredi matin, seulement quelques heures après son retour à New York, Dex m'appelle pour m'inviter à déjeuner avant son départ pour les Hamptons. Nous décidons de nous retrouver au *Pick-a-Bagel* près de mon appartement, afin d'éviter l'affluence dans le Midtown à l'heure du déjeuner. En montant dans le métro, je suis nerveuse. Je n'ai pas revu Dex depuis plus d'une semaine – pas depuis que j'ai embrassé Marcus. Je sais que ce flirt avec Marcus n'avait rien de significatif (j'en veux pour preuve que nous nous sommes à peine parlé depuis), pourtant, je ressens une impression étrange en retrouvant Dex. Pas vraiment de la culpabilité – juste un soupçon de réticence.

— Tu m'as tellement manqué, me dit-il en secouant la tête. J'espérais que tu me ferais une surprise et que tu viendrais me rejoindre à Dallas.

Je ris, parce que cette idée m'a effectivement effleuré l'esprit.

— Toi aussi, tu m'as manqué, réponds-je, plus détendue.

Nous nous sourions comme deux idiots à l'angle de la rue avant d'entrer dans la sandwicherie. L'endroit est bondé, ce qui nous donne une excuse pour nous toucher – ses doigts effleurent les miens, nos jambes se frôlent, et il pose une main sur mon dos pour me guider vers la queue. Je suis tellement émue d'être avec lui que j'en oublie de choisir. Nous laissons passer trois personnes avant de nous décider tous les deux pour un sandwich œuf-laitue et deux thés glacés au citron à emporter. Après avoir payé, nous prenons la direction de mon immeuble d'un pas vif. Je m'ordonne intérieurement de ne pas me laisser submerger par l'émotion une fois que nous serons seuls. Je dois à tout prix lui parler de Darcy avant l'enterrement de sa vie de jeune fille. C'est l'entrée en matière idéale. À moins, bien sûr, qu'il n'aborde le sujet le premier.

Alors que nous approchons de mon immeuble, j'aperçois soudain Claire qui marche dans notre direction, à peine dix mètres devant nous. J'entends Dex jurer entre ses dents et, au même instant, vois la perplexité se peindre sur le visage de Claire. Pas le temps de nous consulter pour inventer une histoire. Encore quelques pas, et nous nous retrouvons nez à nez avec Claire, pris au piège.

— Salut, Claire, lance Dex avec un naturel parfait.

— Que faites-vous donc là tous les deux ? s'étonne-t-elle avec un sourire stupéfait, en passant son sac Prada couleur moutarde d'une épaule à l'autre.

— Et toi ? je lui demande avec un rire nerveux.

C'est, je le reconnais, une tentative assez pitoyable pour gagner quelques maigres secondes. Je suis au bord de l'implosion – un vrai désastre. Je ne devrais pas être avocate, du moins pas une avocate qui pourrait se retrouver un jour à plaider dans un tribunal. Mieux vaut que je me cantonne à mes boîtes d'archives et à la préparation des dossiers dans les salles de réunion trop climatisées.

— J'ai quitté le bureau tôt pour régler les derniers préparatifs de la fête. Je viens juste d'acheter du papier cadeau et une carte pour Darcy, explique Claire en lorgnant nos sacs en papier kraft.

Je porte les gobelets de thé, Dex les sandwichs.

— Vous alliez déjeuner ensemble ?

— Non, répond Dex sans se démonter. Enfin, si, nous venons d'acheter à manger, mais je regagnais ma voiture. Je pars pour les Hamptons.

— Ah bon ! fait Claire, visiblement pas très convaincue.

Par chance, elle garde les yeux sur Dex. Question sang-froid, j'ai davantage confiance en lui qu'en moi.

— J'avais juste un truc à donner à Rachel pour Darcy, ajoute-t-il.

Elle penche la tête sur le côté.

— Quoi donc ?

Je ne pense pas qu'elle ait des soupçons ; elle ne peut tout simplement pas concevoir que ce que nous faisons ne la concerne pas. Elle estime faire partie des intimes de Darcy et, à ce titre, se juge en droit d'être tenue au courant de tout ce qui la concerne.

— Un petit mot que je veux qu'elle lise avant sa soirée débridée, explique Dex.

— Ah, d'accord ! fait Claire avec un grand sourire (à l'évidence, elle ne se demande pas pourquoi Dex m'a prise comme messagère, alors qu'il aurait tout bonnement pu laisser le mot dans leur appartement). En tout cas, tu peux compter sur nous pour faire passer à ta fiancée une nuit de folie.

— Je vous fais confiance, dit Dex.

— Et toi, Rachel, tu as pris ton après-midi ?

Je bredouille non, oui, je ne sais pas, peut-être.

— Allez, laisse tomber le travail et viens donc avec moi faire les dernières courses pour la fête. Je vais à Lingerie on Lex acheter quelques trucs pour Darcy (sans grande originalité, nous avons placé la soirée sous le signe des dessous sexy). Tu veux bien m'accompagner ?

— Bien sûr. Il faut juste que je monte me changer et passer un coup de fil. Je te rejoins dans un quart d'heure, d'accord ?

— Formidable !

J'attends qu'elle s'éloigne la première, espérant avoir un instant seule avec Dex, mais elle reste solidement plantée sur le trottoir. Au bout de quelques secondes, Dex renonce et nous dit au revoir. Je veille à ne pas le regarder s'éloigner.

— Bon, à tout de suite, dis-je à Claire.

Je rentre chez moi paniquée, en m'efforçant de me convaincre que tout va bien, que Claire ne peut soupçonner une trahison aussi monumentale. À peine ai-je refermé ma porte que le téléphone sonne. Je décroche, les mains tremblantes.

C'est Dex.

— On a eu chaud, hein ?

— Quelle horreur, réponds-je. J'ai failli m'évanouir. Où es-tu ?

— Au coin de la rue, dans ma voiture. Tu penses qu'elle nous a crus ?

Peu à peu, mon pouls survolté revient à la normale.

— Je l'espère. En tout cas, tu t'en es bien tiré. Comment as-tu fait pour inventer une excuse aussi vite ?

— Je ne sais pas. Elle a mordu à l'hameçon, non ?

— On dirait... Mais que fait-on à propos du message ?

— Je suis en train d'en écrire un... Quelle barbe, je ne sais pas quoi mettre. C'est ridicule. Je monte, d'accord ?

— Ce n'est pas une bonne idée. Je dois retrouver Claire d'ici une dizaine de minutes.

Il soupire.

— Moi qui voulais passer un peu de temps avec toi. Tu ne peux pas te débiner ?

— Non. Ça aurait l'air suspect.

— Je ne peux pas monter quand même ? Juste quelques minutes.

Je me sens fléchir.

— Bon, d'accord, mais pas plus. Après, il faudra vraiment que j'aille la retrouver.

Dex sonne à ma porte quelques minutes plus tard. Il me tend mon sandwich et le billet qu'il a griffonné à la hâte. Je pose les deux sur la table basse, près de mon thé glacé, puis nous nous asseyons sur le canapé.

— Comment des choses pareilles peuvent-elles se produire à New York ? dis-je.

— Je sais, c'est incroyable.

Il me prend les mains et m'embrasse, mais je suis trop ébranlée pour répondre à son baiser. J'ai l'impression que Claire va nous surprendre à tout instant.

— Je dois vraiment y aller, dis-je, furieuse qu'elle ait gâché notre chance d'avoir enfin notre grande conversation, mais aussi un peu soulagée.

Dex continue à m'embrasser. Il ôte la veste de mon tailleur et me masse les épaules.

— Dex !

— Quoi ?

— Il faut que j'y aille.

— Tout à l'heure.

— Non, maintenant.

Mais alors que ses doigts caressent ma nuque et mes omoplates, Claire s'évanouit soudain de mon esprit. Quelques instants plus tard, nous faisons l'amour.

À peine avons-nous fini que mon portable sonne. Je sursaute.

— Zut, c'est sûrement Claire. Cette fois, je dois y aller, dis-je en m'asseyant.

— Mais je voulais te parler de ce week-end.

— À quel propos ? je m'enquiers en reboutonnant mon chemisier sans le regarder.

— Eh bien, à propos de cet enterrement de vie de jeune fille et de tout le reste. Je suis vraiment désolé que tu doives…

Je l'interromps.

— Je sais, Dex.

— Il va falloir agir bientôt, j'en ai bien conscience. Mais je n'ai pas eu un moment à moi, ces derniers temps. Pourtant, je veux que tu saches que j'y pense sans arrêt. Sans arrêt, je te le jure…

L'air sincère et torturé, il attend que je lui réponde. C'est l'occasion que j'espérais. Les phrases se forment dans ma tête, mais je suis incapable de prononcer un mot, consciente que le moment ne se prête guère à approfondir la question. Nous n'avons pas le temps pour une conversation aussi sérieuse. Non, je ne suis pas lâche, me dis-je, juste patiente. Je tiens à attendre le moment propice pour sceller ma trahison.

— Je sais, Dex, réponds-je. Nous en parlerons la semaine prochaine, d'accord ?

Il hoche la tête, l'air sombre, et me serre fort contre lui.

Après son départ, je téléphone à Claire et lui dis que j'ai été retardée par un appel professionnel, mais que j'arrive tout de suite. Je finis de me rhabiller, bois mon thé et range mon sandwich au réfrigérateur. Alors que je me dirige vers la porte, mon regard tombe sur le mot de Dex. Je ne peux résister à la tentation. Je reviens sur mes pas et le lis :

Darcy, je voulais juste te dire un petit bonjour avant ta grande nuit. J'espère que tu passeras une bonne soirée avec tes amies. Je t'aime,

Dexter

Il aurait pu éviter le « je t'aime », me dis-je. Je me console en pensant que nous parlerons la semaine prochaine – c'est-à-dire toujours dans le délai accordé par Hillary. Puis, avec le sentiment que la situation m'échappe complètement, je file retrouver Claire.

L'enterrement de la vie de jeune fille de Darcy est une torture du début à la fin, non seulement parce que cela m'oblige à penser à chaque seconde au mariage, mais aussi parce que je n'ai aucun atome crochu avec ses copines de la com', toutes matérialistes, superficielles et égocentriques. Claire est la plus sympa d'entre elles, c'est tout dire. Je me force à sourire. Tiens bon, me dis-je, ce n'est que pour une soirée.

Nous nous retrouvons d'abord chez Claire afin d'offrir sa lingerie à Darcy, un arsenal de dentelle noire et de soie rouge ouvertement provocant. Darcy fait semblant d'aimer mon cadeau – une longue chemise de nuit en soie ivoire que n'aurait pas reniée Caroline Ingalls dans *La Petite Maison dans la prairie* –, mais je surprends un regard entendu entre Claire et Jocelyn, un clone d'Uma Thurman. L'espace d'un instant d'angoisse paranoïaque, je suis convaincue que Claire a flairé quelque chose de louche hier et a fait part de ses soupçons à Jocelyn. Mais je me rassure aussitôt. Sans doute Claire pense-t-elle seulement: « Cette pauvre Rachel, toujours aussi godiche. Comment peut-elle être demoiselle d'honneur alors qu'elle n'est même pas capable d'offrir de la lingerie digne de ce nom à sa meilleure amie ? »

Après la distribution des cadeaux, nous nous rendons en taxi au *Churrascaria Plataforma*, une rôtisserie brésilienne près de Broadway. Un choix complètement absurde de la part de filles minces comme des haricots verts dont la moitié, végétariennes, se nourrissent de céleri et de cigarettes. Notre groupe parade fièrement à travers le restaurant, s'attirant les regards d'une clientèle à prédominance masculine. Après une tournée de cocktails hors de prix (réglés avec ma carte de crédit), nous prenons place à une longue table au centre de la salle, où les amies de Darcy continuent à se faire remarquer tout en feignant d'être indifférentes à l'attention qu'elles suscitent.

Les clientes d'une table voisine, tailleurs classiques et mines sérieuses, nous observent avec un mélange d'envie et de condescendance. Je parie qu'avant la fin du dîner, elles se plaindront auprès du serveur que nous faisons trop de bruit. Celui-ci nous suggérera gentiment de baisser d'un ton, ce qui provoquera un tollé général chez les pros de la com'. Décidément, je suis à la mauvaise table, me dis-je, assise à droite de Darcy sur son ordre. Coiffée d'un petit voile fabriqué avec les rubans et nœuds de ses cadeaux, elle est visiblement ravie qu'on la remarque et consciente d'être la plus sexy d'une tablée de filles superbes – sauf moi, bien entendu. Je fais semblant de m'intéresser aux conversations futiles de ses copines en sirotant ma sangria, un sourire plaqué sur les lèvres.

Dernière étape après le dîner : une discothèque sélecte dans le Midtown, avec cordons de velours et videurs arrogants à l'entrée. Bien sûr, nous sommes inscrites sur une liste VIP – merci, Claire – et sommes à ce titre autorisées à griller la politesse à la file de « gens insignifiants » (*dixit* Darcy) qui patientent devant l'établissement. La soirée suit le scénario classique des enterrements de vie de jeune fille, avec son lot de danses de gamines surexcitées et de gages ineptes. À cette exception que nous ne sommes plus des gamines et que l'événement frôle à mes yeux la mauvaise farce vulgaire.

Darcy, elle, rayonne au milieu de la piste de danse, les cheveux légèrement bouclés par la transpiration, les joues rosies, exhibant son ventre plat et joliment bronzé entre son haut à fines bretelles et son pantalon taille basse. Tout le monde veut parler à la future mariée, et plus d'un homme lui suggère de renoncer au mariage – ou du moins de se payer une dernière aventure avant le grand saut. Quant à moi, je danse en marge du groupe et ronge mon frein.

Lorsque la soirée se termine enfin, je suis épuisée, désespérément sobre, et mon compte en banque s'est allégé de cinq cents dollars. À la sortie de la discothèque, Darcy se tourne vers moi et me murmure qu'elle veut dormir chez moi, en souvenir du bon vieux temps. Cette idée semble tant l'enthousiasmer que je ne peux refuser. Je lui souris. Elle m'explique à l'oreille qu'elle ne tient pas à se coltiner Claire, que ce ne serait pas pareil avec elle. Ce conciliabule me rappelle le lycée, quand Darcy régnait sur une véritable cour, dont elle excluait qui bon lui semblait selon son humeur.

Tout en remerciant Claire, elle hèle un taxi et me dit tout haut, en me donnant un coup de coude dans les côtes :

— Et si on partageait un taxi pour rentrer ?

— Bonne idée, réponds-je, et nous voilà parties pour mon appartement.

C'est José qui est de service. Il se réjouit de voir Darcy, qui flirte toujours avec lui.

— Où étiez-vous donc passée, jeune fille ? lui lance-t-il. Vous ne me rendez plus jamais visite.

— J'ai été très prise par l'organisation de mon mariage, répond-elle avec un sourire aguicheur.

En guise de preuve, elle lui montre son voile tout froissé, qu'elle a tenu à conserver en souvenir.

— Oh, non, ne me dites pas que vous vous mariez ! se lamente José.

Je serre les dents et appuie sur le bouton d'appel de l'ascenseur.

— Eh si, répond-elle en penchant la tête sur le côté. Pourquoi ? Vous trouvez que je ne devrais pas ?

José se met à rire, exhibant toutes ses dents.

— Ne faites surtout pas une chose pareille ! Je suis sûr que votre fiancé ne vous mérite pas.

Même mon portier a le béguin pour Darcy. Elle le prend par la main, tourne sur elle-même et finit hanche contre hanche avec lui.

— Viens, Darcy, lui dis-je, déjà dans l'ascenseur, le pouce crispé sur le bouton. Je suis fatiguée.

Elle me rejoint après une dernière pirouette. Durant la montée, elle fait signe à la caméra de surveillance et envoie des baisers, au cas où José regarderait.

À peine entrée dans l'appartement, je m'empresse de baisser le volume de mon répondeur et coupe mon portable – il ne manquerait plus que Dex appelle et que Darcy l'entende. Puis je sors deux tee-shirts et deux shorts.

— Je peux avoir ton tee-shirt à l'emblème du lycée à la place ? demande Darcy en regardant les vêtements que je lui tends. Ça me rappellera le bon vieux temps.

— Il est sale. Tu devras te contenter de mon Indy 500 de 1989.

— Ça fera l'affaire, me répond-elle.

Je me brosse les dents et me lave le visage tandis qu'elle commente la fête, assise sur le bord de la baignoire. Puis nous échangeons nos places.

— Je peux t'emprunter ta brosse à dents ? me demande Darcy après s'être lavé le visage.

Je réponds oui, alors que je déteste partager ma brosse à dents. Même avec Dex. Bon, d'accord, peut-être pas avec Dex.

— Je ne suis pas ivre, fait-elle remarquer, la bouche pleine de dentifrice. Même pas vraiment éméchée.

Étonnant, me dis-je, vu la quantité d'alcool que nous avons consommée.

— C'est sans doute à cause de toute cette viande que nous avons mangée, lui réponds-je.

Elle crache dans le lavabo.

— Beurk, ne m'en parle pas. J'ai sûrement pris deux kilos ce soir.

— Mais non. Pense à toutes ces calories que tu as brûlées en dansant.

— Bien vu !

Elle se rince la bouche, projetant des éclaboussures partout, avant de quitter la salle de bains.

— Tu es prête à aller te coucher ? je demande en essuyant les dégâts avec une serviette.

— Se coucher ? Pas question, objecte-t-elle en se tournant vers moi. On va papoter.

— Pourrait-on au moins papoter au lit ?

— À condition qu'on laisse la lumière allumée. Sinon, tu t'endormiras.

— D'accord, je soupire.

Nous nous couchons. Darcy choisit le côté proche de la fenêtre, celui de Dex. Dieu merci, j'ai changé les draps ce matin.

Nous nous faisons face. Nos genoux repliés se touchent.

— Alors, par quel sujet commence-t-on ? demande-t-elle.

— Choisis.

Je me prépare à l'entendre parler une fois de plus du mariage, mais elle entame un long monologue sur les filles qui ont participé à la soirée. Elle commente leurs tenues, la nouvelle coupe courte de Tracy, les problèmes de boulimie de Jocelyn, la manie qu'a Claire de toujours se vanter de connaître des gens en vue.

Elle me parle aussi de l'absence d'Hillary. Bien entendu, elle est folle furieuse.

— Je comprends qu'elle soit amoureuse, mais elle aurait quand même pu se décoller de son Julian pour une soirée.

Évidemment, je ne peux pas lui dire que le boycott d'Hillary n'a rien à voir avec son nouveau petit ami.

Puis nous passons à Ethan. Darcy me demande si je crois qu'il est homo. C'est une interrogation récurrente chez elle, qui se base sur de bien maigres indices : il jouait à la crapette avec les filles en primaire, il a pris économie domestique en option au lycée au lieu de dessin industriel, il a beaucoup d'amies femmes, il s'habille bien et n'a pas eu de copine sérieuse depuis Brandi. Je lui dis qu'à mon avis elle fait fausse route, qu'Ethan n'est sûrement pas homo.

— Qu'en sais-tu ?

— C'est mon opinion, voilà tout.

— Il n'y a rien de mal à être homo, tu sais.

— Je sais, Darcy. Mais à mon avis, il ne l'est pas.

— Bisexuel, alors ?

— Non.

— Tu ne crois pas qu'il ait déjà pu coucher avec un autre type ?

— Non !

— Moi aussi, j'ai du mal à imaginer Ethan en train de tripoter le pénis d'un autre homme.

— Arrête !

— Bon, d'accord. Passons à autre chose. Où en es-tu avec Marcus ?

— J'ai l'impression que les choses progressent entre nous, j'affirme avec détermination, histoire de couvrir mes arrières au cas où elle aurait le moindre soupçon.

— Vraiment ?

— Oui. Nous nous sommes embrassés samedi soir.

— Tu l'as vu samedi soir ? Je croyais que tu étais allée dîner avec Hillary et Julian.

— Oui, mais j'ai retrouvé Marcus après. Nous avons bu quelques verres. Rien de sérieux, en fait.

— Tu as passé la nuit chez lui ?

— Non, je suis rentrée.

— Où vous êtes-vous embrassés, alors ?

— À l'*Aubette*.

— Et c'est tout ? Vous vous êtes juste embrassés ?

— Qu'est-ce que tu t'imagines ? Qu'on a fait l'amour sur une banquette devant tout le monde ?

— Non, bien sûr… Voilà qui est intéressant, en tout cas. Je croyais que votre relation était au point mort. Alors, tu t'imagines l'épouser ?

Je me mets à rire. C'est typique de Darcy : à partir d'une petite information de rien du tout, elle vous fait un roman.

— Pourquoi ris-tu ? Tu ne crois pas qu'il puisse faire un mari convenable ?

— Je ne sais pas. Si, peut-être… On pourrait éteindre la lumière ? J'ai les yeux qui piquent.

Darcy accepte, mais me gratifie d'un regard de mise en garde : je n'ai pas intérêt à m'endormir.

J'éteins la lampe de chevet, et dès que nous nous retrouvons dans l'obscurité, elle me parle de Dex et de son message. Elle n'en a quasiment pas fait cas lorsque je le lui ai donné, au début de la soirée, mais maintenant elle trouve que c'est une attention délicate.

— Mmm, dis-je.

S'ensuit un long silence. Puis elle ajoute :

— C'est bizarre entre nous ces derniers temps.

Mon pouls s'accélère.

— Ah bon ?

— Nous n'avons pas fait l'amour depuis une éternité.

— Combien de temps ? je demande, en croisant les doigts sous les draps.

— La dernière fois, ce devait être avant le 4 juillet.

J'en ai les paumes moites. Avant le 4 juillet. Avant qu'il m'ait dit qu'il m'aimait.

— Vraiment ?

— Oui. C'est mauvais signe, tu crois ?

— Je n'en sais rien... Vous faisiez l'amour souvent avant ? je demande, soulagée d'être dans le noir.

— Avant quoi ?

— Avant le 4 juillet.

— Je ne sais pas, ça dépend. En général, quand tout va bien, nous faisons l'amour tous les jours. Parfois même deux fois.

Je m'efforce de refouler les visions insupportables qui s'imposent à mon esprit et cherche désespérément quelque chose à dire.

— C'est peut-être le stress du mariage.

— Peut-être...

Et peut-être parce qu'il a une liaison avec moi. La culpabilité qui me noue la gorge s'accroît encore lorsqu'elle dit, changeant brusquement de sujet :

— Tu te rends compte que ça fait plus de vingt ans qu'on est amies ? Pense au nombre de nuits où nous avons dormi l'une chez l'autre. Combien de fois en tout, à ton avis ? Je n'ai jamais été très douée pour les estimations. Peut-être un millier ?

— Tu n'es sans doute pas loin de la vérité.

Ma vue s'est accommodée à l'obscurité, et je distingue sa silhouette. Avec son visage démaquillé et ses cheveux ramassés en queue-de-cheval, elle ressemble à une adolescente. Je pourrais me croire revenue à l'époque du lycée, lorsque je dormais avec elle dans son lit. Nous gloussions et chuchotions, tandis qu'Annalise ronflait au pied du lit dans son sac de couchage Garfield. Darcy laissait toujours Annalise s'endormir. Je crois qu'elle attendait ce moment pour que nous puissions papoter à notre guise. Et moi aussi, parfois.

— On s'amusait bien quand on était gamines, hein ? fait remarquer Darcy.

— Oui.

Elle se met à rire.

— Quoi donc ? je demande.

— Tu te rappelles cette nuit chez Annalise, quand nous avons pendu toutes les Barbie de sa petite sœur ?

Je souris à ce souvenir. Nous avions passé de la ficelle autour du cou des malheureuses poupées et les avions accrochées aux encadrements de porte. La sœur d'Annalise était allée se plaindre en hurlant à ses parents, qui avaient aussitôt prévenu les nôtres. Ils nous avaient interdit de jouer ensemble pendant une semaine – autant dire une éternité durant les vacances d'été.

— C'était plutôt pervers, quand j'y pense, dis-je.

— C'est vrai. Et tu te souviens d'Annalise qui n'arrêtait pas de répéter : « C'est pas moi qui ai eu l'idée, c'est pas moi qui ai eu l'idée » ?

— Oui. C'était toujours la même histoire avec elle.

— On inventait de super-blagues, et elle était toujours à la traîne, renchérit Darcy.

Je garde le silence et songe à notre enfance. Je me souviens du jour où, alors que nous avions une dizaine d'années, nos parents nous ont déposées avec nos maigres économies au centre commercial et où nous avons couru nous acheter un pendentif « meilleure amie » – les deux moitiés d'un cœur sur lequel étaient inscrits les deux mots magiques. Darcy avait pris la moitié « meil-am » et moi « leure-ie ». Nous avions tellement peur de froisser Annalise que nous ne portions nos colliers qu'en secret, sous un pull à col roulé ou la nuit dans notre lit. Mais je me rappelle le bonheur que j'éprouvais à sentir mon demi-cœur contre ma peau. Je n'étais pas seule, j'avais une meilleure amie, quelqu'un sur qui je pouvais compter.

Ce collier, je l'ai toujours, enfoui dans ma boîte à bijoux, terni par les années. Une brusque tristesse m'envahit à la pensée de ces deux petites filles, de tout ce qu'elles ont perdu et ne pourront jamais retrouver, quelle que soit la suite des événements avec Dex.

— Parle-moi encore, me demande Darcy avec une douceur émouvante que je ne lui connaissais plus. S'il te plaît, ne t'endors pas tout de suite. On n'a plus jamais l'occasion de se retrouver comme ça toutes les deux. Ça me manque.

— À moi aussi, je lui assure, sincère.

Je lui demande si elle se souvient du jour où nous avons acheté nos pendentifs « meilleure amie ».

Darcy adore quand je lui rappelle des épisodes de notre enfance et loue toujours ma mémoire d'éléphant. Je lui raconte donc l'histoire des colliers, dans sa version la plus exhaustive possible.

— Tu dors ? je murmure à la fin.

Pas de réponse.

Comment en sommes-nous arrivées là ? je me demande en écoutant la respiration régulière de Darcy à côté de moi. Comment avons-nous pu tomber amoureuses du même homme ? Comment ai-je pu saboter ainsi le couple de ma meilleure amie ? En cet instant, juste avant que le sommeil ne s'empare de moi, je voudrais de tout mon cœur pouvoir recommencer de zéro et donner une nouvelle chance à ces deux petites filles que nous avons été.

17

Le lendemain, je suis réveillée par un vacarme dans la salle de bains. Au bout de quelques secondes, je parviens à identifier le bruit : c'est Darcy qui fouille bruyamment dans ma pharmacie. Des fragments de rêves incohérents se mélangent dans ma tête, avec l'habituel casting – mes parents, Darcy, Dex, Marcus et même Les. Je me souviens d'avoir rêvé que je courais et que j'essayais d'embrasser Dex sans jamais y parvenir. Même dans mes rêves, je n'ai pas droit au bonheur.

Darcy sort de la salle de bains, la mine réjouie.

— Je n'ai pas du tout la gueule de bois, m'annonce-t-elle fièrement. J'ai quand même pris un Advil, au cas où. C'était le dernier. J'espère que tu n'en avais pas besoin.

— Ça va aller, je marmonne.

— Pas mal pour un lendemain de fête, hein ? Tu as des projets pour aujourd'hui ? Et si on passait la journée ensemble ? On traînerait toutes les deux, comme au bon vieux temps.

J'acquiesce, un peu à contrecœur.

— Si tu veux.

— Génial ! s'exclame-t-elle en fonçant vers la cuisine, où elle entreprend de fouiller dans les placards. Tu as des céréales ?

— Non, je suis à court. Tu veux qu'on aille prendre le petit déjeuner chez *E.J.* ?

— Non, j'ai juste envie de manger un bol de céréales chez toi, comme autrefois, répond-elle en ouvrant le réfrigérateur. Quelle horreur, il n'y a presque rien dans ce frigo ! Je vais aller acheter du café et quelques produits de base.

— Du café, vraiment ?

— Pourquoi pas ?

— Parce que si tu veux faire exactement comme autrefois, je te rappelle qu'on n'en buvait pas encore au lycée.

Elle réfléchit un instant.

— Nous ferons une exception pour le café, décrète-t-elle.

— Tu veux que je t'accompagne ?

— Pas la peine. Je reviens tout de suite.

Dès qu'elle est dans l'ascenseur, je consulte mon répondeur. Dex m'a laissé deux messages – un hier soir, l'autre ce matin. Dans le premier, il me dit que je lui manque. Dans le suivant, il me demande s'il peut passer ce soir. Je le rappelle aussitôt et me sens étrangement soulagée quand je tombe sur sa boîte vocale. Je lui laisse un message à mon tour – Darcy est chez moi, elle prévoit de rester un moment, et je ne pourrai donc peut-être pas le voir ce soir. Puis, assise sur le canapé, je réfléchis à la nuit dernière et à mon amitié avec Darcy. Pourrai-je encore me regarder dans une glace si je réalise mes désirs à ses dépens ? À quoi ressemblera la vie sans elle ? Je suis toujours plongée dans mes sombres pensées lorsqu'elle revient, des sacs en plastique ventrus accrochés aux avant-bras. Je lui prends le café des mains, tandis qu'elle pose les sacs par terre, avant d'exhiber les marques rouges qu'ils ont laissées sur sa peau.

— J'ai acheté des trucs géniaux ! Des céréales aux fruits rouges, du jus de pomme et de la glace Ben & Jerry aux pépites de chocolat.

— De la glace pour le petit déjeuner ?

— Non, pour plus tard.

— Tu ne crains pas de grossir pour le mariage ?

Elle balaie ma remarque d'un geste.

— Peu importe.

— Tu es sûre ?

J'insiste, parce que je la connais par cœur. Elle va me reprocher ensuite de l'avoir laissée se goinfrer.

— Mais oui, je suis sûre ! Ne me gâche pas mon plaisir. Et maintenant, les céréales !

Elle disparaît en trombe dans la cuisine et revient avec des bols, des cuillères et des serviettes qu'elle dispose avec animation sur la table basse.

— Tu ne préfères pas manger là ? je demande en montrant ma petite table ronde.

— Non, non, je veux que ce soit comme autrefois, quand tu venais dormir à la maison. On mangeait toujours devant la télé, tu te souviens ?

Elle dirige la télécommande vers le téléviseur et zappe jusqu'à ce qu'elle tombe sur MTV. Puis elle verse les céréales dans les bols, en veillant à les remplir équitablement. Je n'ai pas envie de manger des céréales aux fruits rouges, mais il semble évident que je n'ai pas le choix. Bien que je trouve vaguement touchant qu'elle cherche à recréer l'ambiance de notre enfance, son autoritarisme m'agace. Je repense à ce que m'a dit Ethan. Peut-être a-t-il raison, après tout. Darcy me mène par le bout du nez, et je suis une victime consentante.

— Dis-moi stop, reprend-elle en versant le lait entier sur mes céréales.

Je déteste le lait entier.

— Stop, dis-je presque aussitôt.

Elle redresse la bouteille et me regarde avec étonnement.

— Tu es sûre ? J'en ai à peine mis.

— Je sais, mais c'est comme ça que je mangeais mes céréales au lycée.

— Exact, dit-elle en inclinant la bouteille de lait au-dessus de son bol, qu'elle remplit à ras bord.

J'avale quelques cuillerées, tandis qu'elle mélange ses céréales jusqu'à ce que le lait devienne rose.

Le tube de Dido, « Thank you », passe sur MTV.

— Ah, cette chanson ! dit Darcy en tournant de plus belle sa cuillère dans son bol. Tu vois le couplet où elle chante : « Je suis enfin rentrée, je suis complètement trempée et tu me tends une serviette de toilette » ?

— Oui ?

— Eh bien, il me fait toujours penser à toi.

— À moi ? je m'étonne. C'est censé être une chanson d'amour, non ?

Elle lève les yeux au ciel.

— Je sais ! Que vas-tu donc t'imaginer ? proteste-t-elle, la bouche pleine. Ne crains rien, je ne suis pas en train de virer de bord. Ce que je veux dire, c'est que tu es toujours là pour moi dans les moments cruciaux.

— C'est gentil, réponds-je avec un pâle sourire.

Puis je plonge le nez dans ma tasse de café, en m'efforçant de refouler ma culpabilité.

Tandis que la chanson continue, Darcy dévore bruyamment ses céréales. Lorsqu'elle a avalé la dernière bouchée, elle porte son bol à ses lèvres et boit d'un trait le lait rose.

— Je fais trop de bruit ? me demande-t-elle en levant les yeux vers moi.

Je secoue la tête.

— Non, non.

— Dex m'appelle toujours « la gloutonne » quand je mange des céréales.

J'en ai un pincement au cœur, comme chaque fois que j'entrevois un pan, même infime, de leur vie privée – j'ai fait le choix de la nier.

Jennifer Lopez apparaît à l'écran dans toute sa sensualité. Nous la regardons toutes deux tournoyer devant un paysage bucolique.

— Elle a vraiment un cul si sublime que ça ? demande soudain Darcy.

— Je crains que oui.

Darcy considère même les célébrités comme des rivales. Moi, je m'en moque pas mal que Jennifer Lopez ait des fesses sublimes.

— Tu ne le trouves pas un peu gros ?

— Non, il est parfait.

— Moi, je le trouve un peu gros...

Je hausse les épaules.

— Dex adore Jennifer Lopez. Il la trouve terriblement sexy, reprend-elle. Mais ne t'inquiète pas, je suis sûre qu'elle n'est pas aussi jolie dans la vraie vie.

Darcy s'imagine que toutes les filles sont comme elle et qu'elles ont besoin d'être consolées lorsqu'elles voient une femme plus belle qu'elles.

— Mmm.

— C'est vrai, tu sais, les maquilleuses et les habilleuses font de véritables miracles, ajoute-t-elle, comme si elle connaissait à fond les rouages du show-business.

Elle s'enveloppe dans le plaid qui recouvre mon canapé.

— On est bien ici.

C'est aussi ce que dit Dex.

— Tu as froid ?

— Non, j'ai juste envie de me faire un nid douillet.

Nous continuons à regarder les clips, et je parviens presque à chasser Dex de mon esprit, jusqu'au moment où, pendant une chanson de Janet Jackson, Darcy me pose une question qui me prend totalement au dépourvu :

— Crois-tu que je fais bien d'épouser Dexter ?

Je me pétrifie.

— Pourquoi me demandes-tu ça ?

— Je n'en sais rien. Comme ça.

— Il doit bien y avoir une raison, j'insiste en m'ordonnant de garder mon calme.

— Ne penses-tu pas que je devrais être avec quelqu'un de plus cool ? Davantage dans mon style ?

— Dex est cool.

— Tu rigoles ? Bien sûr que non ! Il n'y a pas plus bosseur et sérieux que lui !

— Vraiment ?

C'est peut-être le cas. Je ne le vois pas ainsi, j'imagine, parce que je lui ressemble trop.

— Évidemment !

Je coupe le son de la télévision et me tourne vers Darcy, décidée à lui prêter une oreille attentive.

— Tu m'inquiètes. Qu'as-tu donc en tête ? je demande, tandis que mon cœur s'emballe.

— Je ne sais pas trop… Parfois, j'ai un peu l'impression que l'ennui s'installe entre nous. C'est mauvais signe, tu crois ? me demande-t-elle d'un ton plaintif.

Je tiens ma chance, je le sais. Je réfléchis à ma réponse, à la facilité avec laquelle je pourrais la manipuler. Mais je suis incapable de faire une chose pareille. J'ai beau commettre l'impardonnable en couchant avec son fiancé, il y a des bornes que je me refuse à dépasser.

— Je n'en sais vraiment rien, Darcy. Seuls Dexter et toi pouvez savoir ce qui est bon pour vous deux. Je pense néanmoins que tu devrais réfléchir sérieusement à tes doutes. Un mariage, ça ne se décide pas à la légère. Peut-être pourrais-tu le reporter ?

— Reporter le mariage ?

— C'est juste une suggestion.

Darcy plisse le front, la lippe boudeuse. Je me dis qu'elle va fondre en larmes quand son regard tombe sur la télévision. Son visage s'illumine.

— Oh ! J'adore ce clip ! Remets le son ! Vite !

Je monte le volume, et Darcy se met à se tortiller sur le canapé en chantant le tube d'un boys band dont je n'ai jamais entendu parler. Je la regarde sans un mot, stupéfaite par sa subite métamorphose. J'attends qu'elle revienne sur Dexter, mais pas un mot. Le sujet semble clos.

Quelle idiote je fais ! J'ai laissé passer ma chance. J'aurais dû lui dire que Dex n'est pas l'homme qui lui convient, qu'elle ferait mieux de tout annuler. Pourquoi n'ai-je pas enfoncé le clou tout à l'heure ? Décidément, jamais je ne saurai avancer mes pions quand il le faut.

Mais, en réalité, je ne crois pas que Darcy tenait réellement à connaître mon avis sur la question. Elle voulait juste m'entendre dire que tout allait s'arranger, qu'elle devait épouser Dexter. Et puisque je ne lui fournis pas la réponse qu'elle désire, elle se remonte le moral avec un clip inepte.

— Cette chanson est géniale, dit-elle en rejetant la couverture.

Elle va d'un pas traînant jusqu'à la bibliothèque et passe en revue les rayonnages.

— Que cherches-tu ?

— Ton annuaire de terminale. Où le ranges-tu ?

— Sur l'étagère du bas.

Elle s'accroupit, passe l'index sur les reliures et finit par mettre la main sur l'annuaire. Lorsqu'elle se redresse, je vois en même temps qu'elle la boîte de pastilles de Dex.

— Je peux en prendre une ? demande-t-elle.

— Elle est vide, je m'empresse de répondre.

Mais elle a déjà déposé mon annuaire au pied de mon lit et tend un long bras fin vers la boîte de pastilles. Elle ouvre le couvercle.

— Pourquoi gardes-tu des dés là-dedans ?

— Euh… je ne sais pas, je bafouille en me rappelant que Darcy m'a dit souvent que je serais nulle au poker. Comme ça, sans raison particulière.

Elle hausse un sourcil perplexe.

— Ah bon ?

Elle ôte les dés de la boîte et les agite comme si elle s'apprêtait à les lancer.

— Ne fais pas ça ! Remets-les à leur place.

Il n'est jamais bon de donner des ordres à Darcy. Elle est si puérile qu'elle va vouloir à tout prix lancer les dés pour la simple raison que je le lui ai interdit.

— Qu'ont-ils donc de spécial, ces dés ? Je ne comprends pas.

— Rien. Ce sont juste mes dés porte-bonheur.

— Depuis quand as-tu des dés porte-bonheur ?

— Depuis toujours.

— Pourquoi les ranges-tu dans cette boîte vide ? Tu n'aimes même pas les pastilles à la cannelle.

— Si.

Elle hausse les épaules.

— Ah !

Je scrute son visage. Je n'y décèle aucun signe de soupçon, mais elle a toujours mes précieux dés à la main. J'ai envie de me précipiter sur elle et de les lui arracher avant qu'elle ait le temps de les faire rouler. Mais elle se contente de les observer une dernière fois avant de les remettre dans la boîte. Les faces des six ne sont certainement plus en haut – il faudra que je vérifie plus tard. Mais tant qu'elle ne les lance pas, je peux le supporter.

Elle prend mon annuaire de terminale et revient s'asseoir sur le canapé. Feuilleter cet album peut l'occuper des heures, je le sais d'expérience. Elle trouve toujours une foule de commentaires à faire : « Tu te souviens de ci ? Tu te souviens de ça ? » Un de ses jeux favoris consiste à ouvrir l'annuaire à une page au hasard, les yeux fermés, et à passer l'index sur les photos jusqu'à ce que je dise stop. Elle décide alors que je dois coucher avec le garçon le plus proche de son doigt. Je trouvais ça amusant il y a douze ans, mais maintenant cela ne m'inspire plus que de l'ennui.

Darcy feuillette les pages, puis finit par se lasser et reprend le contrôle de la télécommande. Elle pousse un piaillement de joie en tombant sur *Quand Harry rencontre Sally*.

— Ça vient juste de commencer ! Génial !

Nous nous lovons chacune contre un accoudoir du canapé et regardons ce film que nous avons vu ensemble un nombre incalculable de fois. Darcy ne cesse de faire des commentaires à voix haute, récite les dialogues qu'elle connaît par cœur, mais pas une seule fois je ne lui demande de se taire. Je sais que ses parlotes incessantes pendant les films agacent Dex au plus haut point, mais moi je ne m'en offusque pas. Même pas quand elle se trompe de texte, si bien que je suis incapable de comprendre la véritable réplique de Meg Ryan. Darcy est comme ça, voilà tout. On ne peut pas la changer.

Comme les vieux films qu'on a vus mille fois, ce sont parfois les petites manies qu'on apprécie le plus chez une amie de toujours.

18

Le lendemain soir, Darcy m'appelle dès mon retour du travail. Elle est hystérique. Un calme froid m'envahit. Dex lui a-t-il annoncé qu'il annulait le mariage ?

— Que t'arrive-t-il ? dis-je d'une voix sèche qui ne m'est pas du tout naturelle.

Je me prépare au pire, sans même savoir ce qui est le pire : perdre ma meilleure amie ou l'amour de ma vie.

Darcy me raconte quelque chose que je ne saisis pas. Une histoire de bague.

— Moins vite, Darcy. Qu'est-il arrivé à ta bague ?

— Elle a disparu ! lâche-t-elle entre deux sanglots.

Un soulagement immense s'empare de moi. Ouf, il ne s'agit que d'un bijou égaré. Ça n'implique aucun bouleversement majeur.

— Où l'as-tu perdue ? Elle est assurée, n'est-ce pas ?

Je pose les bonnes questions, je joue le numéro de l'amie responsable et serviable, mais même à mes oreilles, mon ton compatissant sonne faux. Si Darcy était moins énervée, elle se rendrait compte que je me moque pas mal de son fichu diamant.

— Tu l'as sûrement posée quelque part et tu as oublié où, voilà tout. Tu te rappelles quand tu croyais qu'elle avait disparu et que tu l'as retrouvée dans un de tes chaussons ?

— Non, cette fois, c'est différent ! Elle a disparu pour de bon ! Dex va me tuer ! gémit-elle d'une voix tremblante.

Peut-être que non, me dis-je. Peut-être est-ce l'ouverture qu'il attendait. Je me déteste aussitôt de penser une horreur pareille.

— Tu le lui as dit ?

— Non. Il est encore au travail. Ô mon Dieu, qu'est-ce que je vais faire ?

— Bon, pour commencer, sais-tu où tu l'as perdue ?

Elle ne me répond pas et continue à pleurer. Je réitère ma question.

— Je ne sais pas.

— Quand l'as-tu vue pour la dernière fois ? La portais-tu au travail aujourd'hui ? L'as-tu ôtée pour te laver les mains ?

— Non, je ne l'enlève jamais au-dessus d'un lavabo. Il faudrait être conne pour faire un truc pareil.

J'ai envie de lui rétorquer de ne pas me répondre sur ce ton, qu'après tout elle a été assez conne pour la perdre, sa bague. Mais je reste calme et lui assure qu'elle va la retrouver.

Ses sanglots redoublent.

— Non, impossible.

— Comment le sais-tu ?

— Je le sais, c'est tout.

J'ai épuisé mes suggestions de bonne amie compatissante.

— On peut se voir ? me demande-t-elle soudain. Il faut vraiment que je te parle.

Son histoire de bague perdue cacherait-elle autre chose ?

— Viens tout de suite, si tu veux, lui dis-je. Tu as mangé ?

— Non. Peux-tu me commander une soupe *wonton ?*

— Bien sûr.

— Et un nem ?

— Oui. Viens, je t'attends.

J'appelle *Tang Tang* et commande deux soupes *wonton*, deux nems et deux thés au jasmin. Darcy sonne à ma porte un quart d'heure plus tard, vêtue d'un débardeur blanc et d'un vieux Levi's du lycée qui lui va toujours à la perfection. Elle a les yeux rougis, ne porte pas de maquillage et a attaché ses cheveux à la va-vite, mais elle réussit encore à être jolie. Je lui dis de s'asseoir et de me raconter toute l'histoire.

Elle me montre sa main gauche nue.

— Elle a disparu, répète-t-elle en secouant la tête d'un air atterré.

— Où penses-tu l'avoir égarée ? je lui demande calmement.

J'ai déjà joué à ce petit jeu des centaines de fois avec Darcy, qui a le chic pour perdre ses affaires. La gentille Rachel est toujours prête à bondir à son secours, à l'aider à réparer les dégâts qu'elle a causés.

— Je ne l'ai pas perdue. On me l'a volée.

— Qui donc ?

— Quelqu'un.

— Comment le sais-tu ?

— Parce qu'elle a disparu, tiens !

Nous tournons en rond. Je pousse un soupir.

— Darcy, il faut que tu me dises tout, sinon on ne va jamais s'en sortir.

Elle lève la tête vers moi. Ses yeux sont embués de larmes, sa bouche tremble.

— Rachel…

— Oui ?

— Tu es ma meilleure amie…

Les larmes se mettent à rouler doucement le long de ses joues avant de tomber sur ses genoux. Elle a toujours su pleurer avec grâce.

— Bien sûr, réponds-je avec un hochement de tête.

— Ma meilleure amie au monde. Et j'ai un secret à te confier.

— Tu peux tout me dire, tu sais, lui dis-je avec angoisse, sûre désormais que Dex a engagé le processus de rupture.

Elle me regarde et pousse un petit gémissement. En dépit de son assurance, Darcy peut parfois paraître tellement désarmée que cela m'émeut. Et, comme toujours, j'ai envie de lui venir en aide.

— Raconte-moi, lui dis-je d'une voix douce.

— Rachel, j'ai... j'ai enlevé ma bague dans l'appartement de quelqu'un.

— Oui ?

— Dans l'appartement... d'un homme.

J'ai l'impression de regarder une image floue par l'objectif d'un appareil photo et d'essayer de faire la mise au point. Est-elle en train de me dire ce à quoi je pense ?

— Rachel, répète-t-elle dans un souffle, j'ai trompé Dexter.

Je la fixe d'un air interloqué, incapable de masquer mon choc.

Certes, Darcy est une dragueuse impénitente. Elle a le goût du risque. Elle est égoïste et adore susciter l'attention masculine. Je ne devrais donc pas être surprise. Pourtant, j'en reste bouche bée. Elle est sur le point de se marier, de vivre ce dont rêvent toutes les petites filles. Et elle est avec Dexter. Comment diable peut-on tromper Dexter ?

— C'est qui ?

Elle renifle, la tête baissée.

— Un collègue de travail.

— C'est arrivé quand ?

— Une ou deux fois. Dont aujourd'hui.

Elle se frotte les yeux avec les poings et me jette un regard en coin.

Mon visage me trahit-il ? Je ne suis même pas sûre de ce que j'éprouve. Du soulagement ? Du dégoût ? De l'espoir ? Quoi qu'il en soit, le moment est mal choisi pour analyser les implications de cette surprenante nouvelle pour Dex et moi.

— Et c'est chez lui que tu as perdu ta bague ?

Elle hoche la tête et déglutit avec difficulté.

— Je suis passée le voir aujourd'hui, avant d'aller au travail, explique-t-elle avec des trémolos dans la voix. On a… Enfin bon, tu comprends.

— Vous avez couché ensemble ?

Sa queue-de-cheval s'agite de haut en bas.

— J'ai ôté ma bague parce que… je me sentais trop coupable de la porter pendant que je faisais l'amour avec un autre.

Elle se mouche dans un mouchoir déjà trempé.

— Tu en veux un autre ?

Elle fait oui de la tête. Je vais chercher ma boîte de Kleenex dans la salle de bains et la lui tends.

— Tiens.

— Donc, j'ai enlevé ma bague, reprend-t-elle après s'être de nouveau mouchée bruyamment, et je l'ai posée sur un guéridon près de son lit, juste sous la fenêtre. Il a un studio un peu comme le tien, ajoute-t-elle en désignant l'alcôve qui abrite mon lit.

Un studio ? L'heureux élu n'est donc pas un riche patron ? J'imaginais un homme d'affaires plus âgé, du genre de Richard Gere dans *Pretty Woman*. Apparemment, ce serait plutôt un jeune gandin du style de Matt Damon.

— Après, je me suis rhabillée et j'ai pris le métro pour aller au travail. Ce n'est qu'une fois dans mon bureau que j'ai réalisé que je n'avais pas ma bague. Je lui ai téléphoné pour lui dire que je devais à tout prix la récupérer. « Pas de problème, a-t-il répondu, mais j'ai une réunion à 15 heures qui doit durer au moins deux heures. » On s'est donné rendez-vous à 19 heures chez lui. À l'heure dite, je l'ai retrouvé dans le hall. Quand il m'a fait entrer dans son appartement, tout était impeccablement rangé, alors qu'à mon départ, c'était le chaos. Il s'est alors souvenu que c'était le jour de la femme de ménage. Je me suis précipitée à la fenêtre, et la bague n'était plus là ! s'exclame-t-elle en sanglotant de plus belle. Cette salope l'a prise !

— Tu en es sûre ?

— Évidemment. La bague n'était plus là, Rachel ! Tu imagines bien qu'on a fouillé partout !

— Il n'a pas essayé de joindre cette femme pour lui dire qu'il l'avait démasquée ?

— Bien sûr que si, mais elle parle à peine l'anglais. Elle n'arrêtait pas de répéter : « Pas vu bague, pas vu bague. » J'ai même pris le combiné et je lui ai promis une grosse récompense si elle la rapportait. Mais cette garce n'est pas complètement idiote. Elle sait combien d'heures de ménage mal payées vaut un diamant pareil !

— Elle est assurée, n'est-ce pas ?

— Oui, je te l'ai dit. Le problème, c'est Dexter. Que vais-je bien pouvoir lui raconter ?

— Je ne sais pas, moi... Dis-lui qu'elle est tombée dans la bonde du lavabo au travail. Ou que tu l'as enlevée à ton club de gym et que quelqu'un a fracturé ton casier.

Elle s'arrache un demi-sourire.

— Pas mal, le coup du casier. C'est plausible, non ?

— Tout à fait.

Elle soupire.

— Seigneur, quel merdier ! Je n'arrive toujours pas à y croire.

Nous sommes deux.

Je n'arrive pas à croire que Darcy ait trompé Dex avec le premier venu. Je n'arrive pas à croire que je l'aide à couvrir ses arrières. Est-ce inévitable d'aller voir ailleurs quand on est fiancé ?

Je lui demande prudemment :

— C'est une aventure sérieuse ?

— Pas vraiment, répond-elle en secouant la tête.

— Tu es amoureuse de lui ? je lui demande, me souvenant de ses étranges sautes d'humeur ces derniers temps.

— Bien sûr que non ! C'est juste pour le plaisir. Rien de sérieux, je te dis.

— D'accord. Mais est-ce que tu es sûre que tu devrais te marier ?

— Je savais bien que j'aurais droit à cette question ! s'exclame Darcy, qui fond de nouveau en larmes. Ne pourrais-tu pas te contenter de m'aider sans la ramener avec ta morale ?

Crois-moi, la morale, ce n'est pas trop mon fort en ce moment, me dis-je.

— Excuse-moi, Darcy. J'essaie juste de trouver une solution...

— Je n'ai pas besoin de solution ! Je veux me marier. C'est juste que... je ne sais pas... parfois, je suis prise de panique à l'idée que je ne sortirai plus jamais avec quelqu'un d'autre. Voilà pourquoi j'ai eu cette liaison. Une simple histoire sans conséquence.

— Tout ce que je voulais dire, c'est que si jamais tu as des doutes sur ce mariage... tu pourras compter sur mon soutien inconditionnel, quelle que soit la décision que tu...

— Il n'y a pas de décision à prendre ! m'interrompt-elle brusquement. Je vais me marier, point final !

— Je suis désolée, je bafouille.

Désolée, je le suis sincèrement. D'aimer Dex aussi.

— Non, c'est moi qui suis désolée, Rachel, répond-elle en me touchant le genou. Je ne devrais pas m'énerver contre toi. C'est juste que je viens de passer une journée horrible.

— Je comprends.

— Sans vouloir te vexer, je ne pense pas que tu puisses comprendre. Peux-tu imaginer ce que c'est d'être à quelques semaines d'une promesse qui est censée t'engager pour toujours ?

Pauvre petite Darcy, me dis-je. A-t-elle idée du nombre de filles qui se damneraient pour faire ce genre de promesse à Dexter ? Elle en a justement une sous les yeux.

— Pour toujours, c'est drôlement long, fais-je remarquer avec une pointe de sarcasme.

— C'est une citation de Prince ? Tu n'as pas intérêt à citer Prince alors que je suis dans le pétrin !

Je lui assure que non – alors que c'est exactement le cas.

— En effet, pour toujours, c'est drôlement long, répète-t-elle. Et je ne sais pas si je serai capable de tenir le coup. J'ai envie de me marier, c'est sûr, mais parfois je me demande si je pourrai rester toutes ces années sans embrasser un autre homme. En plus, avec Dexter, ce n'est plus ce que c'était. La routine s'est installée entre nous. Il est toujours fourré à son travail et me laisse en plan avec les préparatifs du mariage. Nous ne sommes même pas encore mariés et nous nous ennuyons déjà.

— Votre relation a évolué, c'est normal. Au début, c'est tout nouveau, tout beau. Mais un amour vrai et durable ne se limite pas à l'excitation de la conquête. Il en va ainsi pour tous les couples.

Darcy me regarde comme si elle prêtait vraiment une oreille attentive à mes paroles. Je n'en reviens pas de lui tenir ce genre de discours. Je suis en train de la convaincre du caractère exceptionnel de sa relation avec Dex ! Pourquoi diable fais-je une chose pareille ? Je n'en sais strictement rien.

— Tu as raison, approuve-t-elle. Et j'aime Dex.

Je sais qu'elle croit être sincère, mais je ne suis pas sûre qu'elle l'aime. En fait, je ne suis pas sûre qu'elle soit capable d'aimer quelqu'un d'autre que sa petite personne.

À cet instant, on sonne à l'interphone. C'est José, qui me prévient de l'arrivée du livreur.

— Merci, faites-le monter.

Alors que je sors sur le palier pour récupérer notre repas et le payer, la sonnerie de mon téléphone fixe retentit. Paniquée à l'idée que ce soit Dex, je lance presque les billets au livreur et me précipite en catastrophe à l'intérieur. Je lâche le sac en papier kraft sur la table basse et décroche le combiné juste avant que le répondeur ne s'enclenche. Comme je le redoutais, c'est Dex.

— Bonsoir, me dit-il. Excuse-moi de ne pas avoir appelé de toute la journée, mais ça a été infernal au bureau. Roger m'a…

Je l'interromps.

— Ce n'est pas grave.

— Je peux passer ? J'ai tellement envie de te voir.

— Euh… non.

— Pourquoi ? Tu as de la visite ? s'enquiert-il en baissant la voix.

— Oui, c'est ça.

Je jette un coup d'œil à Darcy, qui articule du bout des lèvres : « Qui c'est ? » Je choisis de l'ignorer.

— Bon, tant pis… C'est Marcus ? demande Dex.

— Non, Darcy.

— Aïe ! Heureusement que je ne suis pas venu sans prévenir, murmure Dex.

— On se rappelle demain, d'accord ?

— D'accord.

— Qui c'était ? s'enquiert Darcy au moment où je raccroche.

— Ethan.

— Arrête. C'était Marcus ? Tu peux me le dire.

— Non, c'était vraiment Ethan.

— Il t'appelait pour t'annoncer qu'il est homo ?

— C'est ça, réponds-je avec un sourire crispé, en ouvrant le sac du traiteur chinois.

Tandis que nous commençons à manger, je demande à Darcy comment va Dex, s'il soupçonne quelque chose.

Elle lève les yeux au ciel.

— Aucun risque. Il travaille beaucoup trop pour remarquer quoi que ce soit. Non, non, ce bon vieux Dex est égal à lui-même.

— Vraiment ?

— Oui, vraiment. Pourquoi ? demande-t-elle en goûtant sa soupe *wonton*.

— Simple curiosité. J'ai lu quelque part que lorsqu'un des conjoints a une liaison, l'autre le ressent instinctivement.

Elle cesse de manger et me regarde d'un air sceptique.

— Je n'y crois pas.

— Moi non plus, en fait, réponds-je.

À la fin du dîner, je sors nos deux gâteaux chinois du sac.

— Lequel veux-tu ?

Darcy désigne ma main gauche.

— Celui-là. Et la prédiction a intérêt à être positive. J'ai eu plus que ma dose de malchance aujourd'hui.

Je me retiens de lui dire qu'à mon avis, coucher avec un collègue et oublier sa bague dans son appartement n'a rien à voir avec la malchance. Je casse en deux mon biscuit un peu rassis et déroule le petit message qu'il contient.

« *Beaucoup de bonheur vous attend.* »

— Que dit le tien ? me demande Darcy.

Je le lui dis.

— Pas mal. Voyons le mien, déclare-t-elle en ouvrant son biscuit. Il a intérêt à dire : « Cette garce de Portoricaine va vous rendre votre diamant. »

Elle lit en silence et éclate de rire.

— Qu'y a-t-il ?

— « Beaucoup de bonheur vous attend. » La même chose que toi. Ils ne se foulent vraiment pas !

Non, et seule l'une de nous deux connaîtra le bonheur.

— Bon, je ferais mieux d'y aller.

Les larmes lui montent de nouveau aux yeux.

— Et si tu annonçais la nouvelle à Dexter à ma place ? suggère-t-elle, l'air penaud.

— Certainement pas ! Je refuse de me mêler de vos affaires, réponds-je sans me rendre compte tout de suite de l'ironie de mon propos.

— Je lui dis quoi, déjà ?

— Que tu as enlevé ta bague à ton club de gym et que quelqu'un a fracturé ton casier.

— Tu crois qu'il aura le temps de se faire indemniser et d'en acheter une autre avant le mariage ?

— Sûrement.

Je remarque à cet instant que pas une seule fois Darcy n'a exprimé d'attachement sentimental à la bague que Dexter avait choisie spécialement pour elle.

— Rachel ?

— Mmm ?

— Est-ce que tu me trouves ignoble ? Je t'en supplie, ne pense pas une chose pareille de moi. Je n'avais jamais trompé Dex avant et je ne recommencerai pas. Je l'aime vraiment, je te jure... Tu me trouves ignoble, hein ? répète-t-elle devant mon silence.

— Non, Darcy. Tout le monde commet des erreurs.

— Je sais. C'était une bourde énorme, et je regrette terriblement.

— Vous avez utilisé des préservatifs ?

— Évidemment !

— Bien, dis-je avec un hochement de tête. Appelle-moi tout à l'heure si tu as besoin de moi.

— Merci, Rachel. Merci mille fois d'être toujours là pour moi.

— Pas de problème.

— Oh, une dernière chose ! Cela va sans dire, mais n'en parle à personne, d'accord ? Pas un mot à Ethan, Hillary ou à qui que ce soit d'autre.

Et à Dex ? Je peux lui dire ?

— Je serai muette comme une tombe.

Elle me serre dans ses bras et me tapote le dos.

— Merci, Rachel. Je ne sais pas ce que je ferais sans toi.

Dire ou ne pas dire. Tel est pour moi désormais l'évident dilemme. Je décide de l'aborder comme un sujet d'examen, histoire de ne pas me laisser embrouiller par mes émotions. Au premier abord, la réponse semble claire : je dois le dire à Dexter. Trois raisons principales motivent cette décision. Premièrement, je veux qu'il sache. C'est bien évidemment dans mon intérêt : s'il hésite encore à annuler le mariage, nul doute qu'une information aussi explosive fera pencher la balance du bon côté. Deuxièmement, j'aime Dexter, et j'ai donc à cœur d'agir aussi dans son intérêt : quelle que soit sa décision, je tiens à ce qu'il la prenne en toute connaissance de cause. Troisièmement, la morale me dicte de lui avouer la vérité sur les faits et gestes de Darcy (à ne pas confondre avec l'esprit de vengeance, même si Darcy mérite certainement une bonne leçon). Je respecte l'institution du mariage, et l'aventure de Darcy est de mauvais augure pour la solidité à long terme de son union avec Dex. Ce troisième point n'a rien à voir avec mon propre intérêt, car ce raisonnement s'appliquerait même si je n'étais pas amoureuse de Dex. Hélas, ce raisonnement sous-entend que Darcy devrait aussi être au courant de l'infidélité de Dex.

Oui, je pense que Dex devrait savoir que Darcy l'a trompé (et continuera peut-être à le faire). Mais il existe une marge entre penser que quelqu'un doit savoir et jouer le rôle du messager. Est-ce à moi de le lui annoncer ? Je suppose qu'Ethan et Hillary me reprocheront encore ma passivité, mais en mon for intérieur je crois dur comme fer que non.

19

Le lendemain, en rentrant chez moi, je récupère les vêtements que José a pris pour moi au pressing, puis je relève ma boîte aux lettres. Outre la facture de mon abonnement au câble et le nouveau numéro de *In-Style*, j'y trouve une grande enveloppe ivoire à l'adresse joliment calligraphiée et affranchie d'un timbre représentant deux cœurs. Je sais de quoi il s'agit avant même de découvrir au verso l'adresse de l'expéditeur à Indianapolis.

J'essaie de me rassurer en me disant qu'un mariage peut être annulé même après l'envoi des invitations. D'accord, cela complique encore un peu plus la situation, mais ce n'est qu'une formalité, un petit obstacle supplémentaire. Pourtant, la tête me tourne quand j'extrais de l'enveloppe un faire-part et une autre enveloppe pour la réponse. L'invitation porte mon nom accolé à un humiliant « et son invité (e) ». Je m'assois sur le canapé et respire un grand coup avant de lire le texte du faire-part.

Nous avons l'immense bonheur de vous annoncer le mariage de notre fille Darcy Jane avec M. Dexter Thaler.

Je refoule mes larmes et, tout en expirant lentement, passe directement au bas de l'invitation.

C'est avec joie que nous vous invitons à assister à leur union et à vous joindre à nous pour la réception organi-

sée en leur honneur au Carlyle *à l'issue de la cérémonie. En cas d'indisponibilité, qu'ils soient présents dans votre cœur en pensée et en prière.*

M. et Mme Hugo Rhone.
Confirmation souhaitée.

Je pose le faire-part sur la table basse, mais ne peux en détacher les yeux. J'imagine Mme Rhone en train de déposer les lettres à la poste de Jefferson Street. Ses longs ongles rouge sang tapotent la pile d'enveloppes avec une suffisance toute maternelle. Sa voix nasillarde résonne à mes oreilles :

— ... qu'ils soient présents dans votre cœur en pensée et en prière.

Elle veut une prière ? Voilà la mienne : je prie de tout mon cœur pour que ce mariage n'ait jamais lieu et qu'un rectificatif me parvienne bientôt par la poste.

M. et Mme Rhone ont le regret de vous annoncer que le mariage de leur fille Darcy avec M. Dexter Thaler n'aura pas lieu.

Cette formulation me plaît beaucoup plus. « N'aura pas lieu. » C'est clair, précis, direct. La tête que feraient les Rhone ! Eux qui sont toujours si prompts à se mettre en avant, ils la ramèneraient moins !

Je suis couchée quand je reçois un appel de Dex, qui me demande s'il peut passer.

Et moi, le jour où je reçois l'invitation à son mariage, je réponds oui. J'ai honte d'être si faible, mais je me console en pensant à tous ces gens de par le monde qui ont commis des actes bien plus pathétiques encore au nom de l'amour. Tout ce qui compte, c'est que j'aime Dex. Même s'il est la dernière personne sur terre pour qui je devrais éprouver ces sentiments, je l'aime d'un amour profond et passionné. Et je n'ai pas encore réussi à renoncer à lui.

En attendant son arrivée, je me demande si je dois cacher l'invitation ou la laisser bien en évidence sur la table basse. Je décide finalement de la glisser entre les pages du nouvel *In-Style*. Quelques minutes plus tard, je vais lui ouvrir, vêtue de ma chemise de nuit en coton blanc.

— Tu étais couchée ? demande-t-il.

— Oui.

— Alors, laisse-moi te ramener au lit.

Il se couche près de moi et nous recouvre de la couette.

— Mmm, tu as la peau si douce, murmure-t-il, tandis que sa main remonte le long de ma cuisse sous ma chemise de nuit.

Je veux d'abord l'arrêter, mais je finis par céder. Nos regards se croisent, puis il m'embrasse lentement. Si grands que soient ma déception et mon chagrin, je suis incapable d'endiguer cette vague de désir qui me pousse vers lui. Immobile, je le laisse me faire l'amour. Il ne cesse de parler, chose inhabituelle chez lui. Je ne distingue pas exactement ce qu'il dit, mais à un moment j'entends « pour toujours ». Il veut être avec moi pour toujours, me dis-je. Il ne va pas épouser Darcy. C'est impossible. Elle l'a trompé. Ils ne s'aiment pas. C'est moi qu'il aime.

— Tu es bien silencieuse ce soir, observe-t-il ensuite.

— Ah bon ? dis-je d'une voix que j'espère assurée.

Les larmes roulent sur mon oreiller, mais pas question qu'il sache que je pleure. La dernière chose dont j'aie besoin, c'est de sa pitié. Je suis passive et faible, mais j'ai ma dignité.

— Parle-moi donc, insiste-t-il. À quoi penses-tu ?

Je suis sur le point d'évoquer le faire-part, de lui demander quelles sont ses intentions, mais je recule au dernier moment.

— À rien de particulier, réponds-je d'un ton nonchalant. Je me demandais juste si tu allais dans les Hamptons ce week-end.

— J'ai promis à Marcus que j'irais. Il m'a proposé une nouvelle partie de golf.

— Ah !

— Tu pourrais venir aussi.

— Je ne crois pas que ce soit une bonne idée.

— S'il te plaît, viens.

— Non, ça ne me dit rien.

Il m'embrasse la nuque.

— S'il te plaît… s'il te plaît, dis oui.

— D'accord, je murmure. Je viendrai.

Trois petits « s'il te plaît » auront suffi à me faire céder. Je m'endors en me haïssant.

Le lendemain matin, Hillary fait irruption dans mon bureau.

— Devine ce que j'ai reçu hier au courrier ? me lance-t-elle d'un ton accusateur, sans une once de compassion.

J'avais complètement oublié qu'elle aussi aurait droit à un faire-part.

— Je sais, dis-je, prise au dépourvu.

— Maintenant, tu l'as, ta réponse !

— Il peut encore annuler…

— Rachel !

— Les deux semaines ne sont pas encore finies, j'argumente. Il a encore quelques jours.

Hillary hausse les sourcils et laisse échapper un ricanement dédaigneux.

— Tu l'as vu récemment ?

L'envie me prend de lui mentir, mais je n'en ai pas l'énergie.

— Oui. Hier soir.

Elle écarquille les yeux avec incrédulité.

— Tu lui as dit que tu avais reçu le faire-part ?

— Non.

— Rachel !

— Je sais, dis-je, honteuse.

— Je t'en supplie, dis-moi que tu n'es pas comme toutes ces femmes !

Je sais de quelles femmes elle parle. Le genre qui entretient une liaison avec un homme marié pendant des années en espérant qu'un jour il tiendra parole et quittera son épouse. Le bon moment, c'est toujours pour demain. Juste un peu de patience, demande-t-il. Mais les années passent, apportant leur lot d'excuses bien pratiques – les études des enfants, une maladie de l'épouse, le mariage de la fille, la naissance d'un petit-fils. Il y a toujours une bonne raison pour en rester au *statu quo*. Et puis, quand toutes les excuses plausibles ont été épuisées, elle finit par se rendre à l'évidence. Elle comprend qu'elle est condamnée à demeurer dans l'ombre et s'abandonne à son destin, convaincue qu'une deuxième place vaut mieux que rien du tout. J'éprouve une compassion toute nouvelle pour ces femmes, même si je ne crois pas avoir encore rejoint leurs rangs.

— Je ne vois pas le rapport, j'objecte.

Oh, vraiment ? me dit le regard d'Hillary.

— C'est vrai, Dexter n'est pas marié.

— Tu as raison. Pas encore. Mais il est fiancé. Ce qui est peut-être pire, parce qu'il lui suffirait d'un claquement de doigts pour tout faire changer. Et pourtant, il ne bouge pas.

Je détourne les yeux et regarde par la fenêtre.

— Rachel, qu'attends-tu donc ?

— La décision doit venir de lui. Je ne veux pas être responsable…

— Pourquoi ?

Je hausse les épaules.

Elle soupire.

— Tu veux que je te donne un bon conseil ?

Non, mais je hoche quand même la tête.

— Tu devrais le plaquer. Et tout de suite. Plus cette histoire se prolongera, plus tu seras malheureuse. Tu t'imagines le jour du mariage, quand tu les regarderas échanger les alliances, puis un baiser que Darcy s'arrangera pour faire durer un peu plus longtemps que ne le veut le bon goût ? Pense un peu à ce que tu ressentiras lorsque tu les verras couper la pièce montée et s'en donner à chacun un morceau, puis danser jusqu'au bout de la nuit…

— Je sais, je sais.

Mais Hillary n'a pas encore fini.

— … et disparaître à la fin du bal pour leur lune de miel à Hawaii !

— C'est bon, j'ai compris, lui dis-je avec une grimace.

— Pourquoi diable ne veux-tu pas agir ? Je ne sais pas, moi, trouve un truc pour lui forcer la main. Fais quelque chose.

— Je te l'ai déjà dit, je ne veux pas être responsable de leur rupture. La décision doit venir de Dexter, point final.

— Mais c'est lui qui prendra la décision, de toute façon. Tu ne vas pas lui faire subir un lavage de cerveau, que je sache. Il s'agit juste d'exprimer ton point de vue. Si tu tiens tant à lui, pourquoi n'es-tu pas plus rentre-dedans ?

Je n'ai pas d'explication, du moins aucune qui trouverait grâce à ses yeux. Mon téléphone sonne, interrompant le silence pesant qui s'est installé entre nous.

Je jette un coup d'œil à l'écran.

— C'est Les, je ferais mieux de décrocher, dis-je, soulagée d'avoir une excuse pour échapper à cette conversation.

Les choses vont vraiment mal si j'en suis à me réjouir que Les m'appelle.

Cet après-midi-là, je fais une pause dans mes recherches et me tourne vers la fenêtre. Dans la rue, les passants vaquent à leurs activités quotidiennes. Combien d'entre eux sont désespérés, euphoriques ou morts à l'intérieur ? Combien d'entre eux sont à la veille d'un drame ? Combien l'ont déjà vécu ? Je ferme les yeux et imagine toutes les scènes du mariage que m'a décrites Hillary. J'y ajoute ma version personnelle de la lune de miel – Darcy parée de sa nouvelle lingerie, prenant une pose alanguie sur le lit.

Brusquement, comme dans un flash, tout s'éclaire dans mon esprit. Je comprends soudain pourquoi je me refuse à agir, pourquoi je n'ai rien dit à Dex pendant notre week-end ou hier soir. Au fond de moi, je ne crois pas réellement qu'il va annuler le mariage et vivre avec moi. Quoi que je dise ou fasse, il épousera Darcy. J'ai la conviction que les scènes du mariage et de la lune de miel vont se dérouler telles que je les imagine, tandis que je serai sur la touche, seule.

Bien sûr, il m'est arrivé à l'occasion d'écrire un dénouement heureux dans lequel Dex et moi sommes enfin réunis, mais jamais cette version n'a dépassé le stade de la chimère fugitive. Bref, je n'ai aucune confiance dans ma propre capacité au bonheur. Et puis, il y a Darcy, tellement persuadée que tout lui est dû qu'elle obtient toujours ce qu'elle veut. Elle gagne parce qu'elle s'attend à gagner. Moi, je ne m'attends jamais à obtenir ce que je désire. Je crois tellement peu que mes rêves peuvent se réaliser que j'abandonne avant de m'être battue.

Samedi après-midi, dans les Hamptons.

J'ai pris le train ce matin, et maintenant, nous sommes tous réunis dans le jardin. Un cocktail explosif, si vous voulez mon avis. Julian et Hillary jouent au badminton. Au bout d'un moment, Hillary demande :

— Qui veut nous défier en double ?

Dex accepte. Elle le foudroie du regard.

— Qui veux-tu donc comme partenaire, Dexter ?

Jusqu'à cette minute, Dex ignorait que j'avais parlé de nous à Hillary. Je voulais lui éviter de se sentir mal à l'aise avec elle. Et puis, je n'avais pas envie qu'il se croie autorisé à en parler lui aussi à un ami.

Mais le sous-entendu d'Hillary est tellement évident qu'il ne peut échapper à ceux qui sont au courant de la situation. Ce qui est apparemment le cas de Julian : il lance un regard d'avertissement à Hillary, qu'elle s'empresse toutefois d'ignorer.

— Alors, Dex, qui choisis-tu ? répète-t-elle, le poing sur la hanche.

Dex serre les mâchoires, le regard noir.

— Et si deux personnes veulent jouer avec toi, que décides-tu ? insiste-t-elle.

Heureusement, ses insinuations de plus en plus lourdes ne font tiquer ni Darcy, ni Marcus, ni Claire. Sans doute sont-ils habitués au ton parfois provocateur d'Hillary, qu'ils mettent sur le compte de son métier.

Dex se retourne vers nous.

— Quelqu'un veut jouer ?

— Non, merci, dit Marcus avec un geste dédaigneux de la main. Le badminton, c'est un jeu de gonzesses.

Darcy pouffe de rire.

— Tu entends, Dex ? Tu t'amuses à un jeu de gonzesses, maintenant ?

Claire décline l'offre, en ajoutant qu'elle déteste le sport.

— Le badminton, un sport ? Tu plaisantes ? ricane Marcus en ouvrant une canette de Budweiser. Autant dire que la bataille navale est un sport.

— On dirait qu'il ne reste plus que Darcy et Rachel, fait remarquer Hillary. Tu veux jouer, Rachel ?

— Non, merci, dis-je d'une voix blanche.

— Tu veux que je sois ta partenaire, Dex ? s'enquiert Darcy, une main en visière pour protéger ses yeux de l'éclat du soleil.

Tandis qu'Hillary ricane, Darcy saute de la table de jardin en les prévenant qu'elle est nulle au badminton.

Les yeux rivés sur la pelouse, Dex attend que Darcy prenne la quatrième raquette et le rejoigne sur le terrain improvisé délimité par des tennis et des tongs.

— On va en dix, annonce Hillary, qui s'apprête à servir.

— Pourquoi est-ce toi qui sers en premier ? demande Dex.

— Parce que c'est comme ça, rétorque-t-elle en frappant le volant par-dessus le filet. Chacun pour soi.

Dex rattrape le volant et fusille Hillary du regard.

Le jeu est acharné, en tout cas chaque fois qu'Hillary et Dex frappent le volant. Ils semblent le considérer comme une arme et se le renvoient de toutes leurs forces. Marcus joue au commentateur sportif, Claire encourage les deux équipes. Moi, je reste muette.

Le score finit par atteindre 9-8 en faveur d'Hillary et Julian. Le service de ce dernier surprend Darcy, qui hurle et frappe les yeux fermés. Par le plus grand des hasards, sa raquette touche le volant, qui vole au-dessus du filet vers Hillary. Celle-ci vise avec soin et le renvoie dans l'autre camp avec une précision et une force qui feraient pâlir d'envie Venus Williams. Le volant traverse les airs et siffle au-dessus du filet en direction de Darcy, qui se recroqueville avec un piaillement.

— Il sort ! Il sort ! hurle Dex, le visage écarlate et trempé de sueur.

Le volant atterrit juste à côté d'une des tongs de Claire.

— Sorti ! s'exclame Dex en s'essuyant le front avec le bras.

— Tu rigoles ! Il est sur la ligne ! réplique Hillary. On a gagné !

Claire se lève du banc et va vérifier. Hillary et Julian la rejoignent. Cinq paires d'yeux scrutent le volant.

— Difficile à dire, déclare Julian, ce qui lui vaut un regard courroucé de la part d'Hillary.

Dex et elle recommencent aussitôt à se disputer avec fougue, tels deux ennemis jurés.

— Rejouez le point, suggère Claire, toujours prompte à endosser le rôle de la pacificatrice.

— Certainement pas, décrète Hillary.

— Pourquoi ? Tu as trop peur de perdre ? lance Dex avec hargne.

— Franchement, je ne crois pas que le volant soit sur la ligne, intervient Darcy, mais seulement pour la forme.

Autant elle peut avoir l'esprit de compétition dans la vie réelle, autant les jeux et les sports la laissent de marbre. Au Monopoly, par exemple, elle achète les propriétés uniquement en fonction de leur couleur: les petites maisons vertes sont, selon elle, tellement plus mignonnes que ces affreux hôtels rouges.

— Soit, rejouons le point, espèce de sale tricheur, dit Hillary à Dex avec de grands yeux innocents.

Elle masque son sous-entendu derrière un sourire amical, comme s'il s'agissait d'une simple plaisanterie.

Je suis au bord de l'évanouissement.

— Non, laisse tomber, tu as gagné, rétorque Dex.

Puis il jette sa raquette dans l'herbe sous un arbre et part d'un pas rageur en direction de la maison.

— Je vais prendre une douche, lance-t-il.

— Il est furax, commente Darcy. Dex déteste perdre, ajoute-t-elle, évidemment persuadée que le match est à l'origine de sa mauvaise humeur.

— Ce qu'il peut être gamin, parfois, bougonne Hillary.

Je note (avec satisfaction ? espoir ? mépris ?) que Darcy ne prend pas la défense de Dex. À sa place, j'aurais dit quelque chose. Mais bien sûr, si j'étais avec Dex, Hillary n'aurait pas eu besoin de se montrer aussi agressive.

Je lui jette un regard suppliant, histoire de l'inciter à la modération.

Elle hausse les épaules, se laisse tomber dans l'herbe et gratte jusqu'au sang une piqûre de moustique sur sa cheville. Elle essuie le sang avec un brin d'herbe, puis lève de nouveau les yeux vers moi.

— Alors ? me lance-t-elle avec défi.

Au restaurant, ce soir-là, Dexter joue les taciturnes. Mais je ne saurais dire s'il est fâché contre Hillary ou contre moi, car il nous ignore royalement toutes les deux. Hillary ne lui adresse pas non plus la parole, si l'on excepte les petites piques qu'elle lui lance ponctuellement. Quant à moi, je fais de piètres tentatives pour lui parler.

— Que vas-tu prendre ? je lui demande, tandis qu'il parcourt son menu.

— Je ne sais pas encore, répond-il sans lever les yeux.

— Ben voyons, marmonne Hillary. Si tu n'arrives pas à te décider, tu peux toujours commander deux plats.

Julian lui serre l'épaule entre ses doigts et me lance un regard d'excuse.

Dex tourne sa chaise vers Marcus et réussit à éviter toute conversation et tout regard avec Hillary et moi jusqu'à la fin du repas. L'angoisse me ronge, tandis que je me force à avaler mon steak d'espadon. Je t'en supplie, lui dis-je en silence, ne sois pas fâché. Je suis désespérée, j'ai envie de lui parler sans attendre, de nous réconcilier pour le temps qu'il nous reste. Je ne veux pas que notre histoire se termine sur une note aussi discordante.

Plus tard, au *Talkhouse*, Dex et moi nous retrouvons enfin en tête à tête. Je m'apprête à lui présenter des excuses pour le comportement d'Hillary quand il se tourne vers moi, des éclairs dans les yeux.

— Qu'est-ce qui t'a pris de tout lui raconter ? siffle-t-il entre ses dents.

Je n'ai pas l'habitude des conflits, et son hostilité me déstabilise. Je lui adresse le regard déconcerté de celle qui ne comprend pas. Dois-je m'excuser ? M'expliquer ? « Nous avions un pacte tacite, je sais, mais j'avais besoin de me confier... »

— Hillary. Tu lui as dit, pour nous, insiste-t-il en repoussant une mèche de cheveux qui tombe sur son front.

Il est encore plus séduisant quand il est en colère, me dis-je. Je chasse cette remarque de mon esprit, et à cet instant, un déclic se produit. De quel droit m'en veut-il ? Je n'ai rien fait de mal. Pourquoi serais-je celle qui cherche désespérément à se faire pardonner ?

— Je peux en parler à qui je veux, il me semble, je rétorque, surprise moi-même par la dureté de ma voix.

— Dis-lui de ne pas se mêler de ça.

— De quoi, Dex ? De notre liaison sordide ?

Il a d'abord l'air stupéfait, puis blessé. Tant mieux.

— Elle n'est pas sordide. La situation, oui, mais pas notre relation.

Mon indignation laisse la place à la colère, et je réplique :

— Tu es fiancé, Dexter. Tu ne peux dissocier cet état de fait de notre relation.

— Je suis toujours fiancé, je sais… Mais toi, tu as une aventure avec Marcus.

— Quoi ? je m'exclame, incrédule. C'est complètement faux !

— Tu l'as embrassé à l'*Aubette*.

Je n'arrive pas à y croire – il est fiancé et il ose me reprocher un insignifiant petit baiser de rien du tout ! Je me demande au passage depuis combien de temps il est au courant et pourquoi il n'en a rien dit jusqu'à présent. Puis je refoule le besoin instinctif qui me prend de faire acte de contrition.

— Oui, j'ai embrassé Marcus. Et alors, c'est un crime ?

— À mes yeux, ça l'est, réplique-t-il, le visage si proche du mien que je sens son haleine alcoolisée. Je déteste ça. Ne recommence pas.

— Tu n'as pas d'ordres à me donner, je réplique avec fougue, les larmes aux yeux. Moi, je ne te dis pas ce que tu dois faire. Enfin, je devrais peut-être te le dire, pour changer… Tu sais quoi ? Épouse donc Darcy, je m'en fiche royalement !

Je pivote sur mes talons et pars comme une furie. Dans mon emportement, je crois presque à ce que je viens de dire. C'est la première fois que je me sens aussi libre depuis le début de l'été. Peut-être même de toute ma vie. C'est moi qui mène le jeu et prends les décisions. Je me réfugie à l'extérieur, sur la terrasse du bar, seule au milieu d'une foule compacte, le cœur caracolant dans ma poitrine. Quelques minutes plus tard, Dex me retrouve et m'agrippe par le coude.

— Tu n'étais pas sérieuse, n'est-ce pas, quand tu disais que tu t'en fichais ?

À son tour de s'angoisser. La technique est infaillible : c'est le plus indifférent des deux (ou du moins celui qui feint de l'être) qui détient le pouvoir dans un couple. Je libère mon bras et le gratifie d'un regard glacial. Il s'approche de moi, me reprend le bras.

— Excuse-moi, Rachel, murmure-t-il en penchant son visage vers le mien.

Cette fois, je ne m'attendrirai pas.

— J'en ai assez, Dex. Assez de passer inlassablement de l'espoir à la culpabilité et au ressentiment. Assez de me demander ce qu'il va advenir de nous. Assez de t'attendre.

— Je sais. Je suis désolé. Je t'aime, Rachel.

Derrière mon intransigeance de façade, je me sens faiblir. La présence de Dex, ses mots me donnent le vertige. Je plonge mon regard dans le sien. Tout en moi m'incite à faire la paix avec lui, à lui dire que je l'aime aussi. Mais je lutte contre mes désirs avec l'énergie d'un naufragé au bord de la noyade. Je pense à Hillary, qui me supplie d'agir depuis si longtemps. Mais ce n'est pas pour elle que je dis :

— Je veux être avec toi, Dex. Annule le mariage et soyons heureux ensemble.

Voilà, j'y suis. Après deux mois d'attente – une éternité de passivité –, j'ai enfin prononcé les phrases qui ont résonné dans ma tête tout l'été. Je me sens à la fois soulagée, libérée et changée. Je suis une femme qui espère le bonheur. Qui le mérite. Et s'il y a un homme sur terre capable de me rendre heureuse, c'est lui.

Dex inspire un grand coup et s'apprête à me répondre, mais je lève la main pour l'empêcher de parler.

— Pas maintenant, dis-je. Ne m'adresse plus la parole, sauf pour me dire que le mariage est annulé.

Je soutiens son regard. Nous ne cillons ni l'un ni l'autre pendant un long moment. Puis, pour la première fois, je bats Dex à ce petit jeu.

20

Deux jours se sont écoulés depuis mon ultimatum, et il reste un mois avant le mariage. Je suis toujours sur un petit nuage après mon glorieux acte de résistance. J'ai foi en Dex, foi en nous. Il va annuler son mariage, et nous vivrons heureux tous les deux jusqu'à la fin de nos jours. Ou un scénario approchant.

Bien sûr, je m'inquiète pour Darcy. Je vais même jusqu'à craindre qu'elle ne commette un acte désespéré en se voyant rejetée pour la première fois de sa vie. Je l'imagine sur un lit d'hôpital, une perfusion dans le bras, le teint terreux, les yeux cernés. Je suis à son chevet avec des magazines et des bonbons à la réglisse, je lui dis que tout va s'arranger, que si c'est arrivé, c'est parce que c'était écrit.

Mais même si ce cauchemar devait se réaliser, jamais je ne regretterais d'avoir parlé ainsi à Dex. Pour une fois, je n'ai pas fait passer Darcy avant moi.

Tandis que les jours s'écoulent, je vaque à mes occupations sans jamais cesser d'attendre le coup de tonnerre qui doit bouleverser ma vie. Je suis persuadée que Dex va m'appeler d'un instant à l'autre pour m'annoncer la bonne nouvelle. Et je me montre forte, refusant de céder à la tentation de lui téléphoner la première. Mais au bout d'une semaine, je commence à fléchir et à retomber dans mes anciens travers. Je dis à Hillary que j'ai envie de l'appeler, car je sais qu'elle réussira à m'en dissuader. Je me fais penser à une alcoolique qui se traîne à une réunion des Alcooliques Anonymes dans un ultime effort pour ne pas craquer.

— Pas question de le contacter, m'ordonne Hillary.

— Mais imagine qu'il ait été ivre ce soir-là et qu'il ait oublié notre conversation, dis-je, prête à me raccrocher à n'importe quoi.

— Alors, tant pis pour lui.

— Tu crois qu'il s'en souvient ?

— Oui, fais-moi confiance.

— Oh, Hillary, si seulement j'avais tenu ma langue !

— Pourquoi ? Pour quelques nuits de plus avec lui ?

Je nie avec force, alors qu'elle a tapé en plein dans le mille.

Quelques jours de torture plus tard – je suis désormais incapable de manger, de travailler ou de dormir –, je décide que j'ai besoin de changer d'air. Je dois à tout prix m'éloigner de Dex. Quitter New York est le seul moyen qui m'empêchera de l'appeler et de piétiner mes résolutions pour une nuit ou une minute de plus avec lui. Je songe un moment à partir dans l'Indiana, mais ce n'est pas assez loin. Et puis, chez mes parents, tout me rappellerait Darcy et le mariage.

Je téléphone à Ethan.

— Viens quand tu veux ! me répond-il, enthousiaste, quand je lui demande si je peux lui rendre visite.

Je choisis un vol sur United cinq jours plus tard. En réservant à si court terme, je paie plein tarif – huit cent quatre-vingt-dix dollars –, mais ce voyage les vaut jusqu'au dernier *cent*.

Aussitôt après, je tape ma demande de congé et vais la porter au bureau de Les. Par chance, il est sorti.

— Il est en rendez-vous à l'extérieur, Dieu merci, m'annonce Cheryl, sa secrétaire.

Elle est mon alliée et me prévient souvent quand Les est d'une humeur particulièrement exécrable.

— J'ai juste quelques papiers pour lui, dis-je en entrant dans l'antre de mon supérieur.

Je pose les dossiers sur son bureau, ma demande de congé cachée sous la pile. Puis je me ravise et la place bien en évidence sur le dessus. Il va être furax, me dis-je en souriant.

— Que signifie ce petit sourire ? me demande Cheryl comme je sors du bureau.

— Demande de congé, lui réponds-je. Vous me raconterez.

— Ça va chauffer, dit-elle en haussant les sourcils, sans quitter des yeux la lettre qu'elle tape à l'ordinateur.

Dès son retour, Les m'appelle.

— Qu'est-ce qui vous prend ?

— Pardon ? je demande d'une voix posée, sachant que mon calme ne va que le hérisser davantage.

— Vous ne m'aviez pas prévenu que vous partiez en congé !

— Ah bon ? Je croyais l'avoir fait, mens-je.

— Quand ça ?

— Je ne sais plus exactement… il y a plusieurs semaines, en tout cas. Je vais à un mariage.

Deux mensonges à la suite.

— Bon Dieu !

Il souffle comme un phoque dans le combiné. Je sais qu'il attend que je suggère d'annuler mon congé. À mes débuts ici, ce vieux truc d'intimidation passive aurait pu marcher. Aujourd'hui, je me tais. J'attends qu'il se lasse.

— C'est un mariage dans votre famille ? finit-il par demander.

La famille, c'est l'unique critère acceptable pour Les, pour les mariages comme pour les enterrements. Et de préférence la famille proche. Je lui raconte donc qu'il s'agit du mariage de ma sœur. Troisième mensonge.

— Désolée, j'ajoute d'un ton désinvolte, mais je suis demoiselle d'honneur, vous comprenez.

Je le laisse fulminer pendant quelques secondes et me menacer de confier les dossiers que je traite à un autre collaborateur. Qu'est-ce qu'il s'imagine ? Que tout le monde se bat pour travailler avec lui ? Je me fiche pas mal qu'il veuille me remplacer. Puis il m'annonce avec délectation que d'ici vendredi, il ne va pas me laisser souffler une seconde. Je n'en attendais pas moins de lui.

Darcy me téléphone quelques minutes plus tard. Elle se montre à peu près aussi compréhensive que Les.

— Comment peux-tu partir en voyage si peu de temps avant mon mariage ?

— J'ai promis à Ethan que je lui rendrais visite cet été. Et l'été touche à sa fin.

— Pourquoi n'y vas-tu pas cet automne ? Je suis certaine que Londres, c'est encore plus beau en octobre.

— J'ai besoin de vacances. Maintenant.

— Pourquoi maintenant ?

— J'ai juste envie de changer d'air, c'est tout.

— Pourquoi ? C'est en rapport avec Marcus ?

— Non.

— Tu l'as revu ?

— Non.

— Et pourquoi ?

— Bon, d'accord, c'est peut-être un peu en rapport avec Marcus, dis-je, juste histoire de la faire taire. Je ne crois pas que ça va coller entre nous deux. De toute façon, je n'ai pas vraiment le moral, en ce moment.

— Oh, je suis sincèrement désolée que ça n'ait pas marché avec Marcus !

La dernière chose dont j'aie besoin, c'est de la compassion de Darcy. Je lui raconte qu'en réalité, c'est plutôt à cause du travail que je déprime, que je ne supporte plus Les.

— Mais j'ai besoin de toi ici, geint-elle.

Apparemment, ses dix secondes de compassion sont écoulées.

— Tu as Claire.

— Ce n'est pas la même chose. Tu es ma demoiselle d'honneur !

— Darcy, j'ai besoin de vacances, d'accord ?

— Bon, j'imagine que je vais devoir faire avec, dit-elle, avec toutefois une note d'espoir dans la voix.

— Eh oui.

Elle soupire bruyamment et change de tactique.

— Tu ne pourrais pas partir plutôt la semaine où je serai à Hawaii en voyage de noces ?

Dès qu'elle prononce le mot « Hawaii », j'ai d'insupportables visions d'elle dans sa lingerie affriolante.

— Je pourrais, si mon univers tournait autour de toi. Mais je suis désolée, ce n'est pas le cas.

Jamais je n'ai parlé ainsi à Darcy. Mais les temps ont changé.

— Bon, d'accord. Mais retrouve-moi demain à midi à la Maison du Mariage pour récupérer ta robe. À moins que tu n'aies prévu d'aller à Venise ou ailleurs.

— Très drôle, réponds-je.

Et je raccroche.

Maintenant, Dex va savoir que je pars à Londres. Je me demande comment il va le prendre. Peut-être cela va-t-il le pousser à se décider.

Durant les jours qui suivent, je continue à attendre, de plus en plus angoissée à chaque heure qui s'écoule. Je vérifie constamment mes messages. Aucun appel. Aucun e-mail. Des dizaines de fois, je compose les premiers chiffres de son numéro et rédige de longs e-mails que je n'envoie pas. Malgré la torture, je parviens à rester forte.

Puis, la veille de mon départ, je reçois un appel de José à l'interphone.

— Vous avez la visite de Dex.

L'émotion me submerge. Le mariage est annulé, c'est sûr. Pour une fois, mon verre est non seulement à moitié plein, mais il déborde ! Ma joie s'assombrit fugacement à la pensée de Darcy – que va-t-il advenir de notre amitié ? Est-elle au courant de mon histoire avec Dex ? Mais je la chasse de mon esprit et me concentre sur mes sentiments pour Dex. Pour l'instant, c'est ce qui compte le plus.

À l'instant où j'ouvre la porte, je comprends que je me trompe sur toute la ligne.

— Je peux te parler ? demande Dex, le visage sombre.

— Oui, je lâche dans un souffle.

Je prends place avec raideur sur le canapé, comme si on allait m'annoncer le décès d'un proche. Dex s'assoit près de moi, et les mots viennent : « La décision a vraiment été dure à prendre… je t'aime de tout mon cœur… mais je ne peux pas… j'ai réfléchi longtemps… me sens coupable… je ne voulais pas te donner de faux espoirs… notre amitié… c'est terriblement difficile… je tiens trop à Darcy… ne peux pas lui faire ça… je dois penser à sa famille… cinq ans… nous avons vécu un été merveilleux… tout ce que j'ai dit était sincère… je suis désolé… tellement désolé… je t'aimerai toujours… »

Dex enfouit son visage dans ses mains, et je me revois les admirer longuement dans le taxi, presque trois mois plus tôt, juste avant qu'il ne m'embrasse. Et voilà où nous en sommes aujourd'hui. À la toute fin de notre histoire. Plus jamais je ne l'embrasserai.

— Dis quelque chose, me demande Dex, le regard vitreux, les cils humides. Je t'en supplie, dis quelque chose.

Je m'entends répondre que je comprends, que ça va aller. Je ne verse pas une larme. Je me concentre sur ma respiration. Inspirer, expirer. Inspirer, expirer. Puis je me tais. Il n'y a plus rien à dire.

— Tu ferais mieux de partir.

Tandis que Dexter se lève et se dirige vers la porte, j'ai envie de lui crier : « Je t'en supplie, ne t'en va pas ! Je t'aime ! Change d'avis ! Elle t'a trompé ! » Mais je ne prononce pas un mot et le regarde s'éloigner sans une hésitation, sans se retourner une dernière fois vers moi.

Après son départ, je garde longtemps les yeux rivés sur la porte fermée, à écouter le silence oppressant. Je voudrais pleurer pour évacuer un peu ma peine, mais j'en suis incapable. Que faire, maintenant ? Préparer mes bagages ? M'enfouir sous la couette ? Appeler Ethan ou Hillary ? Durant un instant d'égarement, je caresse une pensée que la plupart des gens prétendent n'avoir jamais eue – avaler une douzaine de Tylenol PM avec un grand verre de vodka. Voilà qui punirait méchamment Dex, gâcherait son mariage et mettrait fin à ma souffrance par la même occasion.

Ne sois pas stupide, me dis-je. Ce n'est qu'une petite peine de cœur. Tu n'en remettras. Je pense à toutes ces ruptures qui ont lieu en ce moment même à Manhattan, partout dans le monde. À cette immensité de désespoir. Je me sens moins seule en me disant que d'autres personnes doivent être aussi accablées que moi. Quelque part, il y a des maris qui quittent leurs femmes au bout de vingt ans de mariage, de jeunes enfants qui pleurent et crient : « Ne pars pas, papa ! S'il te plaît, reste avec nous ! » Non, la souffrance qui me déchire est loin d'atteindre ces sommets. Ce n'était qu'un amour d'été, me dis-je. Une aventure condamnée à se terminer à la fin du mois d'août.

Je me lève, vais jusqu'à la bibliothèque et prends la boîte de pastilles. C'est mon dernier espoir. Si je fais un double six, peut-être Dex changera-t-il d'avis et reviendra-t-il vers moi. Je souffle avec ferveur sur les dés, comme j'ai vu Dex le faire, et les agite dans ma main droite. Puis, le ventre noué par l'angoisse, je les fais rouler délicatement. Comme la première fois, l'un d'eux tombe presque aussitôt. Un six ! Je retiens mon souffle. L'espace d'un instant, je crois presque entendre mon père s'exclamer : « Box Car Willy ! » Je m'agenouille, prise d'un espoir insensé.

Le deuxième dé s'immobilise. Ce n'est qu'un cinq. Anéantie, je fixe les dés dont les onze petits points dorés semblent me narguer et me dire : « Pas mal, mais c'est raté ! »

21

Je suis quelque part au-dessus de l'Atlantique quand je décide d'épargner à Ethan les détails sordides de ma pathétique histoire. Une fois que l'avion aura atterri sur le sol britannique, pas question de me complaire dans mon malheur. Ce sera la première étape pour me guérir de Dex, l'occasion de prendre un nouveau départ. Mais je m'accorde encore la durée du vol pour réfléchir à ce qui m'est arrivé depuis cette fête d'anniversaire fatidique. La route que j'ai imprudemment empruntée ne pouvait me mener qu'au rejet et à la déception. Si seulement j'avais su rester à ma place, moi dont le verre est toujours à moitié vide ! Comment ai-je pu être assez naïve pour offrir à Darcy l'occasion de me battre une fois de plus ?

Je cale mon front contre le hublot. Derrière moi, une fillette flanque un coup de pied dans mon siège. Puis un deuxième. Et un troisième.

— S'il te plaît, Ashley, arrête de taper dans le fauteuil de la gentille dame, entends-je sa mère lui dire d'une voix tout sucre, tout miel.

Mais Ashley continue son petit jeu.

— Ashley, ce n'est pas bien de donner des coups de pied dans les fauteuils. Arrête immédiatement, insiste la mère avec un calme exagéré, comme pour montrer aux autres passagers quelle éducatrice compétente elle est.

L'avion s'enfonce peu à peu dans la nuit. Je ferme les yeux et ne les rouvre qu'au passage de l'hôtesse, qui nous propose des écouteurs.

— Non, merci, réponds-je.

Pas de film pour moi. Durant les heures qui viennent, je serai trop occupée à ressasser mes malheurs.

J'ai dit à Ethan de ne pas venir me chercher à Heathrow, que je prendrais un taxi, mais j'espère qu'il sera là quand même. Bien que je vive à New York, je me sens un peu perdue dans les autres grandes villes, surtout à l'étranger. À l'exception d'un voyage à Paris et à Rome pour les vingt-cinq ans de mariage de mes parents et une visite des chutes du Niagara côté canadien, je n'ai jamais quitté les États-Unis. Je suis donc soulagée quand j'aperçois Ethan qui m'attend juste après la douane, avec son éternel sourire de gamin heureux. Il porte de nouvelles lunettes à monture d'écaille comme celles de Buddy Holly, mais en brun. Il se précipite vers moi et m'étreint par le cou. Nous rions tous les deux.

— C'est si bon de te voir ! Tiens, donne-moi ton sac, me dit-il.

— Moi aussi, je suis contente de te voir. J'aime bien tes lunettes.

— Elles me donnent l'air plus intelligent, non ?

Il prend une pose d'érudit plongé dans une intense réflexion et caresse un bouc invisible.

— Beaucoup plus, je lui assure en riant.

— Je suis si heureux que tu sois là !

— Et moi donc !

Après tout un été de décisions aberrantes, en voici enfin une que je ne regrette pas. Voir Ethan me fait un bien fou.

— Il était temps que tu viennes, me dit-il en me guidant à travers la foule.

Nous sortons et gagnons la station de taxis.

— Je n'arrive pas à croire que je suis en Angleterre. C'est si excitant, dis-je en inspirant une grande bouffée d'air britannique.

Le temps est tel je l'avais imaginé – ciel gris et petite bruine un peu fraîche.

— Dis donc, j'ajoute, tu ne plaisantais pas, à propos de la météo. On se croirait en novembre.

— Je te l'avais dit… En fait, nous avons eu quelques journées très chaudes ce mois-ci, mais les températures sont revenues à la normale. Il fait plutôt frisquet, hein ? Mais on s'habitue. Il suffit d'avoir la garde-robe adéquate.

Quelques minutes plus tard, nous sommes à bord d'un taxi noir, beaucoup plus élégant et spacieux que ceux de New York.

Ethan me demande comment je me sens. Pendant une seconde, je pense qu'il me parle de Dexter, puis je réalise que c'est juste la question standard après un vol long courrier.

— Ça va. C'est génial d'être ici.

— Pas trop fatiguée par le décalage horaire ?

— Un peu.

— Une bonne bière va arranger ça. Mais interdiction de faire la sieste, décrète-t-il. Tu ne restes qu'une semaine, et nous avons beaucoup à faire.

Je ris.

— Ah, oui ? Tu nous as concocté un programme ?

— Et comment ! Visiter la ville, picoler, se remémorer le bon vieux temps… Tu n'auras pas une minute pour souffler. Bon sang, que c'est bon de te voir !

Nous arrivons dans son deux-pièces en rez-de-chaussée, à Kensington, et il me fait faire un tour rapide du propriétaire. Le mobilier est sobre et moderne, les murs ornés de tableaux abstraits et de posters de musiciens de jazz. On sent la touche déco du célibataire, mais sans le côté « je suis un bon coup, essayez-moi ».

— Tu dois avoir envie de prendre une douche, non ? me demande-t-il.

— Oui, je me sens plutôt crasseuse.

Il sort une grande serviette d'un placard du couloir et me la tend.

— Fais vite. J'ai hâte qu'on discute.

À peine suis-je sortie de la salle de bains qu'Ethan entre dans le vif du sujet.

— Alors, tu en es où avec Dex ? Je suppose qu'il est toujours fiancé ?

Depuis mon arrivée, je n'ai cessé de penser à Dex. Les détails les plus insignifiants me ramènent à lui. Une pub pour la bière Newcastle me rappelle celles que j'ai bues avec lui le soir de mon anniversaire ; la conduite à gauche, que Dex est gaucher. Et le crachin londonien m'évoque « Ironic », la chanson d'Alanis Morissette où elle dit : « C'est comme s'il pleuvait le jour de ton mariage. »

Mais la question d'Ethan me fait l'effet d'un coup de poignard. Je sens ma gorge se nouer et les larmes me monter aux yeux.

— Oh, non, je le savais ! dit Ethan, qui me prend la main et me fait asseoir sur son canapé en cuir noir.

— Quoi donc ? je m'enquiers.

— Ton air bravache, je me doutais que ce n'était qu'une façade.

Il passe son bras autour de mes épaules.

— Qu'est-il arrivé ?

Je finis par fondre en larmes et lui livre toute l'histoire pêle-mêle, même l'anecdote des dés. Tant pis pour mon serment au-dessus de l'Atlantique.

— Je suis content d'avoir décliné l'invitation au mariage, dit Ethan à la fin de mon récit. Je ne crois pas que j'aurais pu supporter d'assister à cette mascarade.

J'essuie mes joues et me mouche.

— Ce sont les paroles exactes d'Hillary. Elle n'y va pas non plus.

— Toi non plus, tu ne devrais pas y aller, Rachel. Boycotte ce mariage. Ce sera trop dur. Épargne-toi.

— Je dois y assister.

— Pourquoi ?

— Je ne vois pas quelle excuse je pourrais donner à Darcy.

— Dis-lui que tu dois subir une opération, une ablation quelconque…

— Une ablation ?

— De la vésicule, par exemple. On peut vivre sans vésicule, non ?

— Et pourquoi devrais-je subitement me faire enlever la vésicule ?

— Je n'en sais rien. Un calcul, un accident, une maladie… Peu importe. Je ferai des recherches pour toi, on montera une histoire plausible. Mais, s'il te plaît, n'y va pas.

— Je n'ai pas le choix, Ethan. Il faut que j'y aille, dis-je, comme toujours tenaillée par mon sacro-saint sens du devoir.

Le silence tombe entre nous. Au bout d'une minute, Ethan se lève et va prendre son portefeuille sur une petite console dans l'entrée.

— Viens.

— Où va-t-on ?

— À mon pub favori. Tu vas prendre une bonne cuite. Crois-moi, ça va te faire du bien.

— Il n'est que 11 heures du matin ! fais-je remarquer, amusée par son extravagance.

— Et alors ? Tu as une meilleure idée ? rétorque-t-il en croisant les bras sur son torse étroit. Tu préfères aller visiter des monuments, peut-être ? Tu penses que Big Ben va te faire du bien dans l'état où tu es ?

— Non.

Big Ben me rappellerait seulement le compte à rebours qui me sépare du jour le plus horrible de ma vie.

— Alors, viens.

Ethan m'emmène dans un pub appelé *The Britannia*. L'endroit ressemble exactement à l'idée que je me faisais d'un pub anglais : sombre et enfumé, avec plein de vieux messieurs qui bavardent devant une bière ou lisent le journal. Rouge foncé comme le sol, les murs sont décorés de croûtes qui représentent des scènes de chasse ou des femmes de l'époque victorienne. On se croirait en 1950. Un des clients, qui fume la pipe, me fait même penser à Winston Churchill.

— Qu'est-ce qui te ferait plaisir ? me demande Ethan.

— Pourquoi pas une bière ?

— Quelle marque ? Guinness ? Carling ?

— Ce que tu veux. Tout sauf une Newcastle, dis-je en faisant la grimace.

L'idée de boire pour oublier ne me paraît plus si absurde, finalement.

Ethan commande deux bières – une brune pour lui et une blonde pour moi –, puis nous allons nous asseoir dans un coin de la salle, à une table un peu isolée.

— Combien de temps t'a-t-il fallu pour te remettre de ta rupture avec Brandi ? je lui demande à brûle-pourpoint.

— Pas longtemps. Quand j'ai su ce qu'elle avait fait, j'ai réalisé que je m'étais trompé sur toute la ligne. Il n'y avait rien à regretter. C'est aussi ce dont tu dois te convaincre, Rachel. Dexter n'était pas pour toi. Laisse Darcy l'avoir…

— Pourquoi faut-il toujours que ce soit elle qui gagne ?

J'ai la sensation de pleurnicher comme une gamine de cinq ans, mais cela m'est égal.

Ethan rit, et sa fossette se creuse.

— Qu'elle gagne quoi ?

— Eh bien, Dex, pour commencer.

Le cœur serré, je l'imagine avec Darcy. En ce moment, c'est le petit matin à New York. Ils sont sans doute encore au lit.

— D'accord. Quoi d'autre ?

— Tout.

J'avale ma bière aussi vite que j'en suis capable et la sens s'écouler dans mon estomac vide.

— Par exemple ?

Comment lui expliquer ? Mes arguments semblent si superficiels – elle est plus belle, plus mince, toujours mieux habillée. Elle obtient toujours ce qu'elle veut, quoi qu'il advienne. J'essaie de m'en sortir en lui donnant des exemples concrets.

— Eh bien, elle a un super-boulot avec lequel elle gagne un fric fou alors que tout ce qu'elle a à faire, c'est organiser des soirées branchées et sourire.

— Son boulot de lèche-cul ? Ne me fais pas rigoler !

— Il est mieux que le mien.

— Mieux qu'avocate ? Ce n'est pas mon avis.

— Il est plus marrant, en tout cas.

— Tu détesterais.

— Là n'est pas la question. Elle adore son travail.

— Alors, trouve-toi un métier que tu adores, toi aussi. Mais c'est une tout autre question dont on parlera plus tard, si tu veux bien. Revenons à nos moutons : qu'a Darcy de plus que toi ? Qu'a-t-elle gagné que toi, tu n'as pas eu ?

— Eh bien… elle a été admise à Notre-Dame, dis-je, consciente que je suis ridicule de mettre une si vieille histoire sur le tapis.

— Bien sûr que non !

— Mais si.

— Non, insiste Ethan. Elle a prétendu avoir été admise. Qui préférerait l'université de l'Indiana à Notre-Dame, franchement ?

— Des tas de gens. Pourquoi critiques-tu toujours l'université de l'Indiana ?

— Je déteste encore plus Notre-Dame. Ce que je veux dire, c'est que si tu es admise aux deux, tu choisiras forcément Notre-Dame. C'est une meilleure fac, n'est-ce pas ?

J'approuve d'un hochement de tête.

— Le hic, c'est que Darcy n'y a pas été admise, pas plus qu'elle n'a obtenu – combien disait-elle, déjà ? – 1 305 à ses tests. Tu te souviens de ce délire ?

— Oui, elle a menti sur ses résultats, c'est sûr.

— Et sur le reste aussi, tu peux me croire. T'a-t-elle jamais montré sa lettre d'admission à Notre-Dame ?

— Non. C'est vrai qu'en y réfléchissant… Tu as peut-être raison.

— Mon Dieu, Rachel, tu es si naïve ! Je croyais que tu avais compris depuis longtemps… Ça te dérange si je fume ? me demande-t-il en sortant un paquet de cigarettes de la poche de son blouson.

Je secoue la tête, et il prend une cigarette qu'il fait rouler doucement entre ses doigts.

— Je croyais que tu avais arrêté.

— Pas longtemps.

— Tu devrais.

— Je sais.

— Pour en revenir à Darcy, elle n'a peut-être pas été acceptée à Notre-Dame, mais elle a eu Dex.

Ethan craque une allumette, allume sa cigarette et tire dessus.

— Et alors ? Qu'elle le garde. C'est un lâche. Sincèrement, tu es mieux sans lui.

— Ce n'est pas un lâche, je proteste.

Mais j'espère qu'Ethan saura me convaincre du contraire. J'ai tellement envie de m'accrocher à l'idée que Dex n'est pas l'homme que je croyais. Ce serait bien moins douloureux que de penser que je ne suis pas la femme de ses rêves.

— Bon, d'accord, lâche est peut-être un mot un peu fort. Mais, Rachel, je suis persuadé qu'il préférerait être avec toi. C'est juste qu'il ne sait pas comment la plaquer.

— Merci pour ce vote de confiance. Mais en réalité, je crois qu'après réflexion, il s'est décidé pour Darcy, voilà tout. C'est toujours elle que tout le monde choisit, conclus-je en avalant une nouvelle gorgée de bière.

Il hausse un sourcil étonné.

— Tout le monde ?

Je lui souris.

— Toi, par exemple.

Il ouvre de grands yeux sidérés.

— Certainement pas.

Je laisse échapper un ricanement incrédule.

— C'est ce qu'elle t'a raconté ? s'enquiert-il.

Malgré les années, je ne lui ai jamais reparlé de son « aventure » avec Darcy à l'école primaire.

— Elle n'a pas eu besoin de me le dire. Tout le monde était au courant.

— De quoi parles-tu donc ? s'étonne Ethan.

— Et toi ?

— De la réunion des anciens élèves.

— Celle des dix ans ?

Je n'en vois pas d'autre. Je me souviens de ma colère quand Les m'avait obligée à rester travailler. À l'époque, je ne savais pas encore lui mentir. Il avait piqué une crise d'anthologie lorsque je lui avais annoncé que je voulais aller dans l'Indiana assister à la réunion des anciens élèves de mon lycée.

— Oui. Elle ne t'a pas raconté ce qui s'est passé ? demande Ethan.

Il tire une longue bouffée et tourne la tête pour exhaler la fumée.

— Non, qu'est-il arrivé ?

Je m'attends au pire.

— Je t'en supplie, ne me dis pas que tu as couché avec elle !

— Seigneur, non. Mais elle aurait bien voulu.

Tout en vidant ma chope et en buvant quelques gorgées de sa Guinness, je l'écoute me raconter cette fameuse réunion des dix ans. Il m'apprend que Darcy lui a fait du rentre-dedans à la fête donnée après le dîner chez Howard Carlisle, qu'elle lui a proposé de passer une nuit ensemble, que selon elle, il n'y avait pas de mal à cela.

— Tu plaisantes ?

— Pas du tout. J'étais scié, tu imagines. J'ai bredouillé un truc du genre : « Mais enfin, Darcy, qu'est-ce qui te prend ? Tu as déjà un copain. »

— C'est pour cette raison que tu as refusé ?

— Non.

— Pourquoi, alors ?

L'espace d'un instant, je me demande s'il ne va pas m'annoncer qu'il est homo. Peut-être Darcy a-t-elle raison, après tout.

— Pour moi, Darcy… c'est Darcy. Je la considère comme une copine, c'est tout.

— Tu ne la trouves pas… sublime ?

— Franchement, non.

— Pourquoi ?

— Suis-je obligé d'avoir des raisons ?

— Oui.

— Si tu insistes, fait-il en soufflant un nuage de fumée, les yeux au plafond. Eh bien, parce qu'elle se maquille trop. Parce que physiquement, elle est trop… je ne sais pas… trop apprêtée. Et aussi trop déplumée des sourcils.

Je visualise la fine courbe impeccablement épilée des sourcils de Darcy.

— Déplumée des sourcils ? C'est marrant comme expression, dis-je en riant.

— Et puis, elle est beaucoup trop maigre. Je n'aime pas ça du tout. Mais ce n'est pas pour ça que j'ai repoussé ses avances. C'est parce que… eh bien, parce qu'il s'agissait de Darcy, point final, conclut-il, avant de me prendre sa chope vide des mains. Ne bouge pas, je reviens.

Il écrase sa cigarette et va chercher deux autres bières au bar.

— Tiens, me dit-il à son retour, en me tendant une chope remplie à ras bord.

Je le remercie et porte aussitôt ma bière à mes lèvres.

Ethan se met à rire.

— Dis donc, quelle descente ! Je vais avoir du mal à suivre.

J'essuie la mousse sur ma bouche d'un revers de main.

— Pourquoi ne m'as-tu pas raconté cette histoire plus tôt ?

— Je n'en sais rien. Ça ne me paraissait pas important. Et puis, elle avait trop bu, répond-il avec un haussement d'épaules. Elle ne savait sans doute même pas ce qu'elle faisait.

— Tu parles ! Elle sait toujours ce qu'elle fait.

— Peut-être, mais c'était vraiment insignifiant.

Voilà donc pourquoi Darcy croit dur comme fer qu'Ethan est gay. Elle est incapable de concevoir qu'un hétéro sain d'esprit puisse repousser ses avances.

— J'imagine que son charme a fini par s'éroder depuis l'école primaire, dis-je.

Il se met à rire.

— C'est vrai qu'on est un peu sortis ensemble à l'époque, dit-il en dessinant des guillemets en l'air avec ses doigts.

— Tu vois ? Toi aussi, tu l'as préférée à moi.

— Qu'est-ce que tu racontes ?

— Tu sais bien, le message avec les cases.

— Quel message ?

Je soupire.

— Celui sur lequel elle te demandait si tu voulais sortir avec elle ou avec moi. Elle avait dessiné de petites cases pour la réponse, tu ne te rappelles pas ?

— Ce n'est pas ce que le mot disait. Tu n'y étais pas évoquée. Pourquoi aurait-elle parlé de toi ?

— Parce que tu me plaisais, tiens ! je m'exclame, un peu gênée de lui faire cet aveu après toutes ces années. Tu le savais bien.

Il secoue fermement la tête.

— Pas du tout.

— Tu as dû oublier.

— Je n'aurais pas oublié un truc pareil. J'ai une mémoire d'éléphant. Ton nom n'était pas dans le message. Ça m'aurait marqué, parce qu'à l'époque, tu me plaisais aussi, m'annonce-t-il en me scrutant derrière ses lunettes, avant d'allumer une nouvelle cigarette.

— N'importe quoi.

Je me sens rougir. Voyons, ce n'est qu'Ethan, me dis-je. Nous sommes adultes, maintenant.

Il hausse les épaules.

— Si tu ne me crois pas, tant pis, répond-il en jouant avec sa pochette d'allumettes, l'air tout aussi embarrassé que moi.

— Je te plaisais, c'est vrai ?

— Et comment ! Je me souviens que je t'aidais toujours à la crapette pour que tu gagnes. Ne me dis pas que tu ne l'avais pas remarqué.

— C'est pourtant le cas.

— Eh bien, tu es nettement moins perspicace que je ne le croyais, me dit-il en souriant. Oui, tu m'as plu jusqu'à la fin du lycée. Puis tu es sortie avec Beamer. Ça m'a brisé le cœur.

C'est une nouvelle de taille, mais je suis toujours sous le choc de son autre révélation – je n'arrive pas à croire que mon nom ne figurait pas sur le mot de Darcy.

— Annalise l'a vu, je pourrais le jurer.

— Quoi donc ? Ah, oui, le fameux message ! Tu sais, Annalise est une gentille fille, mais Darcy pouvait lui faire gober n'importe quoi. Comment va-t-elle, au fait ? A-t-elle déjà accouché ?

— Non, mais ça ne devrait pas tarder, maintenant.

— A-t-elle prévu d'aller au mariage ?

— Si elle n'est pas en salle de travail, oui. Tout le monde sera là, sauf Hillary et toi.

— Et toi. C'est terrible, cette histoire de vésicule.

— Oui, tragique, dis-je avec un sourire. Donc, tu es sûr que mon nom n'y figurait pas ?

C'est absurde, je sais, de se focaliser ainsi sur une histoire vieille de vingt ans, mais c'est pour moi une révélation capitale.

— Sûr et certain.

— Bon sang, quelle garce ! je bougonne.

— J'ignorais que j'étais l'objet d'une telle convoitise de sa part, dit Ethan en riant. Je croyais qu'elle n'en avait qu'après Doug Jackson.

— Le pire, c'est que c'est vrai. C'était moi qui t'aimais. Moi seule. Elle m'a copiée exprès pour m'embêter.

Comme tu es puérile quand tu parles de Darcy, me dis-je, un peu honteuse.

— De toute façon, tu n'as pas manqué grand-chose. Sortir avec moi se limitait à partager quelques biscuits au beurre de cacahuètes. Rien de très excitant. Et puis, c'était quand même toi que j'aidais à gagner à la crapette.

Je lui souris. Entre ses efforts pour me remonter le moral et la bière, je me sens quelque peu réconfortée – du moins temporairement.

— Bon, récapitulons, reprend Ethan. Nous avons établi que je n'ai jamais préféré Darcy à toi et qu'elle n'a jamais été admise à Notre-Dame.

— Oui, mais elle a eu Dex.

— Oublie-le, il n'en vaut pas la peine, répond-il, avant de se retourner pour déchiffrer le menu griffonné sur un tableau noir derrière nous. Si on mangeait quelque chose ? Que dirais-tu d'un *fish and chips* ?

Après deux autres bières et le repas – poisson, frites et petits pois farineux qui me rappellent la nourriture pour bébé –, je suggère que nous fassions une balade dans un coin typiquement anglais. Ethan m'emmène à Kensington Palace, où vivait la princesse Diana.

— Tu as dû voir cette grille à la télé, me dit-il à l'entrée du parc. C'est ici qu'étaient empilés tous les bouquets de fleurs et les lettres après sa mort. Tu te souviens de ces images ?

— Bien sûr, c'était terriblement émouvant.

Nous nous promenons dans les allées sinueuses du parc sous la bruine. Nous n'avons pas de parapluie, mais je me moque de me faire mouiller. Ça m'est même égal de savoir que mes cheveux vont immanquablement friser.

— Tu aimes ? me demande Ethan lorsque nous arrivons en vue d'une immense statue du prince Albert assis sur un trône.

— C'est impressionnant.

— Cette statue a été érigée à la demande de la reine Victoria après la mort de son mari de la fièvre typhoïde.

— Quand ?

— Vers 1860, 1870, je ne sais plus exactement. Apparemment, Albert et elle étaient très liés. J'aime bien cette statue.

La reine Victoria devait être bien plus triste que moi en ce moment, me dis-je. Puis je songe qu'il me serait moins douloureux de perdre Dex à cause d'une maladie qu'à cause de Darcy. Peut-être n'est-ce pas un amour véritable que j'éprouve pour lui, si je préfère le voir mort plutôt qu'avec une autre... Enfin, non, tout bien réfléchi, j'aimerais autant qu'il reste en vie.

La pluie commence à tomber dru. À part quelques touristes japonais qui prennent des photos au pied du mémorial, il n'y a plus que nous dans le parc.

— Tu veux rentrer ? me demande Ethan en montrant la direction d'où nous venons. On pourra explorer Hyde Park un autre jour.

— Bonne idée.

— Ta vésicule ne te fait pas trop souffrir par ce temps ?

— Ethan ! Je te l'ai dit, je dois aller à ce mariage.

— Et moi, je t'ai dit de laisser tomber.

— Je suis la demoiselle d'honneur de Darcy.

— Oh, c'est vrai, j'oubliais ! ironise-t-il en essuyant les verres de ses lunettes sur sa manche.

Alors que nous approchons de son immeuble, il pouffe soudain de rire.

— Qu'est-ce qu'il y a ?

— C'est Darcy, répond-il en secouant la tête. Je repensais à la fois où elle a écrit à Michael Jordan pour lui demander d'être son cavalier à notre bal de promo.

J'éclate de rire.

— Dire qu'elle croyait vraiment qu'il allait venir ! Tu te souviens de son angoisse à l'idée qu'elle allait devoir annoncer la nouvelle à Blaine ?

— Et Jordan lui a effectivement répondu. Ou sa secrétaire, du moins. C'est la partie la plus folle de l'histoire. Jamais je n'aurais imaginé qu'elle recevrait une réponse !

Quoi qu'il en dise, je devine qu'il éprouve pour Darcy une certaine tendresse. Malgré lui, parfois. Tout comme moi.

— Elle a encore la lettre, tu sais.

— Elle te l'a montrée ?

— Oui. Tu ne te souviens pas qu'elle l'avait scotchée sur son casier ?

— Et pourtant, tu n'as jamais vu celle de Notre-Dame, me fait-il remarquer.

— D'accord, d'accord, tu as raison à propos de cette histoire d'admission. Mais pourquoi as-tu attendu douze ans pour me faire partager ta clairvoyance ?

— Comme je te l'ai dit, je croyais que nous étions sur la même longueur d'onde. Toute cette affaire était quand même plutôt transparente. Tu sais, pour une fille intelligente, tu peux parfois être franchement obtuse.

— Merci du compliment !

— Il n'y a pas de quoi, réplique-t-il en soulevant un chapeau imaginaire.

Lorsque nous arrivons à l'appartement, je succombe très vite à la fatigue du décalage horaire. À mon réveil, Ethan m'offre une tasse d'Earl Grey et un scone. Un déjeuner au pub, une balade à Kensington Palace, une petite sieste réparatrice durant laquelle je n'ai pas rêvé une seconde à Dexter, et pour finir, le thé à l'anglaise avec mon ami… Décidément, ce séjour commence sous de bons auspices. Pas mal pour un cœur brisé.

22

Le soir, nous retrouvons des amis d'Ethan, Martin et Phoebe, qu'il a rencontrés grâce à son travail pour *TimeOut*. Il m'a déjà beaucoup parlé d'eux. Je sais que Martin est très distingué, a fait ses études à Oxford et est issu d'une famille très riche. Quant à Phoebe, Ethan m'a appris qu'elle venait d'East London, qu'elle avait un jour été renvoyée par son patron après lui avoir dit d'aller se faire foutre et qu'elle avait des tas d'amants.

Ils sont exactement tels que je les imaginais. Vêtu avec élégance, Martin possède un charme un peu guindé. Assis les jambes croisées, il hoche souvent la tête, fronce régulièrement les sourcils et vous gratifie de nombreux « mmm » attentifs dès que vous lui parlez. Phoebe, elle, a des allures d'amazone et des cheveux rouge tomate ébouriffés. Je ne parviens pas à décider si son rouge à lèvres orange jure avec sa coiffure ou la met en valeur. Tout comme je ne saurais dire si elle est très belle ou juste complètement excentrique. Son physique, en tout cas, n'a rien de parfait, mais elle ne fait aucun effort pour cacher ses défauts. Son chemisier court laisse apparaître un bourrelet de chair blanche au-dessus de son jean. À Manhattan, aucune femme n'exhiberait son ventre ainsi à moins d'avoir des abdos en béton. D'après Ethan, les Anglaises sont beaucoup moins obsédées par leur apparence et la minceur que les Américaines. Phoebe en est l'exemple vivant – et c'est très rafraîchissant. Toute la soirée, elle disserte sur ses multiples conquêtes masculines – passées et à venir – comme une autre parlerait du bureau ou du temps. J'apprécie son naturel, mais Martin lève souvent les yeux au ciel et lui lance de petites piques sur son absence de bonnes manières.

Au bout d'un moment, elle se tourne vers moi.

— Alors, Rachel, dis-moi comment sont les hommes à New York. Sont-ils aussi atroces que les Anglais ?

— Merci pour eux, plaisante Martin, pince-sans-rire.

— Je n'en sais rien... Je ne connais pas assez les Anglais pour pouvoir faire de comparaison.

— Tu es avec quelqu'un en ce moment ? me demande-t-elle avant de souffler sa fumée de cigarette au plafond.

— Euh... non, pas exactement.

Phoebe surprend le regard qu'Ethan et moi échangeons. Sa curiosité est aussitôt piquée.

— Qu'est-ce qu'il y a ? Mmm... je flaire une histoire.

Martin décroise les bras et chasse la fumée.

— Alors ? insiste Phoebe.

— Il n'y a rien d'intéressant à en dire, tu sais, réponds-je, histoire de couper court aux questions.

— Raconte-leur, intervient Ethan.

Merci, Ethan. Maintenant, je n'ai plus le choix.

Je ne veux agacer personne avec de vaines tentatives de dérobade, et comme Hillary, Phoebe ne me semble pas du genre à accepter les réponses évasives. Je prends donc mon courage à deux mains et me jette à l'eau.

— Durant tout l'été, je suis sortie avec un homme qui doit se marier dans... moins de deux semaines. Je pensais qu'il annulerait son mariage, mais il ne l'a pas fait. Alors, me voilà de nouveau célibataire.

J'ai parlé sans émotion apparente, ce dont je tire une grande fierté. Je fais des progrès.

— D'habitude, ils attendent d'être mariés pour aller voir ailleurs, commente Phoebe. Celui-ci a une longueur d'avance. À quoi ressemble sa future femme ? Tu la connais ?

— Oui, c'est le moins qu'on puisse dire.

— C'est une garce ? demande Phoebe avec sollicitude.

Martin s'éclaircit la gorge.

— Rachel n'a peut-être pas envie d'en parler, Phoebe, fait-il remarquer. T'es-tu posé la question ?

— Non, en effet, lui répond-elle avant de se retourner vers moi. Ça te dérange qu'on en parle ?

— Non, dis-je, sincère.

— Alors ? Comment se fait-il que tu connaisses la fille qu'il va épouser ?

— Eh bien... c'est une longue histoire.

— Pour résumer, intervient Ethan, Rachel est la demoiselle d'honneur de la future mariée.

Il me tapote le dos, puis pose une main sur mon épaule comme pour me féliciter. À l'évidence, il est ravi d'offrir à ses amis cette croustillante anecdote d'outre-Atlantique.

Phoebe ne semble guère troublée. À mon avis, elle a dû voir bien pire.

— Ça craint, commente-t-elle, compatissante.

— Mais maintenant, c'est fini. Je lui ai demandé d'annuler le mariage, il ne l'a pas fait, donc c'est terminé.

Je m'efforce de cacher que ce rejet m'a anéantie. J'y parviens plutôt bien, je crois.

— Elle surmonte merveilleusement le choc, dit Ethan.

— C'est vrai, tu n'as pas du tout l'air retournée, ajoute Phoebe. Jamais je n'aurais deviné.

— Selon toi, elle devrait pleurer dans sa Carling ? demande Martin à Phoebe.

— Moi, c'est ce que je ferais. Vous vous souvenez d'Oscar ?

Ethan laisse échapper un grognement et Martin fait la grimace. Apparemment, ils se souviennent d'Oscar.

Puis Ethan me dit une fois de plus qu'à son avis je devrais boycotter la cérémonie. Phoebe veut en savoir davantage sur la future mariée, et il se fait un plaisir de lui brosser son portrait, allant même jusqu'à lui raconter l'histoire de Notre-Dame. Je réponds aux questions quand ils m'en posent, mais le reste du temps, je me contente de les écouter discuter tous les trois de mes malheurs comme si je n'étais pas là. C'est amusant d'entendre Martin et Phoebe disserter sur le couple de Dex et Darcy, qu'ils ne rencontreront sans doute jamais. D'une certaine façon, cela m'aide un peu à relativiser. Juste un peu.

— Tu es mieux sans lui, déclare Phoebe.

— C'est que je ne cesse de lui dire, approuve Ethan.

— Mais que feras-tu si Dexter décide finalement d'annuler le mariage ? me demande Martin. Il en a encore le temps.

— Il ne le fera pas, réponds-je. Il est venu chez moi la veille de mon départ et a été très clair. Il a l'intention de se marier.

— Au moins, il a été franc, dit Martin.

— C'est vrai.

Je peux au moins lui reconnaître ce petit mérite. Sinon, ce soir, je serais encore en train de me faire des illusions.

Soudain, Phoebe a une brillante idée. Son ami James est de nouveau célibataire depuis peu, et il adore les Américaines. Pourquoi ne pas arranger un rendez-vous et voir ce qui se produit ?

— Tu sembles oublier que Rachel vit à New York, lui dit Martin.

— Et alors ? Simple problème logistique. Et puis, on n'en est pas encore là. Tout ce qu'on veut, c'est qu'ils passent un bon moment. Avec un peu de chance, ils se paieront même une bonne partie de jambes en l'air.

— Tout le monde ne considère pas le sexe comme une thérapie, dit Martin.

Phoebe hausse un seul sourcil – un truc qui m'impressionne toujours.

— Oh, vraiment ? Est-ce que tu as déjà essayé, au moins ? lui lance-t-elle avant de se retourner vers moi pour connaître mon avis sur la question.

— Quelques galipettes n'ont jamais fait de mal à personne, dis-je, histoire de m'attirer ses bonnes grâces.

Elle se passe les mains dans les cheveux et hoche vigoureusement la tête.

— Exactement !

— Que fais-tu ? lui demande Ethan en la voyant sortir son portable de son sac.

— J'appelle James.

— Bon Dieu, Phoebe, range ce portable ! s'emporte Martin. Un peu de tact, que diable !

— C'est bon, dis-je.

Puis, refoulant ma pruderie coutumière, j'ajoute à l'intention de Phoebe :

— Appelle-le, ça ne me dérange pas.

Le visage de Phoebe s'illumine.

— Super. Vous, les garçons, vous restez en dehors de ce coup-là.

Le lendemain soir, grâce à Phoebe, je dîne dans un restaurant thaïlandais en compagnie de James Hathaway, un charmant journaliste free-lance d'une trentaine d'années. James est séduisant, mais d'une tout autre manière que Dex : de taille moyenne, il a les yeux bleus, les cheveux blonds et des sourcils encore plus clairs. Quelque chose dans sa façon d'être me rappelle Hugh Grant. Au début, je crois que c'est juste l'accent, puis je me rends compte qu'il possède le même charme désinvolte que l'acteur. Et comme lui, je parie qu'il a couché avec des tas de filles. Et si je le laissais m'ajouter à sa liste ?

Je ris avec un hochement de tête à une blague qu'il vient de faire aux dépens du couple de la table voisine. Il a beaucoup d'humour. Soudain, il me vient à l'esprit que Dex n'est en fait pas très drôle. Bien sûr, je me suis toujours dit que si je voulais rire aux éclats, je n'avais qu'à regarder une rediffusion de *Seinfeld*, qu'il n'était pas pour autant nécessaire de sortir avec un comique, mais il se peut que je révise ma position. Peut-être ai-je envie d'un homme amusant, après tout. J'essaie de me dire que Dex est un véritable éteignoir, mais le truc ne marche pas. Il n'a rien d'un amuseur public, certes, mais cela ne l'empêche pas d'être drôle. Assez en tout cas pour moi.

James a embrayé sur Madonna, et je m'aperçois que j'ai décroché.

— Tu l'aimes bien ? me demande-t-il.

— Pas spécialement. Mais je n'ai rien contre elle.

— En général, Madonna suscite une réaction plus tranchée. Les gens l'adorent ou la détestent. Tu connais ce jeu ? J'adore ou je déteste ? On choisit un thème, et il faut choisir soit l'un, soit l'autre. Pas de juste milieu.

— Ce n'est pas évident, fais-je remarquer. Moi, Madonna, je ne l'adore pas plus que je ne la déteste.

— Tu dois te décider pour l'un ou pour l'autre. Alors, tu l'adores ou tu la détestes ?

J'hésite avant de répondre :

— Je la déteste.

— Moi aussi.

— Vraiment ?

— En fait, oui. Je trouve qu'elle n'a aucun talent. À toi de choisir un sujet.

— Euh… je ne sais pas. Vas-y, toi.

— D'accord. Les matelas à eau.

— Quelle horreur ! Je déteste, dis-je, cette fois sans la moindre hésitation.

— Pareil pour moi. À toi.

— D'accord… Bill Clinton.

— J'adore, répond James.

— Moi aussi.

Nous poursuivons notre petit jeu jusqu'à ce que nous ayons vidé notre bouteille de vin. Nous découvrons que nous détestons tous les deux (ou, du moins, que nous détestons plus que nous n'adorons) les gens qui ont des poissons rouges comme animaux de compagnie, les caleçons de bain moulants et Ross dans *Friends*. À l'inverse, nous adorons (ou adorons plus que nous ne détestons) les Chicken McNuggets, les implants mammaires (un mensonge de ma part, juste pour avoir l'air cool, mais je suis étonnée qu'il ne mente pas dans l'autre sens – peut-être redoute-t-il que j'en aie ?) et regarder le golf à la télévision. Nous avons des avis divergents sur le rap (j'adore ; ça lui donne des maux de tête), Tom Cruise (il adore ; je lui en veux encore d'avoir plaqué Nicole), la famille royale (j'adore ; lui se prétend républicain, quel que soit le sens qu'il attache à ce mot) et Las Vegas (il adore ; je l'associe au jeu de dés, à Dex).

J'aime bien (enfin, j'adore) ce jeu. Avoir des opinions extrêmes, tranchées, ça me plaît assez. J'essaie mentalement avec Dex, mais je n'arrive pas à savoir si je l'adore ou si je le déteste. Je me souviens de ce que ma mère m'a dit un jour : le contraire de l'amour, ce n'est pas la haine, mais l'indifférence. Comme elle avait raison ! Mon objectif est d'être indifférente à Dex.

James et moi terminons notre plat et décidons de sauter le dessert pour rentrer chez lui. Il a un bel appartement, plus spacieux que celui d'Ethan, avec des fauteuils confortables et des plantes partout. La décoration porte la marque d'une femme.

— Comment s'appelait-elle ? Ton ex ? je lui demande.

Je ne devrais peut-être pas aborder le sujet, mais il se doute bien que Phoebe m'a parlé de sa situation. Comme je sais qu'elle lui a tout dit sur moi.

— Katherine. Kate.

— Comment tu t'en sors ? Ce n'est pas trop dur ?

— Je me sens un peu triste. Mais surtout soulagé. Parfois même euphorique. Cela faisait longtemps que c'était fini entre nous.

Je hoche la tête en signe de compréhension, alors que nos deux situations ne pourraient être plus différentes. Mais peut-être Dex et moi aurions-nous fini comme James et Kate. Peut-être valait-il mieux trancher dans le vif et nous épargner des années d'ennui et de souffrance.

— Et toi, ça va ?

— Phoebe t'a raconté ?

Je devine qu'il envisage de biaiser, mais il répond :

— Plus ou moins, oui. Comment tu te sens ?

— Bien. Ça n'a pas duré très longtemps. Rien à voir avec ton histoire avec Kate.

Je repense soudain au week-end du 4 juillet, et la vague de chagrin qui me submerge me prend au dépourvu. Je suis au bord des larmes. Si James me pose encore une question sur Dex, je vais craquer, c'est sûr.

Par chance, les conversations sérieuses ne semblent pas être la grande passion de James.

— Tu veux boire quelque chose ? me propose-t-il. Thé ? Café ? Vin ? Bière ?

— Une bière, ce serait parfait.

Pendant qu'il s'affaire dans la cuisine, je respire à fond et m'efforce de chasser Dex de mes pensées. Je parcours le salon du regard. Il n'y a qu'une photo exposée – James en compagnie d'une femme plus âgée, très séduisante, sa mère selon toute vraisemblance. Combien de clichés de Kate et lui ont disparu de ce salon avec la rupture ? Les a-t-il jetés ou gardés ? Et qu'aurais-je fait à sa place ? Je ne possède aucune photo de Dex et moi, seulement quelques-unes de lui avec Darcy. Et je suis sûre que j'en aurai d'autres après le mariage. Darcy me forcera à en commander, m'offrira même peut-être un portrait encadré en souvenir. Comment vais-je pouvoir le supporter ?

James revient au salon avec deux bières versées dans des chopes, des serviettes en lin et un petit bol de cacahuètes, pistaches et noix de cajou, le tout disposé sur un plateau rectangulaire en étain. Il a bien retenu les leçons de Kate.

— Merci, dis-je en prenant la chope qu'il me tend.

Il s'assoit près de moi sur le canapé. Je lui parle de mon travail, lui de ses articles. Je ne suis pas vraiment à l'aise, mais ce n'est pas horrible non plus. Sans doute parce que nous avons tous les deux conscience que cette soirée restera sans lendemain et que nous n'éprouvons nullement le stress de devoir assurer.

James se penche vers moi et m'embrasse. Il y met un peu trop de fougue à mon goût, et je n'apprécie que modérément les frénétiques mouvements circulaires de sa langue. Bizarrement, son haleine a un vague relent de cigarette, alors qu'il n'a pas fumé de toute la soirée. Peut-être s'en est-il grillé une dans la cuisine tout à l'heure. Quoi qu'il en soit, je réponds à ses avances en feignant l'enthousiasme. À un moment, je pousse même un petit gémissement. Pour quelle raison, mystère.

Combien de fois vais-je devoir supporter cette cérémonie du premier baiser ? Si Darcy affirme que cela lui manquera après son mariage, je n'ai quant à moi aucun engouement particulier pour cet instant. À part, bien sûr, pour mon premier vrai baiser avec Dex, qui était pure magie. Je me demande si James pense autant à Kate que moi à Dex. Au bout d'un délai raisonnable, il glisse la main sous mon chemisier. Je ne le repousse pas. Ses caresses ne sont pas déplaisantes. Pourquoi pas ? me dis-je.

Après une demi-heure de ce petit jeu, James me propose de passer la nuit chez lui. Il ne veut pas coucher avec moi, ajoute-t-il, enfin, si, il veut, mais il n'essaiera pas. Je suis sur le point d'accepter quand James m'apprend qu'il n'a pas de solution saline. Je ne peux pas dormir avec mes lentilles de contact et j'ai laissé mes lunettes à la maison. Nous en resterons donc là. Nous nous embrassons encore un peu en écoutant un CD des Barenaked Ladies. Les chansons me rappellent l'époque de l'examen du barreau, Nate, notre rupture.

C'est fou comme quelques notes ou une odeur ont le pouvoir de faire remonter à la surface les souvenirs enfouis. Je me demande ce qui, dans quelque temps, me rappellera Dex et notre aventure ensemble. Peut-être la voix de Dido. Ou le shampooing Aveda que j'ai utilisé tout l'été.

— Ça te dirait d'aller au château de Leeds avec moi demain ? me propose James alors qu'il me raccompagne.

— Le château de Leeds ? Qu'est-ce que c'est ? je m'enquiers, consciente qu'il s'agit sans doute d'un monument aussi célèbre que l'Empire State Building.

— Une forteresse normande, qui a été la résidence de six reines à l'époque médiévale. Un monument magnifique. Il y a aussi un amphithéâtre tout près. C'est un peu touristique, mais après tout tu es une touriste, n'est-ce pas ?

— Ça me semble être une excellente idée, j'approuve avec un grand sourire.

Chaque nouvelle rencontre, chaque nouveau lieu m'aide à prendre de la distance avec Dex.

— Demande à Ethan s'il veut venir et appelle-moi, ajoute James en griffonnant son numéro de téléphone sur un emballage de chewing-gum déniché au fond de mon sac.

Je le remercie pour la soirée. Il m'embrasse de nouveau, une main sur ma nuque.

— Embrasser un inconnu après une grosse rupture. Tu adores ou tu détestes ?

— J'adore, réponds-je en riant.

— Pareil, dit-il avec un sourire satisfait.

J'ouvre la porte d'Ethan en me demandant si James a menti, lui aussi.

Le lendemain matin, Ethan débarque dans la cuisine, l'œil glauque, tandis que je me sers un verre de jus d'orange sans pulpe.

— Alors ? Amoureuse de James ?

— À la folie.

Il se gratte la tête.

— Sérieusement ?

— Non, mais j'ai passé une bonne soirée. James nous propose d'aller visiter un palais ou un château aujourd'hui.

— Mmm, un palais ou un château en Angleterre. Voilà qui restreint les possibilités.

— Le château de Leeds, je crois.

Ethan hoche la tête.

— Joli coin. Tu veux y aller ?

— Je ne sais pas. Pourquoi pas ?

L'idée de revoir James ne me remplit pas exactement d'enthousiasme, mais je l'appelle quand même, et nous décidons de passer la journée tous ensemble au château de Leeds. Phoebe et Martin viennent aussi. Manifestement, tous les amis d'Ethan sont libres d'organiser leur emploi du temps à leur guise, car aucun d'eux ne semble être obligé d'y réfléchir à deux fois avant de prendre son mercredi à la dernière minute. Ma vie est si différente, me dis-je en songeant à Les qui ne cesse de me tomber dessus, même les week-ends.

C'est une belle journée, presque chaude pour l'Angleterre. Nous explorons le château et le parc, puis nous installons sur l'herbe pour pique-niquer. À un moment, Phoebe me demande à voix haute, histoire d'en faire profiter tout le monde, si j'ai le béguin pour James.

Je lui souris et réponds sur le même ton :

— Il est plutôt pas mal. Dommage qu'il n'habite pas New York.

Quel mal y a-t-il à le complimenter ? me dis-je. S'il m'apprécie sincèrement, il sera content. Et si tel n'est pas le cas, la distance le rassurera.

— Pourquoi ne viendrais-tu pas t'installer à Londres ? suggère Phoebe. D'après Ethan, tu détestes ton boulot. Tu trouverais autre chose ici. Et ça te ferait du bien de changer de décor, non ?

Je réponds en riant que je ne peux pas. Mais tandis que j'admire ce coin de campagne anglaise, avec son lac paisible et son château de conte de fées, je me dis que c'est une possibilité tout à fait envisageable. Je m'imagine tendant ma lettre de démission à Les. Quelle satisfaction ce serait ! Et puis, je ne serais plus obligée de voir

Dex et Darcy régulièrement. Je me demande comment un psychothérapeute qualifierait cette attitude. Comme une fuite en avant ou comme une saine envie de prendre un nouveau départ ?

Pour mon dernier soir à Londres, Ethan et moi retournons à son pub favori, où je commence moi aussi à me sentir chez moi. Je lui demande ce qu'il pense de la suggestion de Phoebe de venir m'installer à Londres. En un quart d'heure, c'est comme si je vivais déjà dans son quartier. Il connaît un appartement libre et, si James ne me plaît pas, plusieurs célibataires qui ont tous des dents impeccablement droites et blanches (j'ai fait un commentaire l'autre jour sur la piètre dentition de nombreux Britanniques).

— Vas-y, fonce, m'encourage-t-il.

Dans sa bouche, cela paraît si simple. Et c'est simple, en réalité. L'idée commence à faire son chemin dans mon esprit.

— Tu devrais de toute façon t'éloigner de Darcy, continue-t-il. Cette amitié empoisonnée, c'est malsain. Et elle ne sera que plus destructrice encore quand tu seras obligée de les voir, Dex et elle, après le mariage.

— Je sais, dis-je en prenant une frite dans mon assiette.

— Même si tu restes à New York, il est vital pour toi de mettre un frein à cette amitié. Qui ne mérite d'ailleurs pas ce nom, puisque Darcy est constamment en compétition avec toi.

— Elle n'est pas aussi mauvaise que tu le penses, j'objecte, tout en me demandant pourquoi je prends sa défense.

— Tu as raison. Si elle agit ainsi, ce n'est pas pour le simple plaisir de te battre. Si tu veux mon avis, c'est l'admiration qu'elle éprouve inconsciemment pour toi qui la pousse à toujours rivaliser avec toi, dans le but de gagner ton respect… Et parfois, tu te laisses complètement prendre à son jeu. Chez toi aussi, la pure rivalité l'emporte alors sur l'amitié, conclut-il avec un regard paternaliste.

— Tu crois que si j'aime Dex, c'est par esprit de compétition avec Darcy ?

Il s'éclaircit la gorge, s'essuie posément la bouche avec sa serviette et la replace sur ses genoux.

— C'est une possibilité, non ?

Je secoue la tête avec énergie.

— Pas du tout. Comment peux-tu savoir ce que je ressens, hein ?

— Ne t'énerve pas. C'était juste une théorie.

— Tu parles ! C'est exactement ce que tu penses.

Mais ce soir-là, avant de m'endormir dans le lit d'Ethan (il a insisté pour dormir sur le canapé toute la semaine), je ne peux m'empêcher de repenser à son hypothèse. Est-il possible que l'émoi que m'inspirait chaque baiser avec Dex n'ait été en réalité que la satisfaction malsaine d'avoir transgressé l'interdit et volé ce qui appartenait à Darcy ? Et si mon amour pour Dex n'était qu'une forme de rébellion contre Darcy et ma propre faiblesse durant toutes ces années ? Cette pensée me trouble – c'est un peu effrayant de se dire qu'on est à ce point esclave de pulsions inconscientes – et me console à la fois. Car si telle était la motivation profonde de mon attirance pour Dex, ce serait la preuve que je ne l'aime pas vraiment et cela me faciliterait la tâche pour aller de l'avant.

Le lendemain, quand je prends le métro avec Ethan à Paddington, j'ai depuis longtemps abandonné cette théorie. Au fond, je sais avec certitude que mon amour pour Dex est profond et sincère – et le restera sans doute encore longtemps. J'achète mon billet pour la navette de Heathrow. Le prochain départ est prévu dans trois minutes. Nous nous rendons à l'arrêt indiqué.

— Tu sais ce que tu dois faire, n'est-ce pas ? s'inquiète Ethan d'un ton protecteur.

L'espace d'un instant, je crois qu'il me parle de ma vie. Mais c'est seulement du voyage qu'il s'agit.

— Cette navette est directe pour l'aéroport, c'est ça ?

— Oui. Tu descends au terminal un. C'est facile.

Je serre Ethan dans mes bras et le remercie pour tout.

— J'ai passé une semaine formidable, lui dis-je. Je n'ai pas envie de partir.

— Alors, viens vivre ici… Je crois sincèrement que ce serait une bonne idée. Tu n'as rien à perdre.

Il a raison. Je ne laisserais rien derrière moi. Plutôt déprimant, comme idée.

— J'y réfléchirai, lui réponds-je en me promettant d'y repenser sérieusement à la maison au lieu de retomber dans mon train-train habituel.

Nous nous étreignons une dernière fois, et je monte à bord de la navette. Alors qu'elle s'ébranle, je fais signe à Ethan à travers la vitre teintée et me dis avec émotion que rien ne vaut les vieux amis.

Le vol me paraît interminable. J'ai beau essayer de dormir, impossible de fermer l'œil. En dépit d'une semaine de distraction, je me sens à peine mieux qu'à l'aller. Même la vue magnifique de New York, qui d'ordinaire me remplit d'enthousiasme et d'impatience, me sape un peu plus le moral. Dex est quelque part parmi ces immeubles. Je préférais quand l'océan Atlantique nous séparait.

Après avoir récupéré mes bagages et passé la douane, je me retrouve dans une queue interminable devant la station de taxis. Il fait une chaleur suffocante, et en montant enfin dans un taxi, je découvre que l'air conditionné souffle à peine vers la banquette arrière.

— Pourriez-vous augmenter la climatisation, s'il vous plaît ? je demande poliment au chauffeur, qui fume une cigarette – une infraction qui pourrait lui valoir une contravention de cent cinquante dollars.

Il m'ignore et continue à zigzaguer comme un fou d'une voie à l'autre. Je réitère ma question. Pas de réaction.

Comme j'ai de plus en plus chaud, je baisse la vitre et laisse mes cheveux claquer au vent dans l'air pollué. Arrivée devant mon immeuble, je paie ma course et ajoute le pourboire rituel (alors que l'affiche placardée dans l'habitacle indique que je peux refuser d'en donner un si j'estime ne pas être satisfaite du service). Je récupère moi-même mon sac de voyage dans le coffre.

Il est 17 h 30. Samedi prochain, à cette heure-ci, Dex et Darcy seront mari et femme. J'aurai aidé Darcy à enfiler sa robe et noué autour de son bouquet de lis blancs mon mouchoir de dentelle – puisque la tradition veut qu'elle porte quelque chose d'emprunté. Je lui aurai assuré mille fois que jamais elle n'a été plus sublime, que tout est parfait. Je me serai avancée à sa suite vers l'autel, sans un regard pour Dex, tenant dans le creux de ma main leurs alliances en platine. Dans six jours, le pire sera derrière moi.

— Ah, bonjour, mademoiselle Rachel ! s'exclame José au moment où je claque la portière du taxi. Elle est de retour ! lance-t-il ensuite à quelqu'un dans le hall.

Je me raidis, persuadée que Darcy va bondir du fauteuil en cuir, son dossier orange sous le bras, prête à m'accabler d'exigences.

Mais ce n'est pas elle qui m'attend.

23

C'est Dex. Il se lève à ma vue. Vêtu d'un tee-shirt gris et d'un jean, il est plus bronzé qu'à mon départ. Sa bonne mine et son air impassible me hérissent.

— Bonjour, me dit-il en avançant d'un pas vers moi.

— Bonjour, réponds-je, pétrifiée. Comment as-tu su que je rentrais aujourd'hui ?

— Ethan me l'a dit. J'ai trouvé son numéro dans le carnet d'adresses de Darcy.

— Qu'est-ce que tu veux ? Que fais-tu ici ?

J'ai conscience de l'amertume qui perce malgré moi dans ma voix.

— Viens, montons. Il faut que je te parle, dit-il d'un ton calme mais insistant.

Je hausse les épaules et appuie sur le bouton de l'ascenseur. La montée me paraît interminable. Nous n'échangeons pas un mot. Je l'observe, tandis qu'il attend que je sorte la première. À son expression, je devine qu'il vient s'excuser de nouveau. Il ne supporte pas de jouer le rôle du méchant. S'il espère que je vais lui donner l'absolution, c'est raté. Je le couperai net dans sa tirade d'excuses. Et je lui parlerai peut-être même de James. Je lui dirai que je vais bien, que j'assisterai au mariage mais qu'après, nos relations se limiteront au strict minimum et que j'entends bien qu'il coopère. « Ne te fais aucune illusion, j'ajouterai, tu peux dire adieu à notre amitié. »

Je tourne la clé dans la serrure et ouvre la porte. J'ai beau avoir baissé les stores avant de partir, j'ai l'impression d'entrer dans un four. Mes plantes sont toutes flapies. J'aurais dû demander à Hillary de venir les arroser. J'allume la climatisation, mais elle refuse de fonctionner à plein régime. Chaque fois que la température dépasse 35 °C, le réseau est mis d'office au ralenti sur l'ensemble de la ville. Je pense avec nostalgie à Londres, où il n'est même pas nécessaire de posséder un ventilateur.

— Service minimum, observe Dex.

— Je vois, dis-je sèchement.

Je vais m'asseoir sur mon canapé, croise les bras et tente de hausser un seul sourcil, comme Phoebe. Raté, les deux montent de conserve.

— Que viens-tu faire ici, Dex ?

— J'ai annulé.

— Pardon ?

J'ai sûrement mal entendu.

— J'ai annulé la cérémonie. Je ne me marie pas.

Abasourdie, je revois dans un flash le jour où j'ai appris qu'on se pinçait quand on croyait rêver. À quatre ans, j'ai pris l'expression au pied de la lettre et me suis pincé le bras de toutes mes forces – comme si je redoutais de n'avoir en réalité que deux ans et d'avoir rêvé la deuxième moitié de ma vie. Quel soulagement de sentir la douleur me transpercer le bras !

Dex continue à parler d'une voix douce et tranquille, les yeux rivés sur ses poings serrés sur ses genoux.

— Pendant ton absence, j'ai cru devenir fou. Tu me manquais tellement... Ton visage, ton odeur, même ton appartement. Je n'arrêtais pas de tout repasser dans ma tête. Tous nos moments ensemble, toutes nos conversations. La fac de droit. Ton anniversaire. Le week-end du 4 juillet. Tout. Je n'arrive pas à concevoir ma vie sans toi, Rachel. C'est aussi simple que cela.

— Et Darcy ?

— Je tiens à elle. Je veux qu'elle soit heureuse. Je croyais bien faire en l'épousant. Nous étions ensemble depuis cinq ans, et la plupart du temps, nous étions heureux. Mais c'était avant nous deux. Je ne peux plus l'épouser avec les sentiments que j'éprouve pour toi. Je t'aime, Rachel. Et ce n'est que le début... si tu m'aimes encore.

Les phrases se bousculent dans ma tête, mais je reste sans voix.

— Dis quelque chose.

— Tu lui as parlé de nous deux ?

— Non. Je lui ai dit que je n'étais plus amoureux d'elle et qu'il ne serait pas honnête de ma part de l'épouser.

— Et qu'a-t-elle répondu ? je demande, en essayant d'imaginer la scène.

J'ai besoin de connaître tous les détails avant de pouvoir le croire.

— Elle m'a demandé s'il y avait quelqu'un d'autre. J'ai répondu que non, que ça ne collait plus entre nous, c'est tout.

— Comment va-t-elle ?

— Elle est bouleversée. Mais à mon avis, c'est surtout à cause de l'annulation du mariage et de ce que les gens vont dire.

— Où est-elle en ce moment ? Elle ne m'a laissé aucun message.

— Elle est allée chez Claire.

— Elle croit que tu vas changer d'avis, j'en suis sûre.

C'est ce que je crois, moi aussi. Il va changer d'avis, et le choc sera d'autant plus cruel.

— Non, répond-il avec détermination. Elle sait que je suis sérieux. J'ai appelé mes parents pour leur annoncer la nouvelle. Et nous devons contacter les siens ce soir ensemble. Elle tient à ce que ce soit moi qui leur dise. Ensuite, nous préviendrons tout le monde.

Sa voix s'étrangle, et l'espace d'un instant, je me demande s'il ne va pas se mettre à pleurer.

— Je suis désolée, je murmure.

Je ne sais pas quoi dire d'autre. J'ai envie de l'embrasser, de le remercier, de sourire. Mais dans ces circonstances, cela ne me paraît pas convenable.

Il hoche la tête, se passe les mains dans les cheveux et les repose sur ses genoux.

— C'est dur, mais je me sens surtout incroyablement soulagé. C'est la bonne décision, j'en suis persuadé.

Il plonge ses yeux dans les miens, et je soutiens son regard avant de l'embrasser. Je ne rêve pas, c'est bien réel, me dis-je tandis qu'il m'enlace. Je me détends peu à peu entre ses bras. Pour la première fois depuis très longtemps, je me sens heureuse et sereine. Même le week-end du 4 juillet, je n'étais pas aussi détendue. Maintenant, nous avons tout le temps devant nous.

À quoi va ressembler notre vie sans Darcy ? Nos étreintes en seront-elles changées ? Je vais le découvrir très vite, car Dex déboutonne déjà mon chemisier. Le cœur battant, je le laisse m'entraîner vers le lit, où nous nous déshabillons.

— Tu m'as tellement manqué, Rachel, me murmure-t-il.

À cet instant, la sonnerie de l'interphone retentit. Une fois, deux fois. Je vais répondre, persuadée qu'il s'agit d'un paquet, du pressing ou que José a tout simplement oublié de me transmettre un message tout à l'heure. Mais je fais fausse route. La surprise qui m'attend, c'est Darcy. Et elle a entendu ma voix dans l'interphone.

— Dites-lui que je descends tout de suite ! je m'écrie.

— Elle est déjà dans l'ascenseur ! m'annonce gaiement José.

Il ne peut pas savoir que l'arrivée de Darcy nous met, Dex et moi, dans un pétrin inextricable. À moins qu'il ne s'en doute, au contraire. Peut-être les portiers, même ceux qui se prétendent vos amis, se réjouissent-ils secrètement des drames qui se jouent chez l'un ou l'autre des occupants de l'immeuble.

— Catastrophe ! je m'exclame en raccrochant. Darcy monte !

Sans perdre son calme, Dex remet son caleçon et se précipite vers mon placard à linge, son jean et son tee-shirt à la main. L'intérieur est occupé sur toute la hauteur par des étagères.

— Dans la penderie ! je lui crie, au bord de l'hystérie, en lui désignant l'autre porte de placard d'un index frénétique.

Là, il y a de la place pour se cacher. Dex s'accroupit dans un recoin, contre le panier à linge. À la seconde où je referme la porte, Darcy frappe. Je lui crie que j'arrive, enfile à la hâte mes sous-vêtements et vais ouvrir.

— Désolée, j'étais en train de me changer.

Darcy entre dans l'appartement.

— Dieu merci, tu es de retour !

— Qu'est-ce qui ne va pas ? je lui demande.

J'ai parlé trop vite. Elle n'a pas du tout l'air accablée. Pas d'yeux rougis, pas de mascara dégoulinant, pas de regard désespéré.

— Je viens juste de rentrer, reprends-je précipitamment. J'allais passer une tenue plus confortable, j'ajoute en enfilant un short et un tee-shirt.

Elle ne répond pas.

— Alors ? Plus que six jours ! Tu dois être folle d'angoisse ! dis-je avec un rire nerveux. Enfin, me voilà de retour pour t'aider à résoudre les problèmes de dernière minute.

— Il n'y aura pas de mariage, dit-elle en reniflant.

— Quoi ? je m'exclame avec de grands yeux.

À l'instant où je vais l'assurer de mon entière compassion, je me rappelle *in extremis* que je ne suis pas censée savoir qui a annulé le mariage. Je lui pose donc la question.

— C'est une décision mutuelle, répond-elle.

— Mutuelle ?

J'entraîne Darcy jusqu'à mon lit et la fais asseoir. Le placard se trouve tout près. Je tiens à ce que Dexter ne perde pas une miette de la conversation.

— Enfin, c'est plutôt Dexter. Il m'a dit ce matin qu'il ne voulait plus de ce mariage. Il prétend qu'il n'est plus amoureux de moi, explique-t-elle en levant les yeux au ciel avec un sourire narquois.

Si seulement Dex voyait son expression ! Elle ne peut concevoir qu'il ne l'aime plus, pas plus qu'elle ne me croit capable de cacher Dex à moitié nu dans ma penderie.

— Mais c'est terrible ! Comment te sens-tu ?

Darcy fixe ses pieds. Là, elle va se mettre à pleurer, et je la réconforterai. Puis je proposerai une petite balade, histoire de prendre un peu l'air – même s'il fait une chaleur suffocante dehors –, et peut-être un dîner à l'endroit de son choix. Pourquoi pas le McDo, maintenant qu'elle n'a plus à entrer dans sa robe ?

Pourtant, Darcy ne verse toujours pas une larme. Elle inspire un grand coup.

— Rachel… j'ai quelque chose à t'apprendre, me dit-elle d'une voix calme.

Son attitude ne correspond pas du tout au scénario classique de la rupture. Il y a anguille sous roche. Va-t-elle m'annoncer qu'elle est au courant pour Dex et moi, qu'elle comprend, que l'amour doit triompher ?

— Oui ? fais-je, troublée.

— C'est très difficile pour moi de te dire ça, poursuit-elle. Encore plus dur que mon admission à Notre-Dame.

C'est la première fois qu'elle évoque Notre-Dame depuis le début des années 1990, et je ne vois pas du tout ce que cela vient faire ici. Cette conversation ne tient décidément pas debout. Peut-être va-t-elle m'avouer qu'elle avait été recalée, elle aussi. Que toute sa vie elle n'a eu de cesse qu'elle ne rivalise avec moi et qu'elle reconnaît aujourd'hui que c'était ridicule.

— Je t'avais dit que j'avais laissé ma bague dans l'appartement d'un collègue, tu te souviens ?

Je hoche la tête. Je suis complètement perdue. Et Dex doit l'être encore plus. Je suis heureuse de ne pas m'être servie de cette histoire pour faire pression sur lui.

— Eh bien… l'homme avec qui j'ai couché… ce n'était pas vraiment un collègue, dit Darcy lentement.

— Tu n'as pas perdu ta bague ?

S'apprête-t-elle à me confesser une fraude à l'assurance ?

— Si. Mais mon amant, ce n'était pas quelqu'un du travail.

— Qui, alors ?

— Marcus.

Je tombe des nues.

— Marcus ?

— Oui, ton Marcus.

Bien sûr, mon Marcus. Celui-ci que j'ai cherché à oublier par-delà l'Atlantique parce que ça ne marchait pas entre nous.

— Tu me détestes ? me demande-t-elle d'une voix contrite. S'il te plaît, dis quelque chose.

À cet instant, elle me glisse un regard en coin, et je surprends une petite lueur dans ses yeux, une ébauche de sourire au coin de sa bouche. Elle savoure le coup qu'elle vient de m'assener et jubile à l'idée de cette nouvelle victoire.

Je ne vais pas la décevoir.

— Tu as couché avec lui ? fais-je d'un ton mi-accusateur, mi-blessé.

— Oui.

— Plusieurs fois ?

— Oui.

Je fais semblant d'encaisser la nouvelle. Ce qui est d'ailleurs effectivement le cas, mais pas pour les raisons qu'elle imagine. Je ne lui demande pas de détails, mais elle me les fournit bien volontiers :

— Tout a commencé le week-end du 4 juillet, en rentrant du *Talkhouse*. Nous avions beaucoup bu, et de fil en aiguille…

— Le 4 juillet ?

De mieux en mieux.

— Oui, mais on se sentait très mal, et on s'est juré que cela ne se reproduirait pas. Le problème, c'est que nous étions fous l'un de l'autre... Nous avons commencé à nous voir le midi et parfois aussi après le travail. Chaque fois, nous culpabilisions à cause de Dex – et de toi. Mais c'était plus fort que nous... Tu me détestes ? répète-t-elle.

J'hésite. Comment réagir ? Que me conseillerait Ethan ? De sortir de mes gonds ? « Oui, je te déteste ! Fiche le camp ! Hors de ma vue ! » Ce serait une possibilité. Ou bien, accablée mais généreuse : « Comment pourrais-je te détester ? Tu es ma meilleure amie. » Ou peut-être : « Je suis sous le choc, j'ai besoin de temps. »

— J'ai une autre nouvelle à t'annoncer, me dit-elle, tandis que je réfléchis à ma réponse.

— Ce n'est pas tout ?

— Non, ce n'est pas tout.

Sa voix semble fragile, mais son expression la trahit. Elle jubile, aucun doute là-dessus.

— Vas-y, lui dis-je, les yeux rivés sur mes pieds.

— J'ai quelques jours de retard pour mes règles. Et tu sais que j'ai toujours un cycle parfait de vingt-huit jours, dit-elle en caressant avec tendresse son ventre plat.

Le mien se noue brutalement.

— Tu es enceinte ?

Elle hoche la tête en souriant.

— Oui.

Et si le père est Dex ? me dis-je avec horreur. Je pourrais encore le perdre ! La question me terrifie tant qu'elle ne peut franchir mes lèvres.

— J'ai fait un test, continue Darcy. Il est positif.

Je retiens mon souffle, prie de toutes mes forces, passe un pacte avec Dieu. « Je ne Vous demanderai plus rien de toute ma vie si seulement... »

— Qui est le père ?

La question résonne dans le silence soudain oppressant qui s'est abattu sur mon studio.

— Marcus.

Mes poumons se vident brutalement. Le soulagement me donne le vertige.

— Tu en es sûre ?

— Sûre et certaine. La dernière fois que Dex et moi avons fait l'amour, c'était bien avant mes dernières règles.

— Est-il au courant ?

— Qui ? Marcus ? Oui, mais Dex, pas encore.

Maintenant, si.

— Je voulais t'en parler d'abord.

Je hoche lentement la tête.

— Que comptes-tu faire ?

— Comment ça ?

— Vas-tu le garder ?

— Oui, répond-elle en se caressant le ventre avec de petits mouvements circulaires. J'épouserai Marcus et j'aurai ce bébé.

— Et s'il ne veut pas se marier ?

— Je suis certaine qu'il voudra.

— Crois-tu que Dex ait des soupçons ?

J'ai parlé à voix basse. Je ne tiens pas à ce qu'il entende cette question.

— Non, mais pour être franche, je pense qu'il a dû sentir à quel point j'étais distante. C'est sans doute pour cela qu'il a prétendu qu'il ne m'aimait plus et qu'il a annulé le mariage.

— Je comprends.

— Ton calme me sidère. Merci de ne pas me détester.

— Non, je ne te déteste pas.

— J'espère que Dex le prendra aussi bien que toi. Il va sûrement haïr Marcus un moment. Mais Dex est rationnel. Il comprendra que ce n'était pas dirigé contre lui. C'est arrivé, voilà tout.

À cet instant, alors que nous nous approchons, j'en suis persuadée, d'un *happy end* inespéré pour Dex et moi, je surprends le regard de Darcy. Elle fixe un point dans mon dos. À son expression, j'imagine que Dex est sorti de sa cachette. Je me tourne, m'attendant sincèrement à le voir. Mais non, la porte du placard est close. Et Darcy a toujours l'air aussi pétrifiée.

— Que fait donc la montre de Dexter sur ta table de chevet ? demande-t-elle soudain d'une voix soupçonneuse.

Je suis son regard. Catastrophe, elle a raison ! Comment expliquer la présence de cette montre sur ma table de nuit ? Il n'y a aucune échappatoire. Aucune en tout cas qui me vienne spontanément à l'esprit.

— Hein ? je bredouille.

Si j'avais encore des doutes sur mon esprit d'à-propos, l'affaire est désormais entendue.

— Oh, ce n'est pas la montre de Dex, dis-je en haussant les épaules. Celle-ci lui ressemble, mais je l'ai achetée en Angleterre.

Ma voix tremble, je ne suis plus que l'ombre de moi-même.

Darcy bondit de mon lit, s'empare de la montre et déchiffre l'inscription gravée à l'intérieur du bracelet.

— « Avec tout mon amour, Darcy. »

Puis elle me fusille d'un regard où se lit la haine la plus pure. Celui que j'aurais dû avoir en apprenant sa liaison avec Marcus.

— C'est quoi, ce bordel ? me lance-t-elle durement, les yeux plissés.

Elle se précipite dans la salle de bains en me bousculant au passage et ouvre violemment le rideau de douche. Il n'y a là que deux flacons de shampooing Aveda, un rasoir en plastique rose et un savon déjà bien usé.

J'essaie d'élaborer une histoire plausible dans mon esprit survolté – Dex est passé m'annoncer votre rupture, il a ôté sa montre pour me lire l'inscription, fou de chagrin. J'ai essayé de le consoler, puis il est parti se promener seul dans Central Park.

Mais il est trop tard pour les explications. Les longs doigts maigres de Darcy se referment sur la poignée de mon placard à linge.

— Non, Darcy, ne fais pas ça, lui dis-je, le dos plaqué contre la porte de l'autre placard, trahissant la cachette de son ex-fiancé.

— Dégage ! hurle-t-elle. Je sais qu'il est là-dedans !

Je m'exécute. Que faire d'autre ? Elle a raison. Nous savons toutes les deux qu'il se cache à l'intérieur. Mais à l'instant où elle ouvre la porte, je ne peux m'empêcher d'espérer naïvement que Dex aura trouvé le moyen de se rendre invisible dans mon placard ou profité du passage de Darcy dans ma salle de bains pour prendre la poudre d'escampette.

Mais non, il est là, accroupi à l'endroit même où je l'ai laissé, dans son caleçon bleu marine à rayures, son jean et son tee-shirt à la main. Il s'extirpe calmement de sa cachette et se redresse.

— Espèce de sale menteur ! lui hurle Darcy en lui plantant un index rageur dans le torse.

Dex l'ignore et enfile tranquillement son jean. Le bruit de la fermeture Éclair qu'il remonte résonne dans la pièce.

— Tu m'as menti !

— Tu ne manques vraiment pas d'air, Darcy, répond-il d'une voix posée et digne. Qui a été le plus malhonnête dans cette histoire ?

Elle devient rouge écarlate et hurle en postillonnant :

— Tu m'as dit qu'il n'y avait personne, alors que tu baises avec ma meilleure amie !

Je répète son prénom comme un disque rayé :

— Darcy, Darcy, Darcy…

Mais elle ne me prête aucune attention. Elle ne quitte pas Dex des yeux. J'espère un peu qu'il va nier, affirmer avec aplomb que nous n'avons pas couché ensemble avant aujourd'hui, alors qu'il était venu chercher du réconfort. Mais il préfère jouer franc-jeu.

— Tu n'as pas l'impression d'inverser les rôles, Darcy ? rétorque-t-il calmement. Marcus et toi, hein ? Et un bébé en prime ? Toutes mes félicitations !

Je m'attends à ce qu'elle se lance dans une tirade sur la loyauté, l'amour et l'amitié. Qu'elle nous accuse d'avoir commencé les premiers. Mais elle se contente de nous foudroyer de son regard le plus noir l'un après l'autre.

— Je le savais depuis le début ! Je vous déteste tous les deux ! braille-t-elle en se précipitant vers la porte. Je vous détesterai jusqu'à la fin de mes jours !

— Darcy ? dit Dex, toujours imperturbable.

— Quoi ? aboie-t-elle d'un air mauvais, mais dans ses yeux, je discerne une lueur d'espoir.

— Puis-je récupérer ma montre, s'il te plaît ?

Elle lui lance la pièce à conviction à la figure, dans le but évident de lui faire mal, mais la montre ricoche sur le mur et revient en glissant sur le parquet jusqu'à ses pieds, l'inscription vers le haut. Elle la regarde, puis lève les yeux vers moi.

— Quant à toi, je ne veux plus jamais te revoir ! Tu n'existes plus pour moi !

Et elle claque la porte.

24

Sans perdre un instant, Darcy s'applique à répandre sa version personnelle de l'histoire. José est le premier averti. Lorsque Dex et moi sortons de l'immeuble, quelques minutes après le départ de Darcy, il nous accueille avec une mine préoccupée. Faillir à sa mission de filtrage peut parfois coûter sa place à un portier.

— Je suis vraiment désolé de l'avoir laissée monter, commence-t-il, embarrassé. Je... enfin... je n'étais pas au courant, vous comprenez...

— Ne vous inquiétez pas, José, lui dis-je.

— Elle vous en a raconté de belles, je parie, lance joyeusement Dex, comme s'il s'agissait d'une broutille.

José se sent autorisé à retrouver son sourire.

— Des vertes et des pas mûres, oui. Mais ne vous en faites pas, ajoute-t-il en riant, je ne crois pas un mot de ce qu'elle m'a raconté sur vous... Enfin, pas tout.

J'accompagne Dex jusqu'au coin de la rue. Il rentre chez lui récupérer autant d'affaires qu'il le pourra – nous croyons Darcy capable du pire dans un accès de colère et l'imaginons fort bien détruisant méthodiquement sa garde-robe, armée d'une paire de ciseaux.

— Je reviens dès que possible, me dit-il.

Je hoche la tête.

— Tu es sûre que ça ne te dérange pas que je reste chez toi quelques jours ?

Il m'a déjà posé cette question trois fois.

— Bien sûr que non. Tu peux rester aussi longtemps que tu veux.

Non seulement il m'aime, mais il a besoin de moi, me dis-je avec une satisfaction nouvelle.

Nous restons face à face dans la rue un moment, puis Dex hèle un taxi et se penche pour m'embrasser. Par réflexe, je lui tends la joue. Puis je me souviens que nous n'avons plus à nous cacher, et nos lèvres se joignent pour la première fois en public.

Je regagne lentement mon studio, encore sous le choc. J'ai le sentiment de devoir marquer l'instant par un acte un peu solennel. Par exemple, écrire dans mon journal, auquel je n'ai pas touché depuis des mois (je n'ai jamais osé écrire une seule phrase sur Dex – juste au cas où il m'arriverait quelque chose et où on découvrirait l'aveu de ma faute après ma mort), danser nue dans mon appartement, pleurer de joie... Au lieu de cela, je me concentre sur les banalités du quotidien, mon point fort : je prends une douche, défais mes bagages, arrose mes plantes, ouvre mon courrier, sors mes deux ventilateurs du placard et les branche près de mon lit.

Une heure plus tard, Dex est de retour avec sa gamme complète de valises Hartmann et deux sacs de gym noirs Nike, le tout rempli au petit bonheur de vêtements, chaussures, papiers, affaires de toilette et même quelques photographies encadrées.

— Mission de sauvetage accomplie ! me dit-il. Elle n'était pas à l'appartement.

Je passe ses bagages en revue.

— Comment t'y es-tu pris pour transporter tout ça en si peu de temps ?

— Je me suis démené, crois-moi, répond-il en essuyant la sueur sur son front.

Son tee-shirt est mouillé de transpiration sous les bras et sur le torse.

— Tu peux suspendre tes costumes dans le placard de l'entrée, lui dis-je, toujours focalisée sur l'aspect pratique.

— Merci.

Il sort plusieurs costumes sombres et des chemises blanches, puis relève les yeux vers moi.

— Ne t'inquiète pas, je n'emménage pas.

— Je ne m'inquiète pas, réponds-je en le regardant suspendre ses vêtements.

En réalité, je suis quand même un peu nerveuse. Et maintenant, que va-t-il se passer ? Je n'avais pas prévu ce brusque retournement de situation – cette installation provisoire de Dex chez moi, la fin brutale de mon amitié avec Darcy.

— Je n'arrive pas à y croire, dis-je.

Dex me prend dans ses bras.

— À quoi donc ?

— À tout ce qui vient de se passer. À nous.

Juste au moment où je ferme les yeux, le téléphone sonne. Je sursaute.

— Tu crois que c'est Darcy ? je demande.

— J'en doute. Elle est sûrement partie rejoindre Marcus.

Je décroche.

— C'est vrai ce que me dit Mme Rhone ? crie ma mère au bout du fil d'une voix paniquée. Rachel, dis-moi que ce n'est pas vrai !

— Ça dépend de ce qu'elle t'a dit, réponds-je, choisissant mes mots avec soin.

« Ma mère », j'articule en silence à l'adresse de Dex.

Il fait une grimace et agrippe l'accoudoir du canapé comme s'il se préparait à la chute d'une météorite sur l'appartement. J'aurais préféré une météorite à cette conversation.

— Dexter a vraiment annulé le mariage ?

— Oui.

— Et il paraîtrait que Dex et toi… J'ai dit à Mme Rhone que c'était forcément un malentendu, mais elle m'a assuré que non. Elle est complètement bouleversée. Ton père et moi en étions sans voix.

— Maman, c'est compliqué…

C'est un euphémisme.

— Rachel, comment as-tu pu faire ça à ta plus vieille amie ?

J'entends la déception dans sa voix, une déception, profonde, intense. Tout mon travail, toutes mes réussites, toutes ces années où j'ai été une bonne fille, plus rien de tout cela ne compte soudain.

— Tu pourrais peut-être écouter ma version de l'histoire avant de juger, lui réponds-je. Tu as entendu parler de la présomption d'innocence ?

— Très bien, vas-y.

Je la vois dodeliner de la tête et arpenter la cuisine de long en large. Elle daigne écouter mon explication, mais elle sait d'avance qu'elle ne la convaincra pas.

Je suis trop furieuse pour me lancer maintenant dans une grande argumentation. Comment ose-t-elle prendre le parti de Darcy sans même avoir entendu un mot de ma bouche ?

— Je ne suis pas d'humeur à discuter avec toi, dis-je. Ni avec papa.

Précision importante, car mon père est l'arme ultime à laquelle elle n'hésitera pas à avoir recours, comme lorsque j'étais petite. « Tu vas voir, quand ton père rentrera… » Cette menace connue de tant d'enfants n'était pas employée dans son sens habituel chez nous. Ma mère l'utilisait pour ternir ma réputation de petite fille parfaite aux yeux de mon père. Un seul regard sévère de sa part était pour moi la pire des punitions, et elle le savait.

— Ton père est dans le garage, complètement effondré. Même si tu le voulais, je ne crois pas qu'il serait en état de te parler. Rachel, as-tu pensé une seconde à Darcy et à ses parents ?

Quand je suis tombée amoureuse ? Non, pas un seul instant.

— Maman, c'est ma vie… pas la tienne ou celle de papa. Écoute, il faut que j'y aille.

Je lui dis au revoir et raccroche avant qu'elle n'ait le temps d'ajouter quoi que ce soit. J'aimerais bien voir la tête qu'elle fera quand elle apprendra que Darcy attend un enfant d'un autre homme et qu'une simple soustraction lui confirmera la date de la conception. Peut-être alors téléphonera-t-elle pour faire amende honorable.

J'envisage un instant d'appeler Annalise avant que Darcy ne la monte contre moi. Mais, sachant qu'elle est sur le point d'accoucher, je me ravise. Inutile de l'embêter avec cette histoire.

— Apparemment, la nouvelle a déjà fait le tour de Naperville, commente Dex.

— Oui. Mme Rhone a prévenu ma mère.

— Non, mais tu imagines ? Darcy enceinte d'un autre ! Cette nouvelle-là, elle l'a annoncée chez elle, tu crois ?

— À l'évidence, non.

— Je devrais peut-être téléphoner à Mme Rhone, non ?

— Laisse tomber... Contentons-nous de faire profil bas jusqu'à ce que la poussière retombe.

— Tu as raison. Bon sang ! s'exclame-t-il en frappant sa paume de son poing. Darcy est vraiment incroyable !

— À qui le dis-tu !

Le silence s'installe entre nous. Je me sens soudain mal à l'aise. Et si la théorie d'Ethan était juste ? Si je n'avais désiré Dex que pour rivaliser avec Darcy ? Mais non, c'est indiscutablement de l'amour que je sens percer sous l'angoisse. Il nous faudra juste un peu de temps pour que la situation redevienne normale entre nous. Quelle ironie, me dis-je. Normale, elle ne l'a jamais été.

— Tu veux qu'on commande quelque chose pour le dîner ? propose Dex, rompant le silence.

— Je n'ai pas vraiment faim. J'ai juste envie d'aller me coucher, réponds-je, alors qu'il est à peine 20 heures. Avec le vol et le décalage horaire, je suis crevée. Et puis, il fait trop chaud pour manger.

Il se doute, je pense, de la véritable raison de mon manque d'appétit.

— Moi non plus, je n'ai pas faim.

Je le regarde ranger ses affaires sans énergie, puis prendre sa trousse de toilette et son rasoir. Il se douche tandis que je me brosse les dents, ferme l'appartement à clé et me glisse dans mon lit. Mon cerveau tourne à toute allure, s'efforçant de faire le tri dans le chaos d'émotions qui m'assaillent. Est-ce le bonheur qui prédomine ? La tristesse ? La peur ? Je n'en sais rien. Je pense à Ethan. Il va être drôlement surpris. Dex n'est pas si lâche que ça, en définitive. Puis je pense à James. Si ça se trouve, j'étais en train de l'embrasser pendant que Dex décidait d'annuler son mariage. Dois-je culpabiliser ? Dois-je en parler à Dex ?

Je pense ensuite aux quatre protagonistes principaux de cette histoire. Marcus a trahi Dex. J'ai trahi Darcy. Dex a trahi Darcy. Darcy est la seule à s'être rendue coupable d'une double trahison – envers Dex et moi. Je songe à ma fidèle alliée dans le box des jurés. Elle jubile. « Je vous l'avais bien dit », lance-t-elle à Tailleur Chanel.

Dex sort de la salle de bains en caleçon blanc. Je me pousse au bord du lit, et il vient me rejoindre. Il éteint la lampe, m'enlace et m'embrasse l'oreille par deux fois. Mais aucun de nous ne cherche à aller plus loin. Peut-être est-il lui aussi sous le choc de la révolution qui vient de se produire.

— Bonne nuit, je murmure.

— Bonne nuit, Rachel.

Longtemps, j'écoute sa respiration dans le noir. Quand je suis à peu près sûre qu'il s'est endormi, je murmure doucement son nom.

— Oui ? répond-il, toujours bien éveillé.

— Ça va ?

— Oui. Et toi ?

— Oui.

Soudain, il laisse échapper un bruit étouffé. Je crois d'abord qu'il pleure, puis comprends avec soulagement qu'il rit.

— Qu'y a-t-il ?

— C'est toi qui me fais rire. « J'ai acheté cette montre en Angleterre », m'imite-t-il en riant plus fort.

J'esquisse un petit sourire.

— Je n'arrivais plus à penser.

— Ça se voyait !

— C'est quand même toi qui l'as oubliée sur la table de chevet.

— Je sais… Je m'en suis rendu compte à peine dans le placard. J'ai prié pour qu'elle ne la voie pas, puis j'ai entendu sa question… Je m'attendais à ce que tu inventes une histoire convaincante, mais quand tu t'es mise à lui raconter que tu l'avais achetée en Angleterre, j'ai compris qu'on était fichus.

— C'est peut-être mieux ainsi. Elle aurait fini par découvrir la vérité, de toute façon.

Je n'en pense pas un mot. Plus tard aurait mieux valu qu'aujourd'hui. Peut-être n'aurait-elle même jamais su que mon histoire avec Dex avait commencé cet été.

— Un mariage et deux amitiés à la trappe, commente-t-il.

Qu'est-ce qui lui fait le plus de peine ? je me demande. J'espère que c'est Marcus.

— Tu crois vraiment que tu ne pourras plus être ami avec Marcus ?

Il soupire et arrange son oreiller.

— Je doute sérieusement que nous allions boire une bière ensemble avant longtemps.

— Et ça te rend triste ?

— Pourquoi serais-je triste ? Nous sommes ensemble, maintenant.

J'ai envie de dire à Dex que je l'aime, mais cela pourra attendre demain, je suppose. Ou même après-demain.

Douze heures plus tard, je me dirige vers le bureau d'Hillary quand Les me tend une embuscade dans le couloir.

— Ah, vous voilà ! J'ai besoin de vous.

Oui, j'ai passé une agréable semaine. Merci de me poser la question.

— Maintenant ?

— Oui, maintenant. Suivez-moi dans mon bureau. *Pronto*.

Je meurs d'envie de lui dire que les gens normaux n'utilisent pas le mot *pronto*, sauf pour plaisanter ou au Scrabble.

— Je dois aller chercher un bloc-notes, lui dis-je.

Moi qui espérais une reprise en douceur, c'est raté.

Deux minutes plus tard, je suis assise dans son bureau et griffonne à toute allure ses instructions pour trois nouvelles affaires. Trois dossiers assommants à la portée d'un débutant qui vont me prendre un temps fou. Voilà ma punition pour quelques malheureux jours de congé. Les me balance ses phrases à la figure comme une mitraillette et me répond d'un ton condescendant quand j'ose l'interrompre pour lui poser une question pertinente. Tout en observant son nez bulbeux, je me dis que je ne mérite pas un tel traitement. Comme je me sentais libre à Londres, loin de ce bureau ! Je me prends à rêver. Et si je démissionnais ? Je trouverais un autre travail à New York ou déménagerais à Londres avec Dex. Je laisserais Les en plan avec ses fichus dossiers et, juste avant de claquer la porte, je lui dirais le fond de ma pensée. Puis je lui conseillerais de faire quelque chose pour les poils de son nez.

Après une heure de captivité (durant laquelle Les ne se gêne pas pour prendre trois longs appels), je suis enfin libre. Je file tout droit au bureau d'Hillary. C'est un vrai capharnaüm, encore pire que d'habitude. Il y a des piles de papiers dans tous les coins. Les dossiers s'entassent sur les deux fauteuils réservés aux visiteurs, et je l'aperçois à peine derrière les contrats, comptes rendus d'audience et vieux journaux empilés sur son bureau.

— Hé, salut ! me lance-t-elle en pivotant sur son fauteuil. Installe-toi et raconte-moi tes vacances.

— Je m'assois où ?

— Pose donc ces papiers dans un coin. Alors, c'était comment, l'Angleterre ? Et toi, ça va ?

— Je vais bien, réponds-je en débarrassant un fauteuil. L'Angleterre m'a fait beaucoup de bien. Je commençais même à surmonter le choc… mais figure-toi qu'à mon retour, hier après-midi, Dex m'a annoncé qu'en fin de compte il avait annulé le mariage.

Elle me lance un regard sceptique.

— Annulé ? Pour de bon ?

Je lui raconte toute l'histoire. Elle m'écoute religieusement, et plus j'avance dans mon récit, plus ses yeux s'agrandissent. À la fin, elle éclate de rire en secouant la tête et se précipite vers moi pour me serrer dans ses bras avec effusion. Sa réaction ne me surprend pas. Je ne m'attendais pas à ce qu'elle soit sensible à toutes les subtilités qui, moi, me touchent – le fait que Darcy et moi ne soyons plus amies, que mes parents soient atterrés et que la nouvelle de ma trahison parcoure tout l'Indiana à la vitesse de la lumière.

— C'est génial ! Tout bonnement génial ! Je dois des excuses à Dex. La vache, je le prenais sincèrement pour le beau mec volage typique.

— Il n'est pas comme ça.

— Je m'en rends compte… Oh, je suis tellement heureuse pour toi !

Je lui souris.

— Et toi ? Quoi de neuf ?

— Oh, pas grand-chose… Enfin, si. Julian et moi, nous avons eu notre première grosse dispute.

— C'est vrai ? Mais pourquoi ?

Elle hausse les épaules.

— Une discussion qui a dégénéré.

— À quel sujet ?

— C'est une longue histoire... Pour commencer, il faut que tu saches que nous nous sommes promis de ne jamais avoir de secret l'un pour l'autre.

— Sur votre passé ?

— Oui, et sur tout en général. Bref, l'autre soir, il parlait à une fille au *Talkhouse* et il me l'a présentée. Nous avons bavardé ensemble une bonne partie de la soirée. Plus tard, j'ai demandé à Julian d'où il la connaissait. Il m'a seulement dit qu'il l'avait rencontrée deux ans plus tôt à une fête. Moi, pour plaisanter, je lui ai demandé s'il avait couché avec elle... Eh bien, figure-toi que oui !

Je réprime un sourire.

— Tu t'es fâchée à cause d'une ancienne petite amie ?

— Non, parce que j'ai été obligée de lui demander s'il avait couché avec elle. Il aurait dû m'en parler le premier ! Ce n'était pas du tout dans l'esprit de notre accord. Alors, bien entendu, j'ai commencé à me poser des questions sur son honnêteté.

Je secoue la tête.

— Tu es incorrigible. Une vraie tête de mule.

— Lui aussi. Nous ne nous sommes pas parlé depuis quasiment vingt-quatre heures.

— Hillary, voyons... Tu dois l'appeler.

— Pas question. Il n'a pas la main dans le plâtre, que je sache.

Elle relève le menton avec défi, mais pour la première fois, je la sens vulnérable.

— À mon avis, tu devrais lui téléphoner, j'insiste. C'est idiot.

— Peut-être. Mais je me dis que, si ça se trouve, nous ne sommes pas aussi bien assortis que je l'imaginais.

— Et tu te dis ça à cause d'une seule dispute ?

Elle hausse les épaules.

— Hillary, je crois que tu dramatises. Décroche le téléphone et appelle Julian.

— Pas question.

Mais je vois à son regard qu'elle fléchit déjà.

Quand on est amoureux, me dis-je, il faut tantôt mettre sa fierté dans sa poche, tantôt savoir la préserver. C'est une question d'équilibre. Mais les couples bien assortis finissent par trouver cet équilibre. Et je suis certaine que ce sera le cas d'Hillary et Julian.

De retour dans mon bureau, je passe moi aussi un coup de fil – à mon seul autre allié inconditionnel, Ethan. Je sais qu'il saisira toute la complexité de la situation. Sans doute parce qu'il connaît Darcy mieux qu'Hillary. Et aussi parce que, d'une certaine façon, il la cerne mieux que moi.

Pas une fois il ne m'interrompt quand je lui raconte les derniers événements. À la fin, je lui demande :

— T'en doutais-tu quand Dex t'a contacté ?

— Je l'espérais. C'est pour ça que je lui ai donné l'heure de ton arrivée. Mais je n'ai posé aucune question. J'ai juste croisé les doigts.

— Tu l'espérais, c'est vrai ? Je croyais que tu ne l'aimais pas ?

— Je n'aimais pas l'idée qu'il te mène en bateau, nuance. Maintenant, je suis plutôt admiratif. Il n'a pas choisi la solution de facilité. Sincèrement, chapeau.

— Je suis tellement heureuse qu'il ait pris la décision de son propre chef ! Tu imagines, si Darcy lui avait annoncé sa grossesse avant ? Je me serais toujours demandé s'il ne m'avait pas choisie par dépit.

— Alors, comment te sens-tu ? s'enquiert-il avec sollicitude, et je sais qu'il pense à Darcy.

Je lui réponds que je suis heureuse, bien sûr, mais aussi bouleversée de perdre Darcy. Que j'ai toutes les peines du monde à réaliser qu'elle ne fait plus partie de ma vie.

— Ce n'est pas un *happy end* de conte de fées.

— Ça arrive rarement dans la vraie vie.

— Et puis, tout s'est passé si vite. Je me voyais déjà au mariage samedi, et l'instant d'après, plus de mariage, je suis avec Dex, Darcy est avec Marcus et elle attend un bébé. C'est complètement dingue.

— Dire qu'elle est enceinte ! Je n'arrive toujours pas à y croire. Avec elle, on ne s'ennuie jamais.

— C'est vrai... Je crois que c'est ce qui va me manquer le plus.

— Je comprends. Enfin, bon, elle changera peut-être d'avis.

— Peut-être.

Il s'éclaircit la gorge et ajoute :

— Même si j'en doute.

— Moi aussi.

— Marcus et Darcy, dit Ethan avec un sifflement. Pour un coup de théâtre...

— À la réflexion, ce n'est pas si étonnant que ça. Elle reprochait toujours à Dex d'être un rabat-joie obsédé par son boulot. Marcus est beaucoup plus cool de ce point de vue-là.

— Et toi, tu ressembles davantage à Dex.

— Au temps pour la théorie qui veut que les contraires s'attirent.

— On dirait que tout s'arrange pour le mieux... sauf pour James. Le pauvre va être anéanti.

— Arrête.

— Et, bien sûr, je suis un peu déçu, moi aussi.

— Pourquoi ?

— Je croyais que tu allais venir t'installer ici.

— Qui sait ? Il se peut que je vienne quand même.

— Tu quitterais Dex ?

— Il pourrait m'accompagner.

— Il accepterait, tu crois ?

— Peut-être.

Peut-être m'aime-t-il assez pour me suivre n'importe où.

Après avoir raccroché, je me plonge à contrecœur dans mes nouveaux dossiers. Mais je n'arrive pas à me concentrer. Je ne cesse d'espérer que le téléphone va sonner, et toutes les deux minutes, je vérifie mes e-mails. Au début, je m'imagine que c'est Dex qui me manque, mais après l'avoir appelé, je ressens toujours ce vide douloureux en moi. Je réalise alors que c'est la voix de Darcy que j'ai envie d'entendre. Même si elle hurle et m'accable d'injures. J'ai besoin de communiquer avec elle. À midi, je saute le déjeuner, mais aucun appel ne vient troubler mon travail. Vers 13 heures, le téléphone sonne enfin.

— Rachel ? braille Claire dans le combiné.

Je lève les yeux au ciel.

— Bonjour, Claire.

— Que se passe-t-il, pour l'amour du Ciel ? demande-t-elle, comme si elle ne savait pas déjà tout en détail.

Je soupçonne Darcy d'être à l'origine de cet appel. Peut-être même m'écoute-t-elle en cet instant. Ce serait du Darcy tout craché. Quand je pense au nombre de fois où elle nous a persuadées, Annalise et moi, d'accomplir ce genre de mission pour elle !

Je ne mords pas à l'hameçon.

— Je dois être au tribunal dans une demi-heure, réponds-je (un gros mensonge). Je n'ai pas le temps de discuter maintenant.

— D'accord, fait-elle d'une voix dépitée. Rappelle-moi dès que tu peux.

C'est ça. Tu peux toujours courir.

— Je suis tellement triste pour vous deux… Vous étiez amies depuis si longtemps, reprend-elle après un silence, d'une voix dégoulinante de compassion feinte.

Tu parles ! Tu jubiles à l'idée d'avoir enfin accédé au rang si convoité de meilleure amie, oui.

C'est le seul point positif de ma rupture avec Darcy : désormais, je ne suis plus obligée de faire semblant d'apprécier Claire.

Mercredi soir, trois jours après le coup de théâtre qui a bouleversé ma vie, Dex et moi sommes au lit quand le téléphone sonne. Cette fois, c'est sûrement Darcy, me dis-je avec une impatience mêlée d'angoisse.

— Allô ?

— Bonsoir, Rachel.

C'est Annalise. Elle a la voix fatiguée, et l'espace d'une seconde, j'imagine que c'est à cause de Darcy, qui vient de lui livrer sa version des derniers événements. Je m'attends à une timide réprimande, mais soudain, le vagissement assourdi d'un nouveau-né se fait entendre.

— C'est une fille ! m'annonce fièrement Annalise.

Darcy avait vu juste, me dis-je malgré moi, avant d'être submergée par l'émotion. Mon amie est maman.

— Félicitations ! Quand est-elle née ?

— Il y a deux heures. Elle pèse trois kilos soixante.

— Et comment l'avez-vous appelée ?

— Hannah Jane… Jane d'après Darcy et toi.

Notre amitié avec Annalise et notre deuxième prénom, Jane, seront désormais les seules choses que nous partagerons, Darcy et moi.

— Annalise, je suis si touchée. Tu ne m'avais jamais dit que tu pensais à Jane.

— C'était une surprise.

— Hannah Jane… quel beau prénom.

— Je voudrais que tu la voies. Elle est magnifique.

— Elle te ressemble ?

— Je ne sais pas. D'après ma mère, oui. Moi, je trouve qu'elle a le nez et les pieds de Greg.

— J'ai hâte de faire sa connaissance.

— Quand viendras-tu ?

— Bientôt, promis.

À ce point de notre conversation, je suis presque convaincue que Darcy a pour une fois eu la bonne idée d'épargner à Annalise nos malheurs personnels. Celle-ci me détrompe vite.

— Rachel, Darcy et toi devez vous réconcilier. Elle m'a téléphoné hier soir. Je voulais t'appeler juste après, mais à ce moment-là, j'ai perdu les eaux. Quoi qu'il soit arrivé entre vous, tout va s'arranger, hein ?

Je meurs d'envie de savoir ce que Darcy lui a raconté, mais le moment serait on ne peut plus mal choisi pour embêter Annalise avec notre mélodrame.

— Sûrement. Ne t'inquiète pas pour nous... Ce qui t'arrive est tellement plus important. Tu as un bébé !

— Oui, tu te rends compte ? C'est génial !

— Tu as déjà prévenu Darcy ?

— Pas encore. Je vais l'appeler après toi.

Si Darcy apprend qu'Annalise m'a téléphoné en premier, elle va être encore plus furieuse.

— Je te laisse, alors. Je sais que tu as beaucoup de gens à prévenir. Transmets toutes mes félicitations à Greg et passe le bonjour à tes parents. Je suis vraiment très heureuse pour vous.

— Merci, Rachel. À bientôt.

Lorsque je raccroche, j'ai les larmes aux yeux, envahie par une émotion que je ne comprends pas tout à fait. Je savais la naissance imminente, et pourtant, la réalité de l'événement me bouleverse. Annalise a une fille. Darcy sera elle aussi bientôt maman, et elle ne me préviendra même pas de la naissance de son enfant. La vie n'était pas censée tourner ainsi. L'arrivée du bébé d'Annalise rend la rupture encore plus tragique. Jamais une bonne nouvelle n'a eu un goût aussi doux-amer.

— Annalise a accouché ? s'enquiert Dex quand je le rejoins au lit.

— Oui, c'est une fille. Hannah Jane.

Puis, pour la première fois devant Dex, j'éclate en sanglots. Je sais que si je ne m'arrête pas de pleurer, j'aurai une migraine carabinée et les yeux bouffis demain matin, mais impossible de me calmer. Je me détourne de Dex et pleure toutes les larmes de mon corps. Il me serre dans ses bras et me console de son mieux, mais pas une fois il ne me demande pourquoi, exactement, je pleure. Peut-être parce qu'il comprend. Peut-être parce qu'il sait que l'heure n'est pas aux questions. Quoi qu'il en soit, jamais je ne l'ai plus aimé qu'en cet instant. Je le laisse m'embrasser, puis peu à peu, réponds à ses caresses, me love contre lui. Et pour la première fois de l'ère post-Darcy, nous faisons passionnément l'amour.

25

Le lendemain, Darcy téléphone enfin à Dex. Il m'appelle aussitôt après pour m'en parler. Mon cœur bondit : je ne peux m'empêcher de redouter qu'elle change d'avis, récupère Dex, réécrive l'histoire.

— Dis-moi tout.

Dex me rapporte sa conversation avec Darcy, qui se résume à un chapelet d'exigences : il doit débarrasser le reste de ses affaires sous sept jours, durant les heures de bureau, sinon tout ira à la décharge. Elle garde les meubles, sauf la table qu'il « l'a forcée à acheter », le buffet qu'il possédait avant leur « simulacre de vie commune » et les « lampes hideuses » offertes par la mère de Dexter. Il doit également rembourser aux parents de Darcy la robe de mariée et les sommes déjà versées pour la réception, c'est-à-dire plus de cinquante mille dollars au total. Elle se charge de rendre les cadeaux et garde la bague en diamant qu'il a remplacée quelques jours à peine avant leur rupture.

— Pas vraiment équitable, tu ne trouves pas ? je fais remarquer.

— En effet.

— Vous pourriez au moins partager les frais du mariage. Elle est enceinte d'un autre, quand même !

— À qui le dis-tu !

— Et puis, d'un point de vue juridique, la bague t'appartient. Selon le droit de New York, elle n'aurait été à Darcy qu'après le mariage.

— Je m'en moque, répond Dex. Je ne vais pas me battre pour une bague, ça n'en vaut pas la peine.

— Et l'appartement ? C'était le tien.

— Je sais, mais je n'en veux plus. Ni des meubles.

Voilà qui me rassure. Je ne m'imaginais pas aller le voir dans l'appartement où il avait vécu avec Darcy.

— Où comptes-tu t'installer ? Tu as une idée ?

— Chez toi, bien sûr.

— Vraiment ?

— Je plaisante, Rachel. C'est une solution de dépannage, le temps que je trouve un nouveau toit.

Je ris.

— Ah… d'accord.

Je suis plus soulagée que déçue. M'installer tout de suite avec Dex ne me déplairait certes pas, mais je n'ai pas envie de précipiter les choses. Je tiens à ce que ça marche.

— J'ai contacté quelques agences immobilières ce matin. Il y a un deux-pièces dans l'East End qui a l'air pas mal.

— Comment Darcy va-t-elle payer le loyer toute seule ? je demande, plus curieuse que préoccupée, même si au fond de moi, je m'inquiète un peu de ce qu'elle va devenir – on ne se refait pas.

— Marcus va sans doute emménager avec elle, répond Dex.

— Tu crois ?

— Ce serait logique, non ? Ils vont avoir un bébé ensemble, quand même.

— D'accord, mais tu penses vraiment qu'ils vont se marier ?

— Je n'en ai aucune idée et je m'en fiche.

— Tu n'as pas eu de nouvelles de Marcus ?

— Non. Et toi ?

— Non.

— Je ne pense pas que nous en aurons.

— Tu vas l'appeler ?

— Un jour, peut-être. Là, c'est trop tôt.

C'est trop tôt aussi pour Darcy et moi, me dis-je. Je lui téléphonerai peut-être un jour, mais pas avant très longtemps.

— Alors, c'est tout ce qu'elle a dit ? Elle a parlé de moi ?

— Pas un mot. J'étais sidéré. Quelle retenue !

— La retenue n'est pourtant pas dans le style de Darcy.

— Assez parlé d'elle, décrète Dex. Oublions-la un peu. Qu'as-tu envie de faire ce soir ? Je pense pouvoir quitter le bureau à une heure raisonnable. Et toi ? Tu en as encore pour longtemps ?

Il est 17 heures, et il me reste quatre bonnes heures de travail.

— Non, ça devrait aller, réponds-je.

— On se retrouve à 20 heures ?

— D'accord. Où ?

— Et si on préparait à dîner chez toi ? On ne l'a encore jamais fait.

— Euh… oui, mais je ne sais pas cuisiner, je confesse.

— Mais si.

— Non, je te jure.

— La cuisine, c'est un jeu d'enfant, m'explique Dex. Il suffit d'improviser au fur et à mesure.

Je souris.

— Ça, je sais faire.

Après tout, c'est notre spécialité depuis quelque temps.

Une heure plus tard, je quitte le bureau. Je sais que je risque de tomber sur Les, mais je m'en fiche. Je descends au rez-de-chaussée par l'ascenseur, puis prends les deux escalators jusqu'à Grand Central. Je m'arrête pour admirer la gare. Elle est superbe, mais j'y passe si souvent que j'en oublie sa beauté. Je lève les yeux vers l'horloge ouvragée. 18 heures pile. Parfait.

Je me dirige d'un pas tranquille vers les halles de Grand Central, dans l'aile est du bâtiment. J'y vais régulièrement avec Hillary, et il nous arrive d'y acheter quelques chocolats fins pour accompagner notre café de chez Starbucks. Mais ce soir, ma mission est d'une tout autre envergure. Je vais de boutique en boutique, accumulant les emplettes – fromages fins, petits pains frais, olives vertes de Sicile, persil italien, origan frais, oignons, ail, huile d'olive, épices, pâtes fraîches de diverses couleurs, un bon chardonnay et deux pâtisseries dignes des plus grands restaurants. Je sors des halles par Lexington Avenue et me retrouve happée par la foule des banlieusards pressés. Comme il y a la queue à la station de taxis, je décide de rentrer à pied. Mes sacs sont lourds, mais ce n'est pas une mallette pleine de dossiers que je porte, c'est un dîner en amoureux pour Dex et moi.

Dans le hall de l'immeuble, je demande à José de laisser monter Dex lorsqu'il arrivera.

— Inutile de sonner quand il vient, désormais.

Il m'appelle l'ascenseur et me décoche un clin d'œil.

— C'est du sérieux, on dirait. Tant mieux.

Je lui adresse un sourire radieux.

— Oui, tant mieux.

Quelques instants plus tard, je déballe mes achats sur le plan de travail. Jamais ma cuisine n'a vu autant d'ingrédients en une seule fois. Je range le chardonnay dans le réfrigérateur, mets un CD de musique classique et sors le livre de cuisine que ma mère m'a offert il y a au moins quatre ans et que je n'ai encore jamais ouvert. Je feuillette les pages de papier glacé et porte mon choix sur une salade et une recette de pâtes dont les ingrédients correspondent à peu près à ceux que j'ai achetés. Puis je noue un tablier – autre cadeau encore inutilisé – et me mets à l'ouvrage. Je jette de temps à autre un coup d'œil sur le livre, sans suivre pour autant les instructions à la lettre. Je remplace le basilic par du persil et fais l'impasse sur les câpres. Mon dîner ne sera pas parfait, mais qui s'en soucie ?

Je passe une robe blanche sans manches brodée de petites fleurs roses. Puis je dresse la table, mets l'eau des pâtes à chauffer, allume des bougies et ouvre la bouteille de chardonnay. J'en verse dans deux verres et bois une gorgée du mien. Petit coup d'œil à ma montre : il me reste dix minutes. Dix minutes pour réfléchir à ma nouvelle vie, à mon nouveau statut d'unique amour légitime de Dexter. Je me love contre l'accoudoir du canapé, ferme les yeux et inspire profondément. Une bonne odeur de cuisine et une nuée de notes mélodieuses emplissent mon studio. Une douce sérénité m'envahit. Ce soir, je n'éprouve aucun sentiment négatif : je ne suis pas jalouse, je n'ai pas peur, je ne me sens pas seule.

Et si c'était ça, le véritable bonheur, ce que je ressens en ce moment ? L'idée me traverse l'esprit que l'amour pour un homme ne peut être la clé du bonheur, qu'une femme indépendante et forte doit trouver son accomplissement en elle-même. Mais en réalité, je me sens aujourd'hui plus libre avec Dex que durant toutes mes années de célibat. Je me sens davantage moi-même avec lui que sans lui. Tel est peut-être le miracle de l'amour vrai.

Et j'aime Dex du plus profond de mon être. Je crois que je l'aime depuis le tout début, à la fac de droit, lorsque je me mentais à moi-même en me répétant qu'il n'était pas mon type d'homme. Je l'aime pour son intelligence, sa sensibilité, son courage. Je l'aime sans aucune réserve. Je l'aime au point de sacrifier une amitié qui remonte à mon enfance. Au point de m'autoriser à être pleinement heureuse avec lui.

Il frappe à ma porte. Je me lève pour aller ouvrir. Je suis prête.

26

Nous sommes samedi, jour où le mariage aurait dû avoir lieu, et Dex et moi sommes au *7B*, à la même table que le soir de ma fête d'anniversaire. C'est moi qui ai eu l'idée de venir ici. J'ai fait cette suggestion sur le ton de la plaisanterie, mais au fond de moi, je ressentais le besoin impérieux de revenir dans le bar où tout a commencé. Je surmonte mon envie de demander à Dex s'il n'est pas un peu triste ce soir et lui raconte la dernière de Les – j'ai eu droit la veille à une engueulade dans le hall pour ne pas avoir, selon lui, inséré correctement les notes de bas de page dans un brouillon de dossier.

— Ce type est vraiment atroce, dit Dex, compatissant. Que va-t-il inventer la prochaine fois ? Tu ne pourrais pas travailler avec quelqu'un d'autre ?

— Non, je suis son esclave attitrée. Il monopolise mon temps, et les autres associés n'osent jamais me demander de travailler pour eux parce qu'il fait systématiquement barrage. Je suis prise au piège.

— As-tu déjà envisagé de changer de boîte ?

— J'y pense parfois. En fait, aujourd'hui, j'ai commencé à revoir mon CV. Peut-être vais-je même quitter le domaine juridique, mais je n'ai encore aucune idée de ce que je pourrais faire d'autre.

— Telle que je te connais, les possibilités ne manqueront sûrement pas.

J'ajoute « sait se montrer encourageant » à la liste des nombreuses qualités que j'apprécie chez lui. Je songe un instant à lui faire part de mon idée de m'installer pour quelque temps à Londres, puis me ravise. Ce n'est pas le bon moment pour cette conversation.

— Je vais faire un tour au juke-box, dis-je.

— Tu veux que je t'accompagne ?

— Non, je reviens tout de suite.

— Choisis un truc bien, surtout.

Je lui lance un regard qui signifie « fais-moi confiance » et passe devant un couple qui fume en silence à la table voisine. Je glisse une pièce de cinq dollars dans la fente du juke-box. La machine la rejette trois fois, mais j'insiste jusqu'à ce que ça marche. Je sélectionne des chansons que Dex aime, d'autres qui me rappellent notre été et, bien sûr, « Thunder Road ». Lorsque je regarde vers Dex, il semble plongé dans ses pensées. Puis il m'aperçoit et me fait signe en souriant, l'air un peu perdu. Je le rejoins et m'assois sur la banquette près de lui. L'émotion me submerge quand ses bras se referment autour de moi. À la façon dont il me serre, je devine qu'il sait exactement ce que je ressens.

Nous sommes un de ces couples que j'observais avant en me disant que jamais je ne connaîtrais le même bonheur qu'eux. En guise de consolation, j'essayais de me convaincre que c'était sûrement moins bien que ça en avait l'air. Aujourd'hui, je sais que je me trompais.

Je souris à Dex, et mon regard se pose sur une petite cicatrice au-dessus de son sourcil gauche. Je la caresse du bout des doigts et demande :

— Comment t'es-tu fait ça ?

— Je suis tombé en jouant au hockey quand j'étais gamin.

Comment se fait-il que je n'aie jamais remarqué cette cicatrice avant ce soir ? Je ne savais même pas qu'il avait joué au hockey. Il y a encore tant de choses que j'ignore sur lui. Mais maintenant, nous avons tout le temps. J'observe son visage, à la recherche d'autres découvertes, jusqu'à ce qu'il se mette à rire, un peu gêné. Je ris aussi, puis nous cessons tous les deux de sourire et buvons nos Newcastle en silence.

— Dex ? dis-je au bout d'un long moment.

— Oui ?

— Elle te manque ?

— Non, répond-il avec conviction, son souffle chaud caressant mon oreille. Je suis avec toi.

Je sais qu'il est sincère.

— Tu n'es pas un peu triste ce soir ?

Il m'embrasse sur les cheveux.

— Pas le moins du monde. Je ressens une foule d'émotions, mais la tristesse n'en fait pas partie.

— Tant mieux. J'en suis heureuse.

— Et toi, comment te sens-tu ? Elle te manque ? me demande-t-il.

Je réfléchis à la question. Malgré mon bonheur, j'éprouve un soupçon de nostalgie quand je pense à tout ce que j'ai partagé avec Darcy, tous ces souvenirs qui n'appartiennent qu'à nous.

Dex m'interroge du regard. Il attend ma réponse.

— Oui, elle me manque, finis-je par dire, un peu penaude. C'est plus fort que moi.

Il hoche la tête en signe de compréhension.

J'essaie d'imaginer Darcy en ce moment. Que ressent-elle ? Est-elle aussi mélancolique que moi ou juste furieuse ? Est-elle avec Marcus ou Claire ? Ou bien feuillette-t-elle tristement notre album de lycée et ses photos de Dexter, seule dans son appartement ? Est-ce que je lui manque, à elle aussi ? Serons-nous de nouveau amies un jour ? Je nous imagine toutes les deux devant un café ou un déjeuner, tentant timidement de recoller les morceaux. Peut-être finirons-nous un jour par rire de ce fol été. Mais j'en doute fort. Le fossé qui nous sépare ne se comblera jamais entièrement, surtout si Dex et moi restons ensemble. Il n'est pas exclu que notre amitié soit finie pour toujours, et sans doute est-ce mieux ainsi. Et si Ethan avait raison ? Peut-être le moment est-il venu de cesser de mesurer ma vie à l'aune de celle de Darcy.

Dex et moi parlons longtemps. Chaque moment de notre été y passe, les bons comme les moins bons. Le plus souvent, nous rions, et une seule fois, les larmes me montent aux yeux, quand nous évoquons sa décision d'épouser Darcy malgré tout. Je lui avoue que j'ai relancé les dés.

— Je m'en veux tellement, me dit-il.

— Tu n'as aucune raison de t'en vouloir, je lui assure.

Puis, juste avant minuit, l'harmonica de « Thunder Road » emplit le bar et gagne peu à peu en force, jusqu'à ce que Bruce Springsteen commence à chanter.

Le visage de Dex s'éclaire d'un sourire, et une lueur pétille dans ses yeux verts. Il m'attire contre lui, et nous écoutons avec recueillement cette chanson si lourde de sens pour nous. Cette soirée, me dis-je, est à la fois une fin et un commencement. Mais pour une fois, je bénis l'une et l'autre.

— On y va ? je demande à Dex, lorsque les dernières notes de « Thunder Road » s'éteignent.

Il hoche la tête.

— Oui.

Nous traversons le bar enfumé et nous retrouvons dehors avant que la chanson suivante ne commence. C'est une nuit magnifique. Le ciel est clair et une petite brise rafraîchit l'air, annonçant l'arrivée prochaine de l'automne. Je prends la main de Dex, et nous remontons l'Avenue B d'un pas lent, en guettant un taxi qui aille dans notre direction.

8217

Composition Chesteroc Ltd
Achevé d'imprimer en France (La Flèche)
par Brodard et Taupin
le 15 février 2007. 40178
Dépôt légal janvier 2007. EAN 978-2-290-33855-1

Éditions J'ai lu
87, quai Panhard-et-Levassor, 75013 Paris
Diffusion France et étranger : Flammarion